彩虹的重力

[加]
施定柔
——
著

浙江出版联合集团
浙江文艺出版社

目录

CONTENTS

第一章

灵魂伴侣

―――――

_01

这座城市的立交桥四通八达,远远看去像一朵凌乱的菊花。朗朗日光下,这些岿然不动的巨物充斥了行人的视线,高峰时间,拥挤的车流缓缓移动,废气从天而降,噪音令人发狂。可是夜灯初上,一切又仿佛被施了魔法,立交桥成了本市一道最亮丽的风景,你可以在任何一本旅游的小册子里看见它。在无数的车灯、路灯、射灯、霓虹灯的交织下,沉重的桥墩消失了,厚实的水泥隐没了,它被轻盈地举到半空,成为这个城市当之无愧的象征。

一环、二环、三环、四环……

生活在"环"里的年轻人何曾想过他们的幸福竟有一大部分是由这些立交桥来定义的呢?

何彩虹就住在一座耗资两亿、长达千米的吉祥路立交桥下。

她觉得桥下才是真正的城市。饱满的人群,拥挤的街道,灰蒙蒙的树,蟑螂一样四处乱窜的出租车,电线杆上贴了又揭、揭了又贴的广告,因基建临时搭起的围墙,一排排停得密密麻麻的自行车……

正如彩虹的妈妈李明珠所说,桥上走的是富人的车,桥下行的是穷人的腿,一出门就分高低贵贱。

"这世界平等的吗?政治平等不等于经济平等,经济平等不等于法律平等,形式平等不等于实质平等。哦,光着身子洗澡的时候是平等的,穿上衣服就男女有别。睡觉的时候平等,做的梦还有好有坏呢……"每当出现争执时,硕士学历的彩虹从来就不是只有中专学历的李明珠的对手。阅世不深,理论不敌实践。从小到大,大量的事实证明李明珠的判断是正确的。

每天上班,何彩虹都要跳过好几个大坑去桥下等车。和崭新的立交桥相比,吉祥路显得格外老旧,像个年迈的心血管病人,隔段时间就来个血栓。几乎每个月市政部门都要将马路挖开,将城市的内脏暴露无遗:各种颜色的管道从泥土中拖出来,修水修电修煤气,实在没得修了,还会拓宽路面、拆迁危房、增设行人天桥,市政工程没完没了。

六路公共汽车像只定时出现的甲壳虫带着她缓慢地爬上桥头。彩虹决定将每天耗在交通堵塞的时间用来沉思和反省。三十分钟后,汽车从另一个出口下来,继续走十分钟,进入F大学安静的校园。研究生毕业后,彩虹做了半年的"校漂",终于漂进F大学文学院当了一名助教。这繁华的城市大学林立,每年毕业的研究生数以万计,教职少得可怜。成绩优异如彩虹者若不是在毕业时被导师用力地推了一把,还不知漂到何处呢。

助教当了一个月,国庆节一过,彩虹领着一群大二学生去参观本校图书馆五楼善本古籍部,熟悉参考书目。

写毕业论文时,彩虹曾在这里待过十天。她知道管理善本的蔡老头是校领导的岳父,对古籍只有最粗浅的知识,对读者只有最敷衍的耐心,他最喜欢说的一句话是:"这位同学,毫无疑问,你是这方面的专家,这本书不如你自己去书库里找。"门上张贴的条例写得明白:找书和上架都由管理员负责,读者不要擅自取书。大多数人急着要书,也懒得计较。只有彩虹跟他拧过一回,这是在她听说这个书库曾经遗失过一本珍贵的宋版书之后。她固执地要求老蔡按条例办事,结果就等了足足两个半小时,最后老蔡空手而归:"看记录是在里面,就是找不到。要不你自己试试?"接下来就没下文了,这先生径自回桌看报练书法,把彩虹气了个半死。所以善本书库不是久留之地,一番简要介绍之后,她决定三十六计走为上,当下笑眯眯地对学生们说:"大家还有什么问题吗? 如果没有,就下课吧。"

人群中,一个正太模样的学生举起了手。

"这位同学,请说。"

"请问老师,这里有《金瓶梅》吗?"

彩虹眨眨眼,接着抽了一口冷气道:"嗯……我想是有的。"

"在哪儿? 我们能看看吗?"

"哦——此书仅供副教授以上的老师作科研之用。"察觉那学生的口气中有戏弄之意,她的表情僵了僵,但还是最大限度地保持了微笑。

岂料小正太根本不买账:"这都什么年代了还不让看?你以为我们稀罕啊?网上到处都是。我只想看看纸书是个什么样子!"

"呵呵呵呵……"一阵嗡嗡的共鸣,暧昧的眼神在人群中传递。一时间,一张张青春的脸全都似笑非笑地看着她。

早就听说这个系的学生有戏弄新老师的传统。彩虹还是学生时也刁难过老师,曾经逼着一位老先生给大家讲"人生的意义",结果老先生一字不差地背出了励志专家奥斯特洛夫斯基的名言:"人的一生应当这样度过:回忆往事,他不至于因为虚度年华而悔恨,也不至于因为碌碌无为而羞愧;在临死的时候,他能够说:'我的整个生命和全部精力,都已经献给世界上最壮丽的事业——为人类的解放而斗争。'"一席话慷慨激昂、抑扬顿挫。末了,还笑眯眯地反问:"小同学,这就是人生的意义,你同意吗?"

老天爷! 她能不同意吗?

兵来将挡,水来土掩。彩虹放松表情,语气温和地道:"大家也许不知道,在新中国成立时,《金瓶梅》这本书只有省委书记这样的高官才有资格阅读。这位同学要看纸书,请问你研究什么?印刷吗?这里有崇祯版的《通鉴纲略》,绝对代表明代的官刻水平。老蔡,麻烦您拿一本给大家欣赏欣赏。"

老蔡懒洋洋地站起来,被那学生挡住了去路,道:"《通鉴纲略》? 我看那个做什么?古籍部连四大奇书都没有,好意思叫古籍部吗?图书馆的书不让看,好意思叫图书馆吗?不如改名叫机要处好了。"小同学躁动不安地反问了一句。他的皮肤很白,一着恼,脸上的青春痘全红了,看样子要跳出来,一颗颗跳到地上。

彩虹看着他,想笑又不敢,只得敷衍:"嗯……这是个好问题! 请你一定记得向校长反映哦。"

"可是我们真的很想看啊,很好奇呢,哪怕只是翻一下也可以啊!"另一个学生帮腔了。

又是一阵嗡嗡声。

彩虹有点窘,黔驴技穷地瞅了老蔡一眼,发现老蔡正幸灾乐祸地看着她。这书当然有,以前她也想借,从来没借到。就算有借,她也不敢拿出来,因为是"全像"的,有很多插图。就在这时,身后飘来一道阴影。霎时,笑得阳光灿烂的学生们全都不笑了。

有个学生讪讪地叫了声:"季老师!"

彩虹回头，身后不知何时站着一个陌生人。

陌生人操一口外地口音的普通话："潘俊杰，三楼的普通古籍馆你知道吧？"

"知道。"

"去那里找1991年浙江古籍出版社出版的《李渔全集》，第十二到十四卷是你要看的纸书。"

彩虹连忙说："他们问的不是李渔。"

那人的脸本来就是阴沉的，目光一凛，不仅显得很凶，而且样子也很不耐烦。他看了看表，掉头想走，见彩虹还在瞪着他，只好说："这三卷就是《新刻绣像金瓶梅》。"

那个潘同学斗胆又问："老师，那个……是足本吗？"

"删节本。相信你的兴趣绝不是想看色情内容，而是想研究明代的政治、经济、文化以及通俗文学，对吗？"

强人啊，谁敢在这种时候说"不对"？

"对，对。谢谢老师！"

真是看人下菜碟。对女老师就不依不饶、穷追猛打，对男老师就点头哈腰、一脸谄媚。

歧视！性别歧视！

学生们一哄而散，何彩虹也松了一口气，正要请教解围的天使是何方神圣，一抬头，那人已经消失了。她连忙问老蔡："刚才那位是——"

"不认识。"

和老蔡寒暄了几分钟，又翻了几本书，彩虹看了看钟，离午饭的时间还差一小时。她觉得口渴难耐，打算到楼下找水。等电梯时扫了一眼旁边的告示栏。原来今天这层楼上有个题为"巴赫金研究与性别主义"的学术会议，由本市两所大学的俄语系和中文系共同举办。栏下有注：会议提供咖啡、茶及甜点。

何彩虹堂而皇之地溜了进去，在门口给自己倒了一杯又浓又香的麦氏咖啡，拿了一块麻将大小的杏仁蛋糕，在后排找了个位子悄悄地坐下来。她的目的不过是吃完就走，却发现麦克风里的声音有点耳熟，凝眸一看，讲话的正是那个季老师，不由得细细地打量起他：那是一个二十多岁的青年，中等个头，麦色肌肤，身量偏瘦。他有一张轮廓鲜明的脸，脸上却没有什么肌肉，给人鹰隼般的印象。一脸的聪明，一脸的挑剔，放进武侠小说中就是一刑堂堂主，放进历史小说中就是一大理寺少卿，难怪学生们见了他都不敢笑。听他刚才在图书馆里的一番话，还以为他是古典文献学的老师呢，现在他又出现在巴赫金的讨论会上，有点奇怪。

这位季老师咄咄逼人地讲了二十分钟，彩虹觉得芒刺在背。她见过这样的学界新锐，口若悬河、目中无人，把理论玩得跟剥洋葱似的，一瓣一瓣地剥开，一层一层地分解，听的人只觉刀光剑影、头晕目眩，仔细一想，又找不到要点，也不知中心在何处。你会大受启发，同时又觉得他标新立异、缺乏根据。像这种"顿悟型"的学者，你得跟他站在一个高度才跟得上他的思路。当然，他们最招老先生们的反感。果然，场下的年轻教师交头接耳，欣然有得；头排的老教授们却面无表情，不置可否。彩虹的学术观点倒不保守，却也看不惯这位季老师霸道的气势，多半是外校派来摆擂台的吧？

随手翻了翻手里的册子，找到了他的简介：季篁博士，F 大学文学院文艺理论教研室。她不禁暗暗吃惊，哟，这不是同行吗？而且还是同事。怎么就没听说过这个人呢？再想想也就释然了，她来这里也不过一个月，文学院那么大，又赶上一个退休潮，每年都有从外校分来的新人，没听说过的人多了去了。

报告完毕，进入提问时间。何彩虹优雅地举起了手，问道："季老师的发言旁征博引，耐人寻味。不过，我有一个小问题，其实是一系列问题：请问，男性作家的作品怎么能表现女性的经验？怎么能发出女性真实的声音？我们如何确定这些作品中的女人不是男性作家意淫的产物？一句话，充满男性想象、男性视角的小说，怎么可以代表真正的女性？"

彩虹心里说，季老师，接招吧。

听众席一阵骚动。前排的人扭过身子打量她，目光里充满了赞许。

一秒、两秒、三秒。

话筒吱地响了一下，那个叫季篁的人淡淡地说："这位老师一定读过《红楼梦》。请问林黛玉可不可以代表女性？王熙凤可不可以代表女性？曹雪芹是不是男作家？您是不是太执着于性别本质主义？亦即相信男女作家因为生理上的区别，在创作上也有明显的性征？难道您不觉得创作的本身是无性的吗？"

彩虹呷了一口咖啡，笑道："我不认为创作是一种无性的活动。您小瞧了意识形态对创作主体的规定性，您忽视了权力因素在文学作品中的运作。女性的声音要从女性的作品中去寻找。"

"我不否认女性作品里有很多女性的声音。但是，请别忘了，在父权意识的影响下，女性抛弃话语控制去想象一个纯粹自由的自我，还是一个巨大的挑战。从这一点上说，即使是女性作品，也不乏男性的声音……"

主持人咳嗽了一声，暗示彩虹的提问占用了过多的时间。

可是彩虹还想发言，刚一张口，就听见主持人息事宁人地说："其实这是个鸡生蛋还是蛋生鸡的问题。什么是女性的声音需要认真地研究和界定。下一位要发言的是 E 大学的田老师——"

彩虹很气愤，好端端的一个话题，讨论不到一半被人生生掐住。学术界几时变得这样避重就轻、蜻蜓点水了？她后悔走进这个会议室，随即将咖啡一饮而尽，将蛋糕塞进口里，来个中途退场。

在一楼，她遇到了一个熟人，聊了两句。正要出门，忽然有个人影将她拦住。

抬头一看，是那位季老师。

"你是谁？"他不客气地问。

原来这人不但咄咄逼人，而且还很不讲礼貌。

何彩虹回眸冷笑，"我觉得，刚才那句话您至少得改成'您叫什么名字'，或者'您贵姓'。"

"你是谁？"

彩虹将眼一瞪，将脸一横，狠狠道："我是你大爷！"

_02

去食堂马虎地吃了一顿午饭，彩虹就开始打哈欠。大学时代养成的午睡习惯，本科四年研究生三年，根深蒂固，拔除不去。所以彩虹妈妈说，乖女，别找其他工作了，你真是当教授的命。除了教授，哪个工作让你放心午睡？所以彩虹中午一定要睡一个小时，最好是有床、有被、有枕头，躺下来可以伸直腿脚。实在不行，趴在桌上、歪在椅子上也要凑合。完全不睡却是万万不行的。虽为助教，彩虹在系里没有自己的办公室，在校区也没有临时宿舍。F 大学坐落于 F 市南侧，属于房价最高区。学校背山靠湖，占尽一城风光，早已无处扩展，只好在郊区大量买地，建了两所分校，每天十几趟班车，在分校和主校之间穿梭。据说，在计划经济时期，F 大学分房就是个老大难。现在是市场经济，情况倒简单了。学校一律不解决住房问题，无房户可以获得每个月六百块钱的补贴。除了少数付得出首付的人以外，大多数青年教师都在离校区五站路以内的地段租房。当然，最幸运的还是何彩虹这样的本市人，住在父母家白吃白喝，六百块就成了奖金。

下午没课，彩虹本来想图个表现去参加系里组织的排球赛。她对体育并不热衷，但站在一旁吆喝的本事还是有的。比赛时间是下午一点，她倦意袭来，恨不得就地一倒，正在想是回家睡觉呢还是参加比赛，手机忽然响了。

"小何？"

"陈老师？"

听见这声音，彩虹已经开始糊涂的大脑顿时醒了一半。来电话的是古代文学教研室的陈静芬老师。彩虹以前选过她的课，是她的得意学生之一。彩虹找工作时曾求过她，陈老师为此打过好几个电话，写过无数封推荐信。

"求你个事儿！今天我儿子发高烧要打吊针，下午的课你能替我顶一下吗？是这样，本来我想取消今天的课，但上个月我儿子阑尾炎开刀已经取消了两次，再取消怕系里有意见。"

"行啊！您的哪节课？"

"古代文论。"

彩虹差点昏过去。

真是哪壶不开提哪壶。古代文论是中文系最枯燥的课程之一。在学生时代，这课彩虹就只去上过一次，听完了"思无邪"和"兴观群怨"就再也不去了。虽然花了很大力气准备考试和论文，授课老师——一位好脾气的老先生——还是愤怒地给了她一个六十分，弄得她那年没拿到优秀奖学金。

正想找理由推辞，那头的陈老师已经开始交代细节了："两点十分的课，你有两个小时的备课时间。不要紧张，你的功底好，绝不会有问题。而且你只用讲一个小时，剩下的时间给学生们几个问题分组讨论，再让他们派代表到前台报告就可以了。我刚讲完'孔子'，这一节是'孟子的文学思想'。你只要重点解释一下'知人论事'和'以意逆志'就行了。"

孟子，我的妈呀！彩虹暗暗抓狂，如果真是孔子，她的电脑里还有大学时期的笔记，怎么着也能瞎掰几句。孟子，天啊……那可真是彻底抓瞎了。彩虹在心里叫唤：陈老师，你知不知道这门课我就得了六十分啊！您老人家真是所托非人啊！

虽是这么想，嘴上还得逞强："行！好的！没问题！"

"教室在东区六号楼，403室，那个阶梯教室。"

彩虹连忙掏出圆珠笔写在手背上，"记住了。"

"谢谢你，拜托了！"

电话那边,陈老师明显地松了一口气。这边,彩虹撒腿就往图书馆跑,冲进古籍阅览室查资料,临阵磨枪不快也光。整整两个小时,又抄又写,拟出大纲,算了一下讲完各个要点的大致时间,紧张得连打哈欠都忘了。教书的人都知道,备课这事儿没完没了,砸进去多少时间都不够。试讲那阵子,为了 PowerPoint 上的一幅插图,彩虹就百度了一整天。眼看着时间要到了,瞟一眼写得乱七八糟的教案,是骡子是马管不了,牵出去遛吧! 于是,将一团活页纸塞进包里,仓皇中又抱了几本参考书,一路小跑地去了六号楼,气喘吁吁地赶到 403 室,离上课时间还差九分钟。

教室里只有七八个人,每人的桌上都放着一本郭绍虞的《中国古代文论选》。彩虹在前排找了个桌子,满头大汗地坐下来,忽然意识到自己不是学生,应当坐到讲台上,又连忙站起来。所幸学生们看书的看书,聊天的聊天,谁也没认真注意她。可是她却紧张得双腿发抖,手心出汗,好像她站的不是讲台而是喜马拉雅山的山巅,一着急,把刚才备的课一股脑地全忘了。虽然名为助教,彩虹从未正式教过课。她只是个辅导员,平时的工作不过是带着学生查资料、组织讨论、辅导论文之类。在此之前,她只在面试时试讲过几次。

第一次试讲那天她就吓得一晚上没睡着。早上起来,脸色苍白,头重脚轻,漱口摔破水杯,吃包子将油滴到衬衣上。见她精神恍惚,彩虹爸怕她不能按时到场,坚持开车送她。临下车时,老头子用力拍了拍她的肩说:"女儿啊,今天面试我没什么说的,只要你记住林彪的一句话。"

"啥,啥话儿?"

"上战场,枪一响,老子今天就死在战场上!"

这话彩虹爸爸是用样板戏的口吻唱出来的,字正腔圆,还拿着范儿。彩虹当场就镇定了,而且立即就兴奋了,好像打了鸡血似的,雄赳赳气昂昂地去了会场,顺利地完成了面试。

后来每一次面试她都想起这句话。

如今,爸爸不在身边,彩虹在心里默念,上战场,枪一响,枪一响,上战场……

枪声没响,铃声响了。学生们鱼贯而入。偌大的教室,一时间就塞了个座无虚席。

望着台下一双双渴望知识的眼睛,何彩虹感动了! 人们都说独生子女娇气,如今的独生子女们要赡养四位老人还要付房贷,不用功不行! 想起几年前的古代文论课,平时最多十个学生,今天阶梯教室一百一十个座位全部占满,还有些没位子的,坐在台阶上。

何彩虹顿时有了一种自豪感。一百多个学生济济一堂,聆听她的讲课,那是多么壮观多么有派头的景象!就算北大的教授来讲学,也不定有这么热情的待遇!

陈老师真不错,能把一门枯燥的课讲成这样,下次她的课,自己一定要旁听!

她站起来,走到黑板前,将自己的名字写在上面。然后微微一笑,目光在人群中威严地一扫,正要张口,忽然变了脸。

发现了新情况。大部分学生手里拿的是另一本书——《二十世纪西方文学理论》。怎么回事?这是怎么回事?难道有学生走错了教室?

难道——这么多学生全走错了教室?

她清了清嗓子,正要发问,大门外施施然地走进来一个人。

雪白的衬衫,洗得发白的牛仔裤,瘦瘦的脸,鹰隼一样的眼。

不是冤家不聚头。何彩虹眉头一拧,脸一黑,沉声道:"季老师?"

季篁还是那副扑克脸。彩虹心怀不满地打量他。嗯,真潇洒,什么也不带,手里连一片纸都没有。目中无人,吊儿郎当,这算什么?师者,传道授业解惑也。你以为来这里喝咖啡吗?

看到面前的场景,季篁微微一怔,向前问道:"这位老师,怎么称呼?"

"姓何。"

"何老师,我相信你走错了教室。这是我的教室。"

"不,这是陈老师的教室,她儿子病了,我替她代一节课。教室肯定没错,她已经在这里教了一个月了。"

"陈老师?哪位陈老师?"

"陈静芬老师。"

"情况是这样:我这门课因为注册的学生太多,我向教务处申请换了一个大一点的教室,上周他们告诉我,我的教室是6-403。这六号楼不会有两个403号吧?"

"教务处?这帮行政人员都是吃干饭的吗?"彩虹抱胸而笑,"那么,显然是他们安排错了。季老师,你自己想办法吧。"

"我有一百多个学生,你只有十几个学生。我觉得想办法的人应当是你。"

"季老师,有个词叫'绅士风度'。"

"何老师,你精通女权主义,应当知道'绅士'这个词早已经被批判了。"

尽管两人的声音都很低,尽管他们的表情还算客气,剑拔弩张的气氛还是被学生们嗅了出来。讲台下一阵小小的骚动。

何彩虹只得继续向学生们微笑,然后,压低嗓门,附耳过去:"季老师,我们都是新来的,在一百多个学生面前争吵,对你我的形象很是不利。我不妨把话撂在这里……"她盯着他的眼睛,一字一顿地说,"这是我的教室,我现在就开始上课。你要来抢可以!那要跨过我的尸体!我想季老师你的本意并不是要让人民内部矛盾变成敌我矛盾吧?"

若在平时,彩虹也没胆子这么说话。可是,兔子急了还会咬人呢!何况他爸的话正空山回响在她耳边。直到此时,彩虹才找到了老师的感觉,找到了 power。她昂首挺胸,面带微笑,唇际被藏在内心的挑衅骚扰得微微发颤。

这一仗断然不能输!尤其在学生面前。这群孩子,口耳相传,流言满天飞,过不了几天,全中文系的学生都会知道她是好欺负的,以后要请假的来找她,要加分的来找她,不及格的来找她,她会麻烦不断。所以,彩虹一定要在学生面前树立起自己坚持原则的形象。

她甚至想,如果这个人再不走,不得已她会给他一拳,将他打趴在地。

沉默几秒,季篁慢慢转身,对台下说:"同学们,今天空气很好,阳光不错,我知道楼下的花园有个很大的草坪……"

课讲得很顺利,太顺利了!没人举手,没人提问。十六个学生,三分之一的人在偷偷看小说,三分之一的人在写作业,剩下的三分之一倒是盯着老师的脸,不过目光却很迷茫,似乎在做白日梦。其间她点了一个男生回答问题,男生一面懒洋洋地答非所问,一面手指还发着短信。彩虹有种挫败感。虽然知道第一次讲课大多如此,她还是很郁闷。她后悔以前没上这门课,后悔到同情起那个给她六十分的老师来。人家的愤怒是有理由的,至少她现在就想给这群人全部零分!

下课铃响时,她已累得虚脱了。下楼的时候又接到陈静芬的电话。

"小何,怎么样?课讲得怎么样?"

"……还行。"

"第一次,是不是有点紧张?"

"啊……嗯。"

"别担心,我第一回讲课也出了好多糗。谢谢你帮我!"

"对了,陈老师,刚才有人跟我争这个教室。我想,您可能需要向教务处反映一下。"

"哦——"那边一阵迟疑,"是谁跟你争教室?"

"季篁。"

她将情况简单地说了一下。

"糟了,小何,"陈静芬说,"我想这是我的错。"

"您的错?"

"我的教室本来是 407 室,因为九月份秋老虎天气太热,偏那教室的电风扇坏掉了。我侦察了一下,发现 403 室一直空着,就换到了 403 室,没跟教务处说。"

"啊?"彩虹傻眼了。

"没关系,没关系,小季我认识,明天碰到他跟他解释一下。大家都是同事嘛,不会在意这种事的。"

"那……嗯……好的。"

彩虹没精打采地下楼,头一直耷拉着。下课时,她故意慢慢地收拾东西,以为会有学生上来问问题。以前她经常这样跟老师套近乎。若是老先生的课,她还帮人家提包拿茶杯呢。可是,铃声一响,学生们拾起书包就走,溜得比放风还快。偌大的教室,剩下她一个人,孤零零地擦黑板,又孤零零地关灯,好像这里不是教室,而是停尸房。

楼下的桂花全开了,校园里飘着一股沁人的香味。彩虹背上书包,不由自主地向花园走去。那个季篁也是初来乍到的老师吧?除了有个博士学位,情况和自己差不多,但他的样子却很老练。听教授们说,最牛逼的老师才会在最后一秒到达教室,这叫拽味。奶奶的,彩虹在心里骂,季篁你是个什么东西!没你今天一顿搅和,我有生以来的第一堂课也不至于如此惨败,我纯洁向上的心灵,也不会蒙受如此大的创伤。

彩虹在用自己的无意识痛快地鞭打着季篁,越过一排桂花树,她又看见了他。原来他的课也讲完了,人还没有走,好几个学生围着他。

她停下来,站在他身后,不动声色地等着。

"……老师,我还是有点不明白什么是复调小说。您是指几种完全不同的意识形态或者声音在同一部小说里出现吗?"

"嗯。我是指作者对这些声音不抱批评的态度。他并不是想将不同的声音编辑起来形成一种统一的声音来作为自己意识的传声筒,而是让这些声音自然地显现。"

"老师,我还有一个问题,关于狂欢的理论……"

"别着急,这一点我下节课会仔细讲的。"

"老师,巴赫金和托罗多夫……"

彩虹抱着胳膊静静地等了三十分钟,那几个学生才陆续走了。季篁折过身来也要走,看见她,微微一怔,停住了脚步,"何老师,你有什么问题吗?"

彩虹瞪着他,深深地吸了一口气,道:"我没问题。你正在讲俄国形式主义?"

"对。"

"这么说,你的'新批评'讲了足足一个月?这门课全是你一个人上吗?"

彩虹在心里计算,这门课通常会从"新批评"讲起,接下来就是"俄国形式主义"。照这位老兄一个流派一个月的速度,这是一学年的课。这样的理论课在每个大学的文学院都是重磅炸弹,备课难,萌点少,不容易取悦学生,一般由最有经验的教授主讲,多数情况是由精通各个流派的老师轮番上阵。彩虹记得以前选这门课的时候是由七位教授分别讲授,结果她给那位讲"解构主义"的老师一个毫不留情的评价:"亲爱的老师,您成功地迷惑了我,我觉得您真的不知道自己在讲些什么。"

"是。何老师对我的大纲有意见?"

"没意见。我只是想趁机和你搭讪。"

"搭讪?"他怀疑地看着她,"为什么?"

"嗯……我刚打了一个电话,证实那个教室的确是你的。"

"哦。"他低头看表。

"我错了,向你道歉。为了表示我的歉意,我请你吃饭。"

"不客气,我不饿。"

"同时,我还有学术问题要请教。"

"下次吧。"

"是这样,我这人特不喜欢别人利用我的愧疚。为了不给你这个机会,这顿饭我一定要请。"

"我从来不利用别人的愧疚。"

"只是便饭,就在食堂里,点几个小菜而已。"

彩虹觉得,此时自己的口气有点像乞求,而这人的态度真是太不给面子啦,她笑得很僵硬,却如一个绿林大盗硬生生地挡住了他的去路。

季篁低下头想了想，终于说："好吧。"

_03

季篁从停车栏里推出一辆美利达，看样子他是山地车爱好者。

彩虹也喜欢骑车，和做出租车生意的爸爸一样，彩虹很喜欢摆弄机械的东西。可是自从她的第三辆新车在校园里被盗之后，她就放弃了骑车的念头，改乘公共汽车上下班了。

"你喜欢去哪家食堂？东区的，北区的，西区的，还是畅春园？"彩虹问道。

"有区别吗？"

"当然有！东区的川菜和小炒不错；北区的汤和火锅好；西区胜在糕点和海鲜；畅春园嘛，主要是北方菜。季老师是哪里人？"

"我是北方人。不过我喜欢川菜。"

彩虹情不自禁地看了他一眼。北方人？不大像啊。如果表情不那么阴森、眼神不那么犀利的话，他应当算是个英俊的男人。但他的个子不是很高，没有一米八，身子瘦削，显得腿和胳膊都很细长。彩虹的几位北方师兄个个心宽体胖、身材魁梧，相比之下，她觉得季篁的外形和他的名字一样，细如修竹，临风摇曳，充满江南水汽和叮咚古韵。她甚至想起了一首诗：独坐幽篁里，弹琴复长啸。深林人不知，明月来相照……

"那就去东区食堂吧。东区我特熟，离我以前的寝室近啊，考研那阵儿天天去吃小炒，一个菜吃两顿，算下来价钱跟大锅菜一个样儿。我建议你常去吃。"作为本地人，彩虹大步在前引路。

季篁说："我觉得这里大锅菜的味道挺不错，比我以前的学校好。"

彩虹忍不住想问，你是哪个大学的？又觉得这事儿早晚会知道，何必当着人面刨根问底？弄不好还让人家误会自己对他有意思。再说F大学是国家重点大学，毕业能分到这里的绝不是一般人物。

说话间食堂已到。下午四点，还未到晚饭时间，二楼小炒部的人也不是很多。

找了个临窗的座儿，服务小姐斟了茶，递上了菜单。

彩虹是个美食控，一见到香喷喷的菜，心情顿时好了，笑吟吟地说："季老师，你爱吃什么？请随便点。"

"我不熟悉这里的菜，还是你来吧。"

"那我就替你做主了。"彩虹也不客气,更不看菜单,径直对服务小姐说:"四喜丸子、香辣牛肉、豆瓣鲫鱼、清炒藕片,嗯……什么汤呢?想起来了,这里的鸽子汤不错,来碗参芪鸽子汤吧。这个好,可补元气哪,有段时间特流行,大家都叫状元汤。"

说到这个学校的典故,彩虹真是老油子了。毕竟混了七年,又是本地人。她对F大学的历史、现状和风气都有细致的体会和研究。

"我觉得两个人吃,两菜一汤足够了。香辣牛肉和豆瓣鲫鱼就不用了。小姐,请划掉这两样,好吗?"

彩虹连忙拦住,"别客气,吃不完可以打包的。"

"真的用不着,请不要太破费了。"

彩虹有点窘。她有太多的师兄师姐,所以很少请客,去餐馆以蹭饭居多,好不容易大方一回,居然被限制点菜……有点煞风景哦。显然,这位兄台来自不同的文化区域……理解理解。

她喝了一口茶,微笑道:"忘了自我介绍,我叫何彩虹,现当代文学教研室的。"

"你是关烨的学生,对吗?"他说。

彩虹的眉头皱了起来,"你怎么知道?"

他笑,"有其师必有其徒。"

"你是指才华这方面吧?"

"她还有别的方面?"

"嗯……没有。"何彩虹在心底说,季同学,你没听说过中文系大名鼎鼎的关烨教授吗?才华横溢,声名狼藉,以四十五岁高龄成功色诱多位男弟子,其中一个因爱成恨、愤而自杀,成为三年前F大学头条新闻,其愤怒的父母以性骚扰之罪告到法庭,令她差点坐牢并为此丧失博导资格。

"我很喜欢关烨,我指,学术。"

"我崇拜她。如果她是男的,我会下死力地追她。"

话一出,季篁目瞪口呆,她连忙说:"别紧张,只是个玩笑。"

"何老师,学术和爱情是两回事。"

"一回事。它们都需要激情。"

显然,这是一个不大合适的话题,季篁不动声色地转移开去:"说到激情,何老师,有什么充满激情的好书可以推荐一二?"

"《夏洛克·福尔摩斯探案集》。"

菜端了上来,季篁的筷子停了停,"那我岂不是因此能猜到你常用的密码?"

彩虹笑呵呵地说:"我常用的密码是什么?"

"221B,对吗?"

何彩虹仰起脸,眯起了一双杏眼,"华生先生最喜欢抽的香烟是——"

"船牌的。"

"福尔摩斯说过的最富哲理的一句话是——"

"'我们追求,我们想抓住。可最后我们手中剩下了什么?一个幻影。或者比幻影更糟:痛苦。'"

"《退休的颜料商》。"

叮当。彩虹的心灵被神秘地撞击了。她忽然满脸通红,有很多话涌到胸口,季篁却突然间硬生生地刹住,指着其中的一盘菜说道:"这个味道很不错,叫什么来着?"

何彩虹张了张口,又闭上了,回头叫送菜的小姐:"服务员!"

"您还想要点什么?"那个学生模样的服务员过来问道。

"我点的是四喜丸子。"

"这是四喜丸子。"

"我点的是用冬菇、冬笋、鸡蛋、葱姜、酱油、绍酒、精盐、八角做出来的著名的鲁菜四喜丸子,这不是四喜丸子,这是黄焖丸子。"

"它们都是丸子。价钱也是一样的。"

"它们的本质不同。一个本质是四喜,一个本质是黄焖。"

"它们的本质都是猪肉。"服务员眨了眨亮晶晶的小眼睛。

彩虹将脸一横,道:"这位小姐,你在餐馆工作却分不清四喜丸子和黄焖丸子,这是学艺不精,基本概念错误。我不跟你吵,叫你的经理来。这菜上错了,我吃了也不付钱。"

"嗯……别去叫经理好吗?"服务员的声音顿时软了下来,举起手上缠着创可贴的食指,"刚才端菜时我的手被油烫了,太痛了,一分心,记错了菜名……"

"小姐,你看我这样子是不是很傻很可爱?是的,我有爱心,但我的爱心不给人玩弄。别找理由了,我要见你的经理。"

服务员苦着脸进了后堂。过了片刻,苦着脸地回来了,端给他们一碟四喜丸子。

"知错就改,这就对了嘛。"彩虹将丸子审视了一番,夹了一个在自己的碟子里。

然后她就看见那女生的眼泪吧嗒吧嗒地往下掉,越掉越多,干脆嘤嘤地哭了起来。

彩虹顿时傻眼了:"哎……同学……这么一点小事,你也犯不着哭成这样吧?"

"呜呜……我们经理把我开除了……呜呜……我拿不到工资……呜呜……下个礼拜要交房租……我要睡大街了……呜呜……"她越哭越伤心,一屁股坐下来,坐在同一张桌子上。

"你是……这学校的学生?"

"……刚毕业,找不着工作……我家在农村。"

"蚁族啊!你早说啊……"彩虹站起来,"我去跟你们经理说,刚才只是一场误会。"

"那经理早就看不惯我了,一直想开我……"

季篁叹了一口气,掏出钱包,"同学,你的房租多少钱?"

"三……三百块。"

"这是三百块,你先拿着用吧。"

"老师您真好,谢谢您!"

人家都这么有风格了,彩虹觉得,自己的表现也不能太差了,连忙也掏出钱包,"这是二百块,你也拿去用吧。找个好点的工作,大学生什么不能干啊,干这个,去找个专业点的。"

"老师你们真好,这钱算我借你们的吧。"

"不用不用,别还了,别哭了。手烫伤了,早点回去休息吧!"

那女生拿着钱,抽抽噎噎地走了。

彩虹回过头,吸了一口气,瞪大眼睛看着季篁,"季老师,请你告诉我刚才这人说的话全是真的,她没有骗我们五百块钱!"

"我觉得是真的……"

"那么,季老师,请你答应我,这顿饭你付账,因为我的钱全给她了。"

"何老师,如果你不是那么执着于四喜丸子和黄焖丸子,我们的钱包都还是鼓鼓的……"

"季老师,我还是要说,四喜丸子和黄焖丸子的区别真的是本质上的!这两种丸子不可以混为一谈。"

季篁看着她，慢慢地吸了一口气，拒绝争辩下去。

就在这当儿，彩虹的目光瞟到窗下，她忽然道："季老师……那辆橘黄色的自行车是你的吗？楼下有人正在偷你的车子！"

他们一起冲下楼。

那个偷车人骑着季篁的自行车已经驶出了百米之外。

何彩虹一面追一面叫："喂！喂！大家拦住他！有人偷自行车！"

她还要往前跑，手臂忽然被季篁拽住，她听见他说："别喊了，没人能当着我的面偷走我的东西。"说罢将旁边一个正在骑车的男生拦下来，"同学，我是学校的老师，这是我的工作证，借你的自行车一用。"

一道影子直追了上去，眨眼间就消失了。

那被拦下来的男生吹了一声口哨，对彩虹道："他是体育系的吧？"

"中文系的。"

男生别过脸来看她，"中文系？那他肯定追不上了。偷车子的好多是体育系的。这么粗的锁，用手一拧就断。"

"同学，你功夫片看多了吧？"

可是彩虹的心中不禁浮想联翩，她被季篁拉了一下，他的手很温暖，很有力，她有点意想不到会是这么有力。而且他处乱不惊的神态也镇住了她。她突然发现他很瘦，却很有肌肉，他骑车的样子也很帅。

过了二十分钟，季篁一手骑着自己的自行车，一手拽着另一辆自行车悠悠地从马路的尽头现身了。

彩虹的脸笑成了一朵花，"季老师，你真行！"

"对不起，多耽误了几分钟，我把人送到保卫处去了。"

"哦……你连小偷也抓到了？"彩虹与那个男生同时哑然了。

"不是很难，校园就这么大，他能跑多远？"

还了车，回到餐厅，菜已经冷了。彩虹吃不惯冷菜，就着汤随便扒了几口饭。季篁倒是饿了，将桌上的菜一扫而光，见彩虹的碟子里尚有一枚四喜丸子，很礼貌地问："你介意我吃掉它吗？"

彩虹愣了愣。那丸子她虽然没动，但放在自己的碟子里，好歹是用自己的筷子夹过的。这当然不是问题，这么好的四喜丸子也不应该浪费。是他很爱吃肉丸，还是他觉得自己很浪费？彩虹有点讪讪地摇头，"不……不介意。"

面前的人慢条斯理地将那只巨大的号称狮子头的四喜丸子一点一点地吃完，彩虹觉得他的样子很有喜感，顿了顿，她忽然说："季老师，能问你一个比较私人的问题吗？"

"问吧。"

"你为什么从来不笑？"

"……不是不笑，只是笑得比较少。"

"你一般一天笑几次？"

"我三年可能会笑一次。"

说这话时，彩虹正在喝茶，结果就喷了。

第二章

辣妈明珠

——

　　因为这顿无厘头的饭,彩虹回家晚了。被这位搞笑的季老师一打岔,她的心情也莫名其妙地好了起来。

　　彩虹的家就在光华重型机床厂职工宿舍 36 栋西门 7 楼 14 号。三十年的老楼房,俗称"大板房",由预制的钢筋混凝土大板拼合而成,隔墙是一块水泥薄板,隔壁家的动静听得一清二楚。彩虹家在最高层,晴天曝晒,雨天漏水,夏天热得像烤箱,冬天冷得像冰箱。家里倒是有空调,电费太贵要省着用,所以,九月和十月还真是住大板房的最佳季节。

　　就是这样的大板房,分房的时候还抢破了头。若不是排在前面的那位大婶嫌 14 号不吉利放弃了,彩虹一家人还得继续待在狭小的平房里共用公共厕所呢。

　　彩虹到家时,彩虹的妈妈李明珠正坐在楼下的板凳上和本楼的一群妈妈们择菜。一大包豆芽,李明珠吃得讲究,每个小根都要摘掉。

　　彩虹看着妈妈,心里叹了一口气。若是换个年代,彩虹妈也许不必吃这些苦,也不必过这种生活吧。彩虹的外公在新中国成立前曾经是这个城市最大的资本家,彩虹的外婆十六岁就嫁给了他,做了他的第三房姨太。过门后很受宠爱,李明珠因此有过一个非常光鲜的少年时代。可惜好景不长,战乱时期彩虹的外公带着全家去了台湾,偏偏那时明珠的外公病危,明珠的母亲带着她去广州省亲来不及赶回。这一耽搁就再也无聚头之日。沾上了这层关系,彩虹的外婆在"文化大革命"期间被整得死去活来,贫病交加的她临死前将明珠交给了根正苗红、三代贫农出身的工人何大路。被何大路的阶级成分这么一"调和",李明珠得以在那段岁月苟活。后来两岸关系缓和了,李明珠千方百计地想和台湾的家人取得联系,却辗转地得知自己的父亲早已过世,家产已被两位夫人及其子女瓜分殆尽,那边的人唯恐她们会来争夺遗产,对她的来信根本不予理睬。李明珠刚开始还义愤填膺地扬言要找律师告他们,何大路只当没听见。恰好那个冬天,明珠的关节炎又犯了,住了两个月的院也没治好,彩虹带着她去看中医,开了一人堆药,又被家人强迫着学打太极拳,一打岔儿,这才不闹了。

"哟,明珠,你闺女回来了?"二楼的陈阿姨笑着说。

"知道她这时候回家,我特地在楼下等她呢。"李明珠将择了大半盆的豆芽拾起来,站直身子,直直地问道:"彩虹,上次陈阿姨给你介绍的那个秦小同,你们谈得怎么样?"

彩虹双眼看地,支吾:"见了两次,没联系了。"

"哎呀,怎么会呢?"李明珠跺起脚来,"人家小秦多好啊!身高一米八,家里有两套房子,老头子做的是大生意,撂下话来说一结婚就将滨江小区的那套房子过户给他。你知道那个小区吧?复式的呀!上下两层,一百二十平方米,他家在六楼,不高不低,还有电梯。光那一套房就值几百万,还不算装修的钱。人家家长说了,就想要个知书达理的媳妇。陈阿姨你说说看,论知书达理,我家彩虹是大学老师,学历又高,长得又好,马上要读在职的博士。这附近还有谁比她更知书达理的吗?"李明珠这一生气,唾沫乱飞,嗓音顿时高了,"乖女啊!你不给你老妈一个面子,怎么着也得给陈阿姨一个面子不是?你也老大不小了,转眼就成剩女了,你还挑个没完,别千拣万拣,拣得个烂灯盏。"

彩虹窘了。老旧的大板房自有它的"门栋文化"。那就是以门栋为单位形成一个小型社交圈,平时借把葱,忙时帮接孩子,过年互送糕点,讲的就是这份十几年的亲近。彩虹面前的一群阿姨全是看着她长大的老邻居,大家扬起脸,一副惋惜的样子。李明珠早已派下任务,让阿姨们"关心"彩虹,弄得她日日回家都被围剿,不交代一番不让上楼。

彩虹只得强笑,"妈,您搞错了,不是我没联系他,是他没来联系我。他打给我一个电话,我回了一个电话,然后他就再也没有打过来。您总不至于让我上杆子似的去追他吧?陈阿姨,我这样做,没什么不合适吧?"

对于这种类似于乡村文化的门栋文化,彩虹是不感兴趣的。但最近这栋楼的孩子们考大学的考大学,跑生意的跑生意,纷纷留在了外省,彩虹自然而然成了八卦的重点。

陈阿姨一摆手，也笑，"嗨，这都是你们年轻人的事儿，我们老的不过是牵个线。话又说回来，现在的年轻人……唉，不说了。彩虹，如果你还有意，我倒愿意替你去说合说合，探探口风也行。小同的妈妈还挺喜欢你的……"

"不不不，陈阿姨，这事儿让我自己处理吧。"彩虹窘得无处可逃。

李明珠在一旁冷眼瞧着，"咝"地抽了一口气，站起来，掸了掸身上的灰尘说："彩虹，我们先回家吧。"

彩虹搀着母亲上了楼。自从得了关节炎，李明珠上楼就不利索了，全家攒钱想换套楼层低点的房子，实在高有电梯也行。但这八十年代的大板房卖不出价儿，附近的商品房又太贵。搬远了吧，李明珠和彩虹都有交通困难，就这么给耽搁了。转眼间，房价噌噌地往上蹿，越耽搁越没戏。彩虹爸每天早上五点起床开出租车，这城市出租车多如牛毛，钱也不那么好挣。去年还出了趟小车祸，人没伤着，车坏掉了，送到修理厂一修，花去了一万多。想买新车不够钱，就这么开着吧，也不敢跑远路了。

进了家门，李明珠坐下来，彩虹给她拿了杯冰绿茶，明珠看着女儿，仍在呼呼喘气，"这么说，是他瞧不上咱们家？"

"妈，您以为高学历要加分呢？如今学历高到我这份上的，只能是减分，如果我是离婚带个娃，那就是死路一条。"

"乖女，妈对不起你！若是你早生几十年，赶上你外公在世，也不是这副情景。当年你外公多疼我啊，光保姆丫头就四五个。全家吃饭，孩子女人们坐另一桌，就他抱着我一个人坐上座，先喂了我自己才动筷子。"

这话李明珠说过无数遍，彩虹早听腻了。可是年纪大的人思维成了环状，无论想什么事儿，兜来兜去还得兜回来。彩虹很同情妈妈，凡到这种时候就不吭声了。如果一个人的黄金时代就在童年，之后越过越差，还不许人多回忆回忆，这厚道吗？

"唉，过去的事儿就不说了。这么说，那姓秦的小子对咱们不是很热情？"

"嗯。"

李明珠眸子一闪，一把抓住彩虹的手，"这种男人不能要，知道吗？开始都不待见，以后还能指望啥？你病了他会伺候你？没钱了他会养你？这世界就是这样，男人寻找财富，女人寻找男人。男人牺牲女人成全自己，女人牺牲自己成全男人。既然我们要做那么多的牺牲，那就万万不能牺牲错了。懂不懂？不然就是鸡飞蛋打，赔本还不赚吆喝。"

"行了，妈妈，您已经看破红尘了。"

"女人不必看破红尘，看破男人就可以了。"

每当说起这些时，李明珠就无来由地激动。彩虹知道她在暗骂外婆当年为了逃离"黑五类"而逼她下嫁了工人老大粗何大路。按当时的情况，若不是李明珠长得漂亮令何大路一见钟情，且不顾父母疯狂反对而娶了她，她还真高攀不上呢。资产阶级小姐一过门，便被何大路的母亲来了个杀威棒。她每天一大早起来熬粥，烧全家的洗脸水。大冬天洗全家人的衣服，包括公婆和老公的内裤还不让用热水，怕留印子。几个月下来，她的手冻得跟包子似的，冻疮年年发，硬将一双秀手变成了又黑又粗、凹凸不平的鸡爪子。好不容易熬到改革开放，李明珠嫌何大路工资低，逼着他改行开出租车。那年头出租车司机还真能挣点钱，但何大路好酒，有事没事都要喝两口，所以开车老出事，不是被罚款就是出车祸，执照都被吊销过。现在开的这辆桑塔纳还是和另外一个师傅凑钱买下来的，夜以继日地开，也只能挣个饭钱。全家想住好房子的希望就落到了彩虹的身上。介绍秦小同的那天，李明珠就对女儿说："这种复式楼最好。以后你生了孩子我和你爹过去给你带娃做饭，我们住楼下，你们住楼上，互不打扰。"想不到美梦这么快就破灭了。

和伶牙俐齿的明珠相比，彩虹少了一份戾气。这家里谁不让着李明珠啊？彩虹憋着一肚子的牢骚，将那盆豆芽夺过来，闷声不响地择着。她知道妈妈的话匣一打开，一时半会儿也关不掉。和她理论是体力活，不如哼哼哈哈地应付她，累了自然会停。

"彩虹，你那个同学苏东霖呢？最近也没见他来找你玩了嘛。"

"秦小同都不待见我，人家苏东霖岂不是更有理由不待见我？"

"你说这苏家二少也是的，闪闪烁烁、若即若离，玩的是哪招嘛。"

"妈，您别乱猜了，苏东霖只是一般的朋友。Party缺人了就叫我去玩一下，K歌乏味了换个人聊天，我就是个变相三陪，如此而已。"

"可别说，你这群朋友中还真只有这个苏东霖靠谱，家世好，人低调，干的又是理工科，没什么花花肠子，又是大学同学，知根知底。彩虹，对人家不要不冷不热，要加把劲儿。虽说咱家经济实力不如他，但你是女方，长得漂亮，学历又高，到哪里都拿得出手。"

"就他……还低调？成天开个沃尔沃四处显摆，没人不知道他是个花花大少！"

若是换在几年前，这种谈婚论嫁的话题彩虹是绝对不参与的。可是羞涩的少女年代已过,在李明珠的狂轰滥炸下,彩虹已明白在母亲面前坦白交代、服从分配才是最好的出路。

"好吧,不谈苏东霖,毕竟贫富悬殊。你若嫁给他,就当中彩票吧。再说那个秦小同,家里是有钱,但也就是大专生,不过是仗着个有钱的老子,自己开个公司,生意做得也就一般吧。呸,他看不上你,我还看不上他呢。我平生最恨暴发户,有两个臭钱就嘚瑟,以为可以戏尽天下女人,德行!吃一堑长一智。彩虹,你说说看,这次相亲咱们错在哪儿啦?你有什么地方没做好?我们有什么教训要吸取?"

万事难就难在反省。彩虹只要没谈成,回家都要向妈妈反省相亲过程中的每个细节:是衣服没穿对,是太矜持了,是太随便了,还是不把村长当干部了;是礼节上疏忽了,还是言语不慎了;是太急切了,还是太露怯了。

彩虹仔细地想了想,坚定地说:"没有,绝对没有,我绝对是淑女!"

"我叮嘱过你,别和人家谈什么富康,你没谈吧?"

彩虹想笑。有一回相亲她对着那男生大谈福柯,硬生生把人吓跑了。吓跑了还回头到明珠那里告了一状,说她假清高、掉书袋。明珠记不住"福柯",记成了"富康"。

"没。他倒是说他不打算要父母的钱。如果他父亲给了他房子,他要求婚前财产公证,或者我们家象征性地付给他家三分之一的房款。我心里一算,三分之一也要六十万,我们怎么付得起?就对他说'拉倒吧'。"

其实关于房子,那个秦小同只是暗示了一下。但头次见面就谈这个,彩虹还是很气恼。后来秦小同打来电话她也爱答不理。若不是看在陈阿姨的面上她都要骂开了。这话本不当讲,何必戳得人心疼?但彩虹妈一旦开了话匣,还真只有这样才能止住。

李明珠果然闭嘴。彩虹赶紧去厨房洗菜。

没想到李明珠又跟了进来,一把夺过菜盆,"我来洗吧。你这细皮嫩肉的手,可不能洗坏了,将来要留着嫁人的。回屋里歇着吧。今天妈给你炖了骨头汤,还有香辣牛肉。炒了豆芽就开饭。"

彩虹正回客厅,又被妈妈一把拉住,问道:"对了,那姓秦的小子,点菜的时候怎么看的菜单?"

彩虹愣了愣,"什么怎么看菜单?"

"他看菜单的左边,还是右边?"

彩虹想了想,说:"当然是右边。右边是价钱嘛。"

"暴发户！有钱人只看左边不看右边的。你个黄毛丫头懂个屁！"

_ 02

从妈妈的身上，彩虹深刻地认识到一个人的过去对自己的规定性。这个"过去"在妈妈李明珠的不断润色、丰富和想象中已渐渐有了未来的影子。彩虹觉得此生的一大重任便是想方设法地帮助妈妈回到过去，替她找回失落的童年。

回到家中的彩虹是资产阶级与农民阶级相结合的后代，住在无产阶级的大板房里。她有点搞不清自己的阶级本质。可以确信的是，她在工人阶级的社区长大，每天坐着无产阶级的公共汽车，来到阶级成分混杂的乌托邦校园。在那里，涉世未深的大学生们相信世界是美好的。作为老师，她告诉他们社会是公平的，人心是善良的，只要你不断拼搏，面包会有的，牛奶也会有的。然后学生们毕业了，带着一颗纯洁的心投入滚滚红尘，发达的发达，跳楼的跳楼。

所幸彩虹及时地回到了学校。盛午的阳光、青葱的岁月、琅琅的书声和充满活力的操场时时提醒她只有留在这里才不会死亡。因为校园里的人生没有四季，校园只有一季，那就是永不凋谢的青春。

次日的正午，她带着这个信念兴致勃勃地去了文学院，像所有刚刚工作的年轻人那样，她童稚未脱，上楼一蹦一跳，好像早晨八九点钟的太阳。就在这时，她遇到了从后面追上来的中年教授方志群。

接着，她的臀部就被人拍了一下。

彩虹震惊地站住了。

"小何，今天的例会你来吗？"方志群似笑非笑地看着她，眼光睃到她的胸口，笑得意味深长。

彩虹今天穿了一件比较特别的文胸。这当然不是她主动要求的，而是妈妈买给她的。李明珠一直嫌女儿的胸部不够坚挺，特地给她买了这件昂贵的、"增强凝聚力"的定型文胸，商标上还写着它有防治胸部下垂、乳房松弛、乳腺增生、纤维囊肿等诸多功效，穿上后体形果然有惊人的改观。彩虹倒不十分在意，文胸嘛，不就是一件衣服。没料到这衣服对方志群这种人竟有如此强烈的视觉冲击。

彩虹低头冷笑，冷笑间方志群已意识到了什么，飞快地越过她，一转弯，进了会议室。

读研的时候彩虹就曾被这位方教授"拍"过一次。当时她正修着他的"西方美学史"，为了一年一度的全优奖学金，敢怒不敢言。现在和他做了同事，路曼曼其修远分，她不能再这么上下求索了，一定要有所行动。意念已决，当下去了女厕所，在窗前给自己的导师关烨打电话。

简单说明了事件的经过，那头沉默几秒，传来关烨优雅的女低音："彩虹，马上去找系主任。告诉她你被这人性骚扰，要求系里严办，将他开除或调走。不然你就要向校领导反映，同时不排除诉诸法律的可能性。记住，脾气要足，口气要硬，但不要哭。"

彩虹有点迟疑，"这么做是不是严重了点？……也没有任何证据，万一他矢口否认呢？"

"凡事求其上方得之中，求其中则得之下。就算你这么办了，也至多是主任找他谈话，让他以后注意，方志群肯定抵死不认账。可是如果不这么闹就连谈话也不会有。庞老头这个月为职称的事忙得焦头烂额，才没空理你呢。"

彩虹深以为然，挂机前关烨又加上一句："记住，你刚工作，得抓紧机会教育你的领导，一是让他明白什么是你的底线；二是让他知道你会愤怒；三是让他以后一听见你的名字就有如下的心理暗示——该给你的都得给了，不然会有数不清的麻烦。"

都是血和泪买来的道理，不是心腹谁会向你交代？

彩虹连连点头，道："明白了。"

从厕所出来，彩虹直奔五楼系主任办公室。主任庞天顺是位笑容可掬的老头子，过早谢顶，多年来习惯戴一个以假乱真的发套。上本科的时候彩虹总能在大楼的走廊里瞥见他在装满线装书的办公室里正襟危坐，将假发套摘下来放在桌上，拿把牛角梳认真地梳理。

作为文字学教授、甲骨文专家，庞天顺在学界迅速发达是因为他考证出了甲骨文中的几个字。莫要小看，甲骨文刚出土时，那些简单的、材料丰富的汉字早已被老一代专家考证得一干二净，剩下来的那些符号就像 N 元一次方程，求一个全解难如登天。与它相比，达·芬奇密码真不算什么。一向以来，F 大学文学院的领导都是由这种学问深湛的考据专家担任，扎根国学，待人以礼，远离党派之争。彩虹怒气冲冲地敲开主任办公室的大门，以一个青年女教师的名义义愤填膺地向他举报了方志群的不苟行为，痛彻心扉地要求系领导对这样的"学术流氓"做彻底清洗，要求他正式道歉，将他调离本院，否则她就要上报校领导或去公安局报案。她甚至暗示她有一位亲戚就是律师，可以免费替她打这场官司。

一口气说了半个多小时，庞教授一直一声不吭地饮茶，过了片刻，见她情绪平复，方慢慢地张口："小何啊，性骚扰这事儿，没证据不大好说吧？搞不好还被人反咬一口，越描越黑，毁坏了方志群的名誉无所谓，你的名节也玷污了。我看这最多是个行政治安事件。"

姜还是老的辣。彩虹一下子就哑巴了，还没缓过神米，庞教授一句话就将她打发了："这样吧，我去找方老师谈一谈，让他注意点。如果还有再犯，一定严肃处理，你看怎么样？嗯，我马上有个会，已经迟到了……"

就这样，彩虹灰溜溜地出来了，沮丧地跑到一楼茶水室倒了一杯开水，气呼呼地站在那里想对策，手机又突然响了，一看 ID，还是关烨。

"彩虹，你的事办完了吗？"

"和您说的一样，庞主任说他会找方志群谈一谈。"

"行了，这就算你赢了。你快来救救我吧！"

"出了什么事？"

"那个陈伟平又来了，就在我的办公室门口。"

"我马上去。关老师，您先回避一下，千万别回办公室。"

陈伟平来了。

彩虹倒抽一口凉气，放下水杯就往三楼跑，果然在关烨办公室的门口看见了捧着一大把玫瑰花的陈伟平。

自从关烨教授的狂热崇拜者、文学院博士研究生贺小刚三年前在她的办公室门口服毒身亡，关烨就成了学校的传奇人物。从那以后，修她课的学生成几何级数增长。这个陈伟平是贺小刚的学长，关烨的另一个疯狂崇拜者，论起辈分还是何彩虹的师兄呢。陈伟平读博期间就开始了他的爱情长跑，遭到拒绝后心灰意冷，退出沙场，将火炬传给了师弟贺小刚。贺小刚的死重新点燃了他的心火，他以为受挫之后的关烨会心慈意软、放松警惕。可是关烨从来也不给他机会。毕业后他弃文从商，在地产界混得风生水起。照理说，以他的收入身边肯定不乏佳丽。不料这人就是痴心不改，死缠硬磨，寻找一切机会接近关烨。

何彩虹与贺小刚很熟，与陈伟平却只有几面之缘。唯一的印象就是两人皆英俊美貌，都是当年中文系的才子。贺师兄清冷忧郁，散漫如诗人；陈师兄慷慨多气，是著名的情痴。

即便在当年，彩虹也知道这两个师兄虽然风神超迈，容仪俊爽，却是可远观而不可亵玩的。

按妈妈李明珠的话说,文科男人,感情丰富、见异思迁,断断惹不得!

于是,彩虹整整身形,老远地打起了招呼:"师兄好!"

一身正装西服的陈伟平向她斜睨,目光充满了防范,"彩虹,你又来替关老师挡驾?"

"师兄,这是办公重地,有什么事换个地方谈好吗?"彩虹将书包一放,打了个哈哈,"关老师今天不在办公室啊。"

"她十二点下课,下课之后一定会来办公室吃午饭。"陈伟平看了看自己的皮鞋,好整以暇地说,"我就在这里等她。"

"师兄啊,容我说一句,你已经走向社会了,老大不小了,你应当明白关老师她老人家今年高寿四十五,大你十几岁哪。你这是演的哪出戏啊?你说,女大三抱金砖,这女大十七,还能抱什么呀?"

"谁说结婚一定要男大女小?为什么就不能倒过来?我一个二十八岁的英俊少年怎么就不能娶一个四十五岁丰韵犹存的女人?"

"是这样……"彩虹附耳过去,"关老师已经过了生育的年纪,子宫荒废多年了——"

"笑话!我娶女人就是为了她的子宫吗?难道爱情的目的就是繁殖?我的爱是最纯粹的爱!最纯粹的爱不指向婚姻,也不考虑下一代。除了爱情,我什么也不要!彩虹,亏你还是关老师的学生,你满脑子的父权残渣!你违背了你的信仰,你不是一个坚定的女权主义者。"

"师兄,这话你说过了吧?你说,你送老师一束玫瑰,这是什么?小资!恶俗!你以为玫瑰就象征爱情了?一束玫瑰就可以打动著名的福柯专家关烨教授了?告诉你吧,对她来说,玫瑰什么也不是,只是一个符号,一个空洞的能指。你把这叫浪漫,别寒碜我们中文系的学生好不好?你搞点经得起分析的把戏行不行?你的表达能力丰富一点,有创意一点好不好?人家贺小刚好歹还会写几首诗,你送什么?一束玫瑰花?呸!"

"这不是一般的玫瑰,这种玫瑰几百块一打!"

"我知道它们很贵,和你的气质完全匹配,你就是个充满铜臭的商人。"

"哈!"陈伟平嗤笑,"有几个充满铜臭的商人会追求大自己十七岁的女人?何彩虹,我知道你伶牙俐齿,不过追求谁是我的自由,你别挡在这儿替我添乱。"

"我没添乱,你的行为完全是替关老师添堵。你一定要这样大张旗鼓地闹得尽人皆知吗?你嫌关老师的麻烦还不够多吗?就算你爱得死去活来、天昏地暗,你就不能想点委婉的招儿吗？"

"有办法吗？你替我想一个好不好？电话她不回，电邮她不理，见面扭头就走——你让我怎么办？"

"她的意思你还不清楚吗？她的态度你还不明白吗？陈伟平，你博士读得猪油灌脑了还是怎么的？学海无涯，海都把你的学问冲光了是怎么的？你以前不是这样的人啊。人家关老师信奉的就是独身主义，她一辈子都不要嫁人的。如果她想嫁人，年轻的时候还不嫁了？还轮得到你吗？说到底是你的父权思想严重还是我的严重？父权理论的一大误区就是认为女人必须嫁人，女人只有属于了某个男人才是真正意义上的女人。就从你一定要娶她这一点来说，你就不了解她，也不尊重她！陈伟平，趁着系里的例会还没有散，你快点走，别让所有的老师都看见你——"

话音未落，彩虹就听见"砰"的一声，自己的脸就开了花。还没摸清发生了什么事，眼睛一黑，头顶上闪出了无数颗小星星。她"哦"地叫了一声，后退半步，坐倒在地，嘴里咸咸的，似乎出了血。这时不知从哪里冲过来一个白影，那个白影将陈伟平猛地一推，将他连人带花地推进了电梯。她听见一个冷冷的声音对着电梯里的陈伟平喝道："这位先生，我建议你不要冲动，保安就在一楼等着你。"

叮的一声，电梯的门关了。

直到这时彩虹才恢复了知觉，半边脸已经肿了起来，连牙齿都松动了，鼻子被人打歪了，鼻血流了一身。她又急又怒，"噌"地从地上站起来就要按电梯，有人拉住了她，低声说："别追了。既然你不想替关老师找麻烦，就先到我的办公室来坐一下吧。"

她抬起头，见是季篁，没吱声，捂着脸跟他去了办公室。一边走一边想，我今天怎么这么倒霉啊，早上被骚扰，中午被暴力，我这一天可怎么过啊。

季篁的办公室不是很大，却很舒适，除了办公桌、书架和椅子，居然还有一个半新不旧的三人沙发。不过办公室里空空如也。书架上没有书，桌上有一叠文件和一台老式的电话，没有多余的电器，更没有计算机或手提电脑。

他请她坐沙发，然后站在她面前，捏着自己的下巴，道："看样子伤得不轻，要不要我带你去看医生？"

不知为什么，彩虹总觉得他的口吻里有一丝冷诮。他微微地俯身，嗓音很轻，略带着点安慰，好像在和一个正在哭闹的小女孩说话。

越是这样,她越要装出一副满不在乎的样子,"不用,我没事。有纸巾吗?我需要擦擦脸。"

他出去拧了一条湿毛巾递给她,她对着小镜子擦干血迹,发现自己的左脸已经青紫了,整个腮部火辣辣的,连牙龈也跟着痛了起来。季簟踱到窗边坐下来,隔着桌子打量她,过了半分钟,忽然想起什么,到走廊上去了一趟,回来递给她一个装着冰块的密封袋,"敷一下,很快就会消肿。"

彩虹用手巾包着,将它贴在自己的腮帮子上。

她暗暗地想,自己的样子要多狼狈有多狼狈,如果在午饭这个校园人最多的时候离开学校,一定会被围观。

他似乎察觉了她的想法,说:"你可以在这里休息一下,觉得好点了再走。我下午有课,一个小时之后离开,不会打扰你的。"

"那你——不需要备课吗?"

"我正在备课。"

"你备课不用书不用电脑吗?"

"不用。"

彩虹好奇地问:"那你怎么备?"

"面壁,对着墙发呆。"

"那你快备课吧,我不说话了。"

他点点头,斜靠在扶手椅上,双眼望着墙壁,开始长时间发呆。

她默默地坐在沙发上看着他,发现他的侧影很漂亮。他的鼻梁异常挺直,眼窝微深,有两道淡淡的阴影。他看上去并不是很壮实,至少不是陈伟平那样胸肌发达的人马。恰恰相反,他的肩有点窄,胸也不是很宽,侧面看去,瘦而纤细,甚至有点抑郁。

他很少笑,看来是真的。彩虹在假寐的眼缝中偷偷地观察三十分钟,突然意识到这是她有生以来第一次和一个年轻的男人相坐无语,久而不倦。然后,她终于敌不过渐来的睡意,靠在沙发上睡着了。

迷迷糊糊地不知过了多久,她听见门外有人低声说话。

"她睡了很久了……还没有醒。"

"季老师,我不能再等了,能拜托你送她回家吗?"

"没问题。"

那是关烨的声音。她努力地想睁开眼,努力了好几分钟才完全清醒。

等她清醒时,关烨已经离开了。

"对不起,我是不是睡了很久?"她有点歉意地对季篁说。

"没关系,我刚下课。"

那么就是两个小时。她笑了笑。

他依然坐在对面的椅子上,神情依然淡淡地道:"挨了这么重的一拳,你居然没有哭。"

"我从来不哭。"彩虹说,"就像你从来不笑一样。"

他眯起眼睛看她,有点迷惑,"关老师说,当年你的文学理论是全系有史以来的最高分。她费了很大的口舌才说服你不要搞理论,而是跟着她搞小说。"

"我也喜欢小说。小说和理论并不矛盾。"

他寻思着这句话,表示同意。

"刚才那个人,是你的师兄?"

"他挺可怜的,我不怪他。我差点想把我的电话号码告诉他了。季老师,你不熟悉这个城市。这个城市充满了狡猾的人,像他那样容易受伤害的男人真的不多,如果我是关老师,我可能会有点动心。"

"容易受伤害的男人?"他的眉头挑起来。

"有没有人告诉过你,女人特别容易被这种男人打动?"

他深吸一口气,摇头道:"没有。"

彩虹看着自己的手,"这么说来,关老师告诉了你很多关于我的事?"

"……我们一直在外面等你醒过来。"

彩虹不依不饶地说:"可是,我却对你一无所知,这公平吗?"

他无奈地说:"不公平。"

然后他从桌上的一堆文件中抽出一张纸,"拿着这个,会不会让你觉得公平点?"

她接过一看,禁不住微笑。

那是他的简历。

_03

"原来季老师和关老师是校友啊。"坐在出租车上看着此君烫手的简历,彩虹觉得有点羞愧。本来她以为自己已经够好了,至少在同门师兄妹里她向来独得老师的青睐，不然这珍贵的留校名额也不会落入她手。而季篁简历上的那些各种各样传说中的奖学金和长长的已发表论文的名单还是让她觉得江湖风疾，山外有山。

季篁与关烨同毕业于新中国成立以来文科最强势的S大学，百年老校，传统深厚。F大学文学院全国排名第二，近年来骎骎然已有分庭抗礼之势。

"具体地说，我应当是关老师的师弟。"季篁说，"虽然我进校时她已毕业多年。去年我导师六十大寿时我还在北京见过她。"

彩虹瞪大眼睛，道："你也是苏少白的学生？"

虽然隔行如隔山，但搞文艺理论的谁不知道苏少白？S大学中文系的镇系之宝，文艺理论界的权威。何彩虹考研的时候还细读过一本他的叙事学专著呢。不过听说此人性情耿介，脾气孤傲，对学生挑剔到吹毛求疵的地步，所以没什么人缘。和他年岁相当的博导从能带博士到退休，再不济的也带了二十几个学生。而到目前为止，从苏少白的手上只毕业了三个博士生。没毕业的、转行的、中途退学的，个个对他恨得咬牙切齿。

"对。"

"那么说……你就是那个……传说中的第三个？"

他点头。

"听说苏少白是个独身主义者？"

"对。"

"那你呢？你也是吗？"

他想了想，说："不是。"

"听说苏老平日不苟言笑，但在自己学生的毕业典礼上却会咧嘴大笑和他拍照？"

他幽幽地转过脸，目光注视了她一秒，摇头，"有这回事？不大记得了……没注意过。"

这番话的口气让彩虹觉得他正在出神，毕竟他不可能参加苏少白另外两个学生的毕业典礼。不想冷场，彩虹又问："那么，毕业典礼那天你笑过吗？"

这次的回答是肯定的："没有。"

"为什么？你不高兴毕业？"

"高兴了就一定要笑？"

"如果不笑，谁知道你高兴还是不高兴？"

他转过头来审视她，慢慢地说："我高兴不高兴，不需要别人知道。"

"季老师,现在流行一个词,叫'装酷'。"她禁不住哈哈地笑了起来,笑了半天,见季篁一点也不笑,只好低头看自己的脚。

这时她的手机忽然响了,彩虹看了看来电显示,接起:"嗨,东霖。"

"我挺好的。"

"我……在学校呢。今天有个例会。"

"哦,别来接我!例会完了系里有老师请吃饭。你知道啦,我是新人,不敢不去,会很晚回家的。"

"几点?不知道几点。说是吃完饭要打牌,打通宵都不一定。"

"放心放心,同事有车,晚了帮送。"

"明天?明天……没空。你知道啦,要考博,晚上报了个英文复习班。"

"不不,我的英文不好,真的不好。六级哪够?"

"这样吧,我有空一定给你打电话,行吗?再见。"

彩虹挂了手机,不由自主地擦了一把汗,回头看季篁,他的脸上漠无表情。

她耸耸肩,"是我的一个朋友,我可不想让他看见我这副模样。"

"何老师,现在流行一个词,叫'装酷'。"

她扬脸皱眉,"嗨,不可以取笑我!"

"哦?"

"别忘了从辈分上来说你是我的长辈。"

"是吗?"

"你是关烨的师弟,我是关烨的学生。因此,你是我的师叔。"

季篁张了张嘴,又闭上了。

立交桥下路况复杂,出租车只能停在马路的对面,可是季篁却执意要送彩虹过街。

"唉,季老师,真的不用送,我家就在对面,你看那个铁门,当中铁条被扭开一个大洞。这是后门,不让进车,原来连人都不让进,实在太不方便才弄成这样子的。我天天打这儿走,没事的,谢谢你费心送我。"

"看着灯,绿灯了才让过马路。"

"我过马路从不看灯。"

"为什么?你不怕死吗?"

"你可知道?这个社会对人的最大束缚,不是父权主义也不是独裁政治,而是交通。现实的,路上的;虚拟的,网络的。相信我,这才是现代社会对人类的最大束缚。"

"所以你不看灯? 因为……你要解脱这种束缚? "

"对了,我像一只原始动物那样过街,计算好汽车前后的距离和速度,看着有足够的空当,我就从容地走过去。向来如此,从未有错。这是一个城市人的基本技能。"

"我是乡下人,难怪我不懂。"

说完了这句话,季篁一把拽住她的胳膊,"何老师,我就跟你过这一次马路,你能不能迁就一下我的安全感? "

直到绿灯亮了,他才松开手。

看他一脸严肃的样子,彩虹禁不住轻笑,"季老师,你是家中老大吧? "

"你怎么知道? "

"气质摆在那儿。"

"那你一定是独生女吧? "

"你怎么知道? "

"气质也摆在那儿。"

"科学研究证明,独生子女要么像老大,要么像老幺,你指的气质是哪一种? "

"老幺。"

"我,我,"她跳过斑马线,在人行道上吼,"我哪点像老幺了? "

她指着街口的一个乞丐问:"大叔,你看我像老幺吗? "

乞丐大叔怪眼一翻,"姑娘啊,你给我两块钱我就告诉你。"

彩虹摸了摸荷包,递给他两枚硬币。

"不像。你像老大。"

"嗨,你蒙我呢。"

"你男朋友肯定同意我的话。"

彩虹的脸顿时红了,解释道:"他……他不是我男朋友! "

"怎么不是?你当我老叫花子眼瞎啊!作为有经验的乞丐,我阅人无数,你懂吗? "

季篁蹲下来,塞给他五块钱,很亲切地问:"大叔,村子里收成不好啊? "

"哎呀,妈呀,我说小伙子,你以为我是农村的?我是城市人呢,看见没?"他伸出一只脚,"我穿的是皮鞋! "

"冬天快到了，你有地方去吗？"

"大城市，藏身的地方多了！火车站、长途汽车站、地铁，实在不行装昏迷去医院……实话告诉你，大城市就是乞丐的天堂。"

"大叔，你在这儿好久了，真有丐帮吗？"彩虹问。

"没有。什么锅帮、丐帮的，我就怕城管。现在私下里塞点管理费，他们也不来找事儿。"

"大叔，看你身体挺好的，这城市这么大，也许能找个活儿干干。"季篁认真地说。

"好？好什么呀？我有癌症，肺癌，晚期。"

两人都吓了一跳，过了片刻，彩虹回过神来道："不对吧，上次你不是说你有肝癌吗？"

"你听错了。有肝癌的是我老婆，已经死了。"

"上次不是说死的是你儿子吗？"

"我儿子也死了。我是孤老！"

"大叔，你就放着胆儿编吧，也不怕忌讳，那个中午给你送饭的穿一双阿迪达斯的大婶是谁？"

乞丐怔了怔，一时接不上话，白眼一翻，摆摆手，"得了得了，两位快走，别耽误老子的生意。"

季篁站起来，微笑，"大叔保重，祝你愉快。"

彩虹看着他的脸，瞬时心突突地乱跳。

这不可能是真的！季篁居然笑了！居然不是对着她——中文系的美女助教——而是对着一个头发打结、牙齿发黄、满脸麻皮、一身臭气的叫花子真诚地笑了！

犯得着吗，季篁？你对我都不多瞧一眼，犯得着把最美丽的笑容留给这叫花子吗？

她忽然意识到这个人为什么很少笑，像他这样的男人，绝对不能经常笑。季篁啊季篁，彩虹禁不住心中乱号，你微微一笑真他妈倾城！

"看不出季老师你对城市的乞丐这么感兴趣。"临别时她感叹了一句。

"这世上每人每天都在讲自己的故事。"他闲闲地站在大铁门边，"你也不例外，不是吗？"

"这话好深奥哦，季老师。"她抿嘴嗤笑，眼角流光。

"关老师有关老师的故事,陈伟平有陈伟平的故事,你有你的故事。"他说,"我们唯一能做的是尽量不要妨碍人家讲故事,也不要把自己的故事强加到别人的头上。"

　　"什么?"彩虹气得跳起来,"你以为我是多管闲事吗?"

　　"你的毕业论文做的是结构主义分析,对吧?"

　　"那又怎样?"

　　"这是搞结构主义的人的毛病。"

　　"那你呢?你是什么主义?"

　　"解构主义。"

　　"那我就告诉你一个解构主义者的毛病吧!"

　　"洗耳恭听。"

　　"你们生在一个充满结构的世界,却幻想将一切推倒重来。"她咬牙切齿地说,"我们研究结构,至少还知道哪里有空子可钻,你们呢?你们是绝望的一代。"

　　他淡淡地说:"何老师,推倒重来,没你想象的那么难。"

　　接下来的两周,彩虹请了病假。头一周她的脸肿得厉害,又青又紫,不好意思见人。等脸上的伤好了,她又得了少见的重感冒,差点变成肺炎,在医院打了三天吊针。这期间她本要改两次作业,关烨打电话来说她帮她全改完了。彩虹回到系里正赶上忙碌的期中考试。人手不够,系主任指名道姓地要她帮季篁改卷子,说季老师刚来就教本科生的大课,还开了研究生的课,太累,希望她能帮下忙。

　　那可是一百二十个学生的卷子!有名词解释、问答,还有两篇小论文,都要求有评语,真的是时间紧任务重。彩虹改了整整八天,改得那叫一个吐血,那叫一个天昏地暗、两眼发黑。当她将改好的卷子装了两个大包,吭哧吭哧地扛到季篁上课的教室时,季篁只轻描淡写地说了一个"谢"字,好像这是她分内的工作。彩虹真恨不得一刀劈了他。季老师,不带像你这么拽的!

　　她送了卷子,二话不说,扭头就走,季篁忽然道:"何老师,下课的时候你能到班里来一下吗?"

　　工作嘛,还是要图表现的!彩虹虽然从小就被李明珠惯成了巨婴,公主脾气别提有多大了,但她还是知道家里家外的区别,江湖新手,又没有姓季的那么牛逼的简历,再怎么恨他也不敢随便说"No"。当下只是公事公办地问:"来一下?为什么?"

"我马上就发卷子，怕学生对你改的地方不理解或有疑问，还是你课后亲自来解释一下比较好。"

这理由还行。而且，季老师说话还算和气。

"那个……行吧。"彩虹瞪着一双黑眼圈，假装犹豫了一下，起码让他认识到她不是那么好说话的。

"我懒得下课再跑一趟，不如我就坐在教室里等吧。"

"也行，如果你愿意的话。"

她坐到阶梯教室的最后一排，一整堂课，一个字不听，光在桌上打盹，有十分钟完全睡着了。

快下课时她猛然惊醒，果然有三个学生排着队来找她。

前面两个很快就打发了。最后一个是小个子的男生，穿着一身耐克运动服，模样很机灵。他掏出自己的卷子，指着其中的一道题说："老师，这题的要点我全答了，满分二十分，您为什么只给了我十分？"

她接过试卷看了看，解释："要点是都有，可是你的分析不够多，例证也不够全面。这样子的答案只能给十分。"

"可是我的朋友也修了这门课，和我的答案差不多，分析得也差不多，您却给了他十八分。这很不公平。"看得出彩虹是新手，他的口气顿时变得咄咄逼人，"老师，我是上学年的全优生，拿了系里的最高奖学金。这门课我花了很大的力气，复习得很认真很全面，我认为您应当给我加八分。"

锱铢必较，好强到这份上，真是任课老师的噩梦。

彩虹也不含糊，凌厉接招："这位同学，空口无凭。你说我给了人家十八分，卷子拿来我看。"

果然是有备而来，那人从荷包里掏出另一份卷子，"就在这里。"

她细细地读了一下，那人的答案果然和这个学生相似，分析得多一点，但也不值得给十八分，大约就是十五分的样子。她也不知道自己为什么会给两个相似的答案如此悬殊的分数，可能就是改到最后心一烦，不免出手狠辣了一点吧。

"这样吧，我给你加两分。"她掏出红笔。

岂料那人将卷子一夺，很冷静地说："不是这样的，老师，既然我的答案和他的一样，我觉得您也得给我一个十八分才对啊！"

真是贪婪。她头大如斗地想了想，也不知道该怎么办，只能打哈哈："这个嘛……改分数可以，但要经过任课老师的同意。你等一下，我去问一下季老师。"

她快步走到讲台,向季箓大致说了一下。

"嗯,"他拿起两个人的卷子扫了一眼,对那个学生说,"罗小雄同学,请过来一下。"

那学生见八成会加分,脸上已谄媚地笑了起来,"季老师!"

"这位郑建都同学真不错,很大方地将自己的卷子借给了你。"

"是的,他是我的好朋友。"

"麻烦你叫他来一下好吗?"

那边磨磨蹭蹭地走来一个高个子男生,一步一晃,摇滚青年模样。

何彩虹认识他,他选了当代文学的课,却从来不上课,听说成绩很差。

"郑建都,罗小雄说这道题判分不公。这卷子是你借给他参照的吗?"

"是的。他要看,我就给他看了。"

沉默片刻,季箓说:"我仔细看了你们的答案,的确是差不多,只够给十分。"他掏出红笔将郑建都的总分一改,减掉八分。偏偏那个郑建都其他的题都答得一塌糊涂,原本只有六十二分的他,顿时变成了不及格。

改罢,季箓将红笔往桌上一掷,"何老师,请修改一下记录。两位同学,还有别的问题吗?"

"没……没有了。"

彩虹傻眼了,那两个男生也傻眼了,他们快快地回到座位,立即传来很大的争吵声。

"哎,季老师,"彩虹低声抗议,"这一招也太损了吧?"

"不损,"季箓冷声道,"我得告诉他出卖朋友会是什么下场。"

第三章

蓝颜知己

一

_ 01

　　当彩虹还是孩提的时候,妈妈李明珠最喜欢讲的一个故事来自《安徒生童话》,题目叫《老头子做的事总是对的》。故事里有一个糊涂的老头子用一匹马换了一头牛,又用那头牛换了一只羊,羊换成鹅,鹅换成鸡,越换越差,最后鸡换成了一袋烂苹果。人人打赌说他老婆会笑他傻,可是老婆对他的决定百分之百地满意,因为她坚信老头子做的事总是对的,老头子因此得到了一袋金币。

　　过了很久彩虹才读懂这个故事的潜台词:老娘说的话也总是对的。

　　这一点彩虹从小到大有无数的体会。比如说,当她还是个中学生的时候,李明珠就告诉她应当这样交朋友:一是和人打交道的重心不是朋友,而是原则。原则至上,你会有更多的朋友;朋友至上,你只会有更多的压力。二是真诚地对待你的朋友,和欺骗、利用、破坏过你的人绝交。因为你绝不能给他第二次机会伤害你。三是如果一个朋友长时间地令你灰心、失落、沮丧或郁闷,让你觉得这世界太黑暗不值得活下去,离他远点! 四是你的朋友也有自己的空间,别一天到晚地黏着他。五是忠实于友情,不在背后说朋友的坏话。流言早晚会传进他的耳朵。六是朋友希望自己好,也希望你好。那些不喜欢你比他好的人,不是你的朋友。七是一般的朋友你一说就知道你想要什么,好朋友你不说也知道你想要什么。八是朋友是有阶段性的。这意味着老的要去,新的要来。真正的知己,一二足矣。

　　这些为人之道来自彩虹外公那显赫的家族,切实贯彻了八项基本原则之后,彩虹发现自己有很多朋友,闺蜜却屈指可数。大一的上学期是韩清,下学期加了个郭莉莉。韩清和彩虹同寝室,都是中文系。郭莉莉住隔壁,传播系的一号系花。

她们俩是在大学合唱队里认识的，一见如故。可是李明珠喜欢韩清却不喜欢郭莉莉，只见过她一次就让彩虹离她远点。

"乖女，你怎能只是一个陪衬呢？这孩子相貌太好、家世也好，追她的男生数之不尽。我就看不惯她这么趾高气扬，也不看惯你唯唯诺诺地跟在她身后点头哈腰。何彩虹，你外公在这个城市有名有姓，你不输她什么！和她站在一起，你给我把腰挺直啰，把胸抬高啰，把下巴扬起来。"

彩虹替莉莉委屈。人家不就是长得漂亮了一点嘛，连中年妇女也要妒忌她，何况彩虹并不觉得自己比她差。对朋友，她一向是恩怨分明、两肋插刀的。所以她极力争辩："妈妈，郭莉莉可有才了，她会弹吉他！"

"你会弹钢琴！"

"郭莉莉会摇滚！"

"你会游泳！"

"我就是喜欢郭莉莉。"

"不听妈妈的话是不？妈妈把话放在这里，你们俩早晚要崩掉。"

这话说完不到一个月，果然就崩了。

起因是郭莉莉喜欢上了一个男生。那男生当然也不是一般人，是学生会的体育部长魏哲，长得帅会打球还会跳拉丁舞，郭莉莉和他打得火热。彩虹不喜欢魏哲，知道他抽烟喝酒，女朋友换了一个又一个；知道他考试作弊、选举拉票，许诺少有兑现。彩虹觉得这个人毕业之后短时间内或许能混得很好，但最大的出息也就是一贪官污吏。

于是，她花了一晚上的时间给郭莉莉写了一封信，仔细地讲了自己的分析和判断，还说了一些从别人口里听来的负面消息。她列举的一条最重要的证据是魏哲曾经借过她二十块钱，说好第二天还，结果就再也不提了，不知是真忘还是假忘。她认为这是不讲信用、不负责任的表现，作为好朋友，她有必要提醒莉莉。

交出这封信之前她犹豫良久，还向妈妈征求过意见。

"别交。"李明珠态度明朗，"交了信她肯定翻脸。"

"我不信，莉莉会听我的！"

"问题就在这里，她从来不听你的，你向来都听她的。"

那时候的彩虹正处在愤怒中，信当晚就送走，次日即遭痛骂，勃然大怒的郭莉莉竟然把信转给了魏哲。

"我知道你想拆散我们。"那时莉莉已跟着魏哲学会了抽烟，一口烟喷在彩虹的脸上,"因为你妒忌我! 你也喜欢魏哲是不是? 可惜人家看不上你,因为你我根本不是一个档次! 以前我还想拉你一把,既然你是这种阴险毒辣的小人,那就算了吧!"

在惊愕和失语中,两人的友谊暴风骤雨般地结束了。

彩虹灰溜溜地回到家里,躲在被子里哭了一夜。再去学校时,她开始接二连三地被魏哲的哥们儿骚扰。她被卷入流言的旋涡:有人说她在校外与人同居,她和老师关系暧昧,她曾经怀孕……甚至有人看见她在酒吧里坐台……

郭莉莉看见彩虹就翻白眼,彩虹见到郭莉莉就远远地绕道走。

几个月后,谣言不攻自破。可那段杯弓蛇影、千夫所指的日子却给她的心灵留下了巨大的伤痕。她终于明白交友是一件很小心很慎重的事,不得不佩服妈妈的先见之明。

半年后,彩虹信里的话应验了。魏哲喜新厌旧,为了一个英文系的女生抛弃了郭莉莉。莉莉痛苦得恨不得自杀。前思后想,终于意识到自己的身边只有彩虹值得信任,于是不顾一切地拉着彩虹哭诉,没完没了地向她倾诉自己的悲伤。她把彩虹看成了救命稻草,为了安慰她,彩虹不得不时时翘课陪她说话,带她散心,甚至帮她写作业。

毕竟曾经是朋友。彩虹的心很软,很容易原谅别人。走出心灵阴影的莉莉向彩虹道歉,要求重拾友谊。

妈妈李明珠一直冷眼瞧着事态的发展,直到有一天彩虹又开始带莉莉回家吃饭。李明珠下班看见她,将小包一放,直接将大门拉开,把郭莉莉的书包往楼梯上一扔,"莉莉,以后别到我们家来了。"

莉莉吓得直往门外逃。"咣当"一声,屋门很夸张地关上了。

"妈,您太过分了!"彩虹怒吼。

"谁过分了? 别以为我没听见你在被窝里哭! 她欺负你一次是你没经验。想再欺负你一次? 在我李明珠的眼皮底下,门都没有!"

"那您让我好好地跟她讲啊! 您这么做多粗暴,让人多尴尬、多难为情啊!"

李明珠白眼一翻,喉咙底轻蔑地咕噜了一声,不慌不忙地给自己倒了杯茶,款款地在沙发上坐了下来,"哦,粗暴? 彩虹,尴尬和难为情也是要学习的,不懂事的人多尴尬几次就懂事了。我这叫帮助她成长,你知道吗? 等她大了成熟了,没准还要提礼物来感谢我早早教了她这一课呢!"

多年以后,彩虹和莉莉还是朋友,只是那份信任永远消失了。她们有时候也约着一起逛商店、看电影。聚会的时候也很亲热互相开玩笑，但彼此都知道，旧日时光一去不复返。

是的，妈妈的话总是对的。

交了批改的作业，彩虹回到系里，在走廊的一角遇到了系主任庞天顺。

老头儿心情很好，老远地就跟彩虹打招呼，很慈祥地问她："怎么样？小何，工作还顺心吧？环境还适应吧？有什么困难吗？"

彩虹心里想，既然您问了我就说呗。

"主任，我现在工作比较满，天天跑学校，中午实在困，又没个休息的地方，可不可以分给我一间办公室？哪怕是很小的一间，或者和人共用也好！"

"哦……这个……"主任低头看了看她，彩虹双手捧心，做花仙子状。

主任一笑，不为所动，"小何啊，你知道这里的地价吗？"

"地价？"

"这一带的地价是每平方米三万，地比金子还贵啊。我知道你是指系里以前的那个辅导员休息室，现在改成健身房了。这也是大家的要求嘛。中午没事，老师们一起打个桌球，锻炼身体，活跃气氛，促进友爱嘛。最近这段时间实在是腾不出空房子。招你进来的一大原因——当然，你学业非常优秀——有本市户口是你的一大优势。系里现在辅导员不少，不能开这个口子。我们只能勉强给每个讲师提供一间办公室。小何啊，你努努力，争取早点评上讲师吧。"

彩虹现在还不是博士，离讲师遥遥无期，便道："啊……主任，您真忍心让我每天坐在图书馆里打呼噜啊？"

"唉，你克服一下嘛，尽量克服一下。"

彩虹垂头丧气地走了，去食堂吃了午饭，正要找地方打盹，竟然收到了主任大人的电召："小何啊。"

"主任？"

"我刚才和书记商量了一下，年轻教师的困难我们还得重视。这样吧，你暂时和季老师共一间办公室。季老师一周只有两次课，其他时间都在家里，他的办公室总是空的，你可以中午去打个盹，备课用的书和学生作业也可以放在那儿。"

"季老师？"完了，怎么又是他啊？

彩虹一下子五雷轰顶，问："哪个季老师？"

"季篁老师。他也是新来的。"

"不不不不……"彩虹一连说了十几个"不",心里一迭声儿地叫苦:季老师啊,我真不是这个意思,我真不知道人家会这样安排。我和那个罗小雄真不是一个德行啊。

"主任,我坚决不同意占用季老师的办公室,我只是试探性地问一下系里有没有空余的房间。如果没有,我完全可以克服,大不了中午回趟家,睡个午觉再来嘛。没问题的!您千万千万别和季老师提这个事儿!"

好不容易安排了,她还不领情,庞天顺的口气也有点冷:"怕什么?这事儿我们不问过季老师能来通知你吗?刚才我和季老师说了,他都答应了。你现在就到我这里来取钥匙吧。"

挂了电话彩虹才想明白,这事儿坏就坏在上次听了关烨的建议向主任告了方志群一状。主任于是认为彩虹这个人不好惹,她要什么不如早点给,不然会闹个没完。

钥匙不敢不拿,要不然多不识抬举啊。彩虹七磨八蹭地到主任办公室拿了钥匙,随后下楼去了季篁的办公室。她想将钥匙偷偷塞进门缝然后迅速溜掉,不料办公室的门大开,在走廊上就和季篁碰了个正着。

彩虹只得咧开嘴笑,"季老师,吃午饭呢?"

"还没吃,正做清洁。"

"哦,好勤快哟。"

"你能不能让我先打扫一下,再搬你的东西?"他手里拿着个脸盆,里面放着一块抹布。

其实季篁说这话的语气很平常,彩虹偏偏就听出了讥讽的味道:"哎,季老师,我来正想和你说这个事。你可别误会,我不是觊觎你的办公室,钥匙还给你,以后等系里有了空房再说。"

季篁奇怪地打量了她一眼,说:"这学期我有两个课题,所以一周只有两次课。没课的那天我不来,所以剩下的时间都是你的。你帮我改了那么多的试卷,我还没认真谢你呢,我真的不介意。"

他的样子很诚恳,彩虹心动了。

她舔舔嘴唇,还没发话,季篁又指着对面墙上的两个大书架说道:"书架一个归我,一个归你,我一般也没什么书,书都在家里。办公桌只有一个,抽屉有四个,两个归你,两个归我。"

他竟然把最上面的两个抽屉分给了她。彩虹感动了。

"我从不睡午觉。如果你想休息,请随意,这里有个三人沙发足够你躺下了。我吃完饭通常会去图书馆。"

啊,真了得,这季篁客气起来也能吓死人,特别是那双冷漠的眼睛忽然寒光四射地瞪着她。彩虹不敢相信从里面竟能伸出一双手,好像要拥抱她的样子。

她赶紧摇头,"不不不,那怎么行? 这……这毕竟是你的办公室。"

"照顾妇女,匹夫有责。"

"我不会很打扰的。那就……嗯……多谢了。"彩虹掏出手机,"对了,你的电话是多少? 万一有事我好与你联系。"

"我没手机。"

"那……家里的座机?"

"没座机。我不怎么用电话。"

"好吧,电邮呢?"

"我不用电邮。"

她的手机差点掉到地上,"季老师,你不会连计算机也没有吧?"

"我有个计算机,很老式的,不过我没网线,所以很少查邮件。"

彩虹差点以为这个人是宗教系的。转念一想,也对啊,人家才来这里一个月嘛,路都没认清,没有手机、网线不很正常吗? 可她转而又去纠结一个形容词——很老式。计算机这种东西,只有老式和新款之分,新款半年就变老式了,老式之上还有一个"很"字,那岂不是淘汰产品?

于是,她连忙强调:"网线一定要装哦。我知道有一家很便宜,明天给你联系电话。现在大学里的所有重要通知都是通过网络发布的,成教学院今年还成立了一个网络教研室呢,以后学生的考试和分数全都会在网上进行了。这是时代的趋势,季老师。"

季篁皱起了眉头,不置可否地"嗯"了一声:"我等会儿有课,我去吃饭了。"

他去了隔壁的茶水室,不多久,端了一个饭盒过来。

彩虹正将书包里的一些卷子移到书架上,又讨好地帮他擦了桌子,拖了地,他坐下来,打开饭盒,拿着一个不锈钢勺子津津有味地吃了起来。

彩虹忍不住瞄了一眼饭盒里的菜:白饭加一只鸡腿,鸡腿好像也是白水煮的,没有一点颜色。

她在心里忍不住叹气。这个菜肯定没什么滋味,因为房间里没有任何香味,饭盒里面白茫茫的,好像装的不是饭,而是一堆拧碎了的泡沫板。

　　而他竟是细嚼慢咽的仿佛状元郎在享用着琼林宴。他吃饭的样子也很奇怪，神情专注，心无旁骛，好像不是在吃饭而是在祭拜某个神灵。末了他啃起了鸡腿，把鸡腿啃得很干净，剩下一条白光光的骨头，可以立即挂起作标本。饭盒也是干净的，粒米不剩。他擦擦嘴，不知从哪里又掏出一根黄瓜，慢条斯理地嚼了起来。

　　她注意到饭盒的盖子上用马克笔写了个"4"字，今天正好星期四。

　　她好奇地问道："季老师，你自己做午饭啊？"

　　他点点头。

　　"一周做几次？"

　　"一次。"他说，"一次做五份，放进五个饭盒，一天拿一个。怎么样？是不是特有效率？"他显然很为这个得意，眼睛里有一丝笑意。

　　"那你做的饭重样吗？"

　　"差不多，隔天会有变化。"

　　不敢多问，她笑了，"季老师，其实你挺平易近人的。"

　　下午的例会季篁有课没参加。彩虹挤到关烨身边悄悄说话。

　　"关老师，季篁这么厉害的人物，为什么不留校啊？"

　　关烨说："他本来联系了留学，加州大学的全奖。出国前母亲突然病重，只得取消了计划。本来是要留校的，他选了这里，一来咱们大学也不差，二来这里离他的家乡近点，有什么事好照应。"

　　"哦，这样啊。他的家乡在哪里？"

　　"在中碧。"

　　"中碧煤矿？"

　　"大概是吧。"

　　"那他……"彩虹犹豫了一下，问，"是不是家庭很困难？"

　　"嗯。他父亲死于煤矿事故，母亲身体不好，下面还有两个弟弟。"

　　"这些都是他告诉你的？"

　　"不是，我听我导师说的。彩虹，你跟他是同事关系，这些家庭的事儿就别打听了。"

　　彩虹诧异，"为什么？"

　　"季篁可不是一般的心高气傲。"

如果把和自己交往过的男人全看成一本书,彩虹认为这些书大致分成两类:一是可读,二是不可读。

开完会照例是乘六路公共汽车,车站在校门右手一条宁静的小道上。秋天的街落着一地的梧桐叶,一字排开的商铺没什么生意,小贩们无聊地下着棋,空守着琳琅满目的摊子。F大学真是闹市中的别院,城市的纷杂和疲劳在这里一洗而空。彩虹走在路上想,自己的一生也算顺风顺水,从考进大学起就梦想着一辈子留在这里,看青天碧水,看年轻人的脸,住进湖边关烨住的那幢有红色飞檐的博导楼。

遐思间,一辆沃尔沃静悄悄地滑到她的前方停下来。车门打开了,从里面走出一个穿着黑色西装的男人,看见她,微笑,从容地点了一支烟。硬挺的西装,锥形的领带,料子带着光泽,昂贵的Brioni,低调的优雅。彩虹驻足轻笑。

苏东霖喜欢Brioni,因为苏东霖喜欢零零七。布鲁斯南主演的詹姆士·邦德,穿了一套又一套的Brioni。

虽然不像她母亲那样对时尚敏感,但凡看见漂亮男人,彩虹的力比多指数也变得不稳定。特别是兼具男人和男孩双重气质的苏东霖。他属于那种透明可读、可以预见的男人,开朗,活跃,脾气简单。不像季篁。季篁是惰性气体,孤傲、排他,不与其他物质发生反应。

东霖从不在室内抽烟,因为彩虹不喜欢烟味。但他也戒不了烟,一到开放的空间,顿时就要摸打火机。彩虹喜欢看他侧脸点烟的样子,他的侧面看上去比正面成熟,笑容里含着黠慧,笑意从眼底漾开,一直漾进人的心坎。他点上火再转脸和她说话,谈吐中带着丝缕烟气。

氛围就这样产生了。

"嗨。"他说。

彩虹下意识地检查自己的衣着,漂亮鲜艳的粉红色风衣,不可谓不大胆前卫,里面是熨帖的灰色裙装,Jacob春节降价时李明珠天不亮就排队,为的是能抢到一个S号。毕业后李明珠一直将女儿的形象定位为《东京爱情故事》中赤名莉香那样清纯开朗的日本女生。彩虹的春秋季主打是黑色长裤、毛料短裙外加一件素色的紧身毛衣或浅色暗花带着水晶扣子的亚麻衬衣,外穿粉红色或者花格子的外套。脱了外套她是优雅的仕女，令人尊敬的大学教师；穿上外套她是清纯可爱、一身书香的女学生。

"东霖，"她抱着一摞书问，"几时回来的？"

"刚到。"

"找我……有事？"

"小七和大头约了我在雪竹斋吃饭，韩清和小玉也去，大家好久没聚了，我想顺路带上你。吃完饭我们去打桌球，旁边有保龄球和咖啡厅，你若不想玩保龄球就和韩清聊天吧。"

真是把一切都安排好了。这也是苏东霖的特性：每次出门都有详细的章程，几点到几点吃饭，几点到几点 K 歌，几点到几点喝酒，几点到几点回家。一切都是按时的，如果当中出了意外，他会马上改章程："哦，这样啊，我们原订计划是……也行，不过下面的安排就改成这样了，我建议把 K 歌的时间缩短半个小时，喝酒嘛，就不能尽兴了，大家觉得可以吗？"

谁让他是计算机系的呢？

彩虹听见有韩清，回答得很爽快："行。"

认识苏东霖是因为郭莉莉。

和魏哲闹翻后过了一年，苏东霖成了莉莉的男朋友。那时东霖在计算机系读研究生，是个懵懵懂懂的大男生，专以编恶搞程序出名。他在校模特队表演时看见了莉莉，回家就编了一个小程序，只要是他发给莉莉的邮件，点开之后，必定是一满屏的百合，然后逐字闪出一段来自《此间的少年》的情书："你在舞台上你自己的骄傲和美丽中舞蹈，我在你舞台外寂静的黑暗中沉默。我曾愿用尽我有限的时光，就如此凝视、凝视、凝视，直到我随着时间的流水化作雕塑或者尘埃。可是当我再也无法忍受这片黑暗中的孤独和寂寞时，我拾起那束经年尚未凋谢的百合放在唯一的灯旁。看见这随风飘逝的花瓣吗？请在最后一片花瓣零落成灰前看我的眼睛……"

莉莉当然不会为这些小把戏动心。在她的一大排追求者中，苏东霖既没经验又没心眼，真真假假，难以把握。后来听说了他富二代的家世，白眼才开始转青。恋爱谈了一个月，在东霖家的派对上遇到了东霖的哥哥——成熟而有风度的苏东宇。那时东宇留学甫归，已接手了部分家族产业。苏家上代以建材起家，资本雄厚后转做地产和投资，与莉莉的书香名门完全匹配。大哥有意，小弟退而让贤，东霖嘻嘻哈哈地和莉莉分了手。毕业后莉莉结婚生子，不再谋事，彩虹于是很少在公共场合见到她了。只有一次放学路过一家美容店，碰见了刚从店里出来的莉莉，俨然一副阔太打扮，盘着一头高髻，钻戒闪闪发光。她还是那么美，腰细得好像没生过孩子，只是眼眶凹陷略有疲态，见了彩虹，不管三七二十一，拉进咖啡馆一阵狂聊。末了点起一支香烟幽幽地抽起来，笑着说："彩虹，你看看我，是不是沧桑了？"

彩虹当时正为写论文找工作发愁，心一烦，不由得拍了她一下，"你这叫沧桑？你这叫闲适好不好？"

莉莉点点烟，"闲适的尽头就是沧桑。彩虹，我有车有房也有钱，老公对我也不错，俗人的福也算是享足了。就是这里，一直是空的。"

她指了指自己的心。

"你呢？最近忙些什么？"莉莉问。

彩虹想说她的毕业论文是张爱玲小说中母女关系的研究，涉及弗洛伊德、拉康、性别、空间及女权主义理论。话到嘴边又忍住了。她们已没什么共同语言，何必拿这些专业名词来难为她？显得自己炫耀学问，旁人更笑她掉书袋，于是简而化之："在写毕业论文，想早点毕业。"

莉莉没有细问，又点了一支烟，发起了牢骚："带孩子真累。"

她开始讲两岁的男孩多么淘气，夜里吃奶从没个准，湿疹长了整整半年，爱看电视不肯睡觉。婆婆忙生意不愿帮忙，老公日日出差，保姆换了又换，没一个放心的。

彩虹在心底叹息，两个人的生活距离竟已如此遥远了。

"东霖很喜欢你呢。"莉莉忽然说，"这苏家二少可不糊涂，开了一家软件公司兼做零件，现在越做越大，炒房挣钱比他大哥还厉害。毕竟是理科生，做事专心，又会算数。"

大约结了婚的女人总觉得夫君不够好。苏东宇学的是统计，她竟一字不提。

说到这里，彩虹才明白为什么这么多年自己和东霖总是貌合神离。那恶作剧的情书她也有收到，第一次约会，她被妈妈逼着到发厅焗油，一身香气地去见东霖，东霖向她咧嘴一笑，露出一只故意涂黑的门牙，她气也不是，恼也不是，这男孩何日才能正经？于是一切都当不得真了，到如今连个男朋友也不算。就算真的是，嫁给了他不就等于和莉莉做了妯娌？那可真要头大如斗。

说苏东霖糊涂吧，每次聚会他总记得叫上韩清，因为他知道彩虹对聚会这种场合兴致缺缺，如若无老友相伴，一定不肯奉陪。

在车上，苏东霖问："最近很忙吗？"

"新人嘛，事事都要积极，代课改卷子，真是从早忙到黑。"

其实也没那么忙，但不这么说，似乎不能解释为什么东霖三番五次地打电话都被她三言两语打发了的事情。彩虹一想到他，剩女的挫败感全来了。婚姻对女人那么重要吗？一辈子不结婚不可以吗？她被妈妈逼着见了一个又一个的陌生男人，回来又全要拿出来和苏东霖比。人家是钻石男，她是苦命女，年近五十的妈妈比她还相信灰姑娘："乖女呀，你抬抬手、动动脑，苏东霖不是蟑螂，不会自己爬到你屋里来。金龟婿是要钓的呀！瞧瞧你们！交往也有三四年了，换到别人，小孩子都生出来了。远的不说，人家郭莉莉不到一个月就搞定了他的大哥！你呢？到现在连个恋爱的关系还没确立……你情商低还是怎么的？笨啊，真是笨！"

想到这些，彩虹的脑中立即闪出妈妈每天爬楼梯的艰难样子，想到爸爸天不亮就出车了，中午就啃两个花卷一袋榨菜。自己虽然工作了，工资也不高，一个月交两千块给家里，家里一文不取，还得替她攒着做嫁妆，给家里换个低点楼层的房子，五年之内都不可能办到。

为什么人人都想嫁钻石男呢？就因为两个字：方便。

城市里的人想方便太不容易了。方便的代价太大了，你想方便不用每天爬五层楼吗？三十万。你想方便住在市中不用天天等车吗？一百万。你想靠近公园湖边睡梦中都能吸到新鲜空气吗？三百万。你想在闹市有一隅之地清静宽敞远离车水马龙吗？一千万。

沉思中，彩虹看了一眼正在开车的苏东霖，突然觉得他全身上下闪闪发光。

汽车在路上熟练地转了一个弯。

彩虹听见苏东霖问道："上次你说要跟你爸学开车，学好了吗？"

"唉，"彩虹叹了一口气，"我爸没时间教，就学了两次。不过我在这方面有天分，已经能上道了。开车真的很简单，就是泊车难点，我爸再教我几次肯定就没问题了。"

"嗯。可是，你为什么要学车呢？出租车到处都是，有紧急情况你也可以给我打电话。"

这是彩虹最尴尬的事。有次何大路夜半长途归来，凌晨三点，车坏在一条偏僻的山路上了。那时正值寒冬，叫天天不应，叫地地不灵，何大路冻得不行了，给家里打了个电话。万般无奈，彩虹只得求苏东霖救急。这二少爷倒也爽快，连夜开车带着母女俩去找人，总算把冻得半死的何大路带回家里。李明珠从此就对苏东霖有了无限好感，说这孩子别看他平日吊儿郎当，关键时刻是条好汉。

"我爸身体不好，前些时查出颈椎有问题，有时一条腿突然麻木了。我想……实在不行我搞个第二职业。到明年，我开始教课就不用坐班了，有空可以帮我爸开出租车，给他顶顶班。"

"不是说你还要读博士吗？"

"那是在职的，我的学习一向没问题。"

"开车的话就挺耽误学习的。"

"耽误不了，我是天才。"

苏东霖转脸看了她一眼，无声息地笑了。

雪竹斋门前有个很大的停车场，苏东霖看了看表，离开饭时间尚早，于是说："彩虹，还有二十分钟，不如现在我教你泊车？"

"啊？"彩虹吃惊地看着他，指了指车，又指了指自己，"这车很贵吧？万一撞坏了怎么办？"

"撞是需要速度的，泊车不需要速度，所以放心吧，不会撞的。"

彩虹咧嘴笑，摩拳擦掌，"你真相信我？"

"当然。"

"那我可就试了。"

"我先示范一下。"他熟练地将车倒离路面，一边泊车一边说，"接近车位的时候要减速，先把方向盘向车位打一把，让车头微微探入车位，然后迅速向反方向打方向盘，让车头向着背离车位的方向运动。要充分利用道路的宽度尽量使车与道路成较大的夹角，然后渐渐接近，就像这样，迅速打回方向盘。注意看后视镜，这时车身已在正确的位置上了，再将车慢慢倒入车位。"

她试了几次都倒不进去，总也对不准位置。苏东霖只得下车来指挥。

然后她又试了一次，勉强进得去，不敢贸然往里开了，怕擦到旁边的车子。

"没问题的，距离够了，你大胆往里开吧！"苏东霖在车后一边接电话，一边打手势。

她铆足劲儿往里开，一直半踩着刹车。车头进了车位才发现"非"字形的车位对面停着一辆黑色的奔驰，旁边是银色的凌志，全都崭新如刚出车行。她在心里盘算无论碰到哪一辆，修车费只怕都得以万计。这一紧张，她顺手就换了倒挡要退车。脚往下一踩，车子忽地向后一冲，只听见"砰"的一声，一个人倒下了。大惊之中她低头一看，发现自己踩的不是刹车而是油门！

啊，呸！何彩虹，你这猪头！她停住车不顾一切地冲到车后，看见苏东霖仰面倒地，双手抱着胸，对着天空用力喘气。他的脸已痛得拧了起来。

"东霖！对不起！你伤在哪儿了？……我撞……撞到你了？"见她惊慌失措，苏东霖还作势要坐起来，彩虹一把按住他，"不不！千万别动！保持这个姿势，我去叫救护车！"

她心急如焚地拨 110 和 120，民警来了，急救车也来了，将痛得脸色惨白的苏东霖抬去急救。

诊断结果是闭合性单处肋骨骨折，伤势不重，亦未触及胸肺，医生说如果呼吸系统不出现并发症，一般五周之后可以痊愈。虽不如彩虹想象的严重，但看见胸膛缠满绷带的苏东霖从急救室里转出来时，她还是又难过又内疚，差点哭出来。

二少就是二少，电话打回去，不到一刻钟，哥哥来了，嫂子来了，秘书来了。再过一个小时，苏东霖被转入四楼 VIP 病房。

东霖的胸口痛，没怎么说话，但彩虹还是老实地向东宇和莉莉解释了事故的来由，并不断地为自己的莽撞道歉。

"别往心里去，"东宇很客气地说，"这事儿应当怪我，我为生意的事儿打电话找他，估计他顾着说话没留神，不然凭反应避开一辆车不会有问题。"

"真是很对不起……我会天天过来看他的。"彩虹小声说。

"不必不必，这也不是很重的伤，护士是二十四小时值班的。"莉莉说，"你学习忙，偶尔有空过来就行了。"

"没关系，这都是我的错，我一定要来陪他的，一直看着他恢复了我才能放心。"

一切安置妥当，苏东宇和郭莉莉又陪着彩虹闲聊了片刻，便告辞了。苏东霖的秘书陈海南留下来替他接听所有的电话。

彩虹沮丧地坐在床边的沙发上，一抬眼，发现半躺着的苏东霖一直凝视着自己的脸。

她看着他，苦笑，做了一个上吊的手势。

苏东霖从桌边拿出圆珠笔，在手掌上写了几个字，伸出来给她看，她扫了一眼,脸蓦地通红。

"彩虹彩虹我爱你,就像老鼠爱大米。"

这人的话,从来不可当真,病成这样还不忘记戏弄她。

彩虹站起来对秘书说:"陈先生,我先走了,明天再来。有事给我打电话。"

回到家里,彩虹向妈妈汇报了今天的窘事,李明珠听罢一笑,说:"彩虹,你的机会来了。"

"我? 我什么机会来了?"

"从明天开始,你天天煲一碗汤给东霖送去。我想想看,钱师傅的儿子上个月不也是肋骨骨折吗? 嗯,咱们先煲个红枣鸽子汤吧,然后猪骨汤、田七汤、鲈鱼汤、鹿筋汤,一样一样地换着来。"

"妈,我不会煲汤——"

"傻瓜,当然是我来煲你去送,不过你得说是你自己煲的。"

"人家有钱不会买吗?"

"这叫心意,懂吗? 外面的汤不干不净,哪个病人敢随便吃?"

"妈,这是不是有点献殷勤之嫌啊?"

"人是你撞伤的,这不叫献殷勤,这叫赔礼道歉。彩虹,这一家子人都看着你呢。他爸他妈你还没见过吧? 这时正是你登场的时候。"

"妈,您琼瑶剧看多了吧?"

"唉,你就是看得太少了。"说罢忍不住啐了她一口,"不长进的东西,该学的不学,不该学的你学个什么女权主义,到现在谈恋爱还要老妈出马。我怎么就养了你这个没用的丫头!"

第四章

我们应当经常在一起

———

何彩虹从不知道市中心医院还有这样奢侈的病房。冰箱、彩电、真皮沙发，设施齐全的卫生间；地毯、插花、讲究的油画；除了主卧、书房和客厅，还有随从及家属休息室。护士说在这里住一天，三千六百块。

早上八点，彩虹准时来到病房，陪苏东霖去楼下花园散步，若是晴天还会带他去街上走一走。若有更多空闲，彩虹会在病床边的桌子上批改作业、备课、看书、写教案。苏东霖独自躺在床上用电脑写程序，两人互不打扰。

最佳的病房，最佳的护理，最佳的营养，他恢复得很快。头几天肺部出过一些炎症，发了两次烧，打了几天点滴。一周之后，虽还打着绑带，他已能四处活动。

来看他的人川流不息，他自己的父母却被海外的一笔生意滞住了抽不出身来，只得委托老大东宇和莉莉代为照顾。东宇也忙，莉莉倒是总闲着，近日热衷于烘焙，参加了一个蛋糕学习班，每日必送一款新鲜甜点。

东霖爱甜食，房里散发着一股甜腻腻的奶香。

彩虹不禁得意地想，蛋糕再怎么好吃，焉能和自家妈妈煲的汤相比？在喝完彩虹送来的第 N 碗汤后，苏东霖心满意足地在床上伸了一个懒腰，回味鲈鱼、豆腐的香味，由衷赞叹："彩虹，你做的汤真好喝。"

他一直想当然地认为这些汤是彩虹爱心的体现。

彩虹只得更正："汤是我妈做的。"

苏东霖"哦"了一声，"哦"的后半截成了降调："这至少说明你妈妈很喜欢我。"

"我想，"彩虹眨眨眼，"她喜欢的是你的钱。"

短暂的沉默。

苏东霖转脸过来幽幽看她，"你呢？是不是觉得除了钱之外我还有很多吸引人的气质？比如聪明、有趣、开朗、随和——"

"这叫吸引人？"彩虹打断他，"我小学三年级，老师就给过这样的评语。"

他凝视她的脸，做深情倾听状，"不和你兜圈子，你究竟有没有一点喜欢我？"

"你是我的朋友，我当然喜欢你。"

"我不是指的一般的朋友。"

"我和你就是一般的朋友。"

他坐直起来，笑容僵掉了，"一般的朋友？"

"你曾经喜欢过郭莉莉，为了你哥，放弃了。"

"这你也介意？"

"这说明你会为别的东西放弃你喜欢的女孩子。"

"世事不可两全。我们总得为一些东西放弃另一些东西，这有什么不对？"

"没什么不对。我只是讨厌那些把女人当作物品来交换的男人。小李飞刀为了兄弟放弃自己的爱人，还自以为很高尚，依我看他死一千遍都是活该的。"

不知为何又要提到《小李飞刀》。《小李飞刀》是他们认识之后的第一次严重争执。那时彩虹还是大三，就因为苏东霖说"007"和"小李飞刀"是他最喜欢的电影人物，顿时遭到彩虹一顿从头到脚体无完肤的批判。两人从录像厅出来，从门口一直吵到大街上。

从此，苏东霖再也不提小李飞刀，一提，彩虹绝对一跳三尺高。

旧事重提，果然不淡定，苏东霖眸中带怒，"又是小李飞刀！小李飞刀关我什么事？放弃莉莉是因为我不喜欢她，偏偏我哥喜欢，没什么让不让、交换不交换的。莉莉也是个有脑子的，你以为她甘心当物品给我换吗？"

"哈！苏东霖，你说你不喜欢郭莉莉？当年你是怎么追她的？要不要去查一下我替你写了多少封情书？"

说到这事儿彩虹更加生气。

东霖的情书——《此间的少年》的那个除外——全是央求彩虹代写的。作为中文系著名才女，代写情书曾是何彩虹大学时期最大的业余收入。收费贵，成功率高，终生保密。她曾帮过正在相恋的两方写情书，这头写，那头回，全是她一个人的手笔。到如今瓜熟蒂落、开花生子的小两口不仅过着幸福的生活，逢年过节还不忘记拉她去喝杯酒。彩虹的最大客户就是苏东霖：订货多、交钱快，高兴了还有小费。彩虹的服务也是上乘的，据其所需见机行事：如果追的女孩是英文系，就来个莎士比亚十四行诗；中文系，她用毛笔写恭楷的骈体文；新闻系，她能把情书写成调查报告；音乐系，她将人家的小曲谱上动听的歌词。加上苏东霖的机灵诙谐、风流倜傥，自然是百发百中的。

可惜苏二少对女孩子的兴趣从不持久，过不了几个月就会下新的订单。彩虹对此非常鄙视，倒不是有什么针对他的道德批判，而是觉得东霖在用钱拿她开涮。这样做的最大恶果是导致情书的成功率大幅下滑，客户们也抱怨颇多。其间有两个女孩雇用彩虹写情书给东霖，无论她如何天花乱坠，到了东霖那边便如泥牛入海，杳无踪影。而那两个女孩亦以未收到回信为由拒付工钱。彩虹只好得出这样的结论：苏东霖是计算机系的，萌点不在文字上。情书对他不管用，他却知道情书对女孩子很管用。

彩虹思潮翻涌，苏东霖大学时期的劣迹如电影般在脑海中回顾。

瞧着她一脸的怨气，苏东霖笑了，"她长得好看，我是动过心。你何必为了她跟我纠缠不清？"

"纠缠不清？"彩虹指着自己的脸，"我什么时候纠缠过你？"

"你每天送来一碗香喷喷的汤，我怀着感激和幸福的心情喝下去，一连喝了七天，现在你告诉我这汤不是你做的，我们只是一般的朋友。何彩虹，你何其残忍？"

她被这话噎住了，看着苏东霖怨怼的神态，喉咙哽了一下，嗫嚅："我们是朋友，朋友是要讲真话的。难道你希望我骗你？"

"息事宁人的谎言胜过挑拨是非的真话，其实只要是你做的汤我都会喜欢喝。"

他的神态还算真诚，彩虹却越听越拧："我真的不会做汤，我从来没做过汤，我和你一样只会喝汤。"

"心情不好？"他四下环顾，"我什么地方得罪你了？"

"是的，少爷，"彩虹将脑袋伸到他面前，一字一顿地说，"能不能请你停止给我发那些恶心的邮件？情书不是明信片，不可以这样乱发的。下次再看见这样的信，我就直接点叉，将你的账号当 spam 滤掉。你觉得这样玩很有趣吗？你以为人家会喜欢你这些恶作剧？睁睁眼吧，苏少爷，我没钱，我也不爱钱，别在我身上重复这些无聊的把戏了。"

"Hohoho……"苏东霖一脸惊悚,"何彩虹,别这么气势汹汹,我的心已经破碎了。"

他的表情带点夸张,语气还是戏谑的,彩虹气不打一处来。

"你的心才不会破碎呢,"她收拾自己的书包,"你只是破碎了两根肋骨。今天有课,我得去学校了。"

站起来要走,被他一把拉住,"呃——我忘了这两根肋骨是被人撞的了。是谁干的呢?嗯?记不起来了。我一定是被人撞傻了吧?"

"……"彩虹张了张嘴,又闭上了。

"过来扶我一下,为了讨好你喝了太多的汤,要去下洗手间。"

她只得将苏东霖从床上扶起来,他作势一把搂住她,大半个身子都挨在她身上。

"唉,不带你这么乘虚而入的……喂,你怎么啦?苏东霖!你别吓我!护士!护士!"

回学校的路上彩虹接到莉莉的电话,一开机就闻得朗朗笑声:"何彩虹,听说你把苏东霖气晕了?你可真不简单哪!在家里从来都是他气死老爹气死老娘的。下回拜托你干脆气死他,让我儿子独占苏家的财产,哈哈哈哈……"

彩虹听得一身冷汗,这是她认识的郭莉莉吗?笑得这么嚣张,这么歇斯底里,好像谁家阁楼里的疯女人。以前莉莉可不是这么笑的,总是无声地抿起嘴,绝不似如今这么夹枪带棒,话一出口就是《法制报》周末版的小标题。

十点钟她准时到系,带一批新生参观了图书馆,改了一门课的论文,帮资料室登记了一批新书,一天很快就过去了。在季篁的办公室里收拾完卷子,彩虹正待下班,忽然听见敲门声。

是系里的副书记赵铁诚。

"小何,你有季老师的联系电话吗?"他问。

"没有。"

"上次他说会去买个手机,买好了告诉我号码,我一忙也忘了问。明天上午九点学校有个紧急的会,关于学科建设的,想让他务必参加一下。地点在逸夫苑二楼第三会议室。你能帮我通知一下吗?他应当就住在这附近。"

彩虹连忙说:"没问题,您有他的地址吗?"

赵铁诚递给她一个纸条:惠南路 1789 号,76 栋东门 301 室。

　　惠南路哦。彩虹坐在车上想。惠南路离彩虹的家只有三站路,附近最出名的建筑是惠南区少年宫和千河体育馆。彩虹曾经在少年宫学过整一年的钢琴。看她进步快,李明珠一咬牙给她请了一位大学的音乐教师单独授课。夫妻俩为这奢侈的决定大吵了三天,李明珠不得不决定下班后另打零工以支付学钢琴昂贵的学费。

　　问题是,彩虹对钢琴没兴趣,或者说开始的那点兴趣被母亲疯狂的期望扼杀了。钢琴史成了她成长的血泪史,为了弹好肖邦和舒伯特的练习曲不知挨了多少揍。后来李明珠承诺钢琴过了十级就不再使用暴力,这话说完六个月,彩虹就以意想不到的速度从八级直接跳考十级,并顺利拿到证书,又乘胜追击地以学业太重为由停止了每天两个小时的练琴时间,她的生活才逃离苦海般地松了一口气。

　　因为憎恨钢琴,恨屋及乌,彩虹连少年宫也恨上了,以后无论那里有什么吸引人的活动都找理由回避。

　　1789 号就在少年宫的西侧,一片和彩虹家一样陈旧的住宅区。由于它的存在对 F 市的面貌起着消极抹黑的作用,目前已划入城市整改的范围。临街的矮房全部拆除了,建了一排民族风格的商住楼,正好挡住里面的凌乱。下了汽车,找了足足二十分钟,彩虹才在高低相错的楼群里找到 76 栋。楼房是灰色的,乍一看新旧莫辨,可是厨房的排风扇说明了一切。很多人家还在用那种老式的排风扇,而不是先进的抽油烟机。所以每个窗台下都有一层黑黑的油垢。彩虹对这些油垢倒是产生了一种亲切感,因为自己家里也是这样的。楼梯非常狭窄,扶手倒还干净,墙上凌乱地贴着"诚信搬家"、"高速上网"之类的小广告。

　　她上了三楼,按了门铃,门开了,眼前出现了一个蓄着络腮胡须的年轻人。

　　到目前为止,除了爷爷,同龄人中彩虹从没见过男人蓄须,特别是在 F 市这种南方城市,蓄须的人很少。乍一瞧还以为是新疆人,她不禁多看了他一眼,继而低头瞄了瞄手中的纸条,地址肯定没错,于是说:"我找季篁,请问他住在这里吗?"

　　那人点点头,将门拉开一角,"请进。"

　　老式公寓的结构大同小异,客厅面积不大,很干净,水磨石的地面上摆着一个紫色沙发、一个玻璃茶几。

　　那人说:"季篁不在家,但他应当马上就回来了。请问你找他有急事吗?"

　　"对,有点事。"彩虹伸出手,"我是何彩虹,季篁的同事。"

　　那人点点头,和她握了握手,"沈非,我在英文系。我是季篁的室友,我们合租了这间公寓。"

"啊,"彩虹抬起眉头,"你是英文系的老师?"

沈非是个高个子,长脸,头发微微地打卷,他有着和季箎一样犀利的目光,给彩虹的第一印象有点像萨达姆。

"我今年刚分配过来。"

"那么说,是沈非博士?"

"对,我和季箎是朋友,以前就认识。"

沈非说得一口标准得不能再标准的普通话,令彩虹觉得很诧异,"你是北方人吗?"

"我是S市人。"

"哦,那可是大都市啊!"

"呵呵,住久了也不觉得。"

"那你搬到这里来习惯吗?"

"不太习惯。我本来不必搬来的,既然季箎喜欢这里,我就跟着来了。"

很怪哦。彩虹的心"噔"地一跳,听他的口气进F大学很容易,就好像去电影院看电影,买张票就进来了。沈非同学,你以为F大学是菜园子,想进就进,想出就出吗?多少人削尖了脑袋往里钻还钻不进来呢。

"你们是……嗯……很要好的朋友?"

"对。"他指着一个房间说,"对不起,我正在写论文,不能陪你多聊。不如你在他的房间里等他吧?他应当很快就回来了。"

"好的。"

"想喝点什么?茶还是咖啡?"

"咖啡,谢谢。"

_02

季箎的房间很小,但看上去不算小,因为里面几乎什么也没有,绿色的窗帘,一张单人床,一张桌子,一把椅子,一个书架,一个衣橱。

床和桌子都很陈旧,大约是房主提供的。床上很干净,白色的床单,蓝色的被子,叠得很整齐。季箎是个爱干净的人,这一点彩虹在学校就观察到了。与他的几次短短的相遇,都会有擦桌子的镜头,以至于清洁工打扫时故意将他的办公室漏掉。那个所谓的书架竟是用砖和木头临时搭建的,几块砖架一条木板,又是几块砖,又架一条木板,如此往上四层。木板被漆成绿色,别有一番返璞归真的味道。空空的白墙壁挂着一张全家福,一位脸色苍白的妇人拥着三个小男孩。全家四口,没一个脸上有笑容。那妇人的眼光很温暖,很镇定。她应当是个漂亮而意志坚强的女人,看上去瘦得出奇,仿佛长期营养不良,两个颧骨高高地凸起来,衬得眼眶深深地陷下去,衣服披在身上,好像一个空空的架子。比起中文系那些学富五车的老教授,季篁的书不算多,也有几百本,有一半是英文原著。彩虹扫了几眼,都是市面上买不到的专业书,也不知他是从哪里弄来的。

彩虹在里面坐了五分钟,喝了半杯咖啡,沈非忽然进来说:"对不起,我忘了他今晚应当在体育馆上班,多半是下了班才会回来。"

"上班?"她不禁站起来。

"季篁是业余教练,一周有两个晚上在体育馆教瑜伽,一个初级班,一个中级班。"

瑜伽! Yoga!

彩虹的眼睛瞪得不能再大了,"真的?"

沈非看了看手表,"现在第一个班刚刚开始,你是愿意在这里等呢,还是愿意去体育馆找他?"

瑜伽馆外有人把守,彩虹央求了半天,守门人才说:"你在门外等着,下课了再找他。"

大门是玻璃的,高度隔音,里面是个四面镶着镜子的芭蕾舞练习厅。

季篁坐在前方的坐垫上,带领着三十几个学生练习调息。

他穿一件白色的紧身T恤,下面是一条黑色的瑜伽短裤,赤脚站在前方的垫子上开始了几个简单的普拉提动作,伸臂抬腿,像个杂技演员那样缓慢而稳定地将身体弯成各种形状。他的神情异常专注,不笑,也没有任何表情。彩虹不知不觉地凝神屏息,仿佛自己也是学生中的一员,随着他的指令做起了腹式呼吸。而她的目光不老实地停留在他结实的、被T恤紧紧包裹的胸肌上,想见那些紧绷的背肌在骨骼间滑动,修长的肢体海葵般伸屈,她甚至听见了筋腱拉动、关节作响的声音。

正看得面红耳赤、如痴如醉,突然有人在背后拍了她一下,彩虹闪电般地退后半步,回头一看,是个匆匆赶来的年轻女人,穿着紫色的瑜伽服,头上扎着一条红色的头带。

她不是很美丽,不过看上去生机勃勃。

"你是不是想报名参加这个班?"那人很热心地问。

她支支吾吾地"嗯"了一声。

"没戏,今年的全报满了。下一期的都满了。"那人神秘地说,"知道是为什么吗?"

彩虹迷惑地看着她,"为什么?"

"这个老师太 hot 了。"

"Hot?"

"闭着眼,光听他的声音都会醉死,何况身材又这么棒。"她低声说,"我是媒体界混饭的,漂亮的男人见得多了,但臀部和腿有他这么漂亮的,一个也没有。"

彩虹的脸一阵绯红。

"这个瑜伽馆是女人集体意淫的场所。"她做了一个鬼脸,"难道你没发现学生都是女的,老师都是男的?我经常故意做错,让他手把手地纠正我。就这样……他会说:'手抬高一点,腰要直,呼吸要慢……'"

彩虹失笑,"究竟是你们意淫他,还是他意淫你们?"

"集体意淫,互相意淫。"

那人大摇大摆地进去了。彩虹却被她的一席话吓得不敢再多看,默默地走到门外的小卖部买了一包花生慢慢地吃。

等了半个多小时,第一节课结束了。守在门外,她发现有很多学生不愿离开,都缠着季篁说话。等她探头探脑地继续观察时,第二节课开始了。她只得又等一个小时,才等到了满头是汗的季篁。

"何老师?"他微微一怔。

"系里……赵书记托我给你带个口信,明天上午九点学校有个重要会议需要你参加,地点是逸夫苑……逸夫苑……天啊,我忘记是几楼了。"她拍了拍自己的脑袋,"大概是二楼。"

他淡淡地说:"你怎么知道在这里找我?"

"书记给了我你的地址,你的室友说你在这里。"

"你来找我,就为这事?"

"嗯,对。"

"你告诉沈非一声不就可以了吗?"

"哦……对的，我怎么就没有想到呢？真笨。"

"你在这里等了很久？"

"差不多……差不多两个小时。"

"刚才不是有课间休息吗？怎么不进来？"

"哦……我……饿了，去买东西吃了。"

他看着地面，然后抬起脸，似笑非笑地打量她，不继续理论了："既然你已等了这么久，不如再等我几分钟吧，我去洗个澡，换件衣服，然后送你回家。"

"那个……喂……不必……"

人已经去了更衣室。

彩虹垂头丧气地咬嘴唇，一个劲儿地骂自己傻。她悄悄地对自己说，在还没有彻底变傻之前，应当赶紧溜掉。可是一闭眼，脑子里又满是那些普拉提的动作，每个动作都成了优美的定格，不知不觉，自己的身体也跟他做了一回慢镜头的意念体操。

等到头脑清醒，季篁已换了一身衣服，背着一个巨大的运动包走了出来。

他的身体笼罩着一团湿气，被门外的冷风一吹，散发着柠檬和橘子的气味。

是洗发水，还是水果香皂，抑或是洗洁精的味道？她想不出答案，专心地吸吮着。

"你是骑自行车来的吗？"她问。

"不，我是走来的。你家在吉祥路，对吗？"

"对，不远，离这儿三站路。"她伸手到包里掏月票。

他忽然停步，问道："你累吗？何老师。"

"不累。"其实她的腿早已站酸了。

"我们一起走回去好吗？"他凝视着她的脸，说，"走路可以锻炼身体。"

没钱打的啊？你刚才不是已经锻炼了两个小时了吗？彩虹窘了窘，只好同意。

他接过了她的双肩包，背在自己的身上。

"嗨，不是这个方向。"她小声说。

"跟着我走，不会有错。"他很自信。

他们拐进了一条小巷。

住在这个城市二十多年，彩虹从没发现这里有条小巷。小巷走了一半，被一道矮墙挡住，没路了。

"你看，走错了吧？"

"没错。"

"这里有一道墙。"

"咱们爬过去。"

她吓了一跳,以为他在开玩笑,问道:"爬过去?我们又不是贼!"

"你有多少年没爬墙了?"

彩虹想了想,"十几年吧!"

"那就爬吧,我看看你还会不会。"他抱着胳膊看着她。

彩虹石化了。她想说,季老师,我是一个成熟的青年女教师,道德的典范,学生的楷模,这意味着我不是崂山道士,不会玩这种城市嬉皮的玩意儿。

看了看四周,发现没有别人,她改了主意:"我会啊。季老师,你蹲下来,让我踩着你。"

他真的蹲了下来,她真的抱住了他的脑袋,并且脱掉旅游鞋,双脚无情地踩在他的肩膀上。

身手敏捷地翻过了墙,她发现季篁很快也翻了过来,样子很潇洒,像跨栏运动员那样,手指在墙头上撑了撑,就跳了过去。

拍掉身上的灰尘,她发现前面又是一道墙,很高的墙,要想通过它,只能去爬旁边的一棵树。这次彩虹连问都没问,抱着光溜溜的树干爬上去,翻过墙,抓住垂下的树枝跳下来。

看着季篁紧跟而下,这情形让她想起了蜘蛛侠。

她乐了,咯咯一通乱笑,忽然说:"知道吗?这个城市压得人喘不过气来。结构,结构,到处都是结构!我们的脑子成了水泥,已经被商品房结构了。"

季篁两手一摊,"所以我们要翻墙,要爬树。"

彩虹点头,"这是一个解构的过程,城市建构了生活,建构了空间,建构了我们的欲望和想象,却不可以建构我们的行动。"

季篁在黑暗中眨眨眼,"对。"

"城市不能规定我们什么。"彩虹指着远处的立交桥,慷慨激昂,"这条路,一定要这样走吗?这里一定要有个商场吗?上面非得有个天桥吗?早上一定是九点以前才供应早餐吗?我们需要被城市如此理性地安排吗?我怀念小时候夏天睡大马路看露天电影的日子!"

"何老师,你好像有点激动……"

墙外是一条大街。他们埋头往前疾走,越过公园,跨过草坪,在大厦中横穿,信笔在城市的地图上涂鸦。

这令彩虹产生了一种"荒园游侠"般的幻觉：没有遵从地图游览的城市是荒凉而孤独的，像一个被人遗忘的老妇。破败的门庭，幽闭的小径，凌乱的垃圾，无所事事的小贩……不知不觉，他们进入了一个中学的操场，站在环形的跑道上。

上弦月挂在天空，远处的山影，波动的霓彩，夜色渐渐迷失。

彩虹已经很久没有看见头顶的星光了。她忽然想起那句话：人生的意义是什么？倘若也有学生来问她，她将如何回答？她静静地想了很久，没有答案。不过，她很快就原谅了自己。

这是个太不实际的问题，这是个虚无缥缈的问题。生活在这样的城市，忙乱而庸碌，没人有时间思考这个，不是吗？

假如奥斯特洛夫斯基没有全身瘫痪，俄罗斯也没有漫长寒冷的冬天，假如他就住在繁华的 F 市，日日为交通和地价烦恼，他还能写出那段振聋发聩的句子吗？

在黑暗中，她看了看季篁了脸，季篁问道："何老师，你累了吗？"

"不累，"她说，"我家就在操场后面。"

顿了顿，她又说："别叫我何老师了，叫我彩虹吧。"

他将她一直送到家门口，末了，凝视着她的脸，忽然说："彩虹，我们应当经常在一起。"

说完话，他停了一下，观察她的反应。彩虹的脑子嗡了一声，心里说，季老师，这话让我如何回答你？——"不，我们不应当经常在一起。"——对一个第一次见面就替你解围又大方地和你分享办公室的人，这个回答岂不是太不礼貌了？

作为中文系的才女，彩虹第一次对语言产生了困惑，第一次对一个句子的真正含义捉摸不透。

目送着他的背影，彩虹悄悄地想，"我们应当经常在一起"——这是什么意思？

如果他说："你有电话号码吗？"彩虹觉得能明白他的意思。如果他说："你周末有空看电影吗？"彩虹觉得这个意思也很清楚。"我们应当经常在一起"，这是什么意思？

站在门廊外，彩虹深深地吸了一口气，回味刚才和季篁在一起的两个小时。她觉得季篁的肩膀踩着很舒服，他的脑袋湿漉漉的，头发细软，滑得抓不住，但能摸出头骨的形状:鸡蛋那样完美,岩石那样坚硬。他没有多余的动作,像个起跑运动员那样四肢抓地,用自己的脊背顶起她。她一只脚踩着他的肩,一只脚踩着他的腰,柔韧的脊椎向下坠了坠,又弹性十足地顶上来,她甚至感觉得到椎间一节一节的凸起。尽管如此,彩虹也没有达到能够翻越的高度,不得不对他说:"还差一点,抬起头来!"他顺从地仰起了脑袋,让她的脚踩着自己的头顶翻了过去。

虽然手还没有碰过他,彩虹的脚已将这个男人的大部分身躯踩了个遍。所以彩虹对季篁的第一感觉不是从眼,不是从口,而是从脚开始的。这一点具有颠覆意义。一个人的眼睛可以骗自己,话也可说错,可是脚不会踩不踏实的地方。

情绪饱满的彩虹噔噔噔地上了楼,却在自家门前意外地碰到了夏丰,好友韩清的丈夫。

彩虹很喜欢夏丰,韩清与夏丰是一对绝配。

夏丰并非美男,但模样清秀,很有书生气,和女孩子们在一起时总是自称"小生",写封情书落款也是"夏生",就好像《莺莺传》里的"张生"一样。他和韩清都是彩虹大学的同班同学,来自河南农村,是当年中文系学生会的宣传部长,写得一手好字,会作古诗,在才华方面和彩虹齐名。初到大学的夏丰说话还带着一股子浓重的河南口音,分不清平上去入,半年之后已能说一口纯粹得好像播音员那样的普通话。毕业后分到省委机关报报社广告部,工作了半年就和彩虹同寝室的闺密兼夏丰的铁杆粉丝韩清结婚了。

在寝室人的眼里,夏丰是理想的丈夫。在大学谈恋爱的两年里,他一天两趟地替韩清提水,风雪不误,雷打不动。此外,还替韩清去食堂买饭,帮她刷碗,包揽了寝室里的各项重活。每次大扫除他都主动请缨帮寝室的女生们拖地、搬书、拆除窗外的马蜂窝。韩清的父母是南宁市重点中学的老师,一个教高中,一个教初中,家道殷实,温良守礼。大一报到后不久,彩虹便碰上 F 市百年罕遇的秋老虎,整个城市热得好像要被蒸发,许多学生都中了暑。韩清因为暂住彩虹家里,夜夜吹空调得以幸免。那时她与彩虹都是新生,虽然分在一个寝室,彼此还不很熟,因为彩虹慷慨地邀她避暑,韩清对她的好感顿时增加了十倍。加之避暑期间她又得了重感冒,天天喝李明珠炖的鸡汤,对彩虹妈也产生了依恋之心。此后每年寒假回校,必要给李明珠带十个自家包的大粽子,韩清的母亲还亲自打电话来拜年感谢明珠的照应,夫妇俩来 F 市探女也提了重礼登门拜访。两家就这样往来上了。

成家之后的夏丰与韩清在离报社不远的一栋高楼租了间公寓,两年之后又凑钱买了个小小的一居室。他们很快有了一个男孩,取名夏都,小名"多多"。毕业后韩清本有去广西电视台一个热门节目当编辑的机会,这是她梦寐以求的工作,差点签了合同,却因夏丰先一步在报社找到工作而放弃了。接下来,她的运气越来越差,高不成低不就,夏丰要求她的工作地点最好在以机关报社为圆心的直径五公里之内。韩清找来找去找不到,最后委委屈屈地进了F大学图书馆"民国时期资料室"。那是份工资低的闲差,却好歹让她的户口留在了F市。尽管如此,彩虹从未听韩清说过夏丰的不是。同学们问她为什么肯屈就,她总是淡淡一笑,说:"家庭是最重要的,夏丰的工作也忙,早出晚归,吃不上一碗热饭,我还是以他为主吧。"

彩虹认识的女同学中,结了婚的不在少数,一有聚会就成了"老公批斗会"。人人都说自己所嫁非人,若不是为了这个家早把那"没出息的"、"不体贴的"、"没好性儿的"、"喝酒抽烟好赌的"、"炒股炒亏生意做砸"的老公给休了。只有韩清不说话,在一旁默默地饮茶。末了悄悄地对彩虹说:"骂老公不就等于骂自己吗?老公再不成气候不也是你挑的吗?"一语惊醒梦中人,彩虹不得不对她刮目相看。所以在众人眼里,韩清和夏丰一直是美满婚姻的典范。

"夏丰?"彩虹愣了愣,"有事找我?怎么不进门?"

"嗯——"夏丰板着脸说,"韩清在里面。"

彩虹狐疑地看着他,"韩清在里面?那多多呢?"

"多多也在里面。"

说话间果然传来孩子的哭声。

彩虹连忙问:"出什么事了?你们吵架了?"

"一点小事,她生气了,就跑你们家了。"

彩虹倒抽了一口寒气。因为韩清性情柔顺体贴人意,是出了名的好脾气,做事向来是委曲自己成全别人,想让她这样的人生气还真不容易呢。

她掏出钥匙开了门,"进来再说吧。"

门一开,迎面一股阴风,沙发上坐着李明珠,穿着件高领毛衣,正拿着竹针织毛线。

彩虹忙说:"妈,我回来了。"

"嗯,吃饭了吗?灶台上有热好的饭。"李明珠将一卷线挽起来,扔进脚边的竹篮里,脸也是绷着的,看了一眼夏丰,不打招呼,也不说话。

"妈,夏丰来了。韩清呢?"

从茶几上端起一杯茶,李明珠浅浅啜了一口,"呸"的一声,将口中的一片茶叶吐到地上，"闺女，你去吃饭，夏先生我来招待。"

那话不冷不热，不硬不软，却字正腔圆，带着一股无形的压力。来者不善，守者也不善。彩虹的心"咯噔"一跳，嗅到了战火的硝烟。

"夏先生请坐。"李明珠指着对面的一把椅子，"韩清这孩子和我们家彩虹也有六七年的交情了，老一辈人互相都认识。这孩子我一见就喜欢，一直当她是我的闺女。"

"李阿姨……"

"我的闺女今天让人给打了，脸上斗大一个巴掌印，腿还让人踹了一下，瘀着一大块血。"李明珠双眼一瞪，凛然生出冷光，"多多也到了懂事的年纪，你当着他的面打他的母亲，是示范他将来应当这样对待女人吗？"

夏丰的脸色很僵硬，但努力保持礼貌，"李阿姨，这是我的家事，请让我来解决好吗？"

"解决？你不是用暴力解决了吗？"李明珠冷笑，"夏丰，你出门到大街上访一访，随便拉住个女人问一问，如果她愿意嫁给你，我家韩清带着儿子净身出户，不愁找不着一个好男人做你儿子的新爹。——敢打老婆，我呸！你以为你生活在旧社会，有三妻四妾呢！"

"阿姨，这事儿——她也有问题，不能全怪我。"夏丰的脸隐隐泛红，头上青筋直跳。

"当然不能全怪你。你一个大男人肩膀上不肯挑担子，请我们怪也怪不到你头上！你以为怪人很容易吗？那也要你值得怪，经得起怪不是？有老婆肯怪你是你的福气。现在你嫌她挣钱少了，当初她若去了电视台，如今也是个人物了吧？犯得着受你这口气吗？这女人一日三餐地伺候，马不停蹄地扫地、洗衣、买菜、做饭，这不是劳动吗？如果不让她干，你雇个钟点工一个月也要一千块吧？她钱挣得不少，只不过有一半是无偿的，你个无耻的资本家，活生生地享用着你老婆的剩余价值。而你挣的那些钱——哦，我的天——都是有大用途的：养家、糊口、干革命事业！你是时代的先锋、战斗的英雄，独独被老婆拖了后腿。同样是付出，你得的是荣誉，她落的是埋怨。我算明白了，原来老婆生来就是补充你的，哪儿缺了就往哪儿塞。要留大城市，塞她进资料室；嫌托儿费贵，让她病休一年带娃；买房不够钱，让她一天干两份工。早上五点起床做好你的早饭，累死累活地回来却发现你早已到家，跷着大腿看报纸，厨房里茶凉灶冷，儿子又脏又臭，等着人帮他洗澡。夏丰，我问你，你爷爷瘫了六年，最后不幸去世，你知道遗传的力量有多大吗？"

"……"

"你以为现在你年轻力壮不靠谁，就可以这样对待你老婆。风水年年换，明年到你家。等到你年老瘫痪，躺在床上，需要人一把屎一把尿地伺候你时，人家会不会直接将你扔进臭水沟呢？"

"李阿姨，请您不要再说了！"

"呵，你怕听了？知道李阿姨最恨的是什么吗？你个牛魔王怎么到现在才现原形啊？你们这些农村人为了娶到城市的姑娘，怎样卑微低贱讨好人的事都做得出！彩虹还一个劲儿地夸你好，夸你体贴、老实、文质彬彬，我李明珠看你第一眼就知道那不过是奴颜媚骨，一旦得势，翻脸不认人是迟早的事儿。今儿你也别指望你老婆会跟你回家，我让韩清在这里住着。你回去好好反省，再不拿出个人样儿来，这里是工厂重地，会打架的小青年多的是，看我不找人揍断你的腿！"

夏丰气呼呼地甩门而去，大门"咣当"一声巨响，震得墙壁都抖了一抖。

彩虹小心翼翼地扒了一口饭，进里屋看着一脸青紫抱着被子啜泣的韩清，轻轻地说："你饿吗？吃点东西吧。"

她擦了擦眼，看着腿上睡熟的儿子，说道："不饿，我过一会儿就回去。"

"回去？"彩虹怔了怔，"在这种时候？"

"夏丰从小妈死得早，爸爸好酒赌博，天天揍他，后妈对他也刻薄，他……他挺可怜的。你不知道，我跟他恋爱那会儿，他身上穿着一条薄薄的毛裤还是七年前他亲妈手织的，毛都快脱光了也不舍得换，我陪他去看他妈妈的墓，他没哭我都哭了。这么多年他对我都是和颜悦色的，我还是第一次见他这样生气。"

彩虹两眼望天，"喂，你有没有搞错？是他打了你，你还替他说好话？"

"我只是告诉他我不想在资料室待了，天天整理旧报纸填卡片，那日子真磨人啊，是个活人也给磨死了。我想考研，然后找个好点的工作。他听了就不干了，说我只顾自己不顾这个家。现在房贷这么重，读书不挣钱还花钱，不如多打几份工。我说这钱不让他出，我去求我自己的爸妈。他一听火更大了，说我仗势欺人，嫌贫爱富，还对我爸妈破口大骂。"

"破口大骂？你爸妈哪点得罪他了？"

"我们这房子首付是十八万，夏丰指望我爸妈能支持一下，把他们多年攒的老本拿出来垫上，打电话过去探口气，我爸听了半天不表态。我们只好分头找亲友借钱，背了一身的债。其实大部分钱也是我借来的，我堂兄帮我垫了将近一半。

他不领情,还说我结婚时家里给的嫁妆太少,不把他这个女婿当回事。"

彩虹直听得心里一阵发凉,"不把他当回事儿?结婚时他家里一分钱也没出吧?用的都是你们俩自己的积蓄和你爸妈给的钱吧?这么一大活人儿都嫁给他了,还叫不当一回事儿吗?"

"他的工作也不如意,明明想做编辑,却被派去搞广告。这一行拿的是绩效工资,需要人脉,竞争很激烈。他在大学里混得顺风顺水,到了单位却被同事们瞧不起,回到家来就喝酒生闷气。多多生了之后小孩子晚上睡不好,半夜老是吵,他就冲着几个月大的儿子吼。唉……"

彩虹看着她乌黑的眼眶,问道:"瞧你眼睛都给打得充血了,我送你去医院看一看吧?"

"不用了,我还得回去。"她咬了咬牙抱着孩子站起来,腿还是一跛一跛的,"多多晚上老爱哭,太影响你们休息了。我回去好好地和他说一说,不就是不让考研吗?我不考就是了,为了这个家,也没什么。我已经牺牲了那么久,也不在乎多牺牲一点。"

彩虹一把将她拉住,"不行,你好歹在这里住一晚。刚才我妈没头没脑地将他骂了一顿,估计他更生气了,让他反思一晚上,消消火儿,明早你再回去。我爸上夜班,我妈和我都睡得沉,没事的。"

韩清终究还是带着多多走了。彩虹送她到楼下,给她打了一辆出租车,叮嘱她有事记得往这边打电话。其实最近一两年她和韩清见面也少,因为有了孩子,也没老人帮忙,她几乎寸步不离地守在家中。今日见到她,不独神情懊丧,眼眶两旁起了不少黑斑。明明年纪比彩虹还小几个月,看样子倒是大了十岁,腰粗体肥,行动迟缓,一副十足的妈妈相。

心情沉重地回到家里,彩虹看见妈妈仍在沙发上织毛线,想起她刚才的一番话,不禁想责备:"妈,您刚才的话也太刺耳了,夏丰毕竟是韩清的丈夫,您好歹得给他留点面子。"

"这种男人还用给他面子?要是他是我的女婿,我就给他两耳刮子。"李明珠啐了一口,"怎么样,你老娘我火眼金睛吧?当初我是怎么劝你们来着?这种凤凰男不能嫁,门不当户不对,习惯价值观都不一样。幸好他妈妈死得早,不然还有婆媳问题,将来够她受的。我说了多少,你们听进去没有?"

彩虹不吭声了。

　　李明珠又对了。当时韩清与夏丰谈恋爱，彩虹也热心地当了无数回电灯泡，回到家里把夏丰那叫一个夸啊，只差夸他不是天神了。夏丰第一次来彩虹家时就老老实实地向李明珠诉说了自己苦难的家世：母亲早逝、父亲凶暴、后妈刻薄，彩虹听得差点掉泪，明珠却半点不动声色，回头就说这孩子会装可怜，博得女人同情。李明珠最讨厌男人装可怜，所谓英雄不谈出处，强盗莫问来路。这夏丰太有心眼，太会打动女人，韩清不是他的对手。她在电话中向韩清的父母表达了自己的意见，对这门婚事很不看好。韩清的父母听了自然不愿意，只是鞭长不及马腹，后来夏丰去南宁见了他们一面，父母见韩清用情已深，一副不嫁他毋宁死的模样，就松了口。

　　彩虹默默地去厨房给自己添了一碗红豆汤，李明珠忽然问道："今晚你去哪儿了？"

　　"系里来了位新老师，没有联系电话，有个重要会议，书记托我找找他，带个话儿。"

　　"你快些准备一下，等会儿苏东霖有事要来接你。"

　　彩虹吓了一跳，"什么？苏东霖？"

　　"他给你手机打电话，你没接，电话打到家里来了。"

　　"哦，今天有课，要见学生，手机消音了。"

　　"他问你九点半以前会不会回来，我说会。"

　　彩虹连忙看表，九点二十五，便发起了牢骚："什么事啊，早上不是见了嘛，晚上又要见，这人有病啊！我给他回个电话，明天再说吧。"

　　李明珠忍不住吼出了声："你快点去收拾！记得换个胸罩！把那件紫色的长毛衣穿上，夜光下显示得贵气。易求千金宝，难得有情郎！——这人又有千金又有情，你加紧点，好不好？"

　　彩虹下楼之前又被明珠抓住，"回来，你的头发……得弄一下！"

　　说罢，冲到洗手间拿了一瓶摩斯，哧哧几下，将她的头喷成了奶油蛋糕，手在上面抓来抓去。

　　彩虹痛得乱叫："妈，别抓了，您会弄吗？头发又不要紧！"

　　"不要紧？"明珠将她的脑袋一拧，拧到自己的眼前，认真地说，"女人身上最要紧的地方就是头发！"

　　"哈哈哈哈……"彩虹笑岔气去。

　　明珠被笑得一脸铁青，指着彩虹卧室里挂着的一幅《维纳斯的诞生》，"我说的话你总不信,嫌你妈没眼光是不?看见那幅画了吗?我问你,维纳斯的身上有什么?"

"有什么?"彩虹说,"什么也没有。"

"错!维纳斯一丝不挂,却有一头金丝。知道吗?在艺术家眼里,女人可以没有胳膊,没有衣服,但没有头发,那是万万不能的!"

第五章

美男秦渭

_ 01

就这样狼狈地披着一头怪发下了楼,路灯昏暗,彩虹只看得见不远处的马路边停着苏东霖的汽车。

一旁树下有个红点,她蓦然转身,发现了正在抽烟的苏东霖。

"东霖,你刚到吗?"彩虹被自己身上的香水呛得打了一个喷嚏。

"嗯,受伤的那天我们本要去雪竹斋的,结果耽误了,现在去那里吃夜宵怎么样?"

"夜宵?太晚了吧?"

"现在正是时候。"不等她回答,他说,"你等我一分钟,我上去和伯母打个招呼。"

"不用不用,我妈知道我跟你出去了。"

"还是上去说一声比较好,免得家长们担心。"说罢,他径自上了楼,几分钟后又下来了。

他的脚步并不似以往那么轻快,毕竟断了两根肋骨。

"多礼。"她无奈地说,"打个电话不就行了。"

这就是苏东霖与众不同的地方。他可以很恶搞,开天大的玩笑,说话又凶又损,但他知道分寸。如果他想讨好一个人,功夫也会做得很足。

岂知还没走到汽车旁,便有一个匆忙而过的路人将苏东霖撞了一下,他痛得倒吸了一口凉气。那人却视而不见,大摇大摆地走了。

彩虹一声怒吼:"喂!站住!你撞人了!"

那是个五十岁左右的男人，蓄着小胡须的脸显得很猥琐。

他回头一看，不屑地说道："我一五十岁的大叔，撞你个二十几岁身强力壮的小伙子，怕什么？你会吃亏吗？我还怕闪腰呢！"

彩虹气极反笑，"嗬！五十岁很老吗？你以为你五十岁就可以拒绝成熟吗？"

"妈的，你想怎样？"那人索性摆起了姿势。

苏东霖脸一黑，刀光一般的目色逼过去，冷笑，"五十岁的老先生，君子动口不动手。你走在大路上，太阳晒不黑你，风也刮不倒你，但这样和小姐说话，汽车肯定会撞死你的。"

大约是被他的气势吓到了，那人骂骂咧咧地走开了。

"你没事吧？需要我扶着你吗？"彩虹关心地问。

"你以为我是五十岁的老头子吗？"

彩虹与东霖交情匪浅。滴水穿石，非一日之功。

一开始他们是情侣，谈了不到三个月，就由情侣变成了朋友。历经修补，渐渐由朋友变成了好友，却再也没回到情侣那个高度。不是回不到，而是他们都不肯努力，甚至觉得这样的一种关系更好。

彩虹帮东霖做过很多事，代写情书只是其中的一项。东霖英文奇差，她曾冒名替他考六级，不然此人毕业都成问题。只要是玩的事情东霖都会想到她：游泳找她，郊游找她，打扑克找她，K歌找她，聚会更要找她。合作是默契的，交往是愉快的。东霖和彩虹在一起，可以尽享友谊而不需任何回报。

二少爷的女友多如牛毛，一旦想吹，彩虹就成了移情别恋的对象。他会在和人分手后不久与彩虹出双入对，让伤心的恋人以她为情敌。彩虹就是他的开关，他的保险丝。

这样做对彩虹的感情生活不是没有杀伤力。从大一到研究生毕业，彩虹一直没有男朋友。鼓起勇气追她的同学在将自己与苏东霖做了一番比较之后，都打消了念头。所以彩虹坚定地认为自己之所以成为剩女，苏东霖要负主要责任。闹到最后连韩清都不耐烦了，跑去对东霖说既然你是彩虹的哥们儿，身边若是有条件好人品也好的朋友，介绍几个给彩虹嘛。苏东霖大摇其头，说自己认识的都是些纨绔子弟，酗酒、吸毒、玩女人，没一个配得上彩虹的。

其实彩虹对这些并不介意。爱情尚未来临，又何必强求？就算一辈子遇不到真爱，像关烨那样做个独身女人也不错。对她来说，爱情不是一件大事，关键是她的学业、事业，以及如何早日住进风景如画的博导楼。

在雪竹斋温暖的包间里坐定，彩虹讶然，"怎么，就请了我一个人？"

"不可以吗？"

"这样弄得有点像约会哦！"彩虹嘲笑了一句，顺手拿过单子，点了几碟点心和水果，对服务生说："再来两杯威士忌，加雪碧和冰块。"

一言不发地坐了一会儿，苏东霖忽然道："彩虹，今早你生气了？"

"生气？没有的事。"

"可是你的样子很凶。"

"我一向都是这样的吧？你又不是没见过。"

"我觉得，你好像是很受伤害的样子。"他皱起眉来看着她，"其实你一直很在意我，是吗？"

"在意你？Hohoho……"

今天的苏东霖声音出奇地温柔，看她的眼神深情款款，"今天是个特殊的日子，我却让你生气了，真对不起！"

彩虹连忙掩口，"天啊，今天是我的生日吗？不是啊，我生日早过了。"她窘窘地看着他，"那么是你的生日？不对，你的生日不是一月份吗？"

"今天是我们初次相识的日子。"

"哦……"彩虹眼珠一转，坚定地摇了摇头，"不对，今天是你和莉莉初次相识的日子。"

"那天你们俩都在。"

"好吧，我们都在，不过我的任务是电灯泡，那又怎么了？"

"我觉得你比莉莉好看。"

"谢谢。"

"后来你说你不喜欢莉莉，我就把她推给了我哥。"

彩虹一口气咽住，"天地良心！我什么时候说过我不喜欢莉莉？"

"我曾经悄悄地问你，郭莉莉是不是你的好朋友，你说不是。"

"她的确不是，我说的是真话。"

"莉莉却说你是她最好的朋友。"

"曾经。"

"你还说过很多别的话。"他将烟掐了，抿了一口酒，"你说潘小慧的眼睛太小,林珊珊的脾气太娇,关月萍的腮帮子太硬,何丝丝太懒,饭碗里长了蛾子才去洗。"

"打住!"彩虹恨不得一跳三尺高,"我以为你是在问我的意见,所以坦诚相告。想不到现在你倒打一耙!你若真想秋后算账,这些话权当我没说。"

"我是问你的意见,因为我没有意见,你的意见就是我的意见。"

"Come on,二少爷,谢谢抬举,我的意见没那么重要。"

"那请你告诉我,"苏东霖幽幽地说,"我究竟哪点不好?嗯?年少多金,事业得意,对你关怀备至、呵护有加。为什么你从来对我不慧眼一顾呢?"

"年少多金?"彩虹笑了,"苏东霖同学,你听说过马斯洛的需要层次论吗?人生之中有五种需要:生理需要、安全需要、归属与爱的需要、尊重的需要、自我实现的需要。安全需要排在倒数第二位。哈哈!我的需要有这么低级吗?你是在羞辱我吗?"

"这不算低级,很多人都还在这条线上挣扎呢。特别是房价飙升之后,这条需要已经把所有其他的需要全都吞噬了。"

"是啊!若不是你们这些富二代在那儿乱炒房地产,房价会飙得这么快吗?你以为我会向房价屈服吗?"

"奇怪,"苏东霖道,"我们怎么扯到房价上去了?彩虹,你还是没有回答我,我究竟哪点不好?"

彩虹低头想了想,鼓起勇气抬起头,"你真要我说吗?"

"请直言,有则改之,无则加勉。"

"因为你是 Gay。"

苏东霖吓了一跳,不敢相信自己的耳朵,"什么?你说什么?"

"因为你是 Gay。"彩虹认真地看着他的脸,握住他的手,"听我说,东霖,你的秘密在我这里是安全的。我尊重同性恋的权益,坚决支持同性婚姻合法化。出柜很难,你有什么挣扎和煎熬,都可以对我倾诉。"

苏东霖一时无语,两眼直翻了上去,沉默了半天才说道:"上次那件事,你误会了。"

"没关系,不必掩饰,我完全理解。"

有一次同学聚会,大家约着去郊游,彩虹却在宾馆的房间里无意撞到苏东霖和一个男人躺在一起。

"那人是我的表弟。"

"嗯嗯。"

"我们从小关系很铁。"

"嗯嗯。"

"那天他失恋了。"

"嗯嗯。"

"他喝了很多酒,想早点睡,那房间里没有别的床。"

"嗯嗯。"

"于是,我们临时挤了挤。就是这样。"

"嗯嗯。"

他火了,"你老'嗯嗯'个什么?"

"嗯嗯。"

他轻轻拿起了她的手,放在自己的胸前,"我也支持同性恋权益,可我不是同性恋。"

"好吧,你不是。"

"我证明给你看。"

"证明?"彩虹愣愣地看着他,"怎么证明?"

"你把手往下移。"

她的手心从他的胸膛移向小腹。

"再往下。"

"……"

"再往下。"

"……报告,已经到达禁区了。"

她抽回了手。

"如果我是同性恋,它会是这个样子的吗?"

彩虹一面窘得满脸通红,一面又觉得自己没有必要这么窘。住院时有一天她下了课去看东霖,正碰上东霖洗完澡裹着浴巾从浴室里出来,上身还打着绷带,蓦然见到她,心一慌,一不留神浴巾滑下来,给彩虹逮了个正着。

"告诉我,究竟我哪点不合你的心意?"

彩虹咬着嘴唇想了又想,抬头看着他说:"东霖,你挺好的,我很喜欢你,我是指,你是我最好的朋友。可是我有我人生的蓝图。我会时时想象和一个人一起生活、结婚、生子、吵架、做饭、甜甜蜜蜜、平平安安地携手到老。可是东霖,"她喝下一大杯酒，"很遗憾，你不在那个蓝图里。"

"为什么？"他说，"为什么我不能在那个蓝图里？"

"我需要一个 soul mate，你很可爱，也很够朋友，我们在一起也很开心，可是你不是我的 soul mate。"

"这个好办，说吧，怎样才能成为你的 soul mate？我可以学习啊！我的脑瓜子又不笨。"

"这样吧，我问你一个小小的问题，看你有没有可培养的基础哈。"

"问吧问吧！"

"华生先生最喜欢抽的香烟是什么牌子的？"

"……"他当场愣住，随即翻了翻白眼，"不公平！至少你得告诉我，华生是谁。"

_02

夜宵吃得不算沉闷。拌嘴是常事，早已习惯。他们开始旁若无人地 K 歌，碰到拿手情歌如《明明白白我的心》之类，两人相视对唱，深情款款，演绎得天衣无缝。

岂料一出门正碰上一群人从大门走进来，为首的一个穿着条纹西装，半揽着一个大眼睛女孩，身后跟着五六个人，有男有女，不知是随从还是朋友。

东霖驻足，眼睛斜睨了起来，"哥。"

东宇笑道："K 歌啊？"低头看表，"这么晚还不回医院，会被护士骂吧？"

"带彩虹出来玩玩。"东霖看了一眼彩虹，发现她狠狠地咬着嘴唇，脸绷得很紧。

东宇目光闪烁，饶有兴致地玩味着两人的神态，"那我不打扰你们，请尽兴。"

大家互相点了点头，大批人马杀向走廊深处。

冲着他的背影，彩虹突然叫了一声："东宇。"

走廊尽头有人脊背一凛。

"替我问候莉莉。"她冷冷地说。

东宇顿了顿，转过身，依然揽着那个女孩，目光坦荡不惊，"好的。"

说罢，早有人给他拉开了包房的门，一群人鱼贯而入，走廊陷入沉寂。

随苏东霖走到停车场，一路上彩虹只顾着生气，虽说大户人家的子弟多半如此，可苏东宇在彩虹心中世家子弟的形象还是顷刻间毁于一旦。

这是个敏感话题，聪明人都会装糊涂，可彩虹偏要问个清楚："东霖，你哥在外面有女人？"

"我怎么知道？那人我也不认识，至多是逢场作戏吧。"苏东霖咳嗽了一声，表情尴尬，"我哥的事你少问。何必惹麻烦？"

这算什么回答？虽然对莉莉有一肚子意见，彩虹对她的感情是矛盾的。她们之间有过甜蜜的友情，也有过巨大的伤害。过失虽在莉莉，但她也表现了极大的愧疚，多年来一直在找机会弥补。魏哲事件后，她对彩虹的热情让彩虹觉得自己过于计较前嫌。怎么说呢？不是不原谅她，也不是不想和她亲近，只是无论怎么做也达不到当初的火候，假意的亲热反而显得不真实。

要用力去维持的情感不可能坚持太久。毕业那时，莉莉经常打电话约彩虹出来玩。结婚不忘请她当伴娘。生了孩子还一度透露出想请她做干妈的意思，被她三言两语搪塞了。同学中莉莉够实际也够强势，可她也很痴情。和魏哲分手时以泪洗面肝肠寸断，只差没跳楼吃安眠药。她的大学成绩不差，又是社团的积极分子，凭长相凭家世凭履历不可能找不到工作，毕业后却肯安心在家当全职太太，这么爱热闹爱交际爱出风头的一个人为家庭也算做了牺牲。相比之下，苏东宇那无所顾忌的神态就让人倒胃口了。顺着这个逻辑往下想，彩虹就替莉莉委屈起来。

不等她张口，苏东霖又说："这事你不要让莉莉知道，不然她可要把我们家撕个粉碎。"

彩虹挑眉，"有那么严重吗？"

"你不是很了解她吗？"

"她又不坏。"

"愤怒的女人是可怕的。"

"奇哉怪也，你们兄弟俩碰到这种事不好好检讨自己，还一个劲儿地编派人家的不是。"她的火噌地一下蹿得老高，掉头就走，"你自己回去，我坐公共汽车。"

苏东霖一把拉住她，"深更半夜的你等个什么车，有病啊！"

"我是有病，我就看不惯你们这样的。"

"哎，说话别夹枪带棒，什么'我们'、'你们'的，这关我什么事？"

"当然不关你的事！对你来说，这根本不算什么是不是？你想过莉莉吗？"

"你酒喝多了。上车吧，彩虹。"苏东霖的脸窘得发暗，不由自主地摸出一支烟，"你的意思我明白，不就是说苏家人不是什么好东西嘛。"

"……"

"你说对了,"他看着她的脸,"我不是什么好东西,就等着你来改造了。"

说罢,似笑非笑地看着她,眯起一双狭长的眼,目光充满调侃。

彩虹怔了怔,拎着小包,头也不回地向车站走去。

这条路僻静却不算小,偏偏彩虹等了十几分钟也没等到车。站里没别人,只有两个肮脏的垃圾桶,盖子半敞着,堆着满满的泡沫饭盒,空气中有一股馊味。地上零落着几根一次性的筷子。彩虹盯着远处柠檬色的路灯发了一阵子呆,忽然想起这里其实离家并不远,大约四站路的样子,没有车也可以走回去。正要举步又犹豫了。这条路她不熟,前面黢黑一片,曲曲折折不知道是否安全。于是,决定再等五分钟,然后到路口拦出租车。

仍然没车。夜气凉了,她拉了拉衣领向街北走去。走了不到十步,一辆怪异的红色跑车不知从何处飞来,在她面前戛然而止,掀起一团尘雾。幸好她走的是人行道,若是在马路上就已经撞到了。

彩虹又惊又怒,正要发作,车门开了,从里面伸出一条长长的细腿,细腿的尽头是一只又细又尖的男式皮鞋。紧接着,走出一个穿着黑色西装的男人,是个很英俊很气派的年轻人,肤色白皙,额头饱满,嘴唇充满了棱角。他长得像模特一样漂亮,也像模特一样苍白而毫无表情。右手的无名指上戴着一个宽宽的钨金戒指。

黑衣人浑身散发着一股淡而隽永的香味。四肢过于纤细,他从车里走出来的样子与其说像一个翩翩公子,不如说像一只巨大的蜘蛛。身上的西装非但不遮掩这个短处,反而故意裁成瘦身的形状。这是今年流行的款式吗?彩虹禁不住又打量了他一眼,这一眼更正了她的印象。这个人看上去比例没什么不对,也不是特别高,只是因瘦削而显得格外修长。

好吧,彩虹在心中承认,从纯粹审美的角度来说,从解剖学意义上来说,从几何分析上来说,这个人的英俊超过了东霖,综合指数也超过了季篁。

她不怒反笑,脑海里飘出了一面小旗帜,上面写着:"欢迎打劫,欢迎诱拐,请尽情展露你的色相吧!"

黑衣人拉开车的后门,做了个请的姿势,淡淡地说:"东霖让我接你回家。"

他的声音很轻,是那种在电影院里企图打电话的声音,偏偏每个字都咬得很清晰,音量却又只大到你刚好能够听见。

非常悦耳、非常有磁性的低音，带着一丝纤弱，又有一点慵懒，好像在梦中被人抓来派了这趟差事。所以，他的声调透着点不情愿。

彩虹越发陶醉。如果说女人最要紧的地方是头发，那么男人最要紧的地方就是声音。一个男人可以不好看，也可以一身臭汗，嗓音不好听就没救了。听说话的语气这人好像认得她。彩虹自己也觉得这张脸似曾相识，他们一定在哪里见过，苏东霖的狐朋狗友多不胜数，新近又开了公司，也许是他的某个手下。

不对。他的派头、气势和车都超过了东霖。而且他和东霖一样，一定要闪亮出镜，绝不低调行事。

她乖乖地坐进车去，那人指示她扣好安全带。

汽车启动，平稳向前，在融入车流的一刹那迅速加速。

"我叫 V。"他说。

"V？"

肯定不是字母的 V，一个男人这么介绍自己不奇怪吗？如果当初季篁对彩虹说他叫篁，彩虹一定会吓一跳，以为他是从三国时期穿越过来的。

她静静地等着下文，以为他会继续介绍自己，不料这个"V"好像就是他对自己的全部概括。

黑衣人不再说话了。汽车出二环拐入城西高速，向远离城市的方向飞驰。

"喂，方向错了，我家在吉祥路。"彩虹很小声很善意地提醒了一句。她不习惯跑车低矮的车身，不习惯排气管的噪音，不过她不反对在美男身边多坐片刻。

V 公事公办地说道："东霖让我带你兜兜风。"

"那么请注意一下车速，这条线的路标上全装着摄像机。"

V 的嘴角挑起一丝讥讽，"小姐，这是正常车速。"

彩虹暗暗猜测他的岁数，大约在二十五六岁。

沉默片刻，V 说："So，你就是东霖所谓的女朋友？"

彩虹愣了愣，回敬："So，你就是东霖所谓的表弟？"

"表弟"两字一出口，立即惹怒了他。

V 的声调像被放进了零下三十摄氏度的冰柜，直直冻成了冰块："表弟？"

"嗯，表弟。"

话音未落，车子猛然一刹，跑车的轮胎在高速公路上"吱——"的一声划出一道长长的黑印。彩虹的身子不由自主地向前甩，差点被安全带勒断了胸骨。她尖叫一声,看着车子斜穿三条车道,失了控一般地向前冲,仿佛要带着她冲破栏杆,冲进桥下的大江。她吓得闭上了眼,不料车子并未失控,在距离栏杆不到五厘米处硬生生地停住了。

惊魂未定,窗边的车锁突然弹开,她听见 V 向她冷喝一声:"下去!"

她狼狈地拉开门,跳下车去,双腿着地还没站定,车灯一闪,箭一般地飘出去,迅速消失了。

"我靠!"彩虹对着远去的车影大大地竖了个中指,"你丫有神经病啊!"

彩虹就这样被 V 先生抛弃在二十五米高的城西立交桥上。这是一条繁忙的主线,各种型号的汽车、卡车、摩托车一拨一拨地向她涌来,车灯直直打到脸上。她看见几辆匆匆而过的出租车,伸长手臂拦车,谁也不理睬她。

就在这时手机响了。

"是我,"那头传来东霖的声音,"你到家了?"

"到你个头啦!"

苏东霖从那头也听出了不对劲,"你不在秦渭的车里?"

"他把我扔半路上了。"

"哦!"他显然吃了一惊,"你在哪里?"

"城西高速,20 号出口。"

"嗯,你在原地等着。"

"快来接我。"

那边叹了一口气,"我吊着点滴呢,秦渭会来接你的。"

"你换个人!我不上那神经病的车!"

"深更半夜的,拜托你别折腾了。"

"喂——东霖,别挂——!"

电话挂了。

果然不到五分钟,V 先生的跑车戛然而止,又是卷着一团尘雾停在她身边。

车中人向她发令:"上来!"

彩虹咬紧牙关地站着,一动不动,腮帮子硬硬的,好像刚吃了人肉。

见她坚决抵抗,他打开应急灯,从车里钻出来,闲闲地打量她,明知故问:"你在生气?"

"我不该生气吗?"

他摆出一副不想和她计较的样子，"有什么话上车说吧，这么站着不安全。"

"我不坐你的车！"

他哧的一声冷笑，"你以为坐我的车很容易吗？"

"坐你的车跟坐出租车有区别吗？我怎么不觉得？"

他继续冷笑，"如果我没记错的话，你的职业是经常向人灌输革命理想的大学老师吧？"

她翻了一个大大的白眼，又给了他一个大大的后脑勺。这当儿手机又响了。

苏东霖在那头问道："彩虹，秦渭到了吗？"

原来他真的叫渭，秦渭。

"到了，哼！"

"跟他上车，算我求你了。"他轻轻地咳嗽了一声。胸口的伤势尚未痊愈，咳嗽对他来说是件痛苦的事。彩虹想了想，不愿让他为难，终于说："好吧。"

这次他的车开得很平稳，一路无话。秦渭一直将她送入宿舍区。然后停下车，居然很有风度地将她一直送到楼上，还很客气地跟彩虹的妈妈打了一个招呼。

李明珠额头亮晶晶地说："进来喝杯茶吧！这位先生……怎么称呼？"

"姓秦，秦渭。"他淡淡地说，"太晚了，不打扰了。"

"那改天来玩！"李明珠热情十足。

秦渭含糊地"嗯"了一声。

关上门，李明珠拍了拍彩虹的脸，"闺女哎，你强！你太强了！苏东霖太难搞定就算了，这个一定要逮住。别看他表情硬邦邦的，我估摸他性子比东霖软，将来会比东霖好处。"

像所有的父母一样，李明珠把每一个深夜送她回家的男人当作假想女婿。

"难道你没发现他比东霖还要有钱？"

"那还用你说吗？你知道他的手表多少钱一块吗？"明珠进厨房给女儿端来一碟切成片的苹果，"不是东霖约你吗？怎么回来的时候变成了另一个人？"

"他临时有事，托他表弟送我回来。"

"表弟？不会吧？"明珠说，"东霖妈不是姓沈吗，她只有一个哥哥在香港，东霖怎么会有一个姓秦的表弟？"

"呃……"彩虹的眼珠转了转，"那是我记错了。"

和很多学习勤奋的女孩子不同,彩虹不爱洗澡。

当然,彩虹有她自己的理由:第一,她不爱出汗,没有必要天天洗。第二,家里热水器的功能失调,长期处于半瘫痪状态。每当一个人要洗澡时,必得有另一个人守在热水器旁随时调节水温,不然就有烫伤的危险。偏偏放置热水器的厨房和洗澡间相隔甚远,彩虹必须一边洗,一边大声地呼喊:"热一点!妈妈!对,再热一点,冷死我啦!……好!就这样!保持这个温度……哦,不,不,不,太热了!是的,我知道您没动!可是还是太热了!哦!哦!哦!"巴掌大的浴室,她被烫得无处可逃,卷着浴巾一身泡沫就冲出来了。

可是今天彩虹不仅破天荒地早起,还认认真真地洗了个澡。在浴室里捣饬了一个多小时之后,香喷喷、白净净,一身水汽地出来了,涂成樱桃色的嘴微微地噘着,露出娇憨怨艾之态。她换了件蓝色绣着白花的开司米毛衣,穿上一条大红方格子羊毛短裙,细长的黑发垂过肩头,尾部带着一点卷儿。

早饭是馒头和鲜肉包子,她吃得很小心,生怕衣服溅上油腥。吃完了她又去刷牙,去掉一口的香菇味。

明珠一边喝豆浆一边打量她,末了,突然说:"彩虹,你谈恋爱了?"

彩虹正在喝酸奶,差点一口呛住,"啊?——没有!"

"那么就是你看上谁了?"

"没有。"

"一定是昨晚送你上来的那个小子。"明珠研究女儿的神态,"秦渭,对吗?哪个'渭'?'蔚蓝'的'蔚'?'保卫'的'卫'?"

李明珠的搜索能力比百度还强大,只要给她一个名字,八辈子的祖宗都能被她打听出来。彩虹赶紧摇头,"我也不知道。"怕妈妈觉得她在装傻,连忙又说,"等我问了东霖再告诉你哦。"

"这么说就是他了?"

"妈,您乱猜个什么呀!"

她的脸不由自主地红了,悄悄地想,在一切尚未明朗之前,将错就错、转移视线未必不是一件好事。

明珠继续打量她,过了一会儿,大摇其头,"不行,你这打扮、这神态,一副乖乖送上门的样子,秦渭这样的男人才不吃这一套呢。你越主动越不能引起注意。"

彩虹一头闷在桌上,完了,"钓龟"讲座又要开始了。

"要不要听听你妈的建议?"

"您说吧。"

"秦渭和东霖很熟吗?"

"一般的朋友吧。"

"这段时间你先冷落东霖,"她说,"尤其是他俩都在的场合。"

彩虹愣住,道:"为什么?"

"提高你的神秘度呗。东霖条件那么好的钻石王老五你都爱答不理,其他的男人一定觉得你很有意思。"她用馒头蘸了蘸榨菜,"别刻意打扮自己去迎合人家。相反,要做出一副很无聊很厌倦的姿态,好像身边全是这样的男人,见得太多了,懒得提起精神去招呼。"

这绝对是新内容。彩虹觉得妈妈越说越玄乎,已上升到博弈理论的高度,于是大眼一瞪,问:"然后呢?"

"然后你就若即若离。知道男人为什么喜欢电子游戏吗?"明珠故意顿了顿,卖了个关子,"因为他们喜欢神秘的东西,所以别让他们在你这里轻易过关,懂吗?如果是电话找你,铃声响了四下再接。约你出去,别急着答应,总是说那个时间你有事,需要安排一下看能不能挤出空来。一句话,你就得是那游戏里的一件宝贝,不能轻易找到,更不能轻易到手。记住,宝贝之所以珍贵是因为它没有属性。一旦有了归属,宝贝也就不稀罕了。"

"嗯,有道理。然后呢?"

"和他在一起,你的主要任务是观察和倾听,所以别谈太多你自己的事情。你要观察他对比他弱势的那些人的态度,比如他对服务员的态度、对出租司机的态度、对路人对乞丐的态度,这样你可以知道他是否善良。观察他对别的女性的评价,能看出他对女性是何期望。观察他批评别人,看他是刻薄还是宽容。让他陪你排队,观察他的耐心;让他陪小孩子玩耍,可以知道他是否会成为好父亲……"

彩虹站起来看表,不能再无休无止地"然后"了,于是笑着打断她:"妈,时间到了,您得去上班,我也要去学校了。"

明珠看了一眼墙上的钟,"哎呀,都快八点了,你怎么不早说呢!记得拿午饭,我给你做了五香牛肉和虎皮青椒。"

彩虹拉开门正要走,忽然被明珠一把拽住,手指掐得紧紧的,指甲几乎嵌进掌中。

"哦！"彩虹痛得龇牙咧嘴。

"记住！千万不要跟男人上床。"明珠的目光好像一把锤子，将告诫一个字一个字地敲进女儿的脑子里，"女人上床需要一个理由，男人上床只需要一个地方。走错这一步，没人能救你。想想何小田吧！"

何家不是没有教训。彩虹的堂妹何小田未婚先孕，偷偷地跑到私人诊所堕胎，结果出了事，落下个终身不孕。那个男人听说她再也不能生孩子了，走得不见踪影。小田只好嫁给了一个大她十岁离过婚且有两个女儿的男人。在家里和继女们斗得个鸡飞狗跳，死去活来，动不动就跑到叔婶这里哭诉，已成了十足的坏典型。

这话说得彩虹脊背一阵发寒。她勉强地笑了笑说："妈，我知道。"

结果彩虹竟在校门口的商场里遇到了韩清。

她本来是要买几支改卷子用的圆珠笔。季篁嫌红笔刺眼，要求她用绿色的笔改卷子，她找了半天才找到一种深绿色的水笔，很贵，就买了一支。一抬头看见韩清一家人正在对面不远的货架边挑选水瓶。夏丰推着购物车，多多坐在车上专心地吃棒棒糖，两人手牵着手，低声絮语，很甜蜜很温馨。

唉，真是小夫妻吵架不长久，床头吵床尾和。彩虹不明白妈妈昨晚硬要去掺和个什么，白白骂了人家一顿，不知道是要替韩清出气还是逞一时口舌之快，结果呢？

"韩清！嗨！早！"彩虹隔着两排货架向她挥手。

商场很吵，她的嗓门也不大，但她觉得韩清肯定听见了。可是韩清却低下头，装作没听见的样子。

呃——彩虹正要走过去，韩清忽然抬起头向她使了一个眼色，又指了指自己的手机，示意她别过来，待会儿手机联系。

搞什么鬼呀！彩虹只得付钱出门。还没走到文学院的大楼，手机振动，传来韩清的短信：对不起，刚才不方便。夏丰昨夜生你妈妈的气，不让我和你讲话。

彩虹怒发冲冠地打字：靠！他发哪门子的火！

韩清：他向我道歉了。说最近工作不顺利，房贷压力大，心情不好，请我原谅他。

彩虹：你就原谅了？

韩清：他是孩子的爸，全家人都靠他，你要我怎么办？昨夜他说着说着都难受得哭了。夏丰从没在我面前流过眼泪。

彩虹：可是，打人总不对吧？你不能太心软了。

韩清：这两个月别给我打电话，短信联系吧。

彩虹：别，我正打算下班到你家来看看多多呢。

韩清：别来我家，求你了！

彩虹看着短信傻眼了。这大约就是磨合吧？多么别扭的一对夫妻啊，但达成谅解就是一件好事。她心中的天平又向夏丰倒了过去。读书的时候夏丰真是穷得叮当响啊，从来不在食堂买菜。每次来学校，总带一大包榨菜、辣椒和萝卜干，就着食堂的米饭吃得津津有味。彩虹看了心里都难受了好久。后来他找了几份家教，生活才有好转。就这样艰苦的日子也没妨碍人家写出一首又一首的诗来。彩虹和韩清都是他的热心读者，自愿出钱搜集诗稿到复印社给他印了几十本诗集四处散发。据说夏丰之所以能找到这份工作，这精致的诗集也起了相当的作用。农村孩子在大城市里学习真是不容易，资源匮乏，人脉短缺，告贷无门，四处碰壁。别人努力一分就能办到的事，他努力十分还有可能打水漂儿。想到这里，彩虹的心中涌起一阵愧疚，妈妈昨晚也太仗势欺人了。

到办公室改了两个小时的作业，彩虹出去泡了一杯茶，回来时看见季篁坐在沙发上。

"嗨，会开完了？"她问。

"完了。"

"你需要用桌子吗？"她将摊开的试卷挪到一边，让出一块空地。

"不需要。"他说，"你用吧。"

两人之间忽然有一阵沉默。

"季老师——"

"请叫我季篁。"

"嗯，季篁，我……我写了一篇论文，准备投学报的，想请你看看给个意见，行吗？"彩虹从抽屉里拿出几页打印的纸，很谦虚地看着他。

这其实是她硕士论文的第三章，加了头尾之后变成单篇，自以为颇有见地，不然也不敢轻易拿出来献宝。

季篁接过来，扫了一眼标题，"我恐怕给不了很专业的意见，我没怎么读过张爱玲。"

彩虹的柳眉竖了起来。心里说，季老师，你很忙吗？你不知道这是我在搭讪吗？你是没谈过恋爱，还是太嫩？

"哦。不需要你太了解张爱玲,只请你替我在理论上把把关就行了。"她换了一种更加客气的语气,"季老师在《文学评论》上发表的两篇论文我都仔细拜读过的。"

虽然这是昨天在学校图书馆临时 Google 出来的,请大神改论文,吹捧还是要到位的。

他坐在沙发上认真地看了十五分钟。论文并不长,只有八页纸。

"怎么样?"她掏出一只苹果,用力地啃了一口。

"还行。"他说。

还行?就这评价啊。

"你是投 F 大学学报吗?"

"B 大学学报,我想在核心期刊上试一把。"

"如果是 B 大学学报,这篇是不是短了点?"

"短吗?"

"我觉得短。有些地方还有展开的余地。"

"你是说论述不够详尽?"

"嗯……个别概念还可以进一步厘清。"

"也就是说,有些概念不清晰?"

"当然,你的文本分析占了绝对的篇幅,如果在理论上再下力气,两万字都打不住了。"

"你是指,我缺乏理论深度?"

"有些地方逻辑有点……"他在找词儿,"……欠呼应。"

"季老师,您继续说,再往下说,您都够格当外交部部长了。"

他两手一摊,头一偏,不说了。

"哎——"彩虹定了定神,很大度很鼓励地笑了,"不必太照顾我的自尊,我可以接受严厉的批评。"

"真的吗?"

"真的。"

"那这篇你就别投学报了,"他揉成一团,往垃圾桶里一扔,"不好。"

她愣住了。开始她还想保持风度地反驳几句,可怒气已先一步蹿到头顶。她气呼呼地冲了出去,临走时狠狠地将吃剩的半个苹果扔到垃圾桶里。

第六章

西门吹雪套餐

_01

　　和陌生人打交道就是这样。你会因为一句话而喜欢上一个人,也会因为一句话而讨厌一个人,并决定今后不再深交。

　　可彩虹自诩是个理性人,理性的人不会让非理性的因素左右自己。她想起了导师关烨的那句话:季篁可不是一般的心高气傲。

　　也许季篁一贯心高气傲,只是没被她发现。如果这是他个性里重要的一面,她了解得越早越好,何况他们也不是第一次因为学术问题吵嘴。

　　彩虹决定将此次过节定义为"学术分歧"。鉴于季篁在她面前的表现一直拿着正分,现在突然出现了一个负分,应当给他一个改过的机会。

　　去图书馆借了几本书,然后回休息室热饭,彩虹捧着饭盒回到了办公室,发现季篁正坐在桌边吃午饭。

　　还是那几样,彩虹已经起了个外号,叫作"西门吹雪套餐":一只鸡腿,半碗白饭,一杯开水,一根黄瓜。他吃得很慢,很认真,仿佛是一种享受。

　　彩虹不禁幽幽地叹息:"一个人写出来的东西是垃圾不要紧,如果吃的东西也是垃圾——他的人生就太悲哀了。"

　　确定这话的用意只是捉弄,季篁抬头看了她一眼,低头继续吃饭。

　　她走到他身边,弯下腰,在他耳边说:"季老师,从没有人把我的论文扔进垃圾桶,从没有。"

　　"……"

　　"从没有人这样诋毁我的工作和我的研究能力。"她声色俱厉。

季篁不动声色地从垃圾桶里捡起那团纸,捋平,还给她,"去投稿吧。总编是苏少白,祝你好运。"

"苏少白?"学术界一听见这名字就跟活见了鬼一般,没见过世面的彩虹脸一下子白了。

"如果你听了我的意见就气成这样,听了苏少白的意见一定想上吊。"

说罢,他低头继续吃饭,可他津津有味的吃相又惹怒了她。

她一把夺过他的饭盒,"咣当"一声,扔进垃圾桶。

季篁皱眉,"扔我的午饭?我以为我们不过是进行了一场学术讨论,有必要上升到暴力的形式吗?"

"垃圾应当放在装垃圾的地方。"

"何老师,你刚才说过,不必太照顾你的自尊——"

"你不必太照顾我的自尊,但你不能忽视我的自尊。季篁,我是你的同事,不是你的学生。"

他两手一摊,"我以为你想听我的意见,我也告诉了你我的意见不一定专业,如果不爱听就当我没说。"

她在空中大声吸了几口气,"好,很好,季篁,你……你很有趣。说说看,你将用什么行动来弥补你的过失?"

他没听明白,道:"我?有过失?"

"从学术的角度上说,你侮辱了我。"

"有这么严重吗?"

"是!你必须向我道歉!"

"No."

"你必须要替我修改这篇论文,修改到足以发表的程度。"

话一出口,连彩虹自己都觉得无理取闹,甚至有点勒索的意味,但她被自己的临场发挥吓到了。

"什么?"

"你得替我修改这篇论文。"

他凝视着她的脸,看了看表,又想了想道:"修改可以,不过我是第一作者。"

"你不能署名。"

"为什么?这相当于我重新写一篇。"

"无论你怎么改,这篇论文是我的,你必须要采用原稿百分之七十以上的内容。”

“何老师，你看我像魔术师吗？”

“怎么不像？你不是说这篇不好吗？点石成金不是魔术师的特长吗？”

“No.”

她注意到季篁奇怪的表达法。因为在这种情况下用“没门儿”显得太无礼，用“不”显得太坚决，用“不行”又显得太软弱，所以他用一个英文的“No”概括了以上三种表述。

“不会很累的，我已经写了百分之七十，你只要补充百分之三十就够了。”

“No.”

她瞪大眼睛一动不动地盯着他，这叫作“少女的祈祷”。没人能够抵挡这样的凝视。果然，季篁也被这花仙子般莹莹闪动的目光击中了。

“这样吧，”他终于说，“你自己写，我指点指点你。”

彩虹得理不饶人地叫了起来：“嘿，说话注意口气。我们是同事呀，同一年参加工作，一模一样的工龄，谁也不比谁低，怎么是‘指点’呢？至多是‘同行间的探讨’——”

他闭嘴，开始收拾东西。

彩虹绝望地翻了一个白眼，核心期刊啊，将来升官发财评职称，哪样不靠它？她又何必死抓住面子不放？

“好吧，季老师，你指点指点我。”

他喝下一大口水，“我过半个小时有课，下课之后讨论你的论文，可以吗？”说罢，又将剩下的半杯水一饮而尽。

她忍不住问：“你干吗老喝水？口渴吗？”

“我没吃饱。”

“哦，对不起！”彩虹一股脑地将自己的盒饭塞到他手中，“你吃我的午饭吧，五香牛肉、虎皮青椒。我最近在节食，刚吃过一个苹果了，我不饿，真的！”

他怔了怔，摇头，“谢谢，没法吃，我……对花椒过敏。”

彩虹愣了愣，她从没听说有人对花椒过敏。不过，她想起了另一件事。

季篁从来不写板书，一个字也不写。关键的句子他会口头重复，还会问学生们“记下了吗”，但他的手指几乎从来不沾粉笔。

因为这个，学生们都认为他很酷。

“你对粉笔也过敏，对吗？”

"我有哮喘。"他说,"轻度的。"

"这会影响你帮我改论文吗?"

"不影响。"

"那你爱吃什么?"彩虹趴在桌上支起双腮温柔地笑了,"我去买给你。白斩鸡吃吗?东食堂做得可好了。你一定要吃哦,我请客!"

"为什么听说我有哮喘你会笑?"季篁问。

"……"

"想起来了,"他说,"何老师喜欢容易受伤害的男人。"

他用一种奇怪的表情打量她,似笑非笑,目光尽处万水千山。

调侃?揶揄?讽刺?提弄?她努力分辨,却一无所获。再度凝眸时已烟消云散,他的目光又如往日那般深邃宁静。意念不经意地起落,月落星沉,微澜泛起,似有无数游鱼戏在水底。

她迷惑地看着他,此生未见过如此的目光。

"我去买饭。"她说。

吃完了彩虹买来的白斩鸡和水果拼盘,季篁教课去了。彩虹从柜子里找出毯子躺在沙发上午睡。她回味刚才的一番舌战,怎么看都觉得是自己在借学术交流的幌子想方设法地接近季篁。她原以为共一间办公室会产生很多机会,一个月过去了,没有半点进展。除了上课,季篁很少来学校,为了让她自在地午睡,他几乎避免来办公室。就算一周有那么一两次见面时光,也是匆匆忙忙,互相点个头,像一对老派绅士,谈谈天气,谈谈花草,如此而已。

那样一个薄荷般清凉的男子,却令彩虹着了魔,苦苦等待灵魂的下一次交合。

半小时之后她被手机吵醒,来电显示着韩清的名字。

"彩虹,能求你一件事吗?"她开门见山。

"什么事儿?"

"夏丰周五有个面试,泰宇传媒招一名企划部经理。"她顿了顿,说,"我上网查了一下,泰宇隶属元祐集团,你能跟苏东霖打个招呼吗?"

"泰宇传媒?"彩虹说,"夏丰在省报待得不舒服吗?那可是一本正经的事业单位啊。去这种传媒公司工资是高风险也大,压力只怕要翻好几倍吧?"

"彩虹,房贷这么重,我的工资又这么低,靠他在广告部的收入很吃力。何况,"韩清犹豫了一下,低声说道,"夏丰的上司前几天透出口风,对他的业绩不满意,可能要将他调到工会。在他们那里工会绝对是闲职,快下岗的人才会往那里打发。"

彩虹迟疑了一下,道:"电话我可以帮你打,但苏东霖是什么态度我就不知道了。"

"只要你求他,他肯定答应。"韩清说,"你们的交情摆在那里。"

这种时候,不能不帮,彩虹点点头,道:"行,我这就打电话,过会儿给你回话。"

挂掉手机,她忽觉一阵莫名的紧张。多年来她与东霖之所以关系亲密无话不谈,正是因为她从不曾向他要过什么,或者托他办过什么事,尽管知道苏家财大势大。她与东霖就算有点子小交易——诸如代写情书、帮忙考试之类——从来都是公平的。有借有还,再借不难,几年的交情算下来,谁也没欠谁的。毕业找工作那么大的事儿,那么需要援手,彩虹也只是紧紧抓住了关烨。导师嘛,她不张罗谁张罗? 也就给系主任和校领导送过几次礼,保证上面不出闪失,也是一声不响地办成了。

小心翼翼维持起来的奇妙平衡,今天被韩清的一个电话打破了。迟疑片刻,她拨通了东霖的手机。那边传来懒洋洋的一声"嗨"。

彩虹单刀直入地道:"东霖,有件事要求你。"

"什么事?"

"夏丰周五去泰宇传媒面试企划部经理,你能跟那边的老总打个招呼吗?"

"打什么招呼?"

"夏丰想换工作,你能不能替他说说?"

她问得直接,苏东霖答得干脆:"不喜欢这个人,不欢迎他来泰宇。"

"哎,夏丰碍你什么事了? 泰宇只是你的子公司,就算是上班也不会来和你打照面,你管他做什么?"

"此人志大才疏、刚愎自用,而且心胸狭隘,严重情绪化,没人能跟他合作。"

"韩清最近很困难。"彩虹只得将语气放缓,"房贷压力大,夫妻俩老是吵架。"

"这关我什么事? 这是夏丰自己的事吧?"

"好吧,你不喜欢夏丰,这事就算你帮帮韩清,行不?"

"我跟韩清也不熟,没热乎到帮人找工作的地步。彩虹,你一向很少揽事的。夏丰这个人,你帮他他不领情,不帮他他还怨你,怎么做都没好下场。你可别惹事上身。"

撇清得真快。虽知这人一向如此,彩虹的心还是寒了一寒,忍不住说:"苏东霖,为什么一到人际关系上你就变得这么精明?"

何止是苏东霖,彩虹觉得她身边的人——包括她的母亲——一谈到人情世故个个火眼金睛,见解惊人,独独衬出她是个傻子。

"那是因为你太傻。"

"你不帮他们这个家就完了,昨天两口子都打起来了!"

"靠!"

"帮帮韩清,算我求你了!"

那边沉默了几秒,东霖说:"这样吧,我这里行政部缺人,如果韩清愿意来上班,让她明天来找我。这个职位今天 close,收了三百份简历,她明天不来我就选别人。"

"喂喂,我是说夏丰!"

"夏丰不要,韩清可以。"

"嗯?——啊?"没想到东霖转得这么快,一下子来这一招,彩虹傻掉了。

"可是……夏丰怎么办?"

"可以当家庭妇男嘛。"东霖在那边笑得很得意,"时代不同了,男女都一样。彩虹,你不是搞女权主义的吗?"

_02

事不宜迟。彩虹也不睡了,手机没电,径直下楼去图书馆民国时期资料室找韩清。

要说彩虹本科、研究生时期的好友在这个城市里混的还有好些个,逢年过节也常往来,但说到亲密无间就谁也不如韩清了。写得一手好书法的韩清曾是学生会宣传部的骨干分子,在寝室则是有名的知心姐姐,好性格、好脾气,谦和恭顺,温婉含蓄,家教严格,观念传统。姐妹们有了矛盾总是她来当和事佬,什么"冤家宜解不宜结"啦,什么"退一步海阔天空"啦,什么"忍字心头一把刀"啦,什么"和气生财,吃亏是福"啦,都是她长年向大家输出的理论。一句话,韩清就像自己笔下的柳公权,横平竖直,厚实端庄。据说当年韩清热恋夏丰就是爱上了他那一笔圆润妩媚的赵体字。俗话说:"先学颜,后学柳,赵体不学自己有。"她颜柳都有了,再摹赵体就是不行,怎么学都少那么一股子风流韵。于是乎慕名向夏丰请教,两人先论书法,后论文学,论到最后互赠一枚自刻的石章。

寝室人笑她陷入了"古典主义爱情"。

如今,书法对于韩清的最大功能就是抄写图书馆各部门的《阅览规则》《办证手续》《书籍管理条例》之类的规章告示,用玻璃相框装好,挂在入口的大墙上。

F大学历史系对辛亥革命研究曾经非常领先。随着某位国家级学者的仙逝和后继无人,连带当时为配合研究而兴办的"民国时期资料室"也随之冷落。资料室像书店里过了气的畅销书那样被人挪了又挪,从正厅移到楼角,紧挨着厕所,里面二十几把红木圈椅——听说是一位老华侨的捐赠——也被尽数搬去了会议室,取而代之的是廉价的绿绒布铝合金双翻椅。

彩虹找到韩清时,韩清正用一块抹布认真地擦洗墙上的装饰瓷砖。

打过招呼,韩清看了看身后,确认主任不在,小声说:"彩虹,你坐一下。"

她去里屋端来了一杯菊花茶。

"有蜂蜜吗?"彩虹问。

"给你加了,小姐。"韩清拧拧她的脸,"没蜂蜜的菊花茶你会喝吗?"

"谢谢。"彩虹接过杯子喝了一大口,说,"你那个变态主任呢?没上班?"

"刚才还在,说是有个会,我侦察了一圈,已经走了。"

地点安全,彩虹立即发飙了:"靠,神经病,大白天的让你擦墙!你看看这地、这桌子,都亮得跟镜子似的……她还嫌不干净!病态!有这工夫让你坐着读读杂志也是好的。"

韩清一把捂住她的嘴:"嘘——小声点!人家是看不得我闲着。年轻人嘛,多干点没什么。"

"你真好教育!就她?一没文化,二没素质,一开口就是怪腔,'小韩,你的思想最近有新动向吗——'呃!"彩虹做呕吐状。

"拜托你别嚷嚷了——隔墙有耳。"

"那就说正经的。刚给苏东霖打电话了,泰宇传媒归他大哥管,他说不上话。不过他那里行政部倒是缺人,问你愿不愿意去。"

韩清倒退了一步,"什么?问我?"

"对。你知道东霖的公司吧?元祐集团的泰宇高科,就在市中心的元祐大厦,办公条件可好了,跟他干工资绝对不低,房贷肯定解决了。"

韩清瞪了瞪眼,半天没说话,忽然一把拉住她的手乞求:"彩虹,既然办公条件那么体面,挣得又多,你去替我说说,让夏丰去吧!"

"啊?这个——"彩虹咽了咽口水,搪塞,"他说……只要女的。"

"那夏丰怎么办?我不能挣得比他还多啊!那他还有面子吗?"

一听这话,彩虹差点将一口茶喷出来,"天啊,这都二十一世纪了,你还在说这种话?请问你是大学毕业生吗?请问你认真学过马列原理吗?韩清同学,这不是封建社会!现在是票子要紧,管不了面子了!再说夫妻平等,谁挣的钱都一样地花。想想看,你不是想让多多进重点小学吗?不是想让他学钢琴吗?不是还想接你爸妈过来住住吗?有了这份工资,好好干,没几年首付就有了,你可以放心地享受你的房子了,全家人都跟你一起幸福,多好啊!"

韩清叹道:"我有三年都没正儿八经地工作了,你说苏东霖会要我吗?我现在什么都不是,就是一孩子妈,什么也不会做,只会做家务。"

真是恨铁不成钢,彩虹急着差点吼出声来:"你对东霖可千万不能这么说,长他人志气灭自己威风。简历我来帮你写。想当年你还是优秀学生会干部呢!你书法比赛还是全校第一名呢!你还得过人民奖学金呢!你的英文还过了六级呢!你还发表过散文呢!就是在这种破资料室,你不也是先进工作者吗?当年若不是夏丰让你留下来,你不是也到电视台当编辑了?韩清,不是我说你,你怎么就这么窝囊呢?人家是稀泥糊不上墙,你明明是块大砖头也不往上垒,没出息!真没出息!"

被这番话炸昏了,韩清低头看地,"唉……我觉得,我还是要好好地想一想,回家和夏丰商量一下,听听他的意见,毕竟他是一家之主。最近一个月他四处投简历,一心一意要弄个部门经理。其实他在省报也就是个一般职员……泰宇传媒那边,我觉得他还是满有希望的。要不我还是等等吧,你跟东霖说说,让他等我一周再回话。"

"机不可失,时不再来。你现在就得决定,明天就去见苏东霖。这个职位是公开招聘的,收了三百份简历,已经过了截止期。东霖说,明天不去就选别人了。你们不是缺钱吗?该不是叶公好龙吧?钱来了又跟钱过不去,真是的。"

韩清的目光闪了闪,忽然说:"主任来了,你先回办公室吧。我马上给夏丰打电话,等我回信。"

彩虹下楼买了一瓶汽水,喝完慢慢走回到办公室,韩清的电话追来了。

"彩虹,谢谢你帮我张罗。这事儿……还是算了吧。"她重重地叹了一口气,蔫蔫地道,"夏丰不同意我去东霖的公司。他说从大学起就讨厌这个人,不想和这人有任何关系，更不能领他的情。"

"哦——"这倒是让彩虹大出意外，"为什么？仅仅是讨厌吗？"

"陈小芬的事儿你知道吗？"

"陈小芬，音乐系的那一个？唱《山丹丹花开红艳艳》的？"

"对。夏丰大一时追过她，两人好了一阵子，后来小芬投靠苏东霖了。他们俩为这事儿还打了一架呢。"

"打架的事儿没听说。"原来有这么一段过节，难怪每次出来玩只要有苏东霖，夏丰就不露面，彩虹还不死心，"这是老早的事儿了吧？东霖后来也没和陈小芬在一起啊。"

"当时算是横刀夺爱吧。夏丰说东霖也就是开着奔驰带着小芬兜了几次风，给她买了两件漂亮衣服，小芬就倒戈了。"

"这不正好证明陈小芬靠不住吗？要是我还感谢东霖帮我认清了这个人呢。"

"这是夏丰的初恋。唉，彩虹，你没谈过恋爱不明白初恋是什么感觉。你爱上一个人，一辈子都觉得欠他的，就像当年我遇见夏丰……他安安静静地坐在桌前雕一枚石章，窗外的槐花点点飘落。从那一刻起，我就知道，这是我的男人。"

每当回忆自己甜美的初遇，韩清总要来上这么一句，眼睛亮晶晶的，仿佛被人施了魔法。

"韩清啊，你神经大条点，不要被夏丰弄得团团转好不好？"彩虹哭笑不得，"你说说你现在像什么？大学本科、光明磊落的女才子，在家被老公扁，在单位被主任欺，回家四肢着地擦地板、转锅台、奶孩子。已经三年了啊！难道你就没有梦吗？难道你不渴望成功吗？如果你甘心一辈子就是这样，我没话说，马上替你回绝。现在请你明明白白地告诉我，你甘心吗？"

韩清咬着嘴唇，半天不说话。

彩虹还记得一年前到韩清家的情景。孩子睡着了，她拿着一大块抹布趴在地上，像一休和尚那样跪在地上双手擦地。问为何不用拖把，说拖把不干净，边边角角擦不到。她家的玻璃花瓶一天洗两次，桌无杂尘，灶台锃亮，连锅盖都被钢丝刷子擦得闪闪发光。韩清就坐在一尘不染的沙发上穿着睡衣一集一集地看肥皂剧。彩虹拿出五四腔笑她："不要沉沦，拿出你的斗志来！"韩清脸一扬，双手往腰里叉着，怪笑，"谁说我没斗志？我天天都在与灰尘作殊死的决斗。"

然后，赤脚站在光亮的地板上，她忽然捂住脸，泪水从指间滑落，"夏丰总是说，每天做好家务，照顾好家庭和孩子，做男人最强大的后盾，这就是一个女人最大的幸福和满足……为什么这种幸福我偏偏感觉不到，为什么我总是觉得不满足呢？难道我是个贪心的女人？"

彩虹吃惊地看着她。不敢相信一个女人婚后会被男人改写成这个样子。沉默片刻，她用力地拥抱了她一下，说："韩清，这世上幸福和感觉永远只属于你自己，没人可以替你定义幸福，也没人能够决定你的感觉。"

这话说完，她忽然愣住。

她觉得她之所以能言之凿凿指点江山，仅仅因为她单身无偶，不必向任何人妥协。

_03

一个小时的课，季篁准时回来了。坐在沙发上，他用十五分钟时间将彩虹的论文重新看了一遍，用绿笔做了几个记号。

沙发不大，彩虹不好意思坐过去，觉得太亲热；更不好意思隔桌而坐，像是接见学生，毕竟还是求人家帮忙，还是要谦逊点儿。思来想去，索性将椅子搬出来，搬到沙发旁边，和季篁面对面地坐下来。

谈话肯定不轻松，可能意味着新的较量。那次会议的几问几答，他们似乎杀个平手，到底年轻气盛，季篁不服气地追下来了。

现在，他终于有机会找回场子了。彩虹还在心底打鼓，发难开始了。

季篁问："何老师，论文里你不停地说'主体'、'个体'和'自我'三个词，请问它们所指何义？有何区别？能否具体解释一下？"

高手就是高手。彩虹第一时间窘掉了。她以为他会问张爱玲的叙事手法，问她小说中独特的空间构成，或者，至少问一下张氏的爱情观或亲情观。这些彩虹全在行，怎么都能说个头头是道。可是，彩虹有彩虹的毛病，知之甚切而改之甚难。和很多刚入行的年轻教师一样，彩虹喜好时髦的术语："解构"、"后现代"、"能指"、"宏大叙事"、"细读"、"厚描"、"陌生化"、"戏仿"、"文化资本"、"符号暴力"……动不动就要拿进论文里说事儿。她对抽象归纳更有偏好："美是理念的感性显现"——瞧瞧，人家黑格尔说得多好，多凝练啊。

脑子用力挣扎了几下，彩虹舔舔干燥的嘴唇，兵临城下只好水淹七军，虽然心虚，声音要高，调子要足，学术辩论就是打排球，你打过来我扣回去："'自我'指的是人潜意识的那一面，也就是欲望的层面。"

"同意。"他说,"主体呢?"

"主体和个体是一个意思,就是指自我。"她两手一摊,"论述的时候我不喜欢重复用词,所以就变着花样儿说了。"

季篁看着她,叹了一口气。

"哎,你叹什么气?"

"虽然我的专业是文学理论,而你的专业是文学批评,咳咳,从大方向上来说,我们也算是同行。"

"完全同意。"

"那我就不说外行话了,行吗?"

"啥意思?"彩虹小脸粉红了,"刚才我说的话是外行话吗?"

"这样吧。我先问你,主体的英文是什么?"

"Subject."

"Subject 在语言学上的解释是——"

"主语。"

"主语在一个句子里的首要功能是——"

"引导动词,是动作的主人。"

"很对。那么你说说看,主体是什么?"

"人的行动能力,人对自身经验能够清晰阐述的能力。"

"那么,回头过来,个体的英文是什么?"

"Individual."

"我们常说,要相信集体的智慧,不要搞个人主义,是指的什么?"

"嗯……"彩虹眨眨眼,"是指一个人不能以为自己什么都行,凭一己之力就可以把事情办得很漂亮。"

季篁又叹了一口气。

"怎么,又错了?"

"没错,就是缺乏理论深度。换一种说法,换一种说法。"

"个体是指一个人对自我行为和心理动机的一种理想的、浪漫主义的阐发。有时阐发得过了分,不符合实际,那就成了个人主义。"

"多么聪明的分析啊!可见'自我'、'主体'和'个体'这是三个不同的概念,你自己一下子全分析出来了,很清晰、很透彻。"

"季老师,您是不是特有成就感,特觉得我孺子可教……"

"不敢——"

"我可以进一步问你一个问题吗？"彩虹笑着说。

"说吧。"

"请问主体和对象究竟是什么关系？在现实的重压下，作为主体的我们还能够行动，还有勇气阐释吗？"

季箎微微扬眉，"当然能。"

"莎士比亚说：To be or not to be, that is a question!"

"彩虹，这句话的关键词是'not to be'。人活于世，争取的不过是一个身份，身份给了我们安全，给了我们存在的意义和价值，"季箎淡淡地说，"而我们所要做的，是抵抗身份带来的种种诱惑，要勇于 not to be。"

Not to be! 这话很抽象。彩虹怔怔地看着他，脑子乱了，有点跟不上。

"那究竟是一种什么关系呢？"

"没有确切的关系，只是一些位置的总和。"

这话不如不说，一说更抽象，彩虹的大脑直接死机，不禁问："等等，你确信我们讲的是文学理论不是理论物理？"

"比如说，你我之间，是一种位置；你和你的家人，是另一种位置；你和关老师，情况又不同。所以，是位置的总和。"

"这听起来好像是马克思主义呀，马克思不是说人的本质是一切社会关系的总和吗？"

"就是马克思主义，《关于费尔巴哈的提纲》。"

"噗——"彩虹正在喝水，差点呛住，"也就是说，我在你这里又复习了一遍马列原理？"

"不行吗？考考你忘了多少。"

噗——又一口水喷到地上。

季箎今天穿着一件很普通的白色 T 恤，仍然配着条洗得发白的牛仔裤。他的衣服显然有限，翻来覆去就是那么几件。白衬衣、各种颜色的 T 恤和牛仔裤。皮鞋、球鞋各有两双，只换过几次，他喜欢式样朴素的鞋子。没见过他穿西装，不过相信他穿上西装一定也帅。眼珠一转，彩虹换了个话题："季箎，今天你有瑜伽课吗？"

"有，是另一个班，中级班。"

"我能参加吗？"彩虹掩饰着面红耳热，假装说得很随意。

"这个……中级班几乎全是男生。"

"这班还分男女啊？"

"也没特意分……不过这个班就是没什么女生。"他的样子也有点窘，"我也觉得奇怪，还以为是少年宫特意安排的呢。他们说也不是，可能女生们都报在初级班了。"

"现在还能报名吗？"

"早满了。"

彩虹心里说，季老师，您就不能顺势邀请我一把吗？或者干脆让我插个班不成吗？她的心咚咚乱跳，想起了妈妈的叮嘱，再怎么一厢情愿也不能轻易送上门。

于是乎耸肩一笑，"呵呵，我觉得瑜伽特别锻炼身体，有那么多倒立的动作，可以促进脑部循环。"

"嗯。"

"还有，真的很健身，对保持体形大有好处。"

"对。"

"它甚至吧——可以提高人的修养和情操。"

"啊？"

"就连背景音乐也有怡神静体、改善心情的作用。"

"是吗？"

"真的，瑜伽这种运动特别好，特别适合我。"彩虹看着他的脸，认真地说。

季篁站在她面前，半天不说话，好像不知道她是什么意思，沉默了半晌才道："对不起，不知道你喜欢这个，下次开班一定通知你。不过，"他顿了顿，"我有个读书小组，目前有三个人，大家一起读理论书，一周一聚，谈心得和体会。这对专业训练很有帮助，何老师感兴趣吗？"

彩虹眼睛一亮，"理论书？哪一本？"

"目前是黑格尔的《精神现象学》，刚刚开始。你若有感兴趣的书也可以提出来，咱们下次一起读。"

"那……这本要读多久？"

"嗯……一年左右。"

"我的天啊，一本书读一年……搞什么呀……"

季篁看着她，纠正："是精读。"

彩虹赶紧举手，"行，算我一个！"

_04

下班之后彩虹一连给韩清打了三个电话，面授机宜，怂恿她接受东霖公司的职位。彩虹觉得，既然韩清在做决定上如此软弱，作为朋友她有责任督促她不要错失良机。何况替韩清拿主意这也不是头一次。当年她能进资料室也离不开彩虹的策划。若不是辗转地找了一位图书馆的负责人递话，又上杆子地追着系主任和书记写推荐信、打电话，就这么一个小小的职位，因为它在大城市，又清闲又稳定，在刚毕业的大学生眼里也是一块热乎乎的香饽饽。彩虹觉得，同样是城市姑娘的韩清并不缺少与人打交道的经验，也不是不机灵识不识眼色，恰恰相反，她的问题是过于敏感，太能接受他人暗示。换句话说，如果这城市里大多数人的毛病是由于文明程度不高导致的话，韩清的毛病就在于父母双亲全是老师，教育太多，导致文明水准过高。很多人都好意思去做的一些事，比如不高兴了中伤一下、朋友嘚瑟了刺她一下、利益在前抢它一把、请客聚餐专敲大户……之类，她都不好意思去做。所以韩清才会得到大家的喜欢。跟她在一起很安全：她什么也不抢，又什么都愿意奉献，先天一个"易受伤"体质。而且她对男人的看法还停留在十七岁：那个年纪的女孩子只知道爱，不知道防范。等她们知道了防范，爱也就没了十七岁的滋味。

借用美剧里的一句话：这城市埋藏着无数个情感地雷，稍不注意就会被炸成粉碎。

岂料任她说个唇焦口燥，韩清就是不松口："彩虹啊，我知道你是替我着想。但这事儿吧，我得顾及夏丰的感受，对不？毕竟家庭是第一位的。唉，现在你可能不理解，等你有了孩子就明白了。这事儿你还是替我婉拒了吧。"

"真是死脑筋啊，韩清！苏东霖这人你又不是没打过交道，他能吃了你吗？"

"他？有名的花心大少啊，谁跟他在一起都少不了绯闻。我觉得……如果夏丰这么介意，我真的不能去，多少也得避点嫌，何况他俩还有过节。"

"那我们先不说东霖，说说多多吧！"彩虹改换策略，"你不是说想让多多进双语幼儿园吗？还有，不是说想让他学钢琴吗？上了班，有了钱，房贷轻松了，孩子的教育也跟上了，多好啊！你不是一直说你不想待资料室吗？再说，多多也不能老是天天跟着你，也得让他去去幼儿园，学着跟别的孩子打打交道啊。比起孩子的教育,大人之间的成见算什么? 何况这都是好多年前的事儿了,东霖这人我了解,他绝对不会招惹你的。"

这话果然打动她了。韩清的声音犹豫了一下:"要不,我再想想? "

"想什么啊! 人家今天就要回话。"

电话那边支吾了一下,没声儿了。

彩虹叹气,"要不你跟夏丰再商量商量,晚上给我打电话? "

韩清如获大赦,"好的好的,那就这样,彩虹,谢谢你。"

彩虹提包下楼赶公共汽车,又值下班高峰,汽车慢悠悠地向前挪。不一会儿,手机又欢快地响了起来。还是韩清。

"彩虹,你在哪儿? "

"在车上,怎么了? "

"我……刚才碰到夏丰的一个同事,"韩清的声音有点发抖,"他说,上周二夏丰跟他的上司大吵了一顿,差点打起来。上司……上司跑到领导那里告了一状,大家都觉得大事不妙。"

"大事不妙? 别着急别着急,如果只是工作上的事意见有分歧,不会有什么大事的。"

"夏丰的脾气你还不知道吗? 火一上来,哪管得住自己啊! 那同事开始不肯说实情,被我逼问了半天才肯讲。具体怎么处理的还没有正式通知,小道消息说是社里决定给他一点面子,不算开除算辞职。给他两周时间找工作,月底前办完辞职手续。"

彩虹忍不住说:"这么大的事儿他没跟你说? "

"没,夏丰挺爱面子的,而且他和他的那位主任早就不对付了。"韩清道,"难怪他心情不好,每天回家都黑着脸。其实你说说,我会怪他吗? 我是那种人吗? 我家夏丰多有才华啊,发表过那么多文章,市里这么多家报社,文化单位一大堆,哪里不能去啊? 辞就辞呗! "

"那个……你们房贷紧张,又欠着债,还是要尽快找到工作。"

"是啊。所以我来求你啦,你能不能试着跟东霖再说说,让夏丰去泰宇? "

"嗯——"彩虹想了想,道,"东霖这人我了解,能办的事一定会答应,不能办的,肯定办不了。泰宇那边你就别碰运气了。倒是东霖这边……我等会儿去问问他,看能不能让你去上班,但换个部门,不和他在一起,这样,你们互不见面,夏丰也不会心烦。"

"啊？只能这样吗？问题是，夏丰的工作怎么办呢？"韩清急着说，"他一个农村人，在这城市谁也靠不上，脾气又急，性情又傲，想找到方方面面都让人满意的工作不容易啊。我一个家庭妇女倒是干什么都行的。"

"你真糊涂。你先干着，让夏丰慢慢找工作呗。至少经济上没有压力啊！"

"如果我上了班，他就要在家带多多，哪有时间找工作？"

"那就让他带一阵孩子呗。不是我说你，你也太宠他了。这位大爷自从有了儿子，连个尿布都没换过，也太甩手掌柜了吧？让他带几天多多，也尝尝你做母亲的辛苦！"

"不成不成，他带不了多多，一个小时可以，超过了就会烦。我倒不心疼他，我是怕他冲多多吼。"

讲来讲去，一直讲到彩虹下车，韩清还在为不能让夏丰带孩子这件事反复辩解。彩虹终于急眼了，"好啦，韩清，别说了。人是要改变的，家庭结构也是要有弹性的，特别是在危机的时候。现在别谈什么性子不性子习惯不习惯了，你先干着，等夏丰找到更好的工作，你想继续干也成，不干在家继续带多多也成，随你。这主意我替你拿了！我马上联系东霖，先替你应承下来，然后我去游说他给你换个部门，这总成了吧？"

"唉……真是的，为这种事来麻烦你……不管成不成，先谢谢了。天啊，夏丰到家了，我挂了。"

彩虹随着人流下了汽车，忽然想起钱包里有两张今晚足球联赛的票，是一个老师给的，彩虹不看足球，本来打算留给爸爸，灵机一动，拨通了苏东霖的电话。

"东霖，今晚有空不？"彩虹热情地说，"我有两张球票，想请你看足球。"

"你……看足球吗？"

"以前不看的，现在看了。"

"看电影行不？"

"不行，就是足球，给点面子啦。"彩虹想，电影院里能说话吗？

"那行。几点？"

彩虹说了时间。

"我来接你吧。"

"不用，体育馆门口见就行了。"

"就看足球？没别的事儿？"苏东霖问道。

"嗯——"彩虹想了想,觉得求人还是得付出代价,于是说,"先看足球,再吃饭。我请客,你说地方,咱们下馆子!"

"行。"

回家后以最快的速度捯饬了一下自己,彩虹换了一件衣服,略施淡妆,准时赴会。

出租车到了体育馆门口,彩虹一眼看见了树荫下的苏东霖,忽然抽了一口冷气,来的不是一个人,苏东霖的身边站着衣冠楚楚的秦渭。

彩虹第一时间窘掉了。

"对不起,急着应承你,忘了这个时间我还约了秦渭。反正你们也认识,不如一起看球吧。"苏东霖淡笑。

彩虹看了看手里的两张票,刚要张口,苏东霖又说:"票我们另外又买了,位子不错。彩虹,你要吃爆米花吗?"

"要的,谢谢!"

东霖折向小卖部买零食,剩下彩虹和秦渭木然相对。秦渭双眉紧锁,一言不发,仿佛正在思考着什么。

彩虹觉得冷场,只好说:"秦先生也喜欢足球啊?"

"有时看看。"

"你和东霖……嗯……是同事吗?"

"不是。在生意上有往来。"

"哦。秦先生是做哪一行的?"

"金融。"

还不如不回答,这一行大得没边了。

显然不喜欢被追问,秦渭的脸上露出了不耐烦的表情。

"今天交通真挤,前面那条路堵得一塌糊涂,真不知道你们是怎么把车开进来的。"彩虹连忙换话题。

"我没开车。"秦渭不咸不淡地说,"这样的交通、这样的时间,我怎么会开车呢?这个城市没法开车。"

彩虹哑然,"那你……坐公共汽车啊?"

"我有司机。"

"东霖爱开车,交通再挤也爱开。"彩虹笑了笑。

秦渭道:"没办法,谁让他这么穷呢。"

第七章

Bad Faith

  阴差阳错,整个比赛秦渭居中,彩虹和苏东霖分别坐在他的左右手,想趁机和东霖提韩清的事儿也就泡了汤。当然,票的位子不错,球迷们很激动,喝彩如狂,嘘声震地,虽然看不懂足球,彩虹的情绪多少也有点投入。可是,无论是东霖还是秦渭,表情都很镇定,一人手持一瓶冰水,眼望前方,默然无语,好像在欣赏一部昆曲,却又从头到脚没法入戏。彩虹灰溜溜地想,拜托,就算不感兴趣也装一下子好不啦!足球这种东西,还没听说有男人不喜欢的。他们这副模样纯粹让彩虹觉得东霖作陪不过是看她的面子,而秦渭作陪又是看东霖的面子。本来彩虹还想随着众人吼两嗓子,见他们如此安静,自己倒不好意思狂放了。就这么憋憋屈屈地守到了结束,秦渭才终于吹了一声口哨:"韩鹏今天的球衣不好看,真不好看——红色不适合他。"

  苏东霖皱了皱眉,自顾自地喝了一口水,没答话。

  为了求东霖办事,带累着这两个人看了一场球,负疚之下的彩虹显得特别和善,"可不是,我也觉得不好看,不过他的球踢得真棒。"

  秦渭转过头来,"听东霖说,你不喜欢足球?"

  "我?"彩虹指着自己的鼻子,"我喜欢啊!当然,不是指的这项运动,而是指在运动过程中洋溢出来的青年男子的阳刚之气。"

  "哦——"正在喝水的秦渭差点呛住。

  "那么,你觉得我这个人……阳刚吗?"他掏出手绢擦了擦嘴,笑得意味深长。

  "你吧……嗯……挺阳的,就是还不够刚。"彩虹瞅着他细长的胳膊,认真地说，"你需要多多锻炼身体。"

"噗——"东霖一口水直喷了出来。

秦渭张了张嘴还想分辩，却突然说："咦，难道有人偷了我的西装？"

彼时已近散场，因为人群都涌向出口，他们决定坐着先等一会儿。岂知就在这短短的十分钟，秦渭搭在椅背上的西装就不见了。

"西装很贵吗？"彩虹站起来东张西望，期望能找出几个可疑的对象，"我瞅瞅保安在哪里。"

"西装里有钱包。"

"糟了！天啊！快打电话报警！"彩虹跺跺脚，大呼小叫开了，"快通知银行和信用卡公司！快去找个网吧换掉所有的密码！小心人家拿你的信用卡买钻戒！身份证不会也在里面吧？手机也偷了？"

秦渭皱了皱眉，低头研究她惊慌失措的样子，"请问——是我丢了钱包，还是你丢了钱包？"

"……你。"

"那你为什么这么着急？"

"我……我替你着急呀！"

"不着急，我的秘书会处理的。"说罢掏出手机拨号，"孙琳？是我。我的钱包掉了，麻烦你处理一下，再见。"

这作风，这态度，真正只有四个字：高贵冷艳。

彩虹不由得苦笑。她还是第一次见到一个人丢了钱包不着急的。那秘书也不知是哪路神仙，那电话短到不能再短，不知情的人一定听得一头雾水。这秦渭也真是马虎，至少应当告诉人家钱包里都有些什么，多少现金，多少信用卡，是无意失落还是被人偷盗……好歹给办事人留点线索。

"单身汉不怕丢钱包，"秦渭收线，"我又没做亏心事。"

"你是单身的名人。"

秦渭轻笑，"我怎么会是名人？"

彩虹抱着胳膊打量他，"你浑身上下都写着'名气'二字。"

秦渭更笑道："东霖你看，何老师不喜欢我。"

"……"

又杠上了，彩虹咬嘴唇。

"我有点冷。"秦渭文绉绉地说，"何老师，可以借你的披肩用一下吗？"

"我的披肩？"彩虹吓了一跳。

——那是件粉红色的针织披肩，四角印着鲜红的牡丹。彩虹不常穿，所以也不常洗，上面应当藏有不少灰尘和头皮屑。她翻了几个白眼，将搭在椅背上的披肩递给他。

除去西装，秦渭只穿了件设计俏皮的短袖T恤，紧身的黑色面料衬出修长的身躯。彩虹发现他有健美的胸肌，瘦仅仅是因为骨架纤细。那粉红的披肩往上一搭，更显得风格怪异，却给他平添了几许艺术家的气质。

现在不是花痴的时候，彩虹低头看地。

"去吃饭吧。"东霖说。

"对！对！说好了我请客！"彩虹赶紧举手，"说吧，去哪家？"

"惠东街的花园酒店新开了个西餐厅，听说非常不错。阿渭喜欢西餐，彩虹你吃惯了川菜，跟我们去尝尝新也好。"

"……那一家啊？"高高举起的手抖了抖，彩虹的声音也低了几度，那是家高级酒店，消费肯定不低。

"我请客。"东霖说，"有两位男士在场，怎么可能让你请客？"

"我一定要请！说话算话。"彩虹耸耸肩，心里说，韩清我为了你可是豁出去了，"我的信誉要紧。"

彩虹跟着东霖去过不少餐馆，上到天山雪蛙深水海鱼兰花熊掌冰糖燕窝——多贵多怪的菜都吃过。加上母亲大人从小就教给她一整套上等社会的餐桌礼仪，虽没怎么吃过西餐，她分得清哪把叉子吃沙拉，哪把叉子吃主食，哪把叉子吃甜点，也知道桌上的盘子会被递来递去，先喝汤再吃菜，最后会有咖啡甜点……

餐厅果然是崭新的，散发着一股子新鲜家具的气味。灯光很暗，大厅里点满了蜡烛。

东霖要了一个包间，三人坐定，接过菜单。彩虹给自己点了份蔬菜汤，两碟开胃菜，主菜是烤三文鱼。侍者上来倒酒，她要了一杯干红。然后她发现侍者又端来另一套郁金香状的酒杯，低声对秦渭说："先生，您要的香槟。"

秦渭扫了一眼瓶上商标，"哼"了一声，道："我说的香槟不是这种香槟，是法国香槟地区产的香槟。"

彩虹在心里叫苦：秦少爷，你将就点，好不好？少摆谱，好不好？

道歉完毕，侍者退散，一会儿工夫捧来了另一瓶，"这是 NM 公司的粉红香槟，法国进口的，您觉得可以吗？"

他点点头，让侍者倒酒。过了一秒钟，又指着自己碟子里的某种绿色菜叶："请问这是什么？"

"……一种生菜。"

"新鲜的？"

"绝对新鲜。"

"为什么我嚼了两分钟还是没办法咽下去？"

侍者忙不迭地道歉，飞速撤下沙拉，换了一碟新的上来。

彩虹闷头喝汤，一个劲地腹诽：真难侍候，这个秦渭，整个一纯粹找茬的。

闲聊几句，主菜继续上来，那侍者又鬼魂般地出现了，悄悄地走到秦渭的身边低声说："对不起，打扰一下。先生，门外有位小姐说有样东西要给您送过来，不知您现在方便否。"

秦渭怔了怔，出乎意料地道："方便，让她进来吧。"

包房的门打开了，进来一位大腹便便的孕妇，小个头，穿着俏皮的孕妇裙。

彩虹和东霖面面相觑。

"孙琳？"秦渭赶紧站起来，"什么事这么要紧，要你亲自跑一趟？"

"是这样，"那女子相貌秀美，一张小脸呼呼地喘着粗气，"我怕您要用钱包，所以给您送来了。银行的电话我已经全部打好了，这些是副卡和备用的会员卡，还有一些现金。"

"坐下来，坐下来，我不急着用钱包。"秦渭的态度出奇地和气，"服务生，请倒一杯橙汁。"

"不了不了，"孙琳连忙摆手，"你们尽兴，我告辞了。找不到车位，我先生还在外面等我呢。"

"太惭愧了。我送你出去，顺便给你先生道个歉。"秦渭很耐心地搀扶她，陪她慢慢走出酒店。

人不可貌相，原来这大少爷也有温良恭俭让的时候。

彩虹迷惑了，对东霖说："这是他的秘书？"

"对。"

"快生了吧？还在上班？"

"你是不是想说，阿渭是个可恶的资本家，从头到脚都流着血和肮脏的东西？"

"不不，他还算有点人性。"彩虹猛然想起了这顿饭的任务，机不可失，时不再来，"对了，韩清的事儿就拜托你了，她已经答应来你们公司上班了。"

"嗯，很好。我没意见，让她明天来找我吧。"

"简历我帮她写好了。"

"大学校友要什么简历？浪费精神。"

"人事部那边还是得有个交代吧？毕竟也算是走了你的后门。"

"怎么是后门？这是前门，大前门。"东霖笑着摆摆手，"也不是什么关键的职位，我说 OK 就可以了。韩清这人我还是信得过的。"

"嗯……"彩虹沉吟着，"还有一条……"

正待张口，东霖的手机响了。

"对不起，我接下电话。"他起身走到角落。

彩虹在心里盘算如何说服东霖给韩清换个部门，不要做他直接的手下，以免夏丰多心。可是苏东霖的电话一直打了五分多钟，这当儿秦渭已经回来了。

继续闲聊。被各种各样的事打断，大家兴致缺缺，都有点漫不经心。一直挑剔的秦渭却对牛排赞不绝口："嗯，这家的沙拉虽然做得不怎么样，牛排绝对是一流的。东霖，下次你也点一客，咱们以后得常来。"

这话不知怎么就触到霉头，东霖的脸一硬，将餐巾往桌上一扔，不怀好气地说："阿渭，听说你把朱穆公司的两个副总给炒了？"

"对。"

"这两个副总是我的哥们儿，一直跟着我做。你炒人也不通知一声，太不给面子了吧？"

"我不是还给你留下了一个做技术的副总吗？"

"上任一星期就斩我两员大将。秦渭，你是不是有点过分？"

秦渭两手一摊，笑脸相迎，"谁让我是 CEO 呢？我有权做这个决定。刚看完所有的报表——不得不说——这两个把朱穆软件的销售做得一塌糊涂，让他们辞职是客气的，依我的脾气——"

"OK，当时你提出投资朱穆是看上了它的潜质，这两个副总是我父亲一手培植的，就等着基金一到大展拳脚，现在你给我一个杀威棒，让我怎么和他们交代？"

"不厚道，真是不厚道，"秦渭抿了一口酒，"事先你也没提出我不能动公司的人,基金到账了又冲我发火。实话告诉你,为了让秦氏将今年最大的一笔天使基金投给你,我费尽了口舌。爷子和老太爷都不好对付。你寄了希望我也寄了希望,这事儿就这样吧,别再提了。"

"靠,秦渭,我稀罕你这笔钱是不?我没那么渴望你投资,比这更多的风投我也能拿到。"

"就这么个规模你去弄风投?你弄给我看啊!"

"我就弄给你看,有种你先把资撤了!"

"合同都签了,没有回报我才不撤资呢。你当我是来玩儿的?"

"哈!给你玩光的钱还少吗?"

"东霖,公事公办,犯不着跟我发脾气——"

"还有,这个月好不容易有那么多订单,工作量是大了点,但努努力也赶得及。你为什么强行撤掉四分之一的订单,又把十几个订单压到下个季度?这订单就是销售部的功劳,订单越多越好。"

"对不起,作为资方我只研究报表,只关心曲线。我需要的是一条平稳增长的曲线,而不是大起大落的波浪——"

苏东霖正待反唇相讥,彩虹忽然站起来,伸出双臂将两个人的头猛地往桌上一按,"都是自家兄弟,别吵了!"

"彩虹你别管,这事儿我刚才已经窝了半天的火……"

"我是朱穆软件的CEO,控股方是秦氏,我想炒谁就炒谁,你管不着。"

"我是管不着,既然你要炒就炒个干净,我这就召回技术部,我看你让谁来写程序。"

"哎哎哎!"彩虹见两人越说越快,脸越说越黑,矛盾即将爆发,不由得大喝一声,"你们两个,现在都别说话!凡事三思而行,不可伤了和气,请保持沉默两分钟。"

忽然,东霖和秦渭都闭了嘴。

彩虹看了看手表,"在这两分钟里,我要说一件事儿。这事儿跟东霖有关,跟秦渭无关。"

"……"

"东霖,韩清不能在你的行政部工作,这样她会天天和你打交道,夏丰会有意见。你还是给她换个部门吧。"

"没法换,"东霖说,"我就这一个部门有空缺。"

"你有好几个公司,哪里塞不进去一个人?"

"你当我是搞救济的?"

"你……"

"哦,对了,"想起了什么,东霖又说,"阿渭的秘书快要生了,这产假起码要休好几个月吧?要不,你让韩清顶一下?"

"韩清是谁?"秦渭冷笑,"我不认识。"

"那两个副总你认识啊?"

"你又来了。"

"这样吧,裁人的事儿我认了,韩清的事儿就交给你。"

"等等,这是哪一出啊?裁人跟韩清有什么关系?"秦渭想了想,又说,"好吧,看在你的面子上让她来吧。先给孙琳打下手,孙琳一走就顶替。请告诉她跟我工作会很辛苦,会经常出差。当然,报酬方面也会令她满意。"

彩虹喜出望外,高兴得差点想给他一个拥抱,"真的吗?太好了!请问……怎么联系你?阿渭,你有名片吗?"

"东霖会给你我的号码。"

圆满完成任务,彩虹好不易松了一口气,不料苏东霖又道:"阿渭,朱穆公司的事儿我们还没了结,这事儿可不算完。"

"我裁了你两个副总,但我也自裁了一个秘书。你知道我在工作上多么依赖这个秘书吗?裁了她跟自宫差不多。你还说没完?你究竟有完没完?"

"好吧,不跟你算账,大不了我把他们调到别的公司。"

"你醒醒吧,就这两个光吃不干的大爷……你还真把他们当宝呢。"

又杠上了。

"吃菜吃菜,两位说了这么多话,跟打官司差不多,难道不累吗?"彩虹无奈,只得当和事佬。

席间正吵得不可开交,门忽然开了,走进一个厨师打扮的年轻人,戴着一个高高的白帽,来到桌前轻声问道:"打扰一下,我是今晚的主厨,各位觉得菜的味道怎么样?牛排煎得可还满意?有什么需要改进的地方吗?"

彩虹正在喝汤,觉得话音似曾相识。抬头一看,差点噎住。诧异的不止她一个,东霖和秦渭也是愕然失语。居然是季篁。彩虹的脸一下子通红了。

而身穿厨衣、腰系围裙的季篁却坦然自若,眼眸之中似含微微的笑意,"哦,是你们啊。"

彩虹连忙站起来,却觉得脚底在打哆嗦,嘴也结巴了:"季……季老师,我来介绍一下,这位是苏东霖……我的大学同学。这位是秦渭……东霖的朋友,今天刚认识。东霖他一直在海外……美国……做生意,最近刚回国,好几年没见了,所以……嗯……约着出来聚一下。"

季篁表示理解,道:"老友聚会,机会难得,我不多打扰了,你们慢慢聊。"

"等等,"彩虹继续介绍,"这位是季篁老师——我的同事,他……非常有学问,研究解构主义。"

呸,这个时候提什么解构主义,解牛主义还差不多。她在心里一个劲儿地骂自己不着调。

所幸秦渭没有追问,他淡淡一笑,说:"季老师,想不到你能得一手好牛排。我特别喜欢牛排,能不能请教一个问题?"

"请说。"

"当你在煎一块牛排的时候,怎么判断它的生熟?"

"通常是手摸。"季篁道,"办法很简单,伸开你的手掌,像这样,"他用左手示范,"拇指扣住食指的指尖,然后抚摸拇指下方的肌肉,这种感觉是三分熟。拇指扣住中指,同样摸这里,这是四到五分熟。扣住无名指是七分,扣住小指,是well-done,全熟。练习几次就知道了。"

苏东霖依言摸了摸自己的手掌,"一定要是这样摸吗?还有别的办法吗?"

"也可以这样,"季篁对答如流,"摸摸你的头顶,很硬,对不对?这种感觉就是全熟。摸摸你的额头——还是硬,但有一点弹性——这是七分;再摸摸鼻子,更软了,这是五分;最后摸你的下巴,这是三分。"

"受教受教。季老师,你快去忙吧,这是我吃过的最美味的牛排。下次见到你的老板,我一定好好地夸你。"秦渭道。

"谢谢你的美言。"

"对了,"苏东霖说,"我和秦渭都报了下一期的瑜伽班,是十二月三日开课,对吧?"

"你们太客气了,其实这一期也才刚开始,用不着这么急着报名。"

"先占位置。我们俩都是季老师的忠实学生。"

"谢谢。各位慢用,我得回厨房了。"季篁礼貌地点点头,翩然离去。

自始至终,彩虹都觉得这个季篁不像那个下午跟她讨论"主体性"的季篁,不知道是因为他换了一身衣服,还是因为他脸上那套职业厨师的表情。他看上去仍然玉树临风,不过不像老师,更像一名高级厨师,何况他身上还散发出一股黑胡椒的气味。

季篁绝不是个对生活要求很高的人,吃穿用度都很简朴。他究竟打了多少工?这么缺钱吗?在这短短的一刻,彩虹呆若木鸡,不知为何感到深深的失落。而这失落又和季篁淡定自如的神态绑在一起,让她越发困惑。

这应当是另一份他要努力隐瞒校方的兼职吧?传到学术圈里定会让人笑话。中文系每年为评职称大打出手、斯文扫地、焚书跳楼的博士们可不少。再小的谣言都会在关键时刻被挑出来运作。在这竞争激烈的学术环境里,谁都知道时间意味着什么,积累意味着什么。一个天天东奔西走四处打工的人会有足够的时间做研究吗?会在这个不进则退的圈子里保持上游吗?或者说他那咄咄逼人的精英气质只是一种假象?

一时间,她觉得不了解这个人,太不了解了。季篁肯定不是惰性气体,难道他是……有毒气体?

"喂,发什么呆呢?"苏东霖用胳膊碰了碰她。

"没什么,"彩虹回过神来,故作淡定,"只是在这里发现自己的同事觉得有点意外。"

"那感觉一定像是在你K歌的时候发现陪酒的女郎是你的同学。"

"别说得那么严重。对了,你们怎么也认得他?"

"他是我们的瑜伽老师。"

"就是那个'中级班'?"

"对,也叫'老总班',里面有好多CEO。学费贵点,但练这个对减压特有效,我们全都迷上了。"

"可是,季篁……我是说季老师……并不知道你们是老总吧?"

"不知道,报名也不用填职业。圈子里的人练了觉得好就介绍我们也去。"东霖默默地打量她,神情似笑非笑,"这位季老师人挺不错,我和阿渭都很喜欢他。对不对,阿渭?"

彩虹讪笑,"不过是个瑜伽老师,天天教你们打拳,怎么看得出人品?"

"这人从来不笑,但很幽默,看得出他很穷但很有志气。你说他是大学老师我也不奇怪,说话、气度、修养都摆在那里。一句话,十足的文化精品。"

"极品。"秦渭补充。

"我怎么觉得你们俩话中有话?"彩虹不由得道。

苏东霖嘿嘿一笑，"完了，我 out 了。阿渭，介绍一下，刚才那位就是彩虹的 soul mate。这丫头被我调教多年眼光不错。可是彩虹，"他凝视她的脸，目光深邃，"我苏东霖可不会就这么轻易地 out 掉。只能说，战事升级了。"

彩虹喝了一口咖啡，避开他的眼睛，慢慢地挖了一勺水果蛋糕，"东霖，你怎么可能会 out 呢？你根本就没有 in，好不好？"

"虽然我不懂你天天谈的什么叙事学，"苏东霖说，"你可真能虚构的。请问，我什么时候刚从美国回来？"

彩虹的脸红了红，又白了白，决定说实话："对不起，我怕他误会。我喜欢他，所以……只好委屈你被虚构一下。"

"被虚构？"苏东霖笑了，忍不住鼓掌，"彩虹，你真有趣。你知道刚才你为什么这么不自在吗？"

"不知道，正要请教——"

"因为他穷得让你不习惯了，是吧？"突然间，苏东霖的笑容变成了一把刀，"这你可得学会适应哟。要知道以后被虚构的人不是我，而是你的季老师。凡是你不习惯的地方都可以用虚构来补足——这就是你的本事。"

"嗬，东霖，你是林妹妹吧？"彩虹狠狠地瞪他，"你还真把我当宝玉，一日不给我两句硬话我就难受了是不是？"

_ 02

那顿看似简单的西餐花了彩虹两千三百块，谁让她抢着付钱呢。虽知两千块是最低消费，付账的感觉犹如被人活活地剜了一刀，生疼生疼的。一个月的工资没了！也没个地方报销。彩虹在心底哀号，跟这群少爷真是玩不起啊。

扣上钱包，出了宾馆，门外已是狂风大作，暴雨如注。

这城市湖泊众多，气候无常。空中一团黑云，气压低得让人窒息。雨中矗立的高楼仿佛孤岛上的一排椰子树，在路人的视觉中微微摇动。

彩虹深深吸了一口气。被雨水洗刷的街道仿佛被人剥去了外衣，泛出一股泥土的气息。阡陌纵横的围墙在雨帘中骤然变形，与农家的篱落并无二致。暴雨中的城市多了几分田野之趣。

秦渭总算记得将披肩脱下来还给彩虹。

服务生送来两把伞，风大，费了大力撑开，眨眼工夫又吹折过去。苏东霖对彩虹说:"在这儿等着,我去把车开来。"

彩虹想了想,摇头,"你们先走吧。我……还有点事儿要和季篁说,是学术上的事情,我等他一下。"

说着说着就瞅着地板,脸无缘无故地红了。

"这么大的雨你怎么回去?"苏东霖不解,"学术的事儿打电话也可以说吧。"

"我喜欢面对面地讨论。等会儿打车回去。韩清的事儿就拜托了。"彩虹露出一副憨样儿,双掌合握,支在颐下,做可爱小兔状。

"学……术?"苏东霖挑了挑眉。

"学术。"

"什么学术?"他的脸浮出一层朦胧的讥笑。

"后结构主义和新马克思主义。"彩虹不喜欢他的嘲讽,每次都会为这个跟他吵起来,不吵则已,一吵必赢,劲头铆得比打官司还足。

"结构主义有前的和后的?"苏东霖眯起眼。

"马克思主义还有新的和旧的?"秦渭插进来。

然后两人齐齐地说:"文科生真懒,从术语的起名就看得出。"

苏东霖说:"你看我们的术语,'TDP功耗'、'二级缓存容量',多清楚,多明白。"

"就是。"秦渭跟着凑趣,"我们的术语也好啊,'债券凸性'、'对冲比例',比你那些前啊后啊新啊旧啊的强太多了。"

"可不是。新马旧马就能镇住我们?门都没有。"苏东霖道,"你以为我不懂马克思,我还怀疑季老师会不会解二元一次方程呢。"

他十分鄙夷地嗤了一声。

彩虹双眼望天,向他们甩了一个白眼,"两位尽兴,慢走不送。"

回到宾馆的接待室,彩虹向服务生打听季篁的工作时间。

"季师傅十一点下班,现在还有两个小时。小姐您真要等吗?里面有点忙,有什么事我可以带个话的。"服务生剃着个三分头,态度很是热情。

季师傅?

彩虹愣了愣,一时还不习惯这个称谓,"没事没事,别打扰他工作。我坐在这里看会儿杂志就好。"

话最终还是传了进去,过了一个小时季篁就出来了,换了平日的衣服。看得出临时洗了把脸,额上的头发湿漉漉的。

瞬间他又变回了那个熟悉的季老师,白衬衫,牛仔裤,半新不旧却擦得干干净净的旅游鞋。彩虹在心底悄悄地想,这个季老师,穿上紧身衣就是瑜伽师,戴上白帽子又是大师傅,手里拿支笔又成了教授学者——千变万化,干脆改名叫"变形金刚"算啦。

"嗨,彩虹,""变形金刚"的声音很从容,"对不起让你久等了,实在是脱不开身。有事找我?"

"对。不是急事,你不是十一点下班吗?"

"现在不忙了,我跟经理打了招呼,让副手顶一下。"说罢,和她一起走出大门,又从包里拿出个便当盒,"还饿吗?"

彩虹点的三文鱼十分美味,可惜只有一小块,旁边撒着黑色的鱼子酱,服务生说那是来自俄罗斯里海的鲟鱼籽,十分昂贵。彩虹品了品,觉得味道古怪,加之餐桌上尽想着韩清的事儿,也没认真吃。现在给他一问,就老实招供了:"实话说,你们店的西餐真是少,吃不饱……"

季篁说:"谁让你尽点法国菜来着?"

彩虹打开饭盒,那菜看上去花花绿绿,光怪陆离,样子很是诱人。吃一口,糯软酥松,美味异常。可惜这也是法式的,量不多,三口两口就吃光了。

"味道好吗?"看着她狼吞虎咽的样子,季篁问。

"真好吃。"彩虹意犹未尽地舔了舔嘴唇,"这是什么菜?下次再来的话我一定要点。"

"Ratatouille."

"Rata-touille?"彩虹眨眨眼,"就是《料理鼠王》里的那道菜?"

"对,这其实是传统的法国菜。"

"你做的?"

"嗯。"

"天啊,"彩虹惊呼,"我不该扔你的白水鸡!别看它没看相,说不定很好吃呢!"

"那倒不一定,有没有人告诉你,很多大师傅回家不碰锅勺?"雨更小了,风也停了,他为她撑起了伞,"我叫出租车送你回去吧。"

"不用不用,这里离家不远,咱们走回去就可以了。"说罢,不由分说地拉着他便走。

地是湿的，四处淌着水。没走多远彩虹的鞋子就湿透了，脚指头冻得冰凉。若在往日，被父母宠坏的彩虹还是有点娇气的，湿脚走路定然走不远，就像英国作家伍尔芙，写的书不知唤醒多少女性，现实中的她却离不开女佣和厨娘。可彩虹硬是假装没感觉，一路只顾着和季篁谈笑。

"对了，还没问你究竟找我有什么事。"东南西北地闲扯走了十多分钟，季篁忽然想起了此行的主题。

"嗯……是学术问题。"

"学术问题？"他重复了一句。

"对。"彩虹的脸再一次地通红了，却因为在夜间，谁也看不见。

她忽然想起了研究生时候选的一门课。在那门课里关烨曾说，人生在世总要选择，有选择就会有后果。为了逃避对这些后果负责，人们往往会陷入一种自我欺骗的状态，叫作"Bad Faith"，也就是在自由选择的状态下放弃选择。相反，他们会抱怨环境不公，事由天定，他们的无从选择是无奈之举。哲学家萨特举了一个生动的例子。一个女人在第一次约会时，会假装听不明白男人的恭维，会故意忽略他的暗示，明明知道他想要什么，却装作什么也不知道，既不迎合也不拒绝，一味延宕下去。

她在拖延自己的选择，因为她不肯面对后果。彩虹在想，自己如此撒谎，是不是也进入了 Bad Faith？

她们沿着一条大街往回走。细雨如丝，洒在脸上麻麻的，怪痒的。

彩虹向季篁请教了几个关于后结构主义的问题，有些是已经知道答案的，她想再听听季篁的版本，看他有什么更新的解释；有些则是论文写作中遇到的理论难题，想让季篁给自己开开窍，顺便指点几本专业书。两人聊了一会儿福柯和拉康，彩虹问："一直想读拉康那本大名鼎鼎的文集，只可惜国内还没有译本。"

季篁说："我那儿有英译本，不过是选集，想看的话明天带给你。"

"谢谢，你可别忘了哟。"

"不会。"

拐了一个弯，他们从大街折入小巷。天很黑，路灯很暗，地上光影昏黄，勉强可视。空荡的长街，只听见他们自己的足音。

彩虹话锋一转："季老师，今天真的很意外，想不到你这么喜欢烹饪。"

其实她想问的是，季老师，你真的这么缺钱吗？缺到业余的时间全被打工占满了吗？不过，彩虹是文化人，文化人是不会这样问问题的。

　　显然，季箅并未听出弦外之音，点点头说："嗯，是有点兴趣，谈不上特别喜欢。我有个堂叔是大厨，大一的时候我曾到他的餐馆打工，给他当了四个月的下手，也就是切菜、备料、煮汤什么的。后来堂叔想跳槽，觉得对不起老板，就给我弄了份假证书，硬说我是他徒弟，手艺全留给我了。反正那时店里的主菜我也能做个七七八八，老板就信了，还专门送我去培训。我也需要钱，加上工作时间比较灵活，就在那里陆陆续续地干了六年多。后来我辞职改学瑜伽了，那老板临时要人的时候还会来找我。"

　　"那是家西餐馆？"

　　"对。西餐馆干净点，里面有空调，工资也高些。"他说，"再说，我对花椒过敏，中餐馆去不成。"

　　彩虹转身瞅了他一眼，笑，"那你是……几级厨师来着？"

　　"高级。"

　　彩虹吓了一跳，"高级？真的？"

　　"不骗你，我有证书。"他说，"我这人特能考试。"

　　"可是，"彩虹咬了咬嘴唇终于说，"打这么多的工，你怎么还有时间学习呢？"

　　"时间是不怎么够，不过我效率高。"他说，"剩下的时间抓紧就行了。"

　　"那你睡眠够吗？"

　　"够。"

　　"你每天几点钟起床？"

　　"五点。"

　　五点。彩虹惊悚了，她从没有在这个时间起过床，七点钟起来都觉得辛苦。她若像季箅那样长时间打工，毕业肯定成问题，成绩优秀更不可能。她心中不禁感慨：学问不会从天而降，总得一点一滴地做起来。穷人家的孩子真不容易，别看人家出人头地，那也是吃苦换来的。

　　"哎，"她看了看四周，忽然说，"走到哪儿了？怎么这路越走越黑，都快不见五指了。"

　　"黑吗？"季箅淡淡地说，"我不觉得黑啊。"

　　"其实刚才明明有条大路的……我们不必往这里拐，这条路也不近。"

　　"是吗？"

　　"太黑了！"她不由自主地停住脚，越想越怕，声音有点哆嗦，"咱们回头吧。"

"有我在，你怕什么？"季簧转过身，面对着她。

那一瞬间，他们忽然离得很近。彩虹只知道他的背后有棵树，前面有路，旁边大约是个街心花园。她心里一阵嘀咕，我怕的就是你。

这念头还没消失，季簧的双臂已挽住了她的腰，将她整个人都搂进了自己的怀里，"这样，你是不是更怕了？"

彩虹挣了挣，没挣动，抬起头，脸色通红，"你——"

她想说，你想干什么！转念一想，这不是废话吗？没还来得及想对策，季簧的头已低了下去，急促的呼吸已到了颈间，彩虹忽然说："等等！"

他停住。

"季簧，看着我！"

他盯着她的脸，不仅没羞没臊，表情居然十分坦荡。

"如果你能猜到我脑子里想的是什么，就可以吻我，"她被他放肆的态度刺激了，"如果猜不到，就不可以！"

他的目光很奇怪，表情却没有任何变化："猜三次，行不行？"

"不行，一次。"彩虹挑衅地看着他，"只有一次。"

"好吧。"

可是他的鼻尖已碰到她的鼻尖了，他的额头也轻轻地摩擦着她的额头。颈间传来身体的气息，呼吸香甜可闻。然后他轻轻地说出了一个词："Bad Faith."

她"哦"了一声，忽然捧住他的脸，尽情地吻了起来。

第八章

空洞能指

—

_ 01

初吻的感觉原来是这样的啊！

彩虹在心底美美地说。她看过好莱坞大片，也研究过各种吻法——吸吮式、螺旋式、真空式、法式——憾在从未实战。一旦情况发生顿时乱了阵脚：明明她是主动，看上去却像在季篁的怀里扑腾。所幸大家都很收敛，并无任何粗暴狂野之态。吻是悠长舒缓的，温柔而有节制。季篁棱角分明的嘴唇，吻起来很有质感。毕竟是第一次，大家都点到即止，小心谨慎。倒是彩虹的心脏十分不淡定，怦怦乱跳，血压升高，产生阵阵昏厥。若不是季篁一直紧紧抱着她，她紧张得要瘫倒了。

过了一会儿，他放开了她，彩虹面红耳赤地向前走，步子又慢又拘谨，畏畏缩缩，像个小媳妇。他只好停下来等着她。然后，又自然而然地牵起了她的手。彩虹的心越发噔噔乱跳。她挣了挣，手心紧张得出了汗，而他却握得更紧。呜——这人也太强势，太霸道了吧？或者说，他很有经验？

在恋爱方面，虽有母亲大人的指点，彩虹自认不擅长此道，技巧拙劣功力浅薄，不知道什么是后发先制，更不会声东击西。她实在想不到自己连点谱都没来得及摆就被人家这么容易地搞定了。

失败！太失败！像季篁这样聪明绝顶的人，怎么可以一点挑战都不留给人家呢？就是苏东霖跟她磨叽了那么多年，也没获得任何亲近的机会呀。季篁你凭什么啊！什么是 Bad Faith，这就是 Bad Faith！瓦罐不离井上破，搞理论的人就死在理论的手上。彩虹分析开了。这年头什么都怕分析，什么也经不起分析。彩虹是脆弱的，她渴望知识，渴望指点。季篁就好像是个答题机，不论她在学术上有什么困惑都能立即解答,或至少给她重要的启示。是的,作为初入学界的她很需要这样的技术友人,不可否认她的爱情里藏着功利。可是,再怎么疯狂她也不会头脑简单到只为这个嫁给他吧?如果这样,这与嫁给一本书,或者一个图书馆有什么区别呢?

如果喜欢他只是因为他可以答疑解惑,那么彩虹有理由喜欢研究生时期的任何一位教授。因为在这个大学里还真没有哪位教授不肯传道授业解惑的。不行!彩虹想,我……太吃亏了!还没开始战斗呢,就缴械了!要找回场子,立刻!

走着走着,她忽然停步,抓了抓被雨淋得湿湿的头发,"季老师,我太纠结了。我有点弄不清吸引我的到底是你,还是你的知识。"

他怔了怔,想不到有此一问。接着,皱起眉叹了一口气,"何老师,要怎样你才能弄清楚?"

彩虹眨眨眼,"嗯……你把衣服脱了我就弄清楚了。"

她在心里得意地笑了,嘿嘿,季篁,我倒要瞧瞧你发起窘来是个什么样子。

不料他的回答没半分迟疑:"你等一下。"

他闪身走到一棵树后,紧接着,一样东西抛了出来。彩虹一把接住,是他的衬衣。

"哎……"这么配合哪!她傻眼了。还没搞清楚是怎么一回事,眼光一错,又一件东西扔过来,她不禁低声叫道:"喂!你……你神经啊!你还真脱啊!想当脱衣舞郎是不?"

树后面传来季篁的声音:"何老师,你是想先看正面呢,还是反面?——要不要我摆几个姿势?"

"摆!你摆啊!我怕你啊!有种你就从后面站出来!哦!哦!你真敢出来啊!"草木响动,她赶紧捂住眼睛,"流氓!"

指缝中她看见季篁打着赤膊,穿一条足球短裤,从地上捡起块砖头,向她做了一个"掷铁饼者"的姿势。月光照在他瘦削的脊梁上,很瘦却很结实,一块一块的胸肌凸起,充满爆发力地紧绷着,一副短跑健将的样子。

还真像。彩虹扑哧笑出声来,"换个 pose 啦!"

他找了一个树桩,弯腰屈膝,低头沉思,做出"思想者"的样子。

彩虹噘起嘴:"不像不像,你这么瘦,一点也不像。"

他拍了拍脑袋,说:"还有个姿势我做得绝对可以以假乱真。"

金鸡独立,双手过顶,"像不像敦煌里的神仙姐姐?"

"噗——"彩虹差点笑趴下,将手中的衣服扔给他,"快把衬衣穿上。季老师,天这么冷,瞧你全身都是鸡皮疙瘩。"

"叫我季篁。"

"好哦,季篁。"她甜甜一笑。

摸着黑,两人继续往前走。

"哎,季篁,你还没告诉我你是哪里人呢。"彩虹说。

"我的家乡在中碧,是个很小的县,你听说过吗?"

"听说过中碧煤矿。"中碧就在这个省的北部,是著名的煤矿产区。

"对,我父亲曾是这个煤矿的工人,我们全家都住在那里。我妈是农村的,读过一年小学,她一直没什么正式工作,好在我父亲的单位经常需要临时工,所以她四处打杂,总能找到活儿。"

"现在国企效益都不好,我爸的厂早倒闭了。你们煤矿怎么样?能维持下去?"

"还行。中碧是大矿,我父亲去世得早,是矿难,抚恤金不多,全家的开支主要靠我母亲打工维持。"

他说得很坦然,彩虹听了,心里不禁难过,道:"那你妈妈可真不容易。"

"她很坚强,也很能吃苦。在我上大学之前,是她单打独斗地拉扯大三个孩子,我们既没冻着也没饿着,她也没有再嫁。"

"那么,大学之后,基本上是你养家?"

季篁点点头,"是我和我妈一起挣钱,只不过我在大城市,挣得多点。我爸去世那年我才十岁,弟弟们刚出生,我妈身体不怎么好,为了我们一直苦苦地撑着。"

"你妈一定很疼你。"

"是啊。我妈虽没什么文化,脾气却好得出奇,从来不发火。小时候我的哮喘病经常发作,我家住七楼,我妈怕我累着,每次上楼都背着我。"

"所以他们叫你季篁,是希望你像竹子那样快快长大?"

"那倒不是,"他说,"我妈是苗族,竹子是苗人的图腾。"

还有这典故。

彩虹又问:"那你弟的名字是不是也有个'竹'字旁?"

"嗯。老二叫季箫,老三叫季箴。他们是双胞胎,不过是异卵的,所以长得不太像,个头也不一样,一般人看不出来。"

"那你们三个小时候打架不?"身为独生女的彩虹对大家庭很是好奇。

"怎么打?我大他们十岁。他们互相也不打,性子比我乖,脾气比我好,知道妈妈辛苦,从不给她惹事。当然,这是十岁以后,他俩小时候还是挺淘气的。"

　　"哈哈哈,"彩虹拍手,"全是懂事的好孩子!"

　　"你呢?"季篁反问,"你是个乖孩子吗?"

　　"算乖吧。我是独生女,在家比较受宠。我爸开出租车,我妈是出纳。我家是母系社会——我是说,老妈说了算。我自己嘛,来历简单,学业亨通。从小到大没受过什么苦,也没打过工,基本是除了读书就是读书,当大学老师是我的第一个工作。当然,工资也交点给家里,算帮忙一部分家用吧。"

　　说完她吐了吐舌头,心里有点惭愧。她也就领过几个月的工资,每月花销并不少,虽然交给妈妈一些钱,但大钱从来不是她出,比如衣服、香水、化妆品……如果把这些全算上还是家里倒贴得多。

　　"你看,前面有家花店。"走着走着,季篁突然停步,"去瞧瞧。"

　　彩虹跟着他一直走到花店的门口。他们正转入一条闹街,晚上以长长的大排档出名,即使下雨也生意红火。已经很晚了,老板正准备打烊。

　　完了,完了,彩虹在心里说,这个季篁不会和陈伟平一样,也送她一束玫瑰吧?这都是几百年的桥段啊!

　　季篁果然就在景泰蓝的花瓶里挑了十朵鲜红的玫瑰。

　　彩虹的脑子一下子要炸掉了,不停地想那四个字,空洞能指……空洞能指……空洞能指……

　　可是,挑完了十朵玫瑰,季篁又指了指旁边架子上的一捧精致的玫瑰绢花,道:"老板,我还要这样的一朵。"

　　彩虹心想,季哥哥,你钱不够是咋的呀?要送就全送真的嘛,我又不是一定要十一朵。

　　付了钱,出了店门,季篁看着她,"你……不喜欢玫瑰?"

　　"……喜欢啊,谁说不喜欢了?"彩虹轻声道。

　　"说真话。"

　　"好吧,空洞能指。"

　　"噗——"轮到季篁笑出声来,"真是关烨的学生。说说看,怎么空洞了?"

　　"不是空洞能指就是审美疲劳。"

　　他捉住她的手指,放在花瓣上,"空洞吗?摸摸这花瓣,闻闻这香气,还有叶子旁边的刺……"他将玫瑰一朵一朵地递给她。

她傻傻地接过来,捧在胸前。

一朵,一朵,又一朵。

他看着她的眼睛,说:"我会终生爱你,直到最后一朵玫瑰凋谢。"

她讶然地看着自己的手。

最后那朵,是绢花。

_ 02

彩虹傻掉了。

心跳忽快忽慢,不知为什么,她面色绯红,觉得有点喘不过气来。她张了张嘴,想说什么,却什么也说不出来。

过了一会儿,他问:"你喜欢吗?"

"……喜欢。"

"我是指玫瑰。"

"对……玫瑰。"

"前面就是你的家。"

"哦,是吗?"她太紧张了,看着他不好意思,不看他更不好意思,就趁机向他身后张望了一下。

"那个铁门不是?"

"……对的。"

他一直将送她送到门口。

"明天记得来帮我监考,"他说,"何老师。"

"好的,季老师。"

"晚安。"

"路上小心。太晚了,叫出租车吧。"她叮嘱了一句。

"没事,我喜欢步行。"

夜色深沉。彩虹站在门廊上没有立即离开,一直目送着季筿的身影离去。胸前的玫瑰发出沁人的幽香,她倚在楼梯旁边发了一阵子呆,收拾心绪,正待起步上楼,黑暗中,忽然有人叫她:"彩虹。"

她吓了一大跳,手猛地一抖,玫瑰失落了一地。

"妈妈!"她连忙拾起地上的花枝,同时,用手背擦了擦额上的冷汗。

"下这么大的雨,怎么这么晚才回来?给你打电话也不接,干什么去了?"楼梯里传来李明珠又硬又脆的声音,显然等了她很久,有一点生气。

彩虹掏出手机,摁了一个按钮,没反应,吐吐舌,"对不起,手机没电了。我不是说今天要和东霖一起看球吗?然后还会吃饭,所以肯定会晚一点嘛。"

"我给东霖打过电话了,他说你的同事送你回来。"李明珠答道,看她的眼神,有点奇怪。

"对啊,"彩虹殷勤地扶着她慢慢上楼,"那您还有什么不放心的呢?"

"刚才那人——就是你的同事?"

都看见了啊!彩虹差点吓得灵魂出窍,怕妈妈看出她的心事,假装淡定地道:"嗯。"

照往日的习惯,这种时候明珠绝对会刨根问底。不料她居然没有问下去,而是瞬间沉默了。

彩虹更不敢搭话,便在沉默中一直扶着妈妈走进家门。

家里飘着熟悉的菜香。一切都是旧的,门框是旧的,纱窗是旧的,墙角的旧漆剥落了,人造革的沙发豁出一道口,露出黄色的海绵,被一条脏得分不清颜色的不干胶粘住。

除此之外,这个家的其他地方都很整洁,出奇地整洁,地板一尘不染,桌面光洁如镜,似乎要用这整洁来挽救房子的老和旧。奇怪的是,这逼仄的空间并不显得小,因为彩虹的家里装了很多面镜子,镜子之大,几乎覆盖了整面墙。彩虹曾经为了这个向明珠强烈抗议,这些镜子既让她丧失了隐私,又没有真实感。明珠嘲笑:真实感有屁用,这个家缺的是空间感。

彩虹每次一进家门,一种莫名的内疚涌上心头。这么多年来父母一直用微薄的工资支撑着这个家。而她虽已成年,教师的工资就那么多,杯水车薪,也还要继续面对老和旧。

"爸回来了吧?"她一边说一边走进卧室,将玫瑰插进花瓶,又往里面倒了一杯清水。一回头,发现明珠不知何时跟了进来,坐在床头的一把椅子上。

这把椅子是何家最昂贵的家具,红木的,据说来自晚清王府,是李明珠的陪嫁。不敢摆在客厅里,怕客人坐坏了,一直放在彩虹的卧室里。

每当彩虹外公的诞辰来临时,李明珠就会虔诚地用清漆将椅子仔仔细细地刷一遍,口中念念有词,仿佛在和外公的鬼魂交谈。

"你不知道你外公有多么疼我。若是他还健在,也不知会多么地疼你。"明珠说,"那时候啊,大半条惠西街都是李家的。"

何大路最听不惯这一句:"瞧瞧你妈,人家是忆苦思甜,她是忆甜思苦。结果呢? 甜的越甜,苦的越苦。工人大老粗怎么啦? 当年我是厂里的标兵,追我的人一大把呢。你妈吧,就是没被国家教育好,总也忘不了资产阶级大小姐的身份。"

这椅子被李明珠奉若神明,彩虹也不怎么敢随便坐,仿佛一坐下去没坐在椅子上,倒是坐在外公的膝头上了,平时只用它来搭衣服。

"没呢,说是白天的活儿太少,刚才趁着大雨又出车了。我给你炖了红豆汤,喝一碗暖暖身子再睡吧。"明珠指着她的书桌。

彩虹一看,红豆汤已经盛好了,热腾腾地放在桌前。

"谢谢妈妈。"她甜甜地一笑,端起来喝了一大口。

闲聊几句,明珠淡淡地问道:"彩虹,这花是谁送的?"

"还有谁,东霖呗。"

"东霖怎么可能送绢花给你? 他不会那么小气吧?"

"哦? 有绢花吗? 我怎么没发现? 天,真的有耶! 东霖真是小气。你看,才十一朵,都不够一打的。"

"丫头你懂什么,这是十一,一加一,一心一意,一生一世,意思比十二要好。"

彩虹惊讶地瞪大眼睛,"妈,想不到您对这个有研究,我太佩服您了!"

"咍,你妈是什么人? 见过世面的! 小时候我那几个表哥谁不挖空心思送花给自己的女朋友? 哪像你爸,就知道送红宝书。"

"妈,爸送您红宝书,您送他什么?"彩虹涎皮涎脸地蹭过去,挤在明珠的身边。

"送? 最多笑一下,还要看我的心情好不好。这种事情吧,女孩子得矜持点儿,哪能这么容易被人收买? 就这么几朵花,还拿假的凑数,打发丫鬟呢。"

话中有话哦。彩虹假装整理桌上的书本,心里开始叹气,唉,又得听讲座了。

"说吧,那小子是谁? 嗯? 明明是东霖陪着你,最后怎么变成这个人送你回来? 手里还有一束花。和东霖吵架了? 彩虹,和男朋友赌气很正常,有意见好好商量,别一赌气就另投他人怀抱,这是非常不理智的。你读了那么多年的书,这道理不会不知。"明珠正色道。

"妈,我说过多少次,东霖不是我的男朋友。"

"那么，花是这小子送你的？"

"……不是。"

"丫头，你这年纪想糊弄你妈还嫩点。"

"真的不是。我自己买的。我喜欢玫瑰，这是最后几朵，老板说二十块钱全卖了。"

"然后你嫌不够，又买了一朵绢花凑数？"

"老板看我喜欢，又送了我一朵绢花。"

"那你干吗又说是东霖送的？"

"我怕您乱想。"

"你还没回答我那个小子究竟是谁呢，真是你的同事？"

"对的，同事。我们是一个系的老师，恰好碰上了就一起回家。我是他的助教，他是我的指导老师，我帮他监考、改作业，将来读博士肯定也要选他的课，所以，从现在起就要搞好关系……"

"选他的课？"明珠不信，"他这么年轻，比你大不了多少吧？"

"我不知道他有多大。不过，是名校的高才生，挺有学问的。"

"高才生叫什么名字？"

"姓季。哎，妈，您问这么多干什么？"

"既然你说要搞好关系，有空请他来家里吃个饭嘛。真是的，你这孩子不懂事，指导老师送你回家，你就该让他上来坐坐，喝碗甜汤也是好的。"

"这次太晚了，下次吧。"听妈妈的口气好像来了个一百八十度的大转弯，不知是喜是忧，彩虹的心咚咚乱跳。

明珠的脸冷了冷，从桌上拿起一张十元钱的纸票，在彩虹的眼前晃了两晃，"彩虹，这是什么？"

"一张纸。"

"记住，钱不是一张纸，它代表权力、选择与控制。等你到了妈妈这把年纪，就会切切实实地体会到它的重要性。"

"妈，您烦不烦啊，口气怎么跟个资本家似的。"

"那个高才生，你可以尽情地欣赏，不过，"明珠摸了摸她的脸，又捏了捏她的鼻子，半开玩笑半认真地说，"你若是想嫁给他，还是趁早打消这个念头。妈告诉你，这个人不合适，我和你爸绝对不同意，你的一生有限，别把精神浪费在没结果的事情上。"

"妈！我也就认识这老师几个月，话都没说过两句，这都什么跟什么啊，您警惕性也太高了吧？"

"丫头，知女莫若母。你的毛病就是书读得太多容易异想天开。不怪你，我在你这岁数时也这样。你以为找对象就是要找个兴趣爱好都和你一模一样的吗？结婚就是两个人一起唱《天仙配》吗？错！大错特错！一个家的幸福与和谐不取决于这些，而是取决于一些鸡毛琐事：比如，你是早起还是晚起？你爱吃辣还是吃甜？你花钱大方还是谨慎？你爱做饭还是爱洗碗？你爱看'黄金剧场'还是'新闻联播'？你喜欢和老人一起住还是分开住？你周末喜欢怎么过？和朋友聚餐还是守着老婆孩子？结婚前你以为找到了意中人，结婚后却发现你们整日为小事争吵。彩虹，妈要告诉你，家中无大事，有的只是扰人的小事，小事没解决，大事还没来，这家就完蛋了……"

"志同道合有什么不好？相同的地方越多，越不会有摩擦。就说说上次您让我见的那个秦小同吧，样样符合条件，可是我一听这人说话就受不了，股票啦、债券啦、银行啦、分红啦……真的没有半点共同语言。在他面前，我连十分钟都坐不住。"

"丫头，你的问题就出在这里。"明珠喝了一口茶，不紧不慢地反驳，"为什么大家喜欢志同道合？两个字：方便。你不用花工夫去了解一个人，了解自己就可以了。反正他和你一模一样嘛。你也不用和他说话，自言自语就好了，他肯定不会反对。你们这些年轻人就喜欢偷懒，不知道认清一个人要花多少时间，也不想看见真正的他。只不过是把人家当作一面镜子，照见镜子里面的你。你看韩清和夏丰，志同道合不？现在呢？"

"人家小夫妻，现在是磨合期！"

"谢谢，这种人我们家可磨合不起，没把别人磨下来，自己倒被磨了个大洞！夏丰那小子，我现在见他就有气，可惜了韩清这个好姑娘，学识好，教养好，面慈心善，哪个大人见了不疼她？你说说看，她当初怎么就着了夏丰的道儿？就凭四个字——共同语言，她就闭着眼睛往悬崖下跳？老娘我买把葱还挑半天呢，她怎么就能全盘接受了呢？好了，不说她。你现在告诉我，那高才生是哪里人，家里是干什么的。看他的打扮，家境最多是个平常，说出来绝不会令我惊艳，对不对？"

老妈就是老妈，眼光就是老辣，彩虹暗暗惊心，"妈，您怎么知道？您又没跟他说过话。"

"我在楼梯口看见你们了，大路灯照着头顶，我看得一清二楚。这人身上的每件东西——衣服也罢,皮带也罢,手表也罢——没有超过三十块钱的。像这样的人肯送你一捧花,还真是舍得了。"

"妈,这人我真的不熟。那个……明天要去学校,今晚还要改好多作业呢,您过两天再来教育我好不好?"

李明珠怔怔地看着她,叹了一口气,"妈是怕你吃亏,又遇到个夏丰。唉,妈就是拼了这条老命也要看着你嫁到放心的人手里。妈这些年吃的苦是绝不会让你再来一次的。好了,先忙你的事,记住妈妈的话——看看韩清就知道你妈什么时候会错。别到时候被人打得四处乱跑再到妈面前痛哭,那时爸妈老了也帮不了你。"

说罢,掩门而去。

这一记杀威棒打下来,彩虹哪还有心情改作业?当下就气得用被子蒙住头,歪在床上翻来覆去,长吁短叹,想着季篁的话,瞅着窗前的玫瑰,半是甜蜜半是忧伤,一直挨到凌晨才闭上眼,没过几个小时闹钟响了,顶着两个黑眼圈去了学校。

_03

上午去办公室填了几张表,回来改了一个小时的作业,彩虹正想去茶房泡杯茶,冷不防被师姐杨采文逮了一个正着。采文高她五届,博士毕业分到本市另一所大学教书,目前正在为副教授而奋斗。

因为隔了好几届,交情谈不上厚。不过同为关烨的弟子,逢年过节师生聚会总能打照面,加上一起出席过几次学术会议,一来二去也就熟了。彩虹毕业的时候,因怕留不了校,也去采文所在的大学活动过。采文帮着出过好些主意。承她的情,彩虹每次见到她都会热情地扑过去打招呼。短短地寒暄几句,问了近况,采文就发起了牢骚:"压力好大,要发表 N 多论文。你看你看,我的头发还剩下几根?"

彩虹禁不住笑了,那一把青丝,还真不足一握。

采文于是说:"彩虹,今天有个会,我要念篇论文,你来听一下吧,最多半小时。"

彩虹看了看表,时间允许,便嘻嘻一笑道:"师姐召唤,当然要捧场。"

"不是捧场,只怕是厮杀。"采文悄悄地说,"怕人嫌我学术不够活跃,拿了篇以前的作业去充数,倘若有人踩我,你替我挡着点儿。"

彩虹讶然道:"是关于什么的?"

"古代小说。"

"咦,你不是搞现代文学的吗?"

"我是搞小说的啦,扯扯古代,扯扯现代,搞点纵向研究,行不行啊?"

"行,行,怎么都行。"

"要不是知道你古文好我也不叫你啦,沈老师说她特喜欢你。"采文的话满口是蜜。

"你千万别夸我,再夸我不敢进门了。"

当下进会议室找了座儿,不巧就看见坐在另一排的季篁,手里拿着个笔记本,看着窗外,若有所思。

还真来着了,彩虹心里想,禁不住面红心跳。

会上的论文都很枯燥,有很多是讲诗歌,有不少又是考据。有的题目大得没谱,什么《东南地区诗歌风气之演变》之类,彩虹听得差点打起了哈欠。她以为杨采文的论文会有些意思,哪知也是东扯西拉,powerpoint 上搞一大堆图片,看得人眼花缭乱,大有临时凑数之嫌。果不其然,刚一读完就被一个姓孙的学长攻击了:"杨老师,我想指出这篇论文在引据中的两个错误,都发生在书名上:《五杂俎》的'俎'是'人且俎',不是'组织'的'组';还有,是《庚巳编》,不是《庚己编》。"

这就是传说中的硬伤,研究人员最不应当犯的错误。杨采文的脸沉了沉,有点紧张。不过在这种时候,再怎么紧张也得站稳立场:"我核对过引证,的确无误。孙老师这么说有什么根据吗?"

"这是古代文学常识。杨老师若是不信可以查《辞源》。"

这世上有两种话真假难辨,听者却要对说话人万分小心:一是看似诚实的侮辱,二是充满敌意的揭穿。嘿嘿,彩虹心里讲,孙老兄你有话慢慢说,批评可以,不要带侮辱性字眼嘛。

见杨采文面有难色,那人更是揪住不放:"就算杨老师没查过《辞源》,没检查书名,也该知道《酉阳杂俎》的'俎'是怎么写的。"

杨采文沮丧地咬了咬嘴唇。

彩虹举手,"我能替杨老师补充一下吗?"

"当然可以。"

彩虹道:"尽信书,不如无书。《辞源》不可以全信,上面有不少错误。"

"你是说,"孙学长冷笑,"我们不能相信权威辞典?"

"绞丝旁的'组'也是有可能的。'组'是丝带的意思,可以有各种颜色,所以古时'华美'亦称'组美'。《五杂组》可以解释为五种颜色的丝带,也未尝不可。"

　　"你有证据吗?"

　　"你说的是《西阳杂俎》,可也有《三才杂组》和《刘子杂组》呀。后面两本书,都是'组织'的'组'。"

　　"胡士莹和孙楷第的书里都写着《五杂俎》,而不是'组织'的'组',难道专家学者也错了?"

　　"专家也不可以全信。《明史》里就写《五杂组》,难道《明史》也错了?"

　　"可是——"那人一下子没词儿了。

　　"究竟是哪个'组'字,我觉得要看作者的本意,这要查作者自己写的序才能确定。"彩虹淡笑,"孙老师你以为如何呢?"

　　"好吧,暂时放开《五杂组》不论,"孙老师的脸僵硬了一下,语气有所收敛,"把《庚巳编》说成是《庚己编》不大妥当吧?目前为止我看到的简繁体文献书名都是《庚巳编》。"

　　帮人帮到底,送佛送到西。彩虹瞭了一眼参加会议的老师,除了季篁以外没有重要人物,索性将心一横,坚持到底:"那也不一定呀,孙老师,你知道明代刻工很马虎的,为了省事,很多书里的己、已、巳不分,全都刻成'巳'字,不区别那一竖弯钩的长短,用小刀在木头上挖个小坑就可以了。不信你看冯梦龙的《情史》刻本,这三个字就不分。所以看上去是《庚巳编》,有可能是指《庚己编》,当时的人根据上下文能懂。到了需要繁简转换的时代就出了问题,全把它当'巳'字处理了。"

　　孙学长表示不敢苟同:"这话说不通。清代刻本——尤其是官刻本——这三个字已经分清楚了。刚才你提到了《明史》,明史上就写着《庚巳编》,明史总不会错吧?何况别人还写了个续集叫《续巳编》。如果是这样的话,就该叫《续己编》才对。"

　　彩虹给他的话噎了一下,心里骂自己,有事没事提《明史》干啥?

　　"它有可能就叫《续己编》啊。"彩虹抬杠了,"只不过为了省事刻成了'巳'字。"

　　"其实,"杨采文忽然插口,提出更新的证据,"从《庚己编》的编年情况来看,它写的是庚午年至己卯年之间的事情,叫《庚己编》更合理。"

　　孙学长不以为然:"这只是考证者依据书中大事推论出来的年代,作者并没有专门解释,并没有说这本书的起名与成书年限有关。何况,己卯之后再两年就是辛巳年,也可以叫《庚巳编》嘛。"

"就算是这样,以天干来算,它也应当叫《庚辛编》,怎么会叫《庚巳编》呢?"杨采文说。

像往常一样,如果没有什么一锤定音的证据,这种争论可以无休无止地继续下去。搞古代文学的人为一个论点争几百年、写几百本书的大有人在。主持人又开始和稀泥,说休会时间到了,后厅准备了简单的茶点,请大家享用云云。

这才是彩虹最喜欢的节目。她倒了杯绿茶,拿了块小蛋糕,正东张西望地寻找熟人,杨采文越过众人向她奔来,"亲爱的,谢谢你今天救我!"

彩虹微笑道:"幸好我修了那门'古籍版本学',想不到这时候派上用场。话说,你究竟用的是哪里的文献呀?"

采文跺脚道:"窘死了,写这篇论文时我在香港访学,用的是台湾文献。我又不是考据专家,哪知道书名和大陆版本不一样。"

"谁知道呢,有空咱们好好地研究一下,看看究竟是哪个字。"彩虹小声说,"今天算是把那个人糊弄下去了,孤证不立,咱们说的也不一定对啊。"

说罢,目光一转,见季篁站在不远处和一个男老师交谈。他的眼光瞟过来,在她脸上微微地一定。他还是不笑,不过目光中带着一丝暖意。彩虹向他点头致意。

"那个季篁,你认识啊?"杨采文说。

彩虹愣了愣道:"他和我一个系,当然认识啦。"

"他可是S大学文学院的牛人哟,有名的面瘫男,学问牛,导师牛,脾气更牛。当年校长的女儿上杆子似的追他,他连个笑脸都不给。若不是得罪了校长他肯定提前留校了,才不会来咱们这里呢。"

"喏,这样的啊,看不出他还是个香饽饽呢。可是,"彩虹暗暗惊讶,又故作平常,"他为什么不爱笑呢?"

"此君童年凄惨。"杨采文压低嗓门,"听说父亲早死,家境极差。"

彩虹瞪了她一眼,"咦,奇怪,你怎么知道这么多?你认识他啊?"

采文摇头道:"我们系有个老师本科时和他一个寝室。那老师吧,家里有点小钱,对乡下人呢不怎么看得起。他经常邀一帮哥儿们去季篁打工的餐馆吃饭,点名要打折,还要他亲自倒酒。这季篁还真的不卑不亢、不露声色。不仅出来倒酒,还问他们吃得满不满意。听说他毕业时,抢他的学校打破头了,最后是看在关烨的面子来的这里,年纪轻轻的已经出了一本专著,业界风评极好。你看着吧,他的副教授转眼就批下来了。"

紧接着,杨采文嗷嗷地叫了几声:"可是我的副教授何时能下来呢……天啊,这职称也太难搞了。"

彩虹一听更郁闷了,心想,你好歹还有个盼头,我呢,连博士学位还没拿到呢。

闲聊几句,见采文离开,季篁走过来,"早。"

"早。季老师对古代文学也感兴趣?"彩虹问。

"嗯。我喜欢学术会议,可以了解最新动向。"顿了顿,他说,"刚才你是替朋友打擂台的吧?"

"你怎么知道?"彩虹双手抱臂,"学术擂台,你以为好打吗?"

"我是想说,何老师技惊四座,我对你的崇拜如滔滔江水绵绵不绝。"

彩虹笑了。

"如果愿意精益求精的话,我想赞助一个证据。"

"哦?"

"《五杂组》的'组',的确是'组织'的'组'。那本书的序上有解释。"

彩虹一怔,"那你刚才为什么不说?"

"这里坐着几位老前辈,从头到尾一言不发。我怕人家说,一群人争了大半天,连个序都没正经查过,做学问的态度有待提高……"

"哎,你这是挖苦我吧?"

"不敢。"他看着她,目中含笑,"这是你的秀,应当是你闪光,有什么问题私下里提一下就可以了。"

彩虹看着他,忽然觉得这人有点出乎意料的宽容优雅。

"哎,季篁——"他们身边不知何时多了一个穿着宝蓝色T恤的矮胖子,双耳肥大,面色红润,"这位就是刚才的'庚己编'老师吗?"

"是何老师,何彩虹。"季篁说,"介绍一下,这位是E大学文学院的冯剑东教授,叙事学专家。"

大家握了手。

冯剑东道:"何彩虹——这名字很熟啊。嗯,想起来了,去年你在学报上发过两篇论文,讲民国女作家的,对不对?后来被人大资料全文引用过?"

彩虹点头。俗话说没有金刚钻不揽瓷器活。F大学是什么地方,何彩虹有何后台?若不是凭着那两篇吐血改了几十稿的论文,她何以能够击败群雄得以留校?

"季篁很喜欢你的论文啊,有次开会还特意跟我提过呢。"冯剑东继续说。

"是吗?"彩虹保持微笑,"什么时候提过?"

"去年吧。那时你应当还没毕业,对吗？季篁？"

原来……如此。

"咳咳,"季篁举了举自己的杯子,转移目标,"两位不介意地话,我去加点水。对了,何老师,监考的时间是不是快到了？"

彩虹一溜烟地跟着季篁走到门外,慢慢向教学楼走去。

"那位冯教授,你们很熟吗？"她问。

"对,他是我师兄的学生。你知道,我的导师带的学生不多,我师兄比关烨还大好多岁呢。"他说。

"季篁……"彩虹鼓起勇气问道,"你……真的喜欢那篇论文？"

"对,很喜欢。"

"是哪篇？我一共写了两篇。"

"两篇都喜欢。"

"在……认识我之前？"她追问。

"不可以吗？"他说,"君子以文会友。"

"那你为什么把我写的东西往垃圾桶里扔？"

"好吧,告诉我,那两篇论文你改了多少遍？"

"几十遍吧……"

"这篇呢？"

"这不是等着你帮我改吗？"

"多改几遍就变成好论文了,对不对？"

"季篁,我觉得你这人特诡异。"

"为什么？"

"你要是特仰慕我就明说呗,我又不是不能接受你的赞美。"

"……"季篁闭嘴。

教室到了。

彩虹殷勤地干起了助教的活儿,排座位、发试卷,一排一排地检查学生是否带了不该带的东西。宣布考试开始,阶梯教室顿时传来沙沙的运笔声。

她在后排找了个座位坐下来,顺手看了看试卷。季篁的考题不多,只有三道,却非常不好答,相信任何一个学生一时半会儿都找不到现成的答案。

这正是彩虹所喜欢的考法,给改卷子的人留下了很大的余地。她知道所有的学生都会绞尽脑汁把试卷写得满满的,可究竟答出了多少,谁也没把握。换句话说,难的试题会让学生们感觉考得很差,因此对分数的期待值就低,给他一个正常甚至低一点的分数都不会怨你。

可是,季篁哥哥,你就不怕学生的评语吗?她喝了一口水,眯起眼睛打量坐在讲台前的季篁。他并没有认真地监考,而是在读手里的一本书,有时会瞄一眼学生,不过大家不怎么敢作弊,因为彩虹就站在最后一排。

快结束的时候,季篁走到彩虹面前,递给她一张纸,"何老师,你坐着也没事干,不如我给你出一道题吧?"

彩虹瞪圆了眼睛,心想,季兄弟,你搞什么鬼啊。

季篁严肃地说:"就一道题,不难,多项选择。"

"哦?"

他走了,继续到前排监考。

彩虹打开试卷,上面真的只有一道题,手写的:何彩虹,你喜欢季篁不?(请在正确的答案下打钩)A.喜欢;B.喜欢。"

彩虹写下答案,铃声响了。她坐在后面,看着季篁收卷子,一个一个地收,一直收到她的面前。

"何老师,交卷吧。"

"给。"她很大方地将试卷递给他。

阅毕,季篁默然而笑。

"哇,季老师,你笑了。"彩虹双手支颐,向他眨眨眼。

何止是笑,季篁的样子有点窘,有点不好意思。

"嗯,答得不错……其实……一个钩就够了。"然后,他拍了拍她的后脑勺,说,"走,去餐厅,我请你吃饭。"

在路上,彩虹说:"不用去餐厅了,吃食堂就好。这一周是卫生大检查,食堂的菜可好了。"

季篁没接话,径直带她上二楼。

坐定下来,他说:"想吃什么?点菜。"

彩虹在心里叹,这人穷是穷点,但有范儿。当下也不客气,将菜单翻了一遍,说:"我吃素,近来在减肥。凉拌苦瓜怎么样?那就凉拌苦瓜、芹菜肉丝、丝瓜汤,两个人吃足够了。"心算了一下,加起来,不到二十块钱吧?

季篁皱了皱眉，看着她，半天没说话。过了半晌说："这么简单？你该不是想为我省钱吧？"

哎哟，估计装得过头了，还让他多心了。彩虹赶紧解释："不是不是，这几天都有饭局，你也见到了，吃得太腻，就想吃点清淡的，丝瓜苦瓜都是我特别喜欢的。"

他研究她的表情，确定说的是实话，这才点头，"那行，你喜欢就好。"

菜很快就上来了，两人慢慢地吃着。

"季篁，你刚来这里，对系里的政治不了解吧？"彩虹说。

"不了解。"

"我们系有两大派。一派呢，以书记陈锐锋为首，副书记赵铁诚为辅，简称'锋派'。另一派呢，以吴美蝶教授为首，简称'蝶派'。锋派代表学界实力人物，掌控职称；蝶派的手中有人际资本，背后撑腰的是孙校长，掌控大家的实际福利。比如咱们这个气派的大楼，钱是蝶派的人弄来的；想搞什么大的活动或申请什么大的基金，没有蝶派出马多半不成。你刚进来，人生地不熟，千万不要招'锋'引'蝶'哦。"

"哦。"

见他不是很热衷，彩虹继续补充："这么说太简单了，你可能听不明白，我再说详细一点儿。关老师本是无党派，因为学术关系自然与锋派亲近。后来发生了贺小刚事件，吴美蝶推波助澜、大做文章，硬是把她的博导资格给整了下来。关老师于是忍无可忍地变成了锋派。"

"哦。"

"陈锐锋今年又召了你和我，一个是关老师的师弟，一个是关老师的学生，目的无他，就是为了加强锋派这边权力的杠杆。所以我们别无选择，只能是锋派。"

"哦。"季篁继续吃菜，不发表意见。

彩虹窘了窘，讪讪地说："你可能不喜欢这些政治的东西，我只是担心你不小心卷进去成了牺牲品。"

蓦地，季篁抬起来头，打量了她一眼说："问你一个问题，对你来说，什么是政治？"

彩虹想都不想，立即答道："权力与控制。"

季篁摇头，"我不这么认为。"

"那你怎么认为？"

"政治的本质是管理众人的事务。你说的那些不是政治，是阴谋。"他冷冷地说，"搞研究的人，专心地搞学问就可以了。"

彩虹一下子蒙了，脸涨得通红。她看了季篁一眼，发现他目光冷硬，几乎让她的灵魂发抖。

"别这样看着我，"她咬了咬嘴唇，"我只是希望你能够安全地待在这里，如果发生了什么事，能全身而退。"

他的脸色一点也没变暖，"怎么，你对我这么没信心？"

"我……我不是……"料不到他会这么说，震惊中，彩虹一下子结巴了。

"或者，觉得我是乡下人没见过世面，需要你培训一下？"

"不不不，你千万别误会啊……我没别的意思。"

呃——季篁的脸阴鸷起来可真够人瞧的。彩虹忍不住想骂人，看你是新来的我才告诉你，一般人我还懒得说呢，让他碰壁去。季篁你怎么这样啊，这不是把好心当驴肝肺吗？

僵持了一会儿，季篁神色变缓，指着她面前的碗，淡淡地说："你若再不喝，丝瓜汤就凉了。"

"我不想喝了，你自己喝吧。"彩虹说。

"你说你喜欢丝瓜——"

"我有点不舒服，先告辞了。"她站起来。

他一把拉住她，"你生气了？"

"是的。再见，谢谢你请客。"彩虹扔下餐巾，掉头就走。

一边走一边想，妈妈，您说得太对了。季篁这人真他妈不能爱。

第九章

友敌

_01

彩虹气呼呼地走出校园，手机突然响了，是个陌生的号码，她心情正糟，犹豫着接还是不接，那铃声非常执着，只好接通。

"嗨，彩虹——"声音很熟，语气也很亲昵，彩虹却想破脑袋也没听出来说话的人是谁。

她只好说："对不起，线路不大好，请问你是哪位？"

"不会吧，我的声音你都听不出？你可是我最好的朋友啊！"那边开始嗔怨。

彩虹最好的朋友就是韩清，这人肯定不是韩清。

怔了一怔，彩虹张大嘴："你是——莉莉？"

"看，还是认出来了，你若再说不出我的名字，我可要伤心了。"那边传来了笑声。

真不是时候啊。彩虹硬着头皮问："莉莉……找我有事？"

"你现在在学校？"

"对，刚给学生考完试，有一大堆试卷——"

"大才女，出来休息休息，我请你喝咖啡。"郭莉莉打断她，"今天正好到大学附近办点事，顺便看看你。"

"哎呀，言重了，这可不敢当，只不过今天我的时间有点紧张——"

"到校门口等我，我来接你。"

电话不由分说地挂断了。

英文里有这样一个词:frenemy,友敌。从结构上看,它由朋友"friend"和敌人"enemy"两个词共同构成,意即貌似朋友的敌人。

每当彩虹遇到莉莉时,脑海中就会浮现出这个词,并立即患上"友敌综合征":神经紧张,心跳加快,言不由衷,冷汗湿背,大脑进入一级戒备状态。尽管如此,她也不是莉莉的对手。

彩虹曾经非常喜欢莉莉,喜欢她大方活泼、善于交际;喜欢她幽默风趣、谈笑自如;喜欢她弹的吉他唱的小曲跳的摇滚……喜欢中夹着一点个人崇拜。因为大学时代的莉莉光芒四射、意气风发,德智体全面发展,是校花、体育明星、八卦的中心。一句话,每个女生都希望自己能像她那样风光。大的活动少不了她:报幕少不了她,表演少不了她,啦啦队少不了她,排球比赛更少不了她。彩虹和莉莉曾经好到不分你我,可以同啃一根羊肉串,同裹一床被子聊天。她们曾经度过一段非常开心的时光。

人无千样好,花无百日红。渐渐地,她们之间也有了小小的不愉快。莉莉不喜欢的人也不许彩虹来往,必须同仇敌忾。这让彩虹很尴尬,每每被她责问忠诚。在他们共同认识的人当中,莉莉最不喜欢韩清,说她表面温和四平八稳轻易不臧否人事,其实心机叵测事事做作,动不动就装闺秀装圣母装低调装亲切,说到底不过是为了骗人好感。她又不是要当总统,要那么多选票干什么?对于这一点,彩虹觉得好笑,又觉得奇怪。据她所知,韩清并没有得罪过莉莉,只不过是出了名的没脾气人缘好而已,打过交道的人都喜欢她。当然,韩清和彩虹一样,是系里的尖子生。彩虹还偏科,韩清读书刻苦,就算马列原理、高数、英语那些人人头痛的科目成绩也是第一。难道是嫉妒她的学习?一来两人专业不同,二来大学里成绩好坏早已不像高中时候那么重要,对不上进的人来说,分数只要过关及格就可以了。除此之外,论长相、名气、家世,韩清样样比不过她。所以彩虹想破脑袋也弄不清莉莉为什么讨厌她,问莉莉,莉莉说是直觉。开始的时候,彩虹还替韩清辩护,辩护不起作用,她就在韩清的事情上保持沉默。比如莉莉一提起韩清,她就把话岔开,或者一问三不知。她也避免让这两个人撞见。一旦撞见,莉莉就会找个理由亲热地将彩虹拽走。

有一天彩虹和韩清一起去食堂吃饭,吃到一半,韩清突然说:"彩虹,莉莉这个人你要小心点。"

彩虹诧异,在她的印象中,韩清极少说人坏话。

彩虹是个容易同情也容易原谅别人的人,不像妈妈明珠那样爱憎分明。她总觉得将莉莉归入"友敌"有失厚道。魏哲事件之后,莉莉不断地向她表示悔意,承认自己的错误,也认真地道过歉。彩虹觉得每个人都有年少无知的时候,成长是需要代价的,所以不能老揪着人家的错不放。因此狠不下心来跟莉莉绝交,一直以来跟她若即若离、礼尚往来。

没过多久,莉莉又开始找她了。

在人际交往中,有些话是不会明白说出来的,有社交常识的人却能听出弦外之音,会顺着话里暗示的意思去做。比如在餐厅的门口碰见熟人,你会顺便邀请他进去吃个饭。在通常情况下,人家都会客气谢绝,不会真的跟你走。但莉莉不会。如果莉莉想要什么她会一直去要,会假装不明白你的暗示。所以当彩虹看见莉莉开着她的奔驰跑车气场强大地停在她面前时,不禁生气地咬了咬嘴唇。

她们去了离校门不远的咖啡厅。不算特别高档,但也不是普通师生消费得起的地方。

彩虹却知道莉莉的用意。这地方以前她们经常来,老板是莉莉的亲戚,不知是人情还是统一结账,总之,莉莉带朋友来喝咖啡从不付钱。当初她失恋最伤心的时候,彩虹便是在这里安慰她的。

"还记得这老位子吗?从窗口能看到行政楼和远处的操场——真是久违了。"莉莉用手抚弄着咖啡杯里的银色小勺。

莉莉的神态有点慵懒,贵妇的姿态还是摆得那么足。但她还是那么漂亮,妆化得不浓不淡,身上的点点滴滴都透出精心保养的痕迹,这个人无论是向后看还是向前看都没有什么可遗憾的。

"看不出来,你这么喜欢追忆往昔。"彩虹忍不住想挖苦。

"怎么样?老师当得还习惯吗?什么时候评教授?"

"嗨……教授?早着呢,猴年马月的事儿。"

"别这么说,你这么有才。还有,这大学的校长跟我公公很熟哦,需要帮忙或遇到了麻烦,记得找我,姐姐我好歹替你摆平了。"

"真的吗?"彩虹为自己刚才的想法羞愧了,也许人家只是好意,而且随时愿意帮你,何必计较前嫌显得生分呢?于是,语气不禁暖和起来,"先谢谢你哦。"

"谢什么,这么久都不给我打电话,是存心保持距离呢还是没空理我?"

"哪里哪里——刚上班需要适应呀,和朋友联系都少了,真是很对不起。"彩虹忙不迭地道歉。

真的,上次见面是什么时候,都和她说了些什么,彩虹一点也不记得了。

"对了,彩虹,这段时间你一直和东霖在一起吧?怎么样?进展如何?有没有定下日子见一下双方的家长?"她微笑着抓住彩虹的手,软软地握住,一股馨香从袖口溢出,搅乱了空气中咖啡的香味,"要知道,能和你做妯娌那才是幸运呢。大学这么多年,一路考验下来,也只有你一个人让我信得过。我喜欢你的善良,喜欢你的正直和有原则,东霖若能娶到你真是他的福气。"

这话虽不靠谱,听起来却格外熨帖。彩虹不得不承认,自己一直躲不开这个人,除了面软心慈之外,莉莉太会说话也是重要原因。她每次来套近乎都能把彩虹捧乐得找不着北。

"瞧你说的,我和东霖只是一般的朋友……从没上升到这个阶段呀。"彩虹打起了哈哈。

"其实东霖这人一点也不复杂,心地单纯得跟孩子似的。你跟着他绝对没错,他的运气好着呢。"莉莉摸着自己手指上闪闪发光的大钻戒,从各种角度欣赏它在射灯下的反射,脸上笑意玲珑,"他开的软件公司都是 start-up,也没见他多上心,弄几年就卖给大公司挣几倍的钱。手头的这一个今年弄到了全国最大的天使投资。此外,他在地产上的投资也别有眼光,不像他哥那样投一个亏一个。这次金融风暴,苏氏集团那叫一个大缩水啊,连他爸妈都叫苦不迭,只有东霖的钱岿然不动,公司的股票还一个劲地往上涨。你说说,你若嫁给他下辈子还愁什么?"

"不会吧?"彩虹笑起来,"莉莉你不会是来这里给东霖做媒的吧?"

"是啊,他爸妈为这事可着急呢。他年纪也不小了,希望能快些有个正式的女朋友。我婆婆你见过吧?"

"没见过。"

"老太太很喜欢你呢,真的。我向她提起过你,说你是东霖的大学同学,有才气又善良,她特别高兴。F 大学也是她的母校,老太太对母校出来的女生都特别有感情。"

这话可不能当真。莉莉曾多次抱怨东霖的父母偏心老二,不待见老大,也不怎么喜欢自己,对家族利益超级敏感,财权上也不肯放手。莉莉自己学经济出身,自然不是省油的灯。结婚不久婆媳就斗得如火如荼,当时莉莉还到彩虹这里诉过苦。后来生了孩子,婆婆的态度才缓和了。东霖母亲在集团主管销售,生意场上是个厉害角色。当年东宇娶莉莉,她就不太同意,嫌她出身太过"清贵",力荐某地产公司老总的独生女,为这个,莉莉硌硬了好久。彩虹觉得,东霖妈不会当着这个心病严重的长媳去夸老二的女朋友。更何况以莉莉的家世在她眼中都只是清贵,那彩虹就更提不上台面,除非她外公还魂还有得一拼。

可是,又何必戳破?彩虹笑了笑,道:"不会吧——"

"彩虹,你一向是最了解东霖的,对不对?"莉莉的身子向她歪了过来,口气越发亲切。

"是挺熟,出了什么事吗?"

见她神神秘秘的样子,她的内心开始警惕。

"嗯——关于他,"莉莉"嗯"了半天,低声说,"朋友圈子里一直有些不太好的传闻……"

"哦?"

"也不知是真是假……"莉莉顿了顿,拿眼看她,指望她能接个话儿。

彩虹只好说:"你指什么方面?"

"……他的性取向。"

彩虹的眉头微微一皱,"性取向?"

话中有话,话中很有话。一时间彩虹大脑中的每个细胞都打开了。表面神情淡定,内心已进入临战状态。

"秦渭这个人,你知道吧?"莉莉说。

"不知道。"

"别这么说呀,你们一起吃过饭的。"

难道东霖跟莉莉提起过昨天的事儿?不太可能吧?彩虹想了想,说:"那也是我第一次见他……怎么了?"

"他是秦氏基金里有名的黑羊啊。以前和东霖要好,后来被他老头子强行发配到美国去了。当然,他是在美国出生的,出生后被带回北京,严格意义来说不算是中国人。"

彩虹面无表情地道:"不太了解,不感兴趣。"

"前几年秦渭偶尔回国,回来没几天就会走,毕竟他家有很多生意在国外。现在听说他决定回国发展,一落脚就找东霖,我们很担心这件事。"

"担心?"彩虹奇怪,"有什么好担心的?"

"这两个人吧……不能在一起,在一起准有事儿。现在秦渭投资苏氏——虽只限东霖的公司——钱也不是太多,东宇还是气得够呛。"

彩虹更糊涂了,"有人投资不是好事吗?"

莉莉长叹一口气,"你真是个呆子,什么也不懂。两家的渊源很深。一句话,秦氏和苏氏是死敌。仇是上代人结下的,"文化大革命"的时候秦家整死了苏家好些人,包括东霖的爷爷和伯父,都被整得上吊自杀了。"

虽然认识东霖的时间不短,彩虹很少过问他的家事,一来东霖自己从不谈这些;二来苏家是本地郡望,在商界政界自然有众多盘根错节的关系。她无意打听,以免被误认为有觊觎之心。

"所以东霖和秦渭不应当往来?"彩虹说。

"首先,这个秦渭——名声不怎么样,爱和不三不四的人混在一起——个人作风极其堕落。其次,秦家眼红苏家的生意,想趁金融风暴捞一把,顺带着把苏家拖下水。哼,用意险恶得很。那个秦渭,别看他成天吃吃喝喝像个花花公子,此人毕业于宾州大学商学院,是训练有素的风投专家。秦家子弟多,长辈们本来不待见他,可是他太会挣钱了,谁也不敢小看他。这几年随着投资的成功,越来越多的基金掌控在他的手上。而我们东霖是纯粹的理科生,搞的是软件设计。论耍阴谋斗心计,怎么玩得过秦渭?弄不好被人坑了还帮着数钱呢。"

彩虹越听越乱,不禁道:"那这些和东霖的性取向……有什么关系?"

莉莉淡淡一笑,抿了一口咖啡,"我也不知道啊,但是你是东霖的好朋友——你一定是知道的,对吧?"说罢,意味深长地看了她一眼。

彩虹点点头,"我当然知道。"

"那么,嗯,他是不是——"

"不是。"

"你肯定?"

"肯定。"

莉莉压低嗓音:"你们……做过?"

彩虹看着她,半晌,认真地点点头,"做过。"

莉莉怀疑地审视着她,企图从她脸上看出一些撒谎的痕迹,研究了好一会儿,才轻笑一声:"呵呵,都做过了,就快点办喜事吧,瞧你刚才还千方百计地瞒着我。"

"我有羞涩感啊。"彩虹说。

"难怪你脸红得这么厉害。"她一面说,一面伸手过去捏了捏,仿佛要将彩虹的脸捏白,"对了,那天在雪竹斋你碰到东宇了?"

彩虹看着她,暗暗吸了一口气,也许这才是她的真正来意吧?她点点头。

"他身边……有别的女人吧？"

"嗯……他身边有好多人，男的女的都有，我没看清——"

"是不是个大眼睛的女孩子？看起来个子小，其实年纪并不小。她叫谭小双。"

彩虹失笑，"难不成你在东宇的身边安插了线人？"

"那丫头跟他很久了，最近听说怀孕了。"郭莉莉的脸绷直了，"我儿子才几岁啊，他就这样对我。"

彩虹叹了一口气，想不出更多安慰的话，只好说："你是明媒正娶的，怕她做什么？"

"那妖精的后台硬得很，不然这事我早解决了。"

彩虹接口道："后台那么硬，她找谁不好，干吗找个已婚的？这不是惹事儿吗？"

郭莉莉冷笑，"你怎么知道是她来找东宇？东宇这两年投资不利，有点不好向老头子交代。谁知道他是不是看上了这丫头家里的钱，存心去勾搭的？"

彩虹张了张嘴，没有回答。她觉得郭莉莉说的事儿纯属豪门恩怨，跟她没关系，不必搅和进去。

"其实我想说的是东宇这人吧，就是太骄傲了。再怎么说东霖也是亲弟弟——资金周转不灵了，需要帮个忙——东霖他能不理？兄弟之间张个口就这么难？犯得着为找外援去哄骗一个小丫头吗？"

彩虹疑惑地看着她，心里已明白了个十之八九，便道："莉莉，明人不说暗话，想要我帮什么忙就直说吧。"

"你和东霖的交情大家都知道。"莉莉说，"东宇最近搞了个大项目，资金有点缺口。东霖那边听说刚弄到一大笔投资，一时半会儿也用不完。你看能不能跟东霖提一提，从他那儿挪点钱帮大哥周转一下？大哥这边不好意思说，估计还不一定肯要。我心里再急也得顾着他的面子。这事吧，小弟主动张口比较好……"

"就这事吗？"彩虹说，"不就是带个话吗？不难，我帮你说。"

"那就拜托了。"莉莉轻轻抚了抚她的肩，帮她把肩上的衣褶抚平，"等你们办喜事那天，我一定送份厚礼。"

_02

回到校园，拨通东霖的手机，彩虹将莉莉的话转告给他。

"靠。"苏东霖骂了一句,沉默片刻,说,"你在哪里?学校吗?"

"对。"

"我来接你,有话要跟你说。"

"今天没空,要改卷子。"

"你欠我人情。"

彩虹蔫了,道:"好吧。"

从资料室出来时,她看见季篁在过道上和一个老师说话,如果下楼是要从他身边路过的。

他的背影在稀疏的光线中显得修长而挺拔,仿佛被摄影师做了特效,姿态沉静得近乎凝固。对面说话的老师不停地打着手势,身子兴奋地晃来晃去,而他却几乎是一动不动的,偶尔点个头,或插一句话,声音都很低。听得出他们在谈三亚,那老师刚从海南旅游回来,说到得意之处用力地拍季篁的肩膀,五大三粗的胳膊不免将季篁身子拍得晃了一下。他也不介意,依然礼貌地听着。

彩虹皱了皱眉。难道自己判断有误?也许他并不像她以为的那样孤傲,那样地不合流俗?经历了那么多,也许他在待人处事上也很有一套?

她幽怨地叹了一声,一个招呼没打从他身边昂然飘过。到了楼下又开始抱怨,这人居然不理她,更没拔腿追过来。唉,电视剧看多了真不好。

就这样郁闷地出了校门,远远地发现苏东霖已在路边等着她了,还是那副老样子:风衣、墨镜,举着把白伞在梧桐树下抽烟,仿佛树底长了棵巨大的蘑菇。也不知遇到何等烦恼眉头紧皱,远远就能看见额上的"川"字。

每到夏季,F市的梧桐树上会长一种绿色青虫,一旦掉下来沾到肌肤,会有强烈的刺痛感,所以大家都养成了夏日打伞的习惯。到了秋日,巴掌大的梧桐叶落得满地皆是,在西风中曼舞,给环卫工作带来了极大的挑战。

彩虹倒是喜欢这样。萧瑟秋风和落叶梧桐是这城市唯一的诗意。坐公共汽车时,哪怕让视线散漫地追随一下它们也能多一份难得的闲情。

见她过来,东霖抬起头,彩虹正要打招呼,突然不知从哪里伸出一只手,将她紧紧拉住。

"哎——"

是季篁,她仓促停步,绷起了脸。

"对不起,刚才的话说重了,希望你不要介意。"他说。

是道歉,眼神中又夹着一丝懒惰的笑。

"我有点事要见朋友,有什么话以后再说吧。"她绷着脸。

"那位就是你的朋友吗?"季篁抬眼朝梧桐树那边看了看,"我也认识啊。"

"他找我有事。"

"行,你带上我。"

季篁把话接得飞快,彩虹愣了半天才意识到那个句子是从他的口里蹦出来的。

"带上你?为什么?"

他张了张嘴,没想出理由,牢牢抓住她的手不放。

还是苏东霖先过来打招呼:"季老师。"

"苏先生。"

两个男人握了握手。

"季老师今天这么有空,和何老师一起散步?"东霖将自己的烟盒递过去,季篁做了个手势婉拒。

"是啊,"季篁说,"刚给学生们考完试,打算请彩虹吃个饭。苏先生正好在,不如赏光一起去?"

彩虹一听,差点晕过去,恨不得在季篁的脑门上狠狠地敲一下。季老师啊,你杀猪也不拣肥瘦,请佛也不看庙门。为请这位少爷,我昨天刚花了两千多大洋!你是吃饱了撑的还是票子多了想烧着玩?

正寻思怎么挡驾,东霖将烟头一灭,微笑,"季老师这么客气,那我就恭敬不如从命了。哦,对了,我不是一个人,还有位朋友在那边等着我。其实你们也认识,就是昨天的秦先生。"

秦先生?那就是秦渭了。彩虹头大如斗,急得身子都跟着晃起来。东霖虽然喜欢恶作剧,相交已久,彩虹多少还能想出对付他的法子,加上秦渭就难说了。

说话间,东霖指了指街头的拐角,那里静静地停着一辆加长的林肯,"我们有车,想去哪儿吃尽管说。"

季篁笑着说:"你的朋友也一样欢迎。我对这里不熟,有什么好的馆子可以建议一下吗?"

他镇定的样子让彩虹觉得自己遇到了黑社会正在做毒品交易的大佬,她赶紧插嘴:"中餐西餐都吃腻了,这回吃点民族风味吧。回民小村的牛肉拉面不错,羊肉泡馍也特好,离这里又近。我强烈要求去回民小村。"说罢将季篁的手心使劲地捏了一下。见他毫无反应，又使劲地给苏东霖使眼色。

东霖幽幽会意，模棱两可地说："嗯，我们应当照顾女生的口味……"

"这一带一定有比回民小村更好的饭馆吧？"季篁说，"回民小村我去过一次，味道是不错，卫生也没问题，只是环境很乱。"

彩虹对着天空翻了一个大大的白眼，正想反驳，秦渭不知何时已下了车，走过来说："去同心楼吃海鲜吧，顺便还可以打打台球。"

彩虹打断他："哎，我们再商量商量——"

"就这么定了。"秦渭霸道地看了他们一眼，仿佛觉得这群人为了吃个饭讨论半天很无聊。

东霖喜欢台球，彩虹跟他在一起时学过几次，无奈不感兴趣，玩了几回就放弃了，现在连打哪个球得几分也不记得了。

吃海鲜打台球这绝对是个馊主意。东霖一玩这个就喜欢赌，她亲眼见他一次输了好几万。

彩虹在心里骂，妈的，这秦渭怎么不叫"秦谓"，他简直就是个谓语动词！

"哎，人家季篁不会打台球啦——"她大声抗议。

秦渭微微皱眉，看着她，半笑不笑，"玩玩而已。台球又不难，是个男人都会打两杆。季老师，尝试一下？"

"行啊，大家开心就好。"季篁泰然地说。

秦渭满意地笑了。他穿着一件白色衬衣，小指上有个奇形怪状的碳钢戒指，苍白、消瘦、洁净，显得优雅又颓废，厌世又孤高。

彩虹的目光不自觉地滑向他敞开衣扣中露出的一抹月光般的锁骨，然后她的脑袋就被人拍了一下。

"哦！"

定下神来她赶紧说："对不起，我得跟季老师说个事儿。两位先上车，我们马上就来。"

将季篁拉到一边，彩虹压低嗓门："你神经啊，请这两位大爷吃饭！他们点菜从来不看价的，一千块一瓶的洋酒，点起来眼睛都不眨一下，你跟他们摆什么谱啊？"

季篁微微地怔了一下，反问："你是说——我很穷，请不起客？"

"不是啦,"彩虹急着直跺脚,"我怕你……"

"你怕我——没带够钱?"

"也不是啦——"彩虹心里说,闹心死了,海鲜多贵啊,秦渭无酒不欢,可不是怕你钱不够吗?

季篁奇怪地看着她,不解地问:"那你担心什么?"

彩虹张了张嘴,又闭上了。

"你还没告诉我你原谅了我没有?"他捏了捏她的耳朵,轻轻地说,"嗯?原谅了吗?"

他的指腹有点粗糙,磨着她的耳垂微微发痒。她竟然被他磨得呵呵地笑了两声。

"没有。"她故意说,却又忸怩地拽着他的手指。

"我帮你改卷子吧。"他的声音出奇地低,出奇地温柔,"这学期剩下的卷子我都帮你改,行吗?"

"那我……岂不是可以放假了?"

"对啊。"他说,"生气的人,心血管活动不正常,需要多休息。"

"要不——那篇论文你也帮我改了吧?"她得寸进尺。

"论文是你自己的事,咱们说好了的。"

她看着他的脸,赌气道:"不改论文就不原谅你。"

"那就不原谅。"

她气道:"喂,你的原则松一点会死啊?"

"别偷懒。我帮你改不难,可是,对你自己没好处。"

"……好吧。"

"那你原谅我了吗?"他坚持不懈地问道。

"……"

"彩虹?"

"……"

"何老师?"

"原谅了。"

一行人坐着秦渭的车去了城南同心楼海鲜馆。

此乃本城另一奢侈之处,特点是除了吃还可以玩,消费也分很多等级。一楼餐厅并不专做海鲜，一般家庭逢年过节请一桌客，也还是付得起。四楼包间最贵，彩虹妈曾陪公司老总吃过一次，海鲜她不感兴趣，盛赞桌上器皿高贵。

这一路忐忑不安，彩虹觉得自己真是被妈妈爱算计的灵魂附体了，尽在担心季筼能不能付得起饭钱。其实这担心再合理不过了。作为国家事业单位，大学不同于外企，教师们的工资几乎是透明的。除了工龄、课时会有区别，什么职称拿什么钱，都有统一标准。所以，彩虹知道季筼的工资比自己高，但高不了多少，至多有几百块的区别而已。而季筼的家境她是知道的，如果不缺钱他完全不必打那么多的工。

她不得不佩服季筼的定力强大。一路上他都泰然地和东霖、秦渭交流瑜伽的心得，那自在的样子就好像坐在自己的汽车上。彩虹却怎么也自在不了，觉得他整个一唱空城计的诸葛亮。

包房很大，里面有一个崭新的斯诺克球桌。离晚饭时间尚早，大家点了一些水果和开胃点心，秦渭从架子上抽出一根墨色的球杆说："太早了，不如玩一会儿再吃？"

苏东霖附和："季老师，你喜欢台球吗？"

彩虹立即挡驾："不喜欢，也不会。对吧，季筼？"

季筼看了看彩虹，又看了看东霖，微微地抿酒，"不常玩，不过会一点。"

会一点？那是会多少？气氛有些微妙。

"季老师谦虚了。"秦渭的双眼微微一眯，"那就一起玩几局吧，你愿意先和我来呢，还是和东霖？"

彩虹在心底轻蔑地哧了一声。这个秦渭真不知从哪里学来的派头，吊儿郎当、神神秘秘，说话好似谈判，背后总藏着些什么，任何时候都看不见底牌。

"你们先来吧，"季筼做了个请的姿势，"好久没碰这个了，我先观摩一下。"

秦渭从口袋里掏出钱包，扔到彩虹的手里，"劳驾替我拿一下。"

彩虹纳闷地道："你给我钱包干什么？"

话音未落，苏东霖也将自己的钱包递给她，"你当裁判。谁输了你就把谁钱包里所有的现金掏出来，塞到另一个人的钱包里。"

"好好地又来这个！"果然又是赌，彩虹无语，"友谊第一、比赛第二行不行？"

"都是熟人，无伤大雅。"

彩虹叹了一口气，绝望地看了看季筼，心里说，季同学，今天你死定了！转念一想又庆幸,至少东霖是站在她那一边的,如果他敢让季箎难堪,看她将来怎么整他! 更何况明珠大人早有教诲:男人的游戏女人不懂,让他们玩,让他们自己收场,你只在一旁静观。

于是,她拿起一碟水果,用叉子慢慢地吃起来。

一枚硬币扔下去,秦渭执杆,"啪"地一响,桌上红球乱滚,开局了。

季箎端着杯酒,站在沙发旁边和彩虹一起观看。

"你什么时候学的台球?"彩虹碰了碰他的胳膊,"我一直以为台球是街头小混混们喜欢的运动。"

"大学时候在台球馆打过工,没事就看着人家打,自己也跟着学了一点,算是我艰苦的大学生涯里唯一的娱乐吧。"

彩虹抿嘴而笑,心想,刚才那句话若是一条新闻,加这样的标题最好——《季箎的人生因打工而丰富》。

"那么,"她说,"除了这个你还有别的爱好吗?"

"读书算不算?"

"算。除了读书呢?"

"跑步、骑车,在窗台上种点花——室内植物,会画初级水平的漫画。"

"就这些?"

"还有……捡石头。"他说,"我捡过化石。"

"真的?"

"对,有珊瑚的,有三叶虫的。"

"我也喜欢石头,我攒了好多雨花石呢。"

"我还喜欢天文,看天上的星星。"

"我也是啊,我订过好多年的《天文爱好者》呢。"

"还有《天文普及年历》。"他娓娓地说道,"这么说,我们有很多共同的爱好?"

彩虹用力点头,"还有福尔摩斯啊! "

"对的。"

"我们的工资都差不多。"

"你看,连收入都般配了——"

"真是太和谐了。"

彩虹想了想,又问:"那季箎你同情女权主义不?"

"我支持女权主义。"

"你读过波伏瓦没？"

"她的书能找到的我全读了。"

"那你——相不相信 Bad Faith？"

他摇头，"你呢？"

"季篁，寡人有疾。"彩虹忽然叹了一口气。

"你……好色？"

"不，"她苦笑，"我怕我妈。"

他偏过头来看她，"为什么？伯母很凶？"

"不是啦……"她凝视着他的那张脸，见他目光如水几乎将她淹没，不禁双颊如烧、心头鹿撞。

淡定，淡定。她对自己说，掩饰般地喝下一大口酒。

季篁也许没有东霖高，没有秦渭帅，但他比他们都耐看。他像一枚钻石那样经得起近距离观察，经得起各种角度的切割，也经得起各个角度的照射，就连他的背影都是美的。而且他的眼神很干净，如晨星般明亮，又如远山般清冷。他的身上有股说不出的气质，如地心引力无所不在，令她不知不觉而倾心。在这种纯净的眼神中，去提世俗的事，对他对自己都是一种污染。

彩虹莞尔而笑，"季篁，你是暗物质吧？"

据说，暗物质代表了宇宙 90% 以上的物质和能量。可是，它却不可以被观察到，只能明显地感觉到。因为它能干扰星体发出的光波和引力。

"不会吧？"他说，"难道我的存在干扰了你？"

"不是呀——"

苏东霖走过来道："我们这局打完了。"

"哦！"彩虹回过神，"这么快？谁赢了？"

"阿渭。"

她打开东霖的钱包，将一大沓票子抽出来，塞入秦渭的钱包里。

"轮到你了，季老师。"

"好。"

他居然也掏出了自己的钱包，放到彩虹的手中。

"叮"的一声，彩虹听见自己的眼珠跳出来，掉到地上，"你……你也要赌？"

可惜她只看见了一个背影，季篁已转身拿起了球杆。

　　原来,男人这样经不起激将嘛……彩虹自我安慰,所幸季箎的钱不多,赢了就是赚了,输了也吃不了大亏。

　　屋子里飘着一股幽微的香气,大约是来自秦渭身上的香水。彩虹一手握着一个男人的钱包,这情景看上去又戏剧又讽刺。不知为什么她紧张得全身出汗。季箎的钱包很一般,起码不是真皮的,很旧,式样很普通,大众的牌子,看样子用了很久。彩虹有一种想打开它把里面所有的东西都掏出来仔细研究一下的欲望。当然,这是不合适的,她及时地克制了这种冲动。

　　钱包很轻,肯定没有太多的现金。不过,他一定有银行卡,至少学校的工资都是发在卡上的。她突然想起了这样一个事实。季箎其实拥有三份职业:教师、瑜伽教练、大厨。这么算来他的收入至少是她的三倍,也不算少了。可是,收入再多也不过是个工薪族啊,和这两位爷们赌球,以季箎的家境还真不是一个数量级。

　　她忽然有点想知道这个人在尴尬失落的时候会是一种什么样子。虽然这么想不厚道,现在知道总比以后知道要好。

　　投币之后,依然是秦渭开球,只见他轻快地一击,白球飞出,红球滚动。

　　桌上嘀嘀嗒嗒一阵乱响。

　　季箎打出第一杆,击中一颗红球,红球滚向球洞,却在离球洞口一厘米之处擦肩而过。

　　秦渭淡笑,“季老师怕是很久没摸球杆了吧？”

　　“是啊,好几年了。”季箎用巧粉涂了涂杆尖,“那时候没有这么高级的球桌,绒也没有这么厚,力道上有点不习惯。”

　　“多打几杆就好了,”秦渭说,“看得出你有经验。”

　　话音刚落,“啪”地一响,一只红球干净落洞。紧接着,秦渭又击入一只蓝球和另一只红球。白球在桌中乱滚,最终停在了一个不利的位置上,他企图击中一只粉球,没有成功。

　　轮到季箎执杆,这回运气很好,先击入一只红球,接着中了一只黑球。然后,一个漂亮的下旋,白球又击中一只红球,退回到有利的位置。他再一次击入黑球,分数迅速上升。

　　“呵,”苏东霖展颜,“季老师好厉害,阿渭今天可算遇到对手了。”

　　然后,有将近十分钟,季箎不断地击入黑球,秦渭居然没有下杆的机会。等终于轮到他时,他必须先击中一个红球,却发现季箎将白球打在一个几乎不可能击中红球的位置上。秦渭猛一击杆，打出一个弧线球，虽不能击中红球，却又把白球藏到了一个更加偏僻的位置。

彩虹对台球不感兴趣，却觉得季篁手握球杆，上身俯低，双眸紧皱，凝视目标的样子很优雅很性感。

闭上眼，她悄悄地幻想自己变成了一只粉红色的球，被他一杆射中，跌入洞中。

"啪"地一响，同样一条弧线，季篁准确地打中了一枚红球。

东霖不禁刮目，"季老师，你这技术是从哪儿练的？"

"大学的时候在台球馆打过工，"季篁说，"跟着一个大叔学了不少技术，有一阵子非常喜欢玩。"

哦，彩虹不禁想，忙碌的季篁也该拥有一段属于自己的时光吧？无忧无虑追求快乐，就像她少年时迷恋武侠，一本一本地买，废寝忘食地看。妈妈不让，只好躲在被子里用手电筒悄悄地读。

"啪"，季篁又进一球。从这一刻开始，秦渭就再也没有碰过球桌。季篁一路打下来，每击必中，不给他上手的机会。

一旁算分的人渐渐期望他会不小心打错几个球，给对手几次加分的机会。可是这种错误季篁一次也没犯。他的球又狠又准，继续打了不到十分钟，从分数上算，秦渭已经没有扳回的可能性了。他只得中场认输。

"再来一局？"秦渭漠然的脸上露出少见的兴奋之色。

彩虹与东霖面面相觑。

见好就收吧。彩虹笑着说："哎呀，应该到吃饭的时间了吧？"

"还早呢。"秦渭根本不理她，开始摆球，"季老师今天没别的事吧？先打几局，等吃完饭我们换个地方再打。这球桌不好，球杆也差劲，不如到我家去打吧。"

彩虹好笑，这个秦渭像个玩上了瘾的小男孩，缠住季篁不放。

"嗯……"季篁欠了欠身子，婉拒，"晚上我要上班，是晚班，吃了饭只怕就要走。不过既然秦先生在兴头上，现在还早，我陪你再玩几局吧。"

"秦渭你输了，你的钱全部上交了哦。"彩虹毫不客气地将他的现金掏出来，塞进季篁的钱包里。

他们又玩了三局，其中有东霖的加入，季篁两胜一负，赢光了所有的现金。

那一负，负得勉强，多半是季篁让给他的。彩虹暗地一算，季篁赢的钱至少有七八千吧。就算海鲜会吃掉他们三千块，这一晚他也挣了四五千，不禁替他窃喜。

　　可是，当三个人一起坐下来点菜时，季篁毫不犹豫地点了两瓶奇贵无比的洋酒。菜是秦渭点的，他说来吃过两次，知道哪个菜好吃。彩虹本来也不放在心上，最后拾起菜单一看，乖乖，真是什么贵点什么，一点也不手软，盘算下来，得，季篁不倒贴就算不错了。

　　很小的时候李明珠就教会了彩虹如何在席间识别一个男人，一个人的教养、风度和习惯很容易在酒席上观察出来，而男人在放松的时候最易露出本来面目。

　　秦渭今天穿的是一套质地考究的米黄色西服，白衬衣，领口系着一根细而窄的深蓝色领带，打着小小的领结。如果别人穿这种颜色的西服一定会成为时装界的笑料，但穿在秦渭身上就是风格，就是潮流。而苏东霖则穿着一件白色夹克，白色背心，黑色牛仔裤，皮靴，看上去很青春。他们走在一起真像一对好莱坞的演员。

　　无论是秦渭还是东霖，今天的胃口都特别好，大口喝酒大口吃菜，连被彩虹视为油腻的甜点也不放过。恰恰相反，季篁只吃了几口沙拉，除了一些鱼子和蟹肉，海鲜几乎不碰。

　　吃到尾声，彩虹终于忍不住问：“怎么，你不爱吃海鲜吗？”

　　“我很爱吃，”季篁说，“只是会过敏。”

　　“真的？”彩虹好奇，“是全身长大包吗？”

　　“不是，我的身体不怎么能接受异体蛋白，”他说，“会引发哮喘。”

　　“那你现在还经常犯病吗？”

　　“不经常。”

　　她忍不住直直地盯着他看。

　　他吃了两口生菜，扭头过来看她，“怎么？有什么地方不对？”

　　东霖拍了拍季篁的肩，“季老师，别介意，何老师难得发一次花痴……”

　　言笑晏晏间，包房的门忽然开了。

　　彩虹以为是服务生，岂料鱼贯而入的居然有三个人。为首的一位身形高峻、目色冰冷，穿一套从上到下熨烫得一丝不苟的炭色西装，一副刚从谈判桌上下来的样子。他的身后跟着两个同伴，胸肌发达，面无表情，双手的骨节大得吓人，仿佛一巴掌可以拍死一个人。

　　那是东霖的哥哥苏东宇。

第十章

妈妈的话总是对的

_01

人人都知道何彩虹曾是苏东霖的死党，他们之间一直维持着一种类似男人之间的友谊。男人与女人在友谊问题上有一个不同：当兄弟说"No"时，你不再追问；当姐妹说"No"时，你一定要追问。

东霖与东宇的关系如何，彩虹从未深究过。鉴于日常谈话中东霖极少提到东宇，彩虹觉得兄弟俩的感情一定有问题。究竟是什么问题，彩虹没问。不过看看东宇的眼神，再看看东霖的表情，这个问题一定不简单。

"哥，"东霖站起来，"找我有事？"

东宇没有回答，大步流星地走到桌前。

秦渭用餐巾擦了擦嘴，站了起来，"原来，是来找我的。"

他们几乎是一样高的，两个人靠得很近，脸对着脸，眉挑着眉，鼻尖几乎戳到对方的脸上。

"秦氏投资泰宇是怎么回事？"苏东宇问道。

秦渭冷笑，"泰宇不是你的公司吧？我有钱，东霖需要钱——我们一拍即合。"

苏东宇的脸蓦然一黑，右手握拳，在秦渭的脸际威胁般地晃了晃，一字一顿地道："我们苏家不需要你的钱。一想到'秦'这个字我都觉得肮脏！"

"那你真是多虑了，"秦渭轻笑，"最近你的公司亏得厉害哟，股票一落千丈吧？董事们会不会生气呢？看在东霖的分上，如果你实在需要钱，我倒是愿意不计前嫌地帮你一把。"

"砰"的一声，就在话音未落的两秒间，苏东宇一个左钩拳，砸在秦渭的脸上。

彩虹大约知道兄弟俩的业余爱好。东宇爱拳击，东霖爱登山。前者老爷子不同意，后者老太太不同意，谁也没接受更深度的培养。后来东宇出国留学，出了父亲的眼目，估计是把这爱好发扬光大了。

这一拳又准又狠，挥出去的时候用的是肩力而不是臂力。秦渭一下子没站稳，身子向后一倒，桌子凭空移开一尺，杯盘哗啦啦地掉了一地。

东宇冷喝："废了他！"

大家一时还没反应过来，两个副手已经扑了过来。东霖迎上去，拳打脚踢地和他们干上了。

这会儿秦渭也缓过了神，拾起桌上的一个酒瓶向东宇砸去。

季篁一把拉住彩虹，问道："打起来了，怎么办？你要我帮哪一边？"

"帮什么？你就不能劝劝架吗？"

"没法劝，打手都来了，弄不好会死人的。"

"关你什么事啊，别掺和啦！当心受伤！"正说着，不远处东霖挨了一拳，痛得闷哼了一声，彩虹推了推季篁，"要不你帮下东霖吧，他肋骨刚受了伤，还没全好呢！记住，别和人家打，把人拉开就好了。"

惶遽间她也不知如何是好，打架的是一对兄弟，内部矛盾，东霖没发话，她也不敢胡乱报警。

季篁扑入战群，试图想从两个打手的手中拉开东霖，大约东霖和他说了一句话，他扔开东霖又扑向东宇，一把将正在地毯上挥拳猛揍秦渭的东宇向后一拖，拖到门边。东宇一个鲤鱼打挺地站起来，对着季篁的胸膛就是一脚。

彩虹的心"咯噔"一声地沉了下去。因为那一脚踹得干净利落，季篁虽然灵敏地向后一退，却也没有完全躲开。

彩虹不由得大吼："住手！全都住手！再不住手我可要打110啦！"她掏出手机，发现喧哗中根本没人注意她，也没人听她说话，所有的人都像打了鸡血一样揍来揍去，伴随着酒瓶破裂的声音。没过几分钟，男人的脸上全见了红。秦渭更是一脸的血。东宇的两个打手明显占着上风，他们的目标指向秦渭，大约有东宇的吩咐，对东霖倒不主动出击。其中一人见季篁正和东宇扭打，甩开秦渭，又向季篁扑过来。

包房的隔音效果太好，外面的人肯定什么也听不见。

彩虹冲到门边，打算出去叫保安，守在门边的东宇忽然向两个手下吹了一个口哨。趁这当儿，另一个打手飞来一拳，正中季篁的脑门，将他打昏过去。三人拖着季篁出了门,进了电梯,彩虹和东霖疾步狂追,追到大厅,却见他们将季篁拖入一辆面包车,扬长而去。

彩虹的腿一软,一屁股坐在地上。她一把拉住东霖,吼道:"车呢? 你的车呢? 快去把季篁追回来!"

"我得先去找秦渭。"东霖道,"我没开车,车是秦渭的,钥匙在他身上。"

他们飞快地赶回包房,将躺在地上的秦渭拉起来。他一整张脸都在流血,一只眼肿得老高,漂亮的西装也被血和饮料弄得五颜六色。

"你受伤了吗?"东霖扶着他,问道。

"……"秦渭的喉咙咯咯地响了几下,估计是身上太痛,没有回答。

"我帮你先洗把脸吧。"东霖叹了一口气。

彩虹急忙拦住,"没时间了,季篁还在他们手上呢!"

"他们不会伤害季篁的。"东霖看着她,表情很奇怪,"带走他估计是怕秦渭报复。"

"那你给你哥打电话,让他放了季篁。他根本就是无辜的!"彩虹将自己的手机递给他。

东霖犹豫了一下。

"还是先去找找季老师比较好,"秦渭忽然说,"开我的车去。"

除了脸之外,秦渭的伤并不重,皮肉之伤肯定有,但没有伤筋动骨。走路的时候东霖扶了他几下,后来他就可以自己走了。

那两个打手把动静弄得很大,其实下手留了分寸。彩虹悄悄地又想,秦渭如此注重形象,又如此喜欢作秀和排场,这脸上的伤恢复起来,只怕要几个月吧? 严重的地方是不是需要整容呢? 以秦家的势力和秦渭阴沉的性子,只怕不会善罢甘休吧?

东霖开车,彩虹和秦渭并排坐在后座。

临出门时,彩虹顺手拿了个冰冻易拉罐,递给秦渭,"用它敷一下,不然会肿得更厉害。"

秦渭接过它,按在自己的脸上,痛得直咬牙。

他这一生,大约极少遇到如此狼狈的事情吧? 彩虹在心底悄悄地想,原来一贯骄傲冷艳挑剔难伺候的秦渭居然也有滑稽的时刻。

"你笑什么?"秦渭说。

"我? 我笑了吗?"彩虹指着自己的鼻子,"你被人打成这样子,我替你伤心都来不及,怎么会笑?"

"你在笑,心里在笑。"

"神经病。"

"等你发现你的季老师被人挑断脚筋就笑不出了,"秦渭冷哼了一声,"这可是苏东宇惯用的勾当。"

彩虹一把夺过易拉罐,往脚下一扔,眉头一挑,厉声道:"你什么意思? 幸灾乐祸吗? 刚才若不是季筐帮你,你这头早就肿成个猪头了。别把好心当成驴肝肺,活该! 痛死你! "

秦渭冷冷地瞪了她一眼,掏出手机,拨了一个号。

前座的苏东霖忽然转过身,"阿渭,关掉手机,你不和他一般见识。"

"你高估我了。"秦渭的脸硬了硬,"我正想和他一般见识。"

车猛地一刹,拐到路边,苏东霖跳下车,拉开后门,"挂掉手机,这件事交给我来处理。"

"是我,"秦渭道,手机那边显然已接通,"苏氏的苏东宇你认识吧? "

"挂掉手机! "声音变成了低喝。

"我在中山路——"

苏东霖一字一顿地说:"挂掉手机! "

迟疑了一下,秦渭闷哼一声,将手机挂断。

汽车重新启动。车里的人谁也不说话了。

过了一分钟,车速忽然加快,东霖道:"他们的车就在前面。"

彩虹的心情顿时紧张了,"你可不可以给你哥打个电话,让他放了季筐? "

"……那个人,是不是季筐? "东霖指着街边花园的一把椅子。

有个人坐在椅子上,低着头,身子躬下来,不知在干什么。

看不清他的脸,彩虹不敢肯定,但她立即认出了他的鞋子,"对,是他,快停车! "

三个人下车向他疾步冲去。到了面前,听见季筐两臂前撑,双肩耸起,急促地喘息着。肺部发出艰难的啸音。

"糟了,是他的哮喘发作了。"彩虹一急,泪珠涌上来,慌忙掏出手机打急救电话。

苏东霖道:"来不及了,不如我们把他弄上车,送医院! "

秦渭说:"现在不能妄动,只怕会导致窒息,找找他的口袋,看看有没有随身药或喷雾剂。"

季篁脸色苍白,一头冷汗,彩虹将他的衣袋摸了个遍,什么也没找到。道路拥挤,救护车不知什么时候才到,不禁急得团团转。猛然想起季篁吃饭时是带着一个小包的,说是给她带了一本拉康的书,吃饭的地方人多手杂,彩虹怕丢了,便将小包塞在自己的双肩包里。念头一起,拔足奔回汽车找到小包,果然从里面翻出一个喘康速喷雾剂,扫了一眼用法,将喷嘴塞进季篁的口中,用力一喷。怕剂量不够,她又喷了一次。

过了好一会儿,季篁的喘息才渐渐平复。面前不知何时已经站了一群围观的路人。

"打群架了?"一个小伙子问道。

彩虹直起腰,看见秦渭眼眶乌青,一脸未干的血迹。苏东霖的耳朵裂了一道口子,手腕、胳膊上也都是血。相较而言,季篁还算干净,只不过是衬衣撕坏了,扣子掉了几颗,脸上也青了一大块。

又坐了五分钟,连续又吸了几次喷剂,季篁站起来,跟着东霖坐进了汽车。他的呼吸还是有些急促,估计胸闷得厉害,彩虹赶紧打开车窗,让他的头靠着窗前。

"他住哪里?"东霖问,"是去医院还是回家?"

"不去医院,"季篁道,"我没事。"

"那我送你回家吧。"

"他家在惠南路。"彩虹说。

"惠南路?那条街今天修路,堵得厉害。"方向盘一转,汽车拐入另一条街,东霖道,"这里离我住的地方挺近,要不先到我家休息一下?阿渭脸上的伤也需要尽快处理一下。"

无人异议,汽车钻入某个大厦底层的停车场。下车乘电梯到十六层,东霖打开了一间公寓的大门。

算起来彩虹与东霖也有五六年的交情了,可是彩虹一次也没有去过东霖的家,既没有去过坐落在城南老区龙隐山庄的那栋属于东霖父母的老宅,也没有去过闹市区属于东霖自己的公寓。

大学四年东霖与所有的大学生一样住寝室,他似乎特别喜欢寝室的环境。之后听说他经常搬家,从一套公寓换到另一套公寓,自诩为城市游牧部落。东霖对住宅十分挑剔,没一个地方完美到住上两年而仍然喜欢的。他熟悉这个城市的每一个娱乐场所，每一家影城、每一间舞厅，所有高档的饭馆和俱乐部。工作之后经常玩到半夜才回家，过着快乐的单身生活。所以尽管人人都知道苏二公子很有钱，但不知道他究竟有多少钱，比如，住什么样的房子，有几辆车，有多少存款，一年到底挣多少，等等。在个人生活上，苏东霖极少给外人以八卦的机会。

那座大厦无疑属于本市的高档住宅区，但东霖的公寓并不像彩虹想象的那么奢华。很普通的三室两厅，每一间房都很宽敞，客厅出奇地大，装修得很前卫。开放式的厨房，流理台上铺着色彩斑斓的花岗石。进门的大墙上贴着一幅巨大的黑白照片，居然是玛丽莲·梦露。

然后，彩虹发现东霖似乎特别喜欢梦露，在拐角的墙上也贴着一排梦露各种时期的剧照。看着这位好莱坞昔日巨星春梦般迷人的眼睛，她在心中微微纳闷，因为东霖从来不曾提起过她。

哮喘病人不能平卧，彩虹让季篁坐在卧室的沙发上，叮嘱他闭目休息。

"我已经好多了。"季篁说。

"他们——我是说，车上的人，没折磨你吧？"彩虹从东霖手上接过几张创可贴，用酒精擦他手臂上的伤口。

"没有。"季篁道，"估计看我喘不过气的样子挺吓人，以为我要死了，就停车放了我。"

见东霖离开，季篁又说："你的朋友应当是正经的生意人吧？怎么会惹上了黑社会呢？"

"哪里是黑社会？"彩虹苦笑，"那人是苏东宇，东霖的哥哥。估计以前和秦渭有仇——生意上的事儿，谁说得清？"

"没有人伤害你吧？"他仔细打量彩虹，问道。

"没有。"彩虹吁了一口气，"希望你打球挣到的钱还在口袋里，不然咱们今天可就亏大了！东霖就是个爱惹事的，再加个秦渭，天啊！"

季篁眨眨眼睛，"饭钱我已经付了，早早就付了。"

"你付了？"彩虹一口气差点噎住，"不是吃完饭才付钱吗？"

"我怕他们跟我抢，就提前付了。"

"付了多少？"

"把我挣的全付光了。"

"你就不能给自己留点吗？"彩虹窘了，"你们家也不宽裕呀！"

"说好了是我请客。都是你朋友,我怎么能拿他们的钱?"

"好了,"彩虹苦笑,"你的意思我懂。在这歇一会儿,我去给你弄点吃的,打完架容易饿的。"

"谢谢,一碗汤就可以了。"

彩虹独自出门去了客厅。

这会儿工夫,秦渭的脸上已涂了膏药。浴室的门敞开着,传来水声,彩虹走进去,看见东霖正在清洗自己手臂上的伤口。

"你们没事吧?要不要去医院?"

"不用,都是些皮肉伤,不严重的。"东霖说。

浴室的镜子上贴着一张照片。那是一个非常秀美的外国女郎,照片的位置和彩虹的目光差不多在一个高度。女郎一头红发,胸很大,匪夷所思地大。难道东霖的口味变了?这是他的新女朋友?

"喂,"彩虹指着相片,"这丫头是谁啊?"

"Christina Hendrick."

"Christina?"彩虹表示没听说过这个人。

"她被美国杂志誉为全世界最性感的女人。"

"哦。"

"你知道,每个想和她搭讪的男人都心怀不轨,他们只不过是为了能瞄一眼她的胸部。"

彩虹瞪了他一眼,"你……认识她?"

"不认识,"东霖说,"我不过是想练习一下。"

"练习一下?"

"每天刷牙的时候我都会假装和她说话,问她吃饭了没有,最喜欢什么颜色,可不可以请她喝杯咖啡。"

"你的目的是——"

"我盯着她脸,让她以为我很真诚,其实我只是想训练一下我的目光。"

"训练你的目光?"

"在和漂亮的女人交谈时,我要假装用目光凝视着她的脸,同时又看见了她的胸。"

"呀!这样做可困难呢!"

"所以要训练呀。"

"喂,你什么意思啊?"彩虹连忙捂住自己的胸口。

"捂什么?"东霖笑了,"看你我还需要训练吗?"

彩虹狠狠地白了他一眼,"知不知道今天为了你,我口头上已经失贞了。"

"是吗?"苏东霖促狭地说,"怎么就失贞了?"

"有件事没跟你说,郭莉莉找我探听你的情况。"

"什么情况?"

"你的性取向。"

"她觉得我的性取向有问题?"

"当然没问题。"彩虹说,"可是她穷追不舍,甚至问我们俩……那个了没有。"

"无耻!卑鄙!"东霖呸了一声,顿了顿,又问,"那你是怎么答的?"

"我说我们做过了。"

"哦!"

"你鬼叫什么。"

"她问你你就答,你是傻子啊!"苏东霖气不打一处来,"干脆,你好事做到底,为了证明我的性取向嫁给我算啦。"

"别得了便宜还打击人,我可是帮了你呢。"彩虹说,"你和我这样的人有点什么,比和别的什么人有点什么是不是安全多了?郭莉莉那张花边嘴,一秒钟就把话传到你爸妈那里。好吧,说说看,莉莉找我究竟有什么用意?你和东宇之间究竟出了什么事?"

苏东霖低头想了想,说:"东宇近来投资不顺利,又撞上金融危机,几笔大钱都打了水漂。我妈心疼钱,我爸怪他无能,冲他发过几次火,也不给他钱救急。东宇急红了眼只得找外援,最近听说跟一位地产界大鳄的千金走得很近。莉莉怕他为了弄钱跟她离婚,正四处找路子挽救呢。这女人你小心点,没生儿子之前很正常,一生了儿子,天天都觉得有人要跟她抢遗产。我爸妈向来有点偏心,我哥这人又敏感,莉莉对他们意见都挺大。总之家里乱得很,连我都不愿回去。彩虹,记得离她远点,这女人不简单。东宇想要她肯定打错了算盘。她来找你,如果证实我生活不检点,马上传口风给我爸,我爸一生气,自然回心转意把钱留给老大。如果证实你和我恋爱,她也高兴,一来你对她来说基本上就是个傻子,一切好办;二来,从你身上还可以打听不少我的事,换了别人可没那么容易。"

"我,我怎么就是个傻子了?"彩虹气道,"我的学历比她高多了。"

"你情商低好不好?"

"我情商怎么低了?"

"身边放着个钻石王老五你不要,去找个什么四处打工的大学老师……"苏东霖笑,"你跟什么作对不好。偏偏要和社会规律作对。"

"好,我不跟社会规律作对。这样吧,"她看了看手表,"民政局肯定还开门,走,咱们领结婚证去!"

苏东霖一把捂住她的口,"小姐!你杀了我吧!"

彩虹叹了一口气,目光幽然,"东霖,你什么时候才是真的?"见他嗫嚅半天无言以对,又拍了拍他的肩,"好啦,不为难你了。季篁说要喝汤,你快去做一碗来。"

_02

别看家境平常,彩虹的公主脾气还真不小:从小到大没炒过菜,没洗过衣,没刷过马桶,连自己床上的被子都没正经叠过几次,至多是帮着妈妈择菜、扫地、擦桌子,还经常因为没弄干净被勒令返工。这只是因李明珠的洁癖已到了令人发指的地步,家里人无不深受其苦:窗台上的玻璃必须是明亮的,地板必须是一尘不染的,卫生间瓷砖的缝隙必须是白色的,洗过的碟子必须是干燥的,床单每周一换,镜子隔天就擦……这些还是小事。大工程全摊到何大路的头上,谁让他是家里唯一的男人呢?每个周末何大路都要清洗油烟机,然后用钢丝刷子刷灶台瓷砖上的油垢。一个上午就这么过去了。如果何大路要跑车干不了,明珠就挽袖上阵,舍不得买清洗剂就用碱,强碱。

每当彩虹想替父亲打抱不平时,何大路都会一边抽烟,一边说:"彩虹啊,听爸一句话,关于打扫卫生这件事,无论你妈妈的想法有多么荒谬,永远不要跟她争吵。"

这话还没消化完毕,何大路继续补充:"记住,这是至理名言。所有的父亲都会把它当作秘籍传给孩子:无论你妈说的话看上去有多么荒谬不可思议,永远永远不要跟她吵。因为她养育了你。句号。"

因为她养育了你。句号。

彩虹不能炒菜还有另外一个原因。彩虹有"煤气恐惧症"——如果这也算是一种恐惧症的话。她特别害怕炸弹形状的煤气罐,害怕用火柴点煤气。彩虹六岁的一天,楼下传来爆炸声,不仅震碎了窗子的玻璃,还燃起了大火。彩虹以为房子要塌了,吓得直往楼下跑,正遇上赶来灭火的邻居们将烧得面目全非的房主抬出来。是六楼的张奶奶在不知有泄漏的情况下点燃了煤气。老太太大面积烧伤,送到医院没几天就过世了。彩虹就此受了惊吓,从此见到煤气罐就色变,搞得明珠每次炒菜都得用花布将煤气罐遮起来。

见彩虹颐指气使,苏东霖哧地一笑,"怪哉。难道你有了男朋友我就要变成奴隶吗? 还要做汤给他喝?"

"第一,是你请我们来你家的,我们是客,你是主人,当然是你来招待我们。第二,你住院的时候喝了我多少汤? 还一次人情还不行吗? 第三,季篁今天帮了你,不然你们还不知被人家揍成什么样子呢。"

东霖用毛巾擦了擦手,头大如斗,"行,我去看看冰箱里有什么。"

两人去客厅打开冰箱,彩虹傻眼了。这……就是单身汉的冰箱吗? 空空如也,里面除了几瓶啤酒、几罐饮料、几盒巧克力、一盒瓶干之外,什么也没有啊。里里外外地找了半天,连根葱也没找到。

"你去问问季篁,喝啤酒行吗?"苏东霖道。

"不行,他说了要喝汤,就得做汤。"彩虹坚持。

"我从没做过汤。"

"我也没做过。"

"汤怎么做?"

"我怎么知道?"

"或许秦渭知道。"东霖看着歪在沙发上生闷气的秦渭。

他过去在秦渭的耳边说了几句,秦渭站起来找手机,"不如叫外卖吧,他说过想喝什么汤了吗?"

彩虹说:"还是自己做吧,干净点。季篁有哮喘,有些作料不能沾,万一再发病就麻烦了。"

秦渭想了想,说:"我去看看我的冰箱里有什么。"

他出了门,一会儿工夫拿了一只鸡蛋、一包紫菜,还有一块牛油。

彩虹愣了愣,"这么快? 你也住这里?"

"对,我就住对门。"

说罢,径直去了厨房。他找出一只碗,将鸡蛋打进去,拿出一双筷子,熟练地搅了起来。紧接着热锅上油,没一会儿工夫做出一碗热腾腾、香喷喷的紫菜蛋花汤。

瞬间,彩虹对秦渭的印象就改变了。

"谢谢你。"彩虹接过碗,感激不尽地闻了闻,"太香了! "

推门进去,季篁已经醒了。

"喝点汤吧。"

汤很烫,她就着自己手轻轻地吹了吹,又用汤勺搅了几下,散去热气。

他微笑着接过去,用勺子慢慢地喝着。

"好些了吗?"她挨着他的身边坐下来,见他的头发有点乱,便顺手替他捋了捋。

"已经没事了。"他说。

"刚才在路上,真吓坏我了。"她小声说,"都怪我,我真不该让你去帮东霖!"

"没关系。"

"那等一下我陪你一起回家吧,"彩虹黏糊糊地说,"我要把你一直送回家才放心。"

季篁看了看表,"对不起,我晚上还要上个晚班。时间差不多了,喝完这汤就得走了。"

"是去那个餐馆吗?"

"嗯。"

"就不能请个假吗?告诉你们老板,就说你病了。"

"不太好,临时请假他们找不到替换的人。"他喝完最后一口,站起来,"放心吧,晚班不累,都是来喝酒的,吃饭的人很少。"

"那我也要陪着你。"彩虹找到自己的背包,收拾了一下,"我到隔壁咖啡馆找个座儿改卷子,等你下班了咱们一起走。"

"……"没料到她会如此,季篁的表情有点窘。想了想,他将她的手心放到自己的掌中,握了握,认真地说:"谢谢你,谢谢你这么关心我。我下班会很晚,你一个人在外面等我很不放心,受了这一番惊吓,你也需要休息一下。"

彩虹想笑,见他如此郑重又笑不出。这都是哪个时代的表达法啊?这么严肃,好像是将一件国宝交到她的手上。

"好,不为难你。"彩虹大方地点点头。

告别了苏东霖和秦渭,彩虹打车将季篁送到惠东街的花园酒店,然后顺路去了韩清的公寓。

她一大早就跟韩清打过电话,通知她带简历去见秦渭。韩清告诉她夏丰不在家,这两天带着多多回乡下探亲了。

将彩虹迎进门，让到沙发上，韩清递给她一碗炖得烂烂的红枣莲子羹。

彩虹发现她今天梳了个很高的髻子，额前光光的，头发被发胶粘得一丝不乱，身上还飘着一股淡淡的香水味。她的脸上化了淡妆，描了眉毛和眼线，唇上还有口红的痕迹。其实韩清很好看，只是眉眼太淡，需要略施粉黛来装饰。彩虹妈甚至说，若是放到古代，韩清就是个大美人。因为她长得像影星陈红，只是眼没那么大，嘴没有那么丰满，但面如满月、耳垂深厚，是标准的福相。而且她的嘴角微微上翘，任何时候都笑吟吟的，一见面就给人以亲善的印象，就算不喜欢她的人也很难讨厌她。

"面试的事情怎么样？"彩虹问。

"很顺利。"韩清说，"通知我明天就上班。彩虹，我真要好好地谢谢你！"

"工资呢？应当不会太少吧？"

韩清说了一个数，彩虹吓一跳，"乖乖！是我的好几倍！这个秦渭真是印钞票的。早知道我也去了，还读这个劳什子博士干啥！"

"招聘我的人说，工作肯定比较忙。因为跟着秦总会经常出差，不过补助也很高。"

"你应付得了吗？"彩虹担起心来，"这个秦总是搞金融出身的。"

"你忘了我是中文和经济学的双学位？大学里我修过经济学的课，微积分、概率统计都拿过九十分呢。这学位是我爸逼我修的，就怕中文系出来不好找工作。其实我不怎么喜欢金融，更喜欢文学。"

"对，对，瞧我多糊涂，忘记把这个告诉他了。我以为他们就是要个行政秘书兼写公文安排行程准备会议什么的。对了，夏丰是什么意见？他同意你去吗？"

"我和他说了。他不是很同意，也没坚决反对。"韩清的目光黯淡了下来，"他说这段时间都在四处应聘，如果我立即上班，他就得在家带孩子做家务，没法专心找工作。他问我能不能先拖一拖，看看他找工作的情况。我想了很久，觉得你说得对，现在是危急时刻，如有机会让我挣钱救这个家，为了多多，我也不能退缩。我不想错过这个机会，所以我不答应，一定要去上班。他很生气，死命地跟我吵——"

彩虹不觉地打了一个寒战，"不会又动手了吧？"

"没有，只是脸色很难看。你知道吗，彩虹，"她忽然幽幽地叹了一口气，"前几天我去买菜，路过一家服装店，门口有一面巨大的镜子，我在那镜子面前站了很久，都不认得镜子里面的那个人是谁。"

彩虹屏息。

"头发枯燥,眼窝发黑,嘴角下垂,皮肤干涩,整张脸都耷拉成一副苦相。说实话,我不愿意承认那个人是我,我知道我十七岁是什么样子,二十岁是什么样子,变化太大了,我真的不甘心。夏丰说我自私,我自私吗?如果是他找工作,那就是为了这个家的前途而奋斗,所有的人都应当牺牲自己来支持他。如果换成我找工作,同样也是为这个家,怎么就成了自私?就成了不愿意牺牲呢?我真搞不懂他的逻辑!"

"别太自责了,如果你想工作,也能工作,夏丰应当支持你啊。"彩虹道,"辞职的事他向你坦白了吗?"

"还没呢。"韩清的眼圈不自觉地红了,"彩虹,事情到了这一步,真是挺伤心的。不是伤心他丢了工作,而是伤心他不信任我,不肯把这件事告诉我。"

彩虹握着她的手,柔声说:"别这么想。这种事放在哪个男人的身上都不好交代,他也挺不好受的,多给他一点时间吧。还有,现在学生们考完试了,我不是那么忙了。如果你有急事,比夏丰要应聘多多没人带,就交给我吧。"

"谢谢。多多我打算送幼儿园了。年纪是小了点儿,我也舍不得,可是,毕竟幼儿园的老师还是专业训练过的,比夏丰带要放心。何况他现在心情不好,在家里也是动不动拿儿子撒气。多多一见他就害怕。"

"是哪家幼儿园?你家附近的?"

"你忘了,我们大学有附属幼儿园啊。"韩清说,"我今天特地去看了,设施非常好,是好几家幼师的定点实习单位。带幼儿班的是两个有经验的阿姨,还有好多年轻老师在那里实习,师资丰富,环境也安全。贵是贵了点儿,不过活动多,还包三餐,我很满意。以前不敢想,现在有了工资就付得起了。"

彩虹拍拍手道:"你看,上了班的人就是不一样,说话硬气啊!"

"真的要好好地谢谢你,彩虹。"韩清真诚地说,"这个职位没你肯定申请不到。等我发了工资一定要好好地请你!"

"行了行了,咱俩谁跟谁啊。话说,这汤太好喝了,要不你现在就帮我一个忙——"

韩清惊讶道:"帮什么忙?说吧。"

"你教我炖汤吧,"彩虹涎皮涎脸地凑上去,"一步一步地教哦,人家也想学学怎么做良家妇女嘛。"

"啊——"韩清吸了一口气,"你这丫头,情窦初开了?"

"开了开了,都怒放了,赶紧吧,晚了都瞅不着好戏了。"

"坠入热恋？"

"嘻嘻。"

"不是苏东霖？"

"你最了解我，怎么会是他？"彩虹说，"是他我会这么兴奋吗？"

"那是谁？我认识不？"

"系里新来的青年教师一枚，可帅了。"

"一定很有才吧？"

"可有才啦，都盖过我了。"

"啊！你这死丫头，大好消息现在才告诉我！"韩清作势要掐，彩虹连忙躲过，"现在学炖汤是不是晚了点儿？"

"以我的聪明才智，加上你的经验，没问题！"

"好吧，先从简单的入手，到厨房里来。"

韩清从冰箱里拿出泡好的莲子，点上火，"这红枣莲子羹最好还要加上燕窝，最是防癌降压、安神滋补。按照老法子呢，最好是蒸着吃，不过用小火慢炖也是一样，记得要放冰糖。"

彩虹问："这要炖多久呢？"

"三个小时吧。"

"唉，等不及了，太晚了，我马上要回家了。"

"不要紧不要紧，"韩清说，"这一锅也不多，我正好有个保暖壶，给你装一罐子回去，回家之后自己慢慢学着炖，火候要小，时间要长。这红枣倒是一般，难得的是莲子好，夏丰家的亲戚送的，手工剥了晒干的，没有添加剂，煮起来特别香。"

老友不必客气，彩虹乐滋滋地提了那罐莲子羹回到家里。见妈妈李明珠已经睡了，便悄悄溜到厨房，将莲子羹倒入一个小锅，想起过年时东霖曾送过来一盒上品燕窝，说是给李明珠补身子的，李明珠不舍得吃，一直放着。彩虹不管三七二十一从冰箱里偷出一片，用矿泉水泡开放进锅里。那半人高的煤气罐黑乎乎地立在身边，彩虹瞧了一眼，心突突乱跳，几乎想夺路而逃。想起煤气炉是电子打火的，又放下心来。当下闭了眼，用手拧住旋钮，只听得煤气咝咝地往外冒，却并没有点着。连打了几下火，都没点燃，心想，是不是点火器的电池坏了？想找妈妈帮忙吧，又怕她多心。只得找来火柴，将火一划，将心一横，只听见"噗"地一响，终于点着了，早已吓得一头冷汗。

那一夜,打开季筺借给她的书,彩虹便坐在厨房的椅子上慢慢地等,灶上蓝火慢慢地煨,一连炖了三个小时,试试莲子,已然酥烂,这才关火将香喷喷的汤装了,放回冰箱。

一夜无梦,早上醒来,满屋子飘着红枣和莲子的香味。彩虹一个鲤鱼打挺,从床上跳起来就往客厅跑。

桌上,李明珠和何大路正蘸着腐乳吃馒头。桌上赫然盛着三碗莲子羹,正是她昨夜熬好的。

"起来了?"何大路说,"昨天你回家真晚。"

"和东霖一起吃饭。"彩虹心中暗暗叫苦,没精打采地坐到桌旁。

她知道只要一提和东霖在一起,两老顿时都会以沉默来表示默许,若是和别的男人见面晚上九点不回家明珠就会把手机打到爆。

李明珠怜爱地摸了摸女儿的头,"我家丫头真孝顺,居然懂得煲汤给爸妈喝。你知道吗,爸妈一早起来看见冰箱里的汤,心里别提有多美了!"

两张不算老的脸齐齐地向她笑,彩虹暗叫惭愧。

"味道好吗?"她赶紧问。

"好,好极了。女儿做的汤,就算苦也是甜的。"为了表扬她,何大路将碗里的汤一饮而尽,给她亮了一个空空的碗底。

"那我以后多多做给你们喝哟。"彩虹啃了一大口馒头,将自己那一碗倒回保暖壶,"这一份我带到学校去喝,中午改作业困的时候可以提神。"

"我的心肝,"李明珠的脸笑开了花,"你也不早说,做汤又不难,以后晚上我给你做一份,让你天天有汤带。"

"妈,您就别操心了,我自己能做。"

"妈乐意,前天47栋的李阿姨还跟我说了个滋补养颜的方子呢,妈这张老脸用不上,你年纪轻轻的可要早点开始保养,免得不到年纪就满脸的褶子。"

彩虹看着她,觉得这话无厘头,又觉得还是少发言为妙,当下一笑,默默地收拾好书包,洗漱完毕,接过妈妈递来的午饭,乐滋滋地去了学校。

第十一章

鸿门宴

————

_ 01

　　时近学期末，继而就是寒假，彩虹与季篁迎来了参加工作以来的第一个空闲期，也迎来了爱情的蜜月期。他们又发现了更多的共同爱好，或手牵手地逛旧书店、淘旧版小说，或参加读书会、交流阅读心得。像这系里大多数老师一样，季篁过着清贫简朴的学者生活，一盏灯、一杯茶、一本书就可以度过大多数时光。而他的业余生活其实也相当丰富，除了打工和读书，还忙着申请基金、写书和发表论文。他们并不是每天都见，季篁偶尔还会去外地开会或回家探亲。而彩虹也在准备她的博士入学考试。她知道彼此都把自己最多的业余时间给了对方，对一对恋人来说，这已经足够了。

　　和东霖一样，季篁极少谈及家事，对父亲的死更是绝口不提。他提过自己的母亲身体不好，最近一年一直住院；两个弟弟进入高二，他支持他们考自己喜欢的大学。季篁挣的钱几乎全部用来支付家用和母亲的医疗费，略有存余，他会大量地买书。和季篁在一起时，彩虹从不主动提出下饭馆，大家或带盒饭或下课一起吃食堂。偶尔发了奖金，季篁会请她吃饭，她亦欣然接受。当然，彩虹绝不缺少享受美食的机会，季篁手艺超群，随便炒个酸辣包菜也能让她回味无穷。细细想来，他们共处的最佳时光竟是每天季篁送她回家时两个人坐在一家露天健身广场的秋千上聊天的情景。

　　每天清晨，季篁五点准时起床，出门长跑四十分钟，开始一天的生活。这是他的习惯，从少年时代就是这样。他常说，对于早起的人而言，这个城市是他们的。因为他们可以呼吸到污染尚未来临之前的第一口新鲜空气；向打扫街道的环卫阿姨道声早安;吃到早点铺子里蒸出来的第一笼包子;听见公共汽车进站的第一次刹车;看见建筑工人为大厦垒起的第一块砖头——这城市的钥匙仿佛就在他的手中,轻轻一扭,静止的一切就像音乐盒上的女郎那样舞动起来。季篁说,这是他一天中最幸福的时刻。

彩虹笑弯了腰,道:"奇怪,我真要问问我们的市长,为什么没把'城市行吟诗人'的称号送给你。"

台球事件之后,每次相别,季篁都要跟彩虹说一声"谢谢你"。久而久之,形成了一种特殊的仪式。他总能找到谢她的理由:"谢谢你陪我买书"、"谢谢你让我请你吃饭"、"谢谢你等我"、"谢谢你带汤给我"、"谢谢你陪我聊天"、"谢谢你帮我改作业"、"谢谢你陪我看电影"……无论哪一天他们干了什么事,他总会郑重地谢她。如是出差开会,他也记得打个电话回来聊几句,末了又是一句"谢谢你让我听见你的声音"。

如果为这些微不足道的小事就要谢人,彩虹就得天天坐在家里谢自己的妈妈。长期以来她心安理得地接受着父母像照料公主般的关心,穿衣吃饭不曾操心。可天下的父母谁不这样?谢得过来吗?没必要嘛,知道孝顺就好啦,不然就是做作了。所以她对季篁说,不用谢,哪有那么多好谢的?

可他坚持谢,彩虹开始觉得肉麻,肉麻坚持到底就成了习惯。季篁每次谢她时都拉着她的手,神态特别郑重,表情特别严肃,注视她的目光特别深沉而充满柔情。

这样的男人可以抗拒吗? 不可以。彩虹迅速沦陷了。

过了春节,转眼快到元宵节。

元宵节的前一天,阳光普照,冬日的 F 市难得温暖。从图书馆出来,彩虹约了季篁一起去公园散步。坐在椅子上聊了很久,彩虹忽然说:"季篁,你觉得奇怪吗,我们在一起从没有拍过一张合影呢。"

季篁点头道:"嗯,因为我没有照相机。"

彩虹说:"你没有,我有啊! 看我这只手机,别看它小,是可以录像的哟!"

"这么多功能啊?"

"我妈单位有次搞抽奖活动,中了奖拿回来给我的。"

"你喜欢就拍呗,我们俩都长得不错,放在一张照片里也特别搭。"季篁大言不惭地说。

"你就臭美吧。"

彩虹请路人帮他们照了几张亲密合影，又说："不如再拍段录像吧——这个录像功能我还没用过呢，不知道清晰度怎么样。我试试！"

她倒腾了几下，调到录像那一挡，叹气道："唉，不好弄，我拍你没意思，你拍我也没意思，得是咱们俩在一起才有意思。可是……有哪个人愿意替我们拍呢？其实只要几分钟，三分钟也行啊。"

季篁想了想，说："我有个主意。"

他去小贩那里买了四个氢气球，把它们系在一起，又向小贩要了一卷绳索，便将手机绑在氢气球上，镜头朝下。

然后他用一根长绳将气球拴住，缓缓放开，同时按住录像的旋钮，"好啦，录像开始！"

"哈！季篁你真聪明！你是天才！"彩虹仰头向着镜头招招手，一把搂住季篁。

季篁不好意思了。

"季篁，我爱你！"彩虹对着镜头挥手，"说啊，季篁，快来表白！"

季篁没回答，只是对着镜头来了一个大大的笑容。

"季篁笑起来真好看！你应当经常笑！"

"是吗？"

"不笑的时候像杀手！"

"不会吧？"

"真的！"

"季篁，你的梦想是什么？"

"梦想？"他微微一怔。

"嗯，每个人都有梦想啊！"

"我的梦想——看见我妈妈的笑容。"他的神情有些伤感。

"别伤心，一切都会好的！相信我！"彩虹握拳，然后紧紧拥抱他。

"你呢？你有什么梦想？"他问。

"我梦想捡到一颗流星，然后就中了今年最大的彩票！"

"这么俗？"

彩虹嗔道："怎么俗啦？那你说，什么算是高雅有质量的梦想？"

季篁想了半天，道："比如说，梦想……你嫁给我？"

"呵呵呵呵——季老师——这很难吗？这能叫梦想吗？"彩虹咧嘴笑，"你看，气球越放越高,不知道还能不能照到我们。"

"肯定能。没有风,它在直线上升,就像飞船离开地球——"季篁微笑,"不仅能照到我们,还能照到这一整座城市。"

"我爱你! 表白一下啦! "

"嗯……"

他将她的手心捏了三下。

"这……就这样啊……这就是你的表白? "

"嗯。"

那天晚上,彩虹早早地回家,破天荒地拖地、洗衣、擦桌子,还把上次那个红枣莲子燕窝羹又熬了一大锅。李明珠聊天回来,看见窗明几净,灶台锃亮,问道:"哎哟,太阳从西边出来了? 闺女你这是干啥呀? "

"明天是元宵节,我打扫打扫。"彩虹接过妈妈的包,笑面如春,"妈,您腰疼不? 我给您捏一捏? "

"打住……你这丫头心里有鬼吧? "李明珠一屁股坐到沙发,"说吧,老实交代,有什么事求我? "

"没有没有,就是——嗯——明天晚上吧,我想请个客。"彩虹低声说。

"请谁啊? 这么大张旗鼓的。"

"妈,您记不记得上次那个夜里送我回来的老师? "

"记得,季老师嘛。姓季,对不对? "

"对,对。"彩虹说,"他是外地人,我看他过节也没地方去,想请他来我们家吃个饭。他是我的指导老师,帮过我很多忙的。"

"没问题,那就请呗。"明珠说,"明天我去买只鸡。"

"他不怎么爱吃荤菜,多买点素菜和水果吧。"

"哟,对他的口味都这么了解? "

"他不吃花椒,还有,海鲜过敏。"

李明珠脸一沉,"丫头,说实话,怎么回事? 嗯? 你们……好上了? "

彩虹本想继续支吾,转念一想,这一天总要到来的,便将心一横,点头,"嗯。"

"死丫头,"李明珠气道,"我早知道会有这么一天。说说看,多长时间了? "

"什么多长时间了? "

"你们好了多长时间? "

"快三个月了。"

"不算长，断掉还来得及。"李明珠斩钉截铁地道。

"不断，我喜欢他。"彩虹的脸气白了，不知哪来的勇气，硬邦邦地顶了一句。

"行，明天你让他来，我倒要会会他，看看他是个什么人物。"李明珠站起来，进了自己的睡房，将门重重一关。

这一夜，因为妈妈那句话，彩虹不寒而栗。一夜无眠，思考对策。想来想去，彩虹觉得妈妈虽然做事泼辣，还是明白事理的。她没见过季篁，不知道他的谈吐，自然对他没有好感，或许明天见了他，会改变印象。

而季篁那边，她也不敢打电话暗示妈妈的态度。一来季篁心性高傲，对自己的身世又很敏感，一不小心说错了话，他只怕就气得不肯来了。二来彩虹觉得季篁也挺聪明，无论是在校长还是在年高德劭的教授面前都应对自如，写起理论文章更是头头是道，不至于不能对付一个只有中专学历的李明珠。

彩虹觉得这个烫手的热山芋应当扔给季篁，让他来应付，也算是对他能力的一次考验。

说好了请客，到了元宵节的下午，彩虹只看见妈妈在家里闲闲地织毛衣，屁股坐在沙发上没一点起身的意思。彩虹请客向来都是明珠做菜，喜欢热闹的她也不以为苦。头天晚上就开始准备，第二天起个大早忙起来，做完菜煮好汤还精神抖擞地和客人们聊天，经常喧宾夺主。后来明珠承认聊天的目的是要掌握彩虹思想的新动向，同时也考察考察这些人适不适合做彩虹的朋友。彩虹倒觉得明珠不过是要把逝去的青春在自己的身上再过一遍。怪只怪她所经历的时代给了她太多的遗憾和打击。每当看见妈妈那双被劣质肥皂弄糙了的手和冬季得不到保暖而变了形的膝盖时，彩虹内心就油然生出一种痛，伴随着几许无奈几许悲哀。这迅速膨胀的城市并没有给妈妈带来任何空间上的缓解，而时间的巨轮正以一种强制的力量改变着她。手不拈针线的妈妈学会了缝纫，学会了煮菜，学会了为一毛钱跟菜贩子吵架，学会了清晨五点起床做全家的早饭……也学会了趋炎附势、察言观色。长时间地不见动静，彩虹等不及了，也不好意思催，只得自己拎个篮子下楼到附近一家餐馆去买了五碟小炒。回家学着秦渭的法子弄了一大碗紫菜蛋花汤，又搬出妈妈的泡菜坛子，捞出两条酸萝卜，几根酸豆角，细细地切了一盘，放在桌上，撒上几颗葱花，五颜六色，还挺好看。

五点的时候,爸爸何大路也回来了,和李明珠互换了一下眼色,神色淡定地坐在椅子上喝茶。

见爸妈没一张笑脸,倒有三堂会审的架势,彩虹急出一身冷汗,这不是鸿门宴是什么!季篁又不怎么用手机,临时打电话叫他别来让人多心了。

踌躇间门铃忽响,季篁准时到达。彩虹拉开门,正待出声,一直不发话的李明珠脸色一改,竟大步迎了上去,"哎哟,是季老师,请进请进!"

"伯父、伯母,你们好。"

大博士不敢免俗,提了两袋子的礼物,居然有两瓶茅台。彩虹心想,坏了。季篁一向节省,她也说是吃个便饭,若是提一袋水果使得,这么隆重,岂不更让明珠疑心?转念又想,这是季篁第一次见她的父母,又逢元宵节,如果自己是季篁也得隆重点才好。

一见茅台,何大路的脸上顿时有了笑容,"真是的,季老师,也就是来吃个便饭,这么客气干什么?"

"彩虹说伯父喜欢喝点酒,我特意去商场买的。"

"哎呀,坐坐。彩虹,给老师倒茶。"

寒暄几句便开始吃饭。一桌子的菜都带着一股小饭馆劣质酱油的气味,彩虹心里一个劲儿地打鼓,掌过勺的季师傅会不会看出来这菜不是她做的,而是买来的吧?会不会怀疑她们的诚意?

"季老师,你是哪里人呀?"明珠问道。

"伯母,我是中碧人。"

"就是那个大名鼎鼎的中碧煤矿?"

"是的。"

"那你父母就在矿上工作?"何大路问。一听也是工人,他的语气倒是更亲近了些。

"我父亲已经去世了。"季篁说,"煤矿事故。"

"哦哦。"李明珠顿了顿,继续,"那你母亲真不容易呢。你家就你一个孩子?"

"还有两个弟弟。"

"你妈一个人拉扯三个孩子?"

"对。我父亲去世得早,我妈妈很辛苦。"

"可是……以你妈一人的工资……够生活吗?"

"我们过得比较节省,加上我父亲的抚恤金,够用了。"季篁说。

"你妈妈一定是女强人吧？"李明珠道，"我们单位的老总就是女的，挣的钱是老公的十倍多。"

"不是不是。她没什么正式工作，靠打工养活一家人。"季篁更正。

李明珠意味深长地看了彩虹一眼，既而笑道："那可真辛苦。不过，现在你工作了就好多了，可以补贴一点给家里。"

季篁点点头，"是啊。"

"那……你的外公外婆也是中碧人？"

"我外公去世了，外婆一直跟着我的几个舅舅住在乡下。"

"吃菜吃菜。"

一时之间，明珠、大路纷纷沉默。彩虹不敢多说，季篁更不会多说，大家默默举筷。

过了一会儿，气氛实在沉闷，何大路打起哈哈，问起了中碧的气候与风情。他本不擅言谈，话越多越是显得没话找话。途中多次使眼色让明珠也说两句，明珠硬是不理睬，那张脸漠无表情，沉似寒铁。彩虹只得假装问了季篁一些近况，比如又在写什么新的专著啦，获得了什么大的基金啦，手头上的两篇论文是不是已经发表啦。一句话，意在显示季篁才华满腹，前途无量。可无论怎么说，明珠除了闷头吃菜绝不搭腔。吃毕，彩虹还想拉着季篁到自己的屋子里坐一会儿，李明珠站起来说："哎哟，季老师，明珠说你是她的指导老师，工作方面真是多谢你照顾她了。"

"不敢当，伯母。我也是刚参加工作，谈不上指导。"

"喝汤喝汤。"李明珠趿着拖鞋，走到厨房给他盛了一碗莲子羹，"这甜汤是特意给你炖的，里面有燕窝，特别滋补。"说罢给他看那只华丽的包装盒，白色的燕窝一片片地排成一圈，用黄缎垫着，"这顶级龙门白燕三百块一克。这一盒有一斤多，彩虹的男朋友送的。难得他有孝心，知道我身体不好，一年送两次呢。季老师，你还是单身吧？想在这个城市落户不？我们这个区好多小姑娘呢，什么时候看见合适的给你介绍一个？"

"……"季篁的脸色微变，不知如何作答。

"妈，您瞎说些什么呀！"彩虹跺跺脚，刚要说几句替季篁转弯，不料李明珠已下了逐客令："不好意思，彩虹的姑姑病了，晚上我们全家打算去看看她——"

"哦，"季篁知趣地站起来，"那我不多打扰了，谢谢伯父伯母请我吃饭。"

李明珠将地上放着的礼品拿起来，塞回季篁手中，"季老师，只是过来吃个便饭,何必送这么贵的酒?我们担待不起。你看,你也不富裕,刚刚参加工作,要应付的人情可多哪,把这些都带回去,用到要紧的地方。你的心意阿姨领了,真的,别跟我们客气。"一番话说得彩虹的脸红也不是白也不是。

"伯母,这是我的一番心意。彩虹这个学期给我帮了不少忙,就算是我感谢她的吧。"季篁执意不拿,李明珠硬往他手上塞,彩虹实在看不过,将礼袋夺过来,往沙发上一放,说:"季篁,我送送你。"

从七楼下到一楼,路程不算短,季篁一句话也没说。

出了铁门,彩虹将他一直送到车站,看着他,咬了咬嘴唇,轻轻地道:"对不起。"

他一笑,习惯性地摸摸她的头,"没事。"

"我妈和我价值观不一样。"她认真地解释,"她们那个时代的人物质匮乏,没过过好日子,看人做事都比较实际。"

"我了解。"

"她的话你别往心里去。苏东霖的确是我的好朋友,但只是朋友,就是这样。"彩虹说,"如果你不喜欢,我可以不和他来往。"

"别这么说。你的朋友也是我的朋友,何况我也很喜欢苏东霖,他是个非常好的人。"

她用力搂了搂他,将脸贴近他的胸膛,"给我妈妈一些时间,我会慢慢地做她的工作,别生气,好吗?"

"你妈也没说什么啊,只是问了我几个问题,我照实回答而已,怎么会生气呢?"他吻了吻她的额,又握了握她的手,"我先回去了,晚上有夜班。还有,谢谢你的紫菜蛋花汤。"

见他并不介意,彩虹松了一口气。目送着季篁上了车,回头慢慢地往家走,没走几步,看见李明珠站在花坛边,一张脸阴沉得可怕。

"妈。"

"回家去,有话要跟你说。"李明珠将她的胳膊一拽,也不顾有关节炎,拉着女儿噔噔地上了楼。

刚才的场面只怕全给她瞧见了吧?彩虹有点心虚地坐在沙发上,装出一个笑脸,"妈,不是说要去姑姑家吗?"

"我问你,你跟那个人进行到哪一步了?"李明珠冷笑,"公然在大街上搂搂抱抱,这一楼的姑嫂们全看见了!你不嫌丢人啊?这男人没家教也就算了,你也投怀送抱!我们李家人——李士谦的后代——有那么贱吗?"

"妈,我跟季篁是自由恋爱、两相情愿,什么贱不贱,您别说得这么难听!我们想干什么是我们的自由!您就别瞎操心了。"彩虹这辈子都是乖乖女,从没被父母说过重话,一听这个,火也来了。

"对不起,妈刚才的话说重了。"见女儿态度强硬,李明珠的眼圈红了,"彩虹,别看你年纪不小,书也读得不少,这世上的理儿深着呢。你对这个社会知道得太少了,这都是妈妈的错。妈就怕你上当受骗,所以这么多年来一直保护你,不让你跟社会上的坏人来往,就怕你知道了这个社会有多黑!人心有多恶!妈是过来人,大喜大悲都挺过来了,但妈也付出了代价。"文化大革命"那时候,怕被红卫兵发现,你外婆把外公留给我们的首饰和金条偷偷扔进长江。那些翡翠和古玉放到现在哪件不能买一幢房子?妈不舍得,一路上捂着耳朵,因为耳朵上还有一对翡翠耳环,也硬让你外婆摘下来扔江里去了!你说说看,妈连一对耳环都舍不得,妈会舍得你往火坑里跳吗?我这么做,也只想让你悬崖勒马,别和那个姓季的在一起!是的,他很淳朴,看上去也是个清清爽爽的小伙子,你不要被他的外表欺骗了——知道吗,婚姻和家庭的幸福对一个女人来说意味着什么?再成功的女强人没了这两样,这一生也是缺憾!再没出息的家庭妇女有了这两样,也可以傲视群雄。一个女人一生要有个好老公,没有好老公,就要有个好儿女。没有好老公又没有好儿女,那就是最苦最苦的了!不是说我对乡下人有偏见,乡下人有乡下人的长处,勤劳肯干,懂得一点一点往上爬,做人家不屑做的事,用人家不肯用的功,年轻有为、事业有成的也是大把抓。跟他们比,你们这些个城市独生女全不是对手。你光看见了他们光鲜的样子,没想过他是怎么拼命才到达的这一步!是的,这个社会没他们不行,世界的未来也是他们的。这些孩子从小就知道什么叫来之不易,所以晓得变着法子持之以恒地讨好人,这就是他们的魅力,这就是为什么夏丰可以娶到韩清!穷人若不可爱,谁还理睬他们?所以穷人一定是可爱的,至少暂时是可爱的。等你嫁了他,烦恼就来了,那些可爱全消失了,只剩下了可恨,而你的一生就成了可悲!"

彩虹低头看地,一字不答。

"是的,现在你嫌老妈的话俗气是不?远的不说,就说近的吧。一个寡妇拉扯三个孩子,这母亲在儿子心中的地位可想而知,将来你嫁他,肯定要和婆婆住在一起,怎么处?你连你亲妈的唠叨都嫌烦,那么大一座菩萨放在家,拜又不想拜,请又请不动，移也移不走。想要交流？中碧的方言你听得懂吗？对门你陈姐姐的婆婆知道吧？农村老太太，来了这里死活不坐马桶，一定要蹲着，想来想去没办法，只好用痰盂，家里一股子臭气，这种罪你受得？季箪是大哥，长兄如父，这两个弟弟他得管吧？小到读书交学费，大到工作找媳妇，哪样能少了大哥的操心？不是说他人不好，也不是说我对他有偏见，这份担子望不到头啊！就算你们结了婚，住在这个城市，地价多少你知道吗？以他的经济情况，加上这么重的负担，一辈子租房子住都还紧紧巴巴。我们家虽然不富，也不是坐过牢犯过错误的，以你的条件，什么男人找不来？犯得着这么为难自己吗？"

彩虹不以为然地道："妈，您不要动不动就谈钱好不好？季箪是清清白白的读书人，人品正、学问好，也有情趣，将来的日子穷就穷点，我穷得高兴呗。"

"咻！睁眼说瞎话！穷日子是什么你知道个屁！"李明珠气得直跺脚，"我怎么就养了你这么个缺心眼的呆子！整天琴棋书画诗酒花，你就把风花雪月当真了！我倒真希望有大风刮过，把你的春秋大梦刮醒，你也该知道些柴米油盐酱醋茶了。这日子只要睁开眼打开门，样样都要花钱！小姐，你做惯了甩手掌柜，哪有这体验？不信这个月我给你三百块，让你当次家看看！像你这样油瓶倒了也不扶的，只有嫁给苏东霖，让他雇人伺候你，你好专心做研究，当你的教授，优雅地继续你的诗画人生。嫁给季箪你就准备围着锅台转吧，一天三餐都要亲自操办，没准还要做第二天的午餐，伺候了老的还要伺候小的，就像你妈现在这样。"

彩虹不怒反笑，"妈，季箪的厨艺可好了，他在餐馆打过工，可会做菜了，他不会让我天天做饭的。"

李明珠只差跳起来了，狠狠地道："会炒菜也算本事？你去问问外面的大师傅，哪个在家做菜的？东门的张师傅你认得吧，他是不是小炒店的师傅？他在家掌勺不？告诉你，天天炒菜的是他老婆，炒得再难吃他也得吃，因为没谁上班干完下班又干。那姓季的说得好听，不过是为了讨好你，你也当真了？你这孩子从小到大耳朵软，若不是有个老妈事事替你挡着，你早不知道被人卖到哪里去了。"

彩虹恨不得捂住自己的耳朵，一时气得口干，去冰箱找水。打开冰箱，见里面居然有一大碗鲜红欲滴的草莓，又来气了，"妈，买好的草莓怎么不拿出来招待客人？"

"留着自己吃的。给他？浪费！"

"你——"

正欲理论，电话忽响，李明珠眼疾手快地拿起话筒便道："喂，找哪位？"

"找彩虹？你哪位啊？莉莉？郭莉莉？"

"她不在家。"

说罢，不由分说地挂断电话。

"妈，这是找我的电话！"彩虹忍不住叫道，"您怎么不问问我就挂了？"

"我说过多少遍？不要理那个郭莉莉！她是什么人你不知道吗？在她身上吃的亏还少吗？你不记得——"

"妈，人是会变的。莉莉现在也是一个母亲了，成熟多了。我自己的事让我自己来处理好不好？"

"妈不怕嘴碎。郭莉莉看上去是不错，你可以喜欢她的发型，用和她一个牌子的口红，可是你绝对绝对不要成为她的朋友，因为我不想你被她害得更惨。我再警告你一句，这人找你绝没好事，不过是要刺探你看你过得怎么样……"

"妈您也太多心了吧？我又不是总统的女儿，她为什么要这么关心我？"

"哎哟，你有多稀罕啊，人家才懒得关心你呢！人家不过是想让身边有个失败者，好时时拿来作比较，以证明自己的人生充满了美好和成就。祝贺你，你被选中了！"

彩虹心想，这都哪跟哪儿呀，妈妈一定是后宫戏看多了，人和人之间哪有那么多心计？算了算了，进入全面戒备状态的李明珠是相当恶毒的，还是不要招惹为妙。于是说："我出去一下，散散心。"

说罢，拿起自己的手包不由分说地出了大门。

_02

当彩虹的手机响了三次之后，她终于摁上接通："莉莉？"

"在哪儿快活呢？你妈说你不在家。"

"……在散步呢。找我有事吗？"

"好久没见你了，心里想得慌，你又不理我，不给我打电话。"莉莉在那头娇嗔，"东霖在你身边吗？"

"不在，我一个人。"

"哦？那你岂不是很孤独？听你的声音也不开心啊！走，跟我去 Spa，做个全身美容吧？"

"不去，不爱那个玩意儿。"

"不是我说你，Spa 这种东西也不是随便就能爱上的。贵着呢，我有两张会员卡，送你一张。"

潜意识中，彩虹对接受莉莉的礼物充满戒心，不知礼物的后面意味着什么，遂回绝："谢谢。最近太忙，真的用不上。"猛然觉得口气过于冷淡，忙又补充，"不过谢谢你惦记着我，你最近好吗？"

"又跟我见外了是不？好，不勉强你，那就去老地方喝咖啡吧。真是威武不能屈，富贵不能淫，姐姐我服你了。"

彩虹觉得心里堵得慌，急需与人沟通。找韩清吧，韩清现在比谁都忙，自称一回家就想往床上倒，看看夏丰的脸色又强打精神来做饭，她不敢打扰。细算来在这个城市的姐儿们也还有三四个，但都住得远，个个忙着结婚弄孩子，谁也没空理睬她。还真只有郭莉莉——人是闹心了点——对她倒是不离不弃。最近更热乎，经常打电话请她吃饭玩耍。事不过三，再推脱就太不给面子了。于是，她说："好吧。"

到了咖啡馆，点了咖啡和甜点，郭莉莉说："其实我是专程来谢你的。"

彩虹抬起头。

"上个礼拜东霖终于借给东宇一笔钱，刚好补上漏洞。唉，自从那次打架后，哥俩都不说话了。苏家人性子各有千秋，只在'犟'字上一模一样。而且犟起来都有一股子狠劲，九头牛也拉不回。"郭莉莉摇头叹气。

"那东霖还是愿意借钱，说明他还是看重兄弟情谊的嘛。"彩虹说。

"其实谈不上是谁的钱，钱都是老头子的，就是手攥得太紧。东霖去要，要一笔批一笔，东宇去要基本上就不给。已经不是一回两回了。你说，东宇心里会好受吗？一个娘胎出来的亲兄弟，这么厚此薄彼，真让人心寒。论出身，东宇可是国外名牌大学正经金融专业的，英语说得可溜了。你那个东霖——记不记得——英语六级还是你帮他过的。真不明白他为什么运气那么好。"

听到这些彩虹就觉得尴尬。如果她是小报记者一定很乐意听到这些来源可靠的豪门机密。可惜这些秘密她不感兴趣，偏偏莉莉就是喜欢说，还真把她当好朋友，一说就打不住。

唠嗑了快一个小时，莉莉这才将话题转向彩虹："对了，你和东霖怎么样了？什么时候办事？"

彩虹说："什么办事啊，我和他也就是一般的关系。"

"哎哎哎，你又来了。"莉莉摆出八卦的神态，"上次不是说你们都到那一步了吗？”

“不是认真的了。”

“东霖可不是不负责任的人哦。”

“我又没要他负责。”

“那你告诉我出了什么事，我去替你圆圆场，看能挽回不。”莉莉吸了一口气，恨铁不成钢地看了她一眼，“我说的话不一定管用，不过我毕竟是他嫂子啊。”

“没什么事呀。”彩虹含糊其词。

“闹别扭了？”

彩虹终于说：“能不能别老把我和东霖搅在一起？我有男朋友了。”

莉莉吓了一跳，“真的？是谁呀？我认识不？”

“你不认识，我的大学同事，一个教研室的。”

“哇！你该不是把我家东霖给甩了吧？”莉莉小范围内惊呼了一声。

“不是说了只是一般的朋友吗？谈不上甩不甩的。”

“哎呀，谁有这么大的魅力能强过苏东霖？他爸是干什么的？”

“平民百姓一个，工资和我差不多。”

莉莉一把抓住她的手，“彩虹，你可别犯傻。像东霖这样好脾气的钻石男，错过了这村就没那个店了。不是我夸张，想往他怀里钻的女人多着呢。”

“不会吧？既然他那么宝贝当初你怎么没看上他呢？”彩虹心一烦，口气不由得挖苦了起来。

莉莉愣了愣，半天不说话。过了一会儿，她果然不提东霖了：“说说看，你的新男朋友是谁？叫什么名字？你不会是蒙我的吧？”

“姓季，季节的季。”

“既然他的工资和你差不多，也就是说，条件不怎么样，你妈那关他过得了吗？”莉莉说。

彩虹挑眉，“我妈是那么势利的人吗？”

莉莉笑了，“你妈不是吗？”

彩虹张了张嘴，又闭上了。

“彩虹，我郭莉莉也算是阅人无数，在我混的圈子里女强人也不少，但像你妈那样说干就干，说变脸就变脸，敢当着人面摔杯子的，还真没见过一个呢。”意识到自己的评价有点消极，她又啧啧称赞，“伯母大人太强悍了。有这样的妈妈你才不会吃亏上当啊。”

被她一番明褒暗贬，彩虹气急道："她这样也是为我好呀。"

"不过呢，我从你的角度说句实话。彩虹，你不是你妈的对手，"莉莉话锋一转，"你这男朋友更不是。听姐姐一句话别陷进去，还是早点撤吧！到时候你妈不同意，你又喜欢他，那才难受呢，比被男人甩了还难受，起码你是死了心了，对不？"

这话说到彩虹心坎里去了，烦恼犹如一块冰山浮出水面。

"那你说我应当怎么办？"

"不是说了吗，三个字：赶——紧——撤。"

"如果我不撤呢？"

"彩虹，想跟你妈过招呢？"莉莉拿出唇膏，对着小镜子抹了抹口红，"别吃不了兜着走哟。我反正是大大地领教过了。"

旧事重提，虽然彩虹吃过亏，但当年李明珠将莉莉的书包往门外一扔的样子彩虹记忆犹新，声音不由得低了下去："唉，我妈呢……脾气是大了点。当年她真不该这么扔你的书包。为这事，我还说过她呢。"

"嘿，怎么着我也当你是个姐们，别装马虎好不好？你知道你妈对我做过的事不止这些。"

她愣了愣道："我妈……对你还做过别的？"

莉莉一脸怀疑地看着她，不停地冷笑，"真不愧是你妈的孩子，装傻很有一套啊。"

彩虹脊梁一挺，正色说："你说说看，我真的不知道。"

"你一直为魏哲的事情恨我，是不？"莉莉盯着她的脸，"我承认，这件事我做得有点过分，但你不知道我和魏哲之间发生了什么。我曾经为他……流过产。这事被人透露给了你妈妈。有一天，她居然给我爸打电话，说我作风放荡，和男人校外同居，怀孕流产，在学校影响极其恶劣，让他好好管教自己的女儿。我爸是极端保守的人，洁身自好又爱面子，接到电话怒气冲天地就去学校找魏哲。那小子反正也跟我闹翻了，就什么都坦白了，可能还添油加醋，我爸当时就跳起来要揍他，却根本打不过他，还被他甩了一巴掌。回到家里，他暴跳如雷地用皮带抽我，说这是他的奇耻大辱。我负气出走，住进姥姥家，以为过几天他会来接我，他却根本不来。我使尽本事嫁到苏家就是为了向他证明：虽然失过身，我照样搞定男人。可我爸却连我的婚礼也不屑参加。去年他重病去世，临死都不肯见我。被自己的亲人这样鄙视，你知道是什么滋味吗？"

彩虹不禁骇然，继而哑然。故事的背后还有故事。这事儿听起来虽难以置信，却充分说明了李明珠的一贯作风，那就是对彩虹有着强烈的保护欲。谁敢动女儿一根毫毛，她遇佛杀佛，遇魔杀魔，什么事都做得出来。

"真的，彩虹，"莉莉站起来，"我是真的喜欢你才来找你，不然也不会这么没眼色。其实我不欠你什么，就算欠过你，你妈也替你要回来了。"

_03

出了咖啡馆，彩虹失魂落魄地走在大街上。她在想自己和莉莉的友情，越想越糊涂。魏哲事件后她一直享受着一种道德上的优越感，总以为自己原谅了莉莉，还不计前嫌地跟她往来是高尚的表现。现在，究竟是谁伤害了谁？究竟是谁不计前嫌？又究竟是谁更看重友情？——说不清了！

更荒谬的是，从整件事来看，仿佛一直是明珠和莉莉这两个高手在过招，谁胜谁负都跟彩虹没什么关系。

新仇旧恨就犹如这城市的地下管道，埋在下面，乱七八糟。掏出地表，乱七八糟。修理完毕，填坑归位，新痕盖住了旧伤，一想起来，还是乱七八糟。

她就这样像一只大头苍蝇般在大街上乱走，走着走着，不知不觉地来到了少年宫。

看看表，这时候季篁应当在少年宫里教瑜伽，本因赴宴另找了一位老师顶班，岂料这么快就被"送客"了，估计又去了。进去一问，果然在。

她在门边找了一张椅子坐下来，透过玻璃窗，远远地看见季篁在前排一丝不苟地做着示范。举手投足间，似有一股无形的力量向她传来，使她镇定。渐渐地，她不再心乱如麻，而是发起呆来。

也许是走得太累，也许是心里太倦，她靠着椅背，恍惚地睡了过去。过了好久，感到有只手在轻轻地摸她的头。

她睁开眼，听见季篁问道："彩虹，你怎么来了？"

"没什么事，出来转转，转到这里，顺便来看你一下。"她打了一个哈欠，举了举手中的塑料袋，"给你买了草莓，都洗干净了，要吃吗？"

他一身热气地坐下来，不客气地吃了起来。

"这么饿？"头回见他狼吞虎咽，彩虹心疼了，"一定是我妈的话太窝心了，害得你晚饭没吃好。"

"哪里是这样。"他说,"相信吗? 这是我第一次吃草莓,真好吃。"

她怔住了,吃惊地张大嘴,"不会吧? 你的家乡没草莓卖吗?"就算没有,他读大学的城市里也肯定有啊。紧接着,她就省悟了。草莓很贵,在水果里也算奢侈品,就算是彩虹家也很少买,家境贫寒的季篁就更不会买了。这么一想,又觉得自己对这事儿穷追不舍有点缺心眼儿。

所幸季篁也没介意,话题迅速转开了:"我吃苹果多一点。对了,上次书店里缺货的那套书今天到了,"他说,"我帮你买了一套。"

"哪一套? 巴赫金的还是弗洛伊德的?"

"《巴赫金全集》。"

"我只要《陀思妥耶夫斯基诗学问题》,"她做了个鬼脸,"剩下的不要,你自己留着吧。"

"我买了两套。书店说学术书不好卖他们就只进了两套。"

"多少钱啊?"

"二百多一套,共有六本呢。别担心钱,我送你的。"

"你看你,一到买书就这么大方。"彩虹叹气。

"谁让何老师要考博士呢? 巴赫金有点难,你得静下心来慢慢读,不懂的地方做点笔记。"

"你做过他的笔记啊?"

"当然做过。有用的书我都做过笔记,前前后后积攒起来有几千页呢。"

"那你借给我。"她蛮横地说,"我全部都要看!"

"当然可以。不过我嚼过的东西对你不会有太多的用。书你还是要自己读,笔记最好也是你自己做。学问的事别人替代不了,何况我们又不是一个方向的。"

一想起笔记的事儿,彩虹觉得自己特有经验,特有理由批评他:"嘿,现在都什么时代了,你还做老式卡片,把要点记在砖头那么厚的笔记本上? 知道吗,有种高级软件能自动识别印刷品上的文字,连你的声音也能识别,完全取代了手工录入,还能自动生成目录及索引。换句话说,现在做学问早就电子化了,谁还像你这样一个字一个字地往上抄啊? 网络上的电子书库一大堆,要查什么 Google 一下全有了……季篁你就认了吧,你的技术太过时了!"

"我就喜欢手抄,不喜欢用电脑代替我去记忆和思考。"

"拒绝与时俱进?"

"也不是。网络有网络的问题,对于学者来说有几个问题是相当严重的,不知你想过没有。"

"没想过。你看我发一条短信，一秒钟就够了。就像这样，叮当！You got a mail. 这叫效率，既节约纸张又环保。"

"第一，资料来得太容易，其实你没有认真地研究过首尾，所以老先生们靠长期地毯式的阅读所积累的历史意识你没有。第二，你的时间被各种链接分割得很零碎，难以深度集中地去思考一样东西。所以我不赞成花太多的时间在网上。"

"索性说，你根本不赞成用计算机。"

"……差不多。"他表示承认。

"也许这是一个发展的方向，暂且命名为新田园主义？"她挤挤眼。

"也可以叫作后网络主义。"他接了一句。

她大笑。被季篁这么一忽悠，彩虹的心情终于松快了，站起来拉住他，"那咱们快些出去体会时空感吧。走，今天老郁闷了，看电影去！"

谈笑间两人手拉手地去了电影院，看了一场周星驰的功夫片。出来打开手机音量，彩虹发现上面有二十三个"未接电话"，全是家里的号码。

见她双眼一直凝视着手机屏幕，季篁问："错过电话了？"

彩虹莞尔，将手机塞入包里，"没有。"

他们沿着一条习惯的夜路散步，一直走到彩虹家外的大门方依依惜别。觉察到彩虹心情不佳，寡言的季篁一路都抢着说话：男生寝室的趣闻、国外学者的逸事、学术研究中的奇谈怪论——洋洋洒洒，滔滔不绝。若在平时彩虹一定会笑得直不起腰来，可惜越近家门，越笑不出来。季篁一走，她举步上楼，墙壁上满是明珠的影子，心情顿时沉重起来。

推开家门，果不其然，沙发上坐着李明珠，脸色阴沉地织着毛线。

这年头早已不时新手织毛衣了。彩虹从大学起就不怎么穿过，需要时会去商场买，自然样样都由明珠操办。以明珠的眼光轻易也不出手，看中了一件必定是质量上乘、款式新潮，却又在下季时打了折的。所以彩虹的毛衣不多，却件件物超所值。明珠自己却从不舍得给自己买，毛衣毛裤包括何大路的全身均是亲手织就。毛线旧了就拆洗一次，放到阳台上晒，再织回来，温暖又蓬松。

"回来了？"李明珠说。

"嗯。"彩虹默默脱下外套，准备往自己的屋子里走。

"给你炖了牛尾汤，快趁热喝吧。"李明珠放下织针，到厨房里盛了一碗汤放到桌上。

她只得坐下来拿起碗，吹了吹热气。

"干什么去了？这么晚才回家，电话也不接一个。"李明珠问。

"和朋友看电影。"

"又是那个季篁？"

"对。"彩虹放下碗，听见自己的声音微微发抖，"我就是喜欢和他在一起。"

一阵突然的沉默。

过了片刻，李明珠叹了一声："彩虹，妈受了一辈子的穷，已经习惯了，后半生省吃俭用靠着劳保也能过。俗话说，儿孙自有儿孙福。我的命向来不好，也不敢奢望太多。妈不是为自己。你若嫁得好，妈就是天天吃腌菜也开心。可是这个季篁，妈真的不甘心！这二十来年，妈千方百计地培养你，你也争气找到了这么好的工作，学历高，相貌好，算上你外公，家世也不差。这种条件什么好男人找不着，要找一个从小县煤矿里摸爬滚打出来的？经济基础为零不说了，还有一大堆的负担。你这不是没事找罪受吗？这个季篁，别看他一脸斯文，我瞧他跟夏丰差不多，只怕比他还凶。这种人貌似忠良，骨子里比谁都封建！将来指望他疼你，门都没有！你看，这下倒好，妈和你本来不在一条起跑线上，结果却跑到了同一个终点：半辈子缩在大板房里，一分钱掰成两半花。你若嫁给季篁，只怕连大板房都没得住。早知如此，妈从小就把你当穷孩子养，五点起床生火做饭，不高兴就揍你一顿。你呢，苦惯了也不觉得在受罪，打惯了也忘了什么是伤心……彩虹，妈理解你，你不就是想找个学文科的兴趣相似可以谈得来的吗？这样的男生有啊。刚才妈给你谢阿姨打了个电话，她手上正巧一个，大学法语系的老师，海归博士。他的父母是心理学系的教授。家境好教养好，难得是老人开明，懂心理学——大富大贵的咱没福气也不敢嫁，还是知书达理的家庭最靠谱。知识分子最懂知识分子嘛！我跟谢阿姨一说她就很动心，跟男方的妈妈打了个电话，那边表示愿意约出来见一见，定了这周六晚七点去喝咖啡——"

俗不可耐地这一套说辞正是女权主义者最最需要反对的！彩虹觉得妈妈就是看电视看傻了，听八卦听多了，马上不耐烦地打断她："我不去，我不感兴趣。您感兴趣您自己去好啦！我找我的男朋友，您找您的女婿，找着称心的您再生一个女儿嫁给他——"

话音未落，"啪"的一声，彩虹的脸上吃了一巴掌。

"叫你顶嘴！"李明珠气得七窍生烟，将毛衣掼到地上，狠狠地跺上两脚，"一把屎一把尿地养活你二十年，爸妈为你做牛做马，只差没把心肝割给你，为的是什么？就为了你翅膀硬了来气我们吗？你倒是说啊，我们哪点对不起你？爸妈的工资哪一分没花在你身上？住的是破铜烂铁，给你穿金戴银；吃的是糟糠腌菜，给你牛肉鸡汤。到头来，我们享过你什么福？嗯？何彩虹，你看看这个家，再看看你自己，你可不是一只凤凰住在鸡窝里？没有妈的一双手撑着你，你研究个屁的女权主义！有能耐你改变一下这个家的现状呀，别把心思花在跟爸妈较劲上，让不相干的人占便宜，到头来又哭着喊着回娘家诉苦。等你变成了韩清，就等着拳打脚踢吧，到时候连妈也保不了你了。真是缺心眼，书越读越傻了！"

彩虹的脸火辣辣的，又羞又怒，一扭头钻进自己的屋子，将门重重地一关，在黑暗中抱着被子呜呜哭泣。

透过纱窗，树影中的城市灯光闪烁，车流哗哗移动，楼下飘来烧烤的香味，商铺已经打烊，夜市却刚刚开张。这城市终日有股狂欢的气息，世俗的气味弥漫空中，便是无边夜色亦无法隐藏。

过了一个小时，客厅无动静了，彩虹卧室的门轻轻地打开了。

台灯忽亮，彩虹从床上坐起来。

是父亲何大路。

"又跟妈妈闹别扭了？"何大路说。

彩虹赌气不回答。

"你妈的脾气是急了点，不过，我同意她的看法。"何大路重重地叹了一口气，用手摸了摸她的头，袖口传来一股熟悉的汽油味，彩虹听见他说，"你妈妈看人很有一套，从来不走眼的，别说我，连她自己单位的领导都佩服，要不然怎会把她从一个小小的出纳提拔成了办公室主任？这季老师人是不错的，据我看不是坏人。但他家实际困难太多，会严重影响到你未来的幸福及生活品质——你没当过家，不知道当家的难处。我看还是早点放弃比较好，这是我和你妈的共同态度。"

爸爸的话已在意料之中，何大路一贯在大事上服从李明珠。这一点自彩虹懂事起就不曾改变过。

"一个男人喜欢你，自然会千方百计地讨好你。"何大路继续说，"你要是轻易就被感动，正中他的下怀。外地人谁不想在这个城市立足？这人不知根不知底，叫我们怎么放心让你跟着他过日子？"

彩虹说："怎么不知根不知底？人家是名牌大学的博士，成绩优秀分到大学当老师，清清白白的学者，他的简历我看过，没有任何不良记录。"

"他的家庭你了解吗？父亲是什么样的人？母亲是什么样的人？你知道多少？学者学者，你嫁给他不是为了做学问，而是为了过生活。马克思主义你懂吧？经济基础决定上层建筑。他有多少经济基础你知道吗？你搞学问蛮聪明的，怎么搞起了唯心主义？"

　　真是大道理一个比一个会讲。彩虹差点气昏过去，索性倒在床上，不理爸爸。

　　"爸妈是为了你好，年轻人容易感情用事，做不现实的选择，到时候追悔莫及。"何大路的嗓音很粗，带着一点嘶哑。

　　见彩虹半天不搭话，他只好说："你好好想想，早点睡吧！"

　　说罢，向客厅走去。

　　刚拉开门，彩虹忽然说："爸，当年妈和您结婚，是感情用事还是现实的选择？这么多年来，你们幸福吗？"

　　没有回答，门"轰"的一声，重重地关上了。

　　夜色忽然间充满了寒意。

　　彩虹知道自己射出了伤人的一箭。她记得很清楚，小时候父母之间经常争吵，争吵之后是长达数周的冷战，依靠彩虹传递纸条通话。

　　十岁的时候有一天，彩虹实在受不了了，便偷偷给爸妈写了一封信，宁愿自己早死也不愿看到他们争吵。她把信装进一个五彩的信封，塞到脏衣服的荷包里。她知道明珠洗衣服时习惯检查所有的口袋。

　　在那一天开始，争吵消失了，冷战消失了，取而代之的是表面的祥和美好。父母依然有矛盾，不过从明处走到了暗处，老一代人比谁都懂得什么是将错就错、无可奈何。

第十二章

人生如意福实禄寿

家的日常雷打不动,周而复始地进行着。习惯的巨轮轰隆隆地滚动,轧过一切争执,像一辆无情的水泥搅拌车,泥也罢,土也罢,石头也罢,多么不和谐的东西全都能搅进去,打成浆子,最后变成无比坚硬的混凝土。

成长的过程不也是浇筑的过程吗?

在这要紧关头,家长的意志退却了,仿佛来了个战略上的大转移。无论是明珠还是大路都表现出懊悔的姿态。次日清晨,彩虹起床,发现桌上放着热腾腾的豆浆和自己最喜欢的生煎小包。全家人都像什么也没发生一样互道早安。收音机里播放着交通新闻,何大路说天气转冷,叮嘱彩虹多穿衣服。明珠照例递给彩虹一个饭盒,里面装着她最喜欢的红烧排骨。

父母的脸上都有一种受到伤害却强颜欢笑的表情。

"我走啦。"彩虹将饭盒塞进书包,心里很不是滋味。

"我们出去锻炼,顺便送送你。"夫妇俩竟双双将她送到楼下,又一直送到车站,目送她上了公共汽车。

彩虹逃亡般地去了学校。

离第一节课还有十分钟,彩虹发现关烨办公室的门半开着,里面亮着灯,门缝里刮来一股穿堂风。彩虹好奇地探了探头,发现关烨坐在藤椅上,一只手夹着烟,一只手拿着笔,正在改卷子。桌上除了她常用的电脑,还有一杯茶。

任何时候撞见关烨,她都是这副极度优雅、极度闲适的样子。在认识的人当中,彩虹还从没有见过有谁活得像关烨那样孤芳自赏、旁若无人的。刚进校的彩虹曾像师兄们一样热衷于探讨导师的私生活,观察她的卧室,研究和她交往的同事,甚至从她早年发表的散文中寻找这位教授的情感生活。可惜不露蛛丝马迹。关于关烨,除了优雅和闲适以及她写的书、教的课、发表的论文,就没有更多令好事者玩味的内容了。见她注意到了自己,彩虹连忙打招呼:"早,关老师!"

"早。"关烨指着自己的茶说,"人家送我一大包立顿红茶,要不要尝一下?"

"有牛奶吗?"

"有炼乳,在冰箱里。"

彩虹拿着自己的茶杯去热水室装了半杯开水,回到关烨桌边给自己泡了一杯,品上一口,十分香甜。

"关老师,我有个问题要问您。"

"我马上有课,给你三分钟。"

"我认识两个男人,他们都对我很好,一个谈得来,可惜没有钱;一个不怎么谈得来,却非常有钱。"彩虹说,"我应当选择谁?"

关烨吸了一口烟,向窗外吐了一个烟圈,回头看她,淡笑,"他们的身材怎么样?"

"您指哪一部分?"

"吸引你的那部分。"

"没钱的那个更吸引我。"

"不就是差钱吗?"关烨点了点烟头,"你何不自己多挣点钱,然后愉快地享受那个吸引你的男人呢?"

彩虹苦笑,"可是……我父母那边死活不同意啊。"

"你知道,在印度,人们是这么训练大象的。"关烨一面收拾卷子一面说,"他们把刚出生的小象用一条链子拴在一棵小树上。过几个月,小象长大了一点,他们就把它拴到大一点的树上。再长大一点,再换一棵更粗的树……"

彩虹呆呆地看着她。

"以大象数以吨计的体重,其实没有哪棵树能够真的拴住它。"关烨说,"可是,那条链子已在它的脑中,而树的粗细已无关紧要。因此,成年后的大象随便哪棵树都可以拴住它——因为它已习惯被限制。"

彩虹的脑中霎时闪过一道金光。其实道理她都懂,只是不知道自己怕什么。她不怕那条链子,却怕链子那端的一只手。

捧着奶茶回到自己的办公室,彩虹发现季篁不知何时也已经到了。奇怪,今天他没有课,其实是不用来的。

"早。"她说。

"早。"季篁走过来,凝视着她,问道,"怎么了? 眼睛肿成这样? "

"……过敏。"她轻轻地走上前,"帮我看看眼皮红了没? 怕是风疹吧? "

"不是。"他摸摸她的脸,在眼皮上轻轻地吻了一下,"别担心,我会很努力的。"

她在心底叹了一口气,明白人装不了糊涂。每个人的出身都不可选择,而季篁却为此饱受冷眼和磨难,爱他的人不应当增加这份沉重。

她咧嘴给了他一个开心的笑,"怎么来这么早,今天有会吗? "

"没有。过来改学生的论文。"

为了实现诺言,季篁已经帮她改了两批古代文学课的试卷,好让彩虹腾出时间准备即将来临的博士考试。彩虹很不好意思地将桌上的一大叠论文抱在怀里,"不不,这是我的工作,我自己来就可以了。"

"还是我来吧,我改得快,评语还不伤学生自尊心。"

她眼一瞪,道:"哎! 你啥意思啊,难道我的评语伤人家自尊了? "

"来来来,我念几句你听听,"季篁随手抽出一份,念道,"此文结构尚可,但开篇不够有力。例子过多而无论述,论点与论据的衔接不够明确。"

又抽了一份,念:"——这篇小说我读过,这个故事我知道,××同学,还需要你在论文里从头到尾地再讲一次吗? "

"……请勿玩弄术语,引用时请先定义。"

"……虽然你写得很长,可我实在找不到要点,也不知道你究竟想讲什么。"

好吧好吧,彩虹心想,我承认有些卷子就是越改越窝火。再好的耐心也被不着边际的论文给磨完了。彩虹叹了一口气道:"改卷子是体力活,改着改着火就冒出来了。真的,我向你保证,我已经很客气了。"说罢,指了指外面的雨,"这种天气我就不能改卷,得等太阳出来,否则很影响心情。"

季篁失笑,"原来你工作还看天气啊。"

"可不是! "

"作为教育工作者,我鄙视那些只能在晴天而不能在雨天工作的人。"他说,"工作就是工作,要拿出职业的态度对待它。"

又被批评了。得,这叫男朋友吗?简直给自己找了一个导师好不啦。彩虹不以为然地翻了一个白眼,却被季篁不依不饶地拉到桌旁坐下来,拿出一份试卷,耐心地说:"现在的学生自尊心强,写评语的时候先找优点,再差的论文也能找出几条可以夸奖的地方,比如头开得不错,比如例子很贴切,比如这段分析到位。记住一点:总是夸三条批两条。夸的地方要比批的地方多,这样学生对自己才有信心,才愿意接受后面的批评。"

彩虹苦着脸说:"在这些孩子们的卷子里找优点——季老师,你太为难我啦。偶尔有几篇惊艳的,我一读就知道不是学生写的,是抄的。这些孩子也真是的,难道这世上只有她们会百度吗?"

"不要这样说,一般来说,每个班上总有几个好学生的。现在的学生都是独生子女,批评要以建设性为主。"

彩虹抽出一张卷子,"那好,这份是我改过的评语:'此文结构松散,论述累赘,缺少例据,术语过多而不求甚解,结论新奇却无太强说服力。'你说说看,怎么个建设性法?"

"我觉得,每一个评语都是一封信,所以最好要有称呼,不要把自己摆在权威的位子上说话。这个学生叫什么名字?"

"唐顺生。"

"你可以这么说:唐顺生同学,论文论述详细,说明你在思考上下了功夫,而对术语的运用表明你具有一定的理论知识。如能进一步加强文章结构,补充更加有力的论据,你的结论会很新颖,对读者亦会很有启发。"

彩虹眨眨眼道:"这不跟我说的是一回事吗?"

"口气不同啊,我是积极的,鼓励的,你是消极地,打击的。那个唐顺生肯定更喜欢我写的评语。当然,我不会写得这么简单抽象让人摸不着头脑,会比较具体:比如结构松散,我会告诉他哪个部分松散;比如论据不足,我也会指出是哪个论点的论据不足。这样对学生的下次写作才有更明确的指导意义,对吧?"

彩虹将怀里的一大叠考卷往他身上一放,嬉皮笑脸地说:"要写这么多这么具体啊,季老师,那多累啊,还是你来改吧。"

说罢就向门外走。

"等等,你去哪儿?"季篁问。

"我得去看看崔老师。"彩虹说。

"楼上的那位?"

"对，崔东璧。听说今年考博的理论课是他出题，我去摸摸底。老头也是搞解构主义的，还搞点拉康，整日里神经兮兮的。"说罢，她觉得有影射季筐之嫌，又干干地笑了一声。

这个系文艺理论教研室的教授并不少，个个强悍，互不买账。季筐点点头表示认识，不禁皱起了眉，"不会吧？你也怕专业课？"

"知己知彼，百战不殆嘛。何况我有考试恐惧症，经常发挥失常的。"

季筐无奈地看了看她，叹了口气。

崔东璧的办公室在五楼。此公年轻时才华横溢、风流倜傥，曾是学界叱咤风云的人物。可惜爱子十七岁时死于车祸，听说事发现场惨不忍睹，崔东璧大受刺激，完全变成了另一个人，妻子也跟他离婚了。他从此成了系里唯一的"坐班教授"，无论有课没课，每天必来办公室。上课只念自己的教案，不和任何学生说话，学生问问题也从不回答，总是五个字"自己看书去"。考试出题巨难巨偏，及格率特低。学生意见挺大，系里却不敢得罪他。他著述颇多，各项基金都指望他撑台面，谁也不敢说什么。

总之，一位神人。

彩虹上本科的时候没有选过崔东璧的课，研究生时更是避开了，这次听说他出题立即慌了神。像这样的专家，想考倒一个学生很容易，崔东璧如此古怪，真的不及格也没有情面可讲。彩虹觉得一定要探口风，就算套不出范围也得混个脸熟，希望他手下留情。

不知为什么五楼的走廊特别长，光线特别暗，崔东璧的办公室在楼道的尽头。偏偏头顶的灯坏了，彩虹越走越黑，只觉阴森森的伸手不见五指。

摸到门，她礼貌地敲了敲，里面有个声音问："找谁？"

彩虹大声说："请问是崔老师吗？"

门猛地开了，涌出一股奇怪的气味。

彩虹吓了一跳，因为里面也没有开灯，黑黢黢的，依稀辨得出是点了几炷香。

崔东璧双眸深陷、眼窝发暗地站在门边，如同一道阴魂。

"我，我是何彩虹，现……当代文学教研室的。"彩虹结结巴巴地说。

"你是关烨的学生？"

"对的。"

大神居然认识她，居然理睬她，彩虹不由得一阵高兴。

"有事吗？"他问。

"我……我报了今年的博士考试，关于理论课……有些问题想请教……"

"吭！"没明白是怎么回事，门突然关了。幸好彩虹退得快，不然脑门一定会被门板砸到。

她在心底号叫：崔老师，您不可以这样冷酷无情呀！

一脸青一脸白地逃回来，季篁正在改卷子。

"怎么样？探听到什么虚实没有？"他问。

彩虹心有余悸地道："唉，人人都说崔东璧神经，我偏不信，偏要去碰壁，真是傻瓜！"

季篁笑了笑，没说话。

彩虹越想越气，"你说，他不会就此记住了我？我不求知道考试范围了，只求他不要凭印象给我个不及格就好。"说罢，在办公室里不安地踱来踱去。

"别想那么多，崔老师是个讲道理的人，这从他的学问上看得出。如果你的答卷优秀，他绝不会给你不及格——这是教师最起码的道德。崔老的脾气可能有点怪，但绝不会任性，学校也不会允许他这样胡来。"

"这是你说的哟，"彩虹瞪了瞪眼，"万一他发神经判我不及格我可跟他拼了。要知道坏人饭碗如杀人父母……"

"紧张点也好，认真复习总不是坏事。你的强项是文本分析，弱项是理论思辨。老崔很可能会出纯理论的题目。"

彩虹一听就急了，"完了完了，就怕这个！你现在才说，离考试都不到半个月了。"说罢，不管三七二十一，她从书架上抽出一本德里达的《文字学》猛翻了起来。

季篁一把夺过去，"这个时候才开始看，有点来不及吧？"

"季老师，要不……你辅导辅导我？"

桌上的电话忽然响了。季篁拿起听筒应了几声，放下电话对彩虹说："书记找我有事，我去去就回。"

回来时脸色凝重，将门轻轻一掩，低声说："彩虹，恐怕咱们不能分享这间办公室了。"

彩虹惊讶道："出什么事了？"

"没大事，系里最近……可能要进两个新人吧，因此不方便共用办公室，说是不能开这个口子。书记说，新来的助教统一不分配办公室，中午实在需要休息可以去活动室。"

他的话显得很斟酌。显然,书记还说了别的,他不方便说出来。

"共享办公室就是书记批的,名正言顺。什么进新人啊?"彩虹扭头要去理论,"不行,我得去问个清楚。"

季篁一把拉住她,"别去。"

"我刚来才不到半年,我得罪谁了?"彩虹一屁股坐下来,坐了一秒钟,又忍不住冲出去,真奔书记陈锐锋的办公室。

似乎料到她会来,门是开的。陈锐锋指着面前的沙发说:"是小何啊,请坐。"

"陈书记,季篁说我不可以分享他的办公室。关于这件事,我要申明一下,我从未自作主张,这是系里的决定,钥匙是赵铁诚老师让我拿的。"

默然片刻,陈锐锋说:"小何,你和小季都是新来的教师。男女有别,共享一间办公室会传出闲话,这对你和小季的声誉都不好。"

"谁?谁说什么闲话了?"

"有人反映季老师利用指导教师的职权,逼迫你和他建立同事以外的关系。"

"谁反映的?"彩虹愤怒了,"季老师从没逼我干过任何事,谁在造谣?是谁?"

陈锐锋看着她,觉得很有趣,过了半天才说:"这么说,你和小季……确实有同事以外的关系?"

"有,"彩虹坦白交代,"季篁是我的男朋友。"

陈锐锋慢慢喝了一口茶,说:"小何,你是本系优秀毕业生,季老师是我去北京花了好大力气抢来的人才,我对你们都抱着很高的期望。年轻人怎么相处我不管,只希望你们能善始善终,不要闹出花边新闻,更不要捅出什么娄子。不然的话,就算系里想保你们也没办法。你明白我的意思吧?"

彩虹的脊背硬了硬,说:"我明白。"

"你还是不要和小季共一间办公室了,避嫌吧。再说,你们已经是同事了,差不多天天见面,谈恋爱还非要共一间办公室吗?"

"我……"彩虹张了张嘴,觉得辩解无力,只好说,"那好吧。"

站起来,正要离开,陈锐锋终于补充了一句:"小何,你和小季的事……要和你母亲好好沟通。"

明白了。从小学开始,李明珠就好给彩虹的老师打电话,问动向、问成绩、反映情况,她坚定地认为要管好孩子一定要团结好管孩子的老师。大学四年明珠跟彩虹的辅导员混得很熟,读研究生期间逢年过节都要给关烨送点心和礼物。母亲对自己如此了如指掌，彩虹无处可逃，只好做个好学生。

硕士毕业总算工作了，彩虹心想，这下明珠可找不到管她的老师了吧？得，人家不找老师了，找上书记了。

无奈啊无奈！彩虹深吸一口气，脚底一片冰凉。

_02

回到办公室和季篁一商量，不敢将明珠供出来，彩虹决定交出钥匙，"书记的意思还是爱护我们的，那咱们就低调点吧。"

其实，他们在一起也不过是改卷子、聊论文、喝个茶、吃个午饭什么的。大家都不是坐班制，同时出现在系里的时间并不多。无论是季篁的理论教研室还是彩虹的现当代教研室，女教师的比例都特别少，大家各忙各的，传不出什么八卦来。

一点小小的打击不算什么。他们一起去食堂吃了饭，然后去了校园的后山，一人拎一瓶矿泉水，沿着行人踩出的野道去山中散步。

时至深秋，枫叶如火，远处一排排仿古建筑的博导楼依稀可辨，碧蓝的飞檐像一群燕子从树影中飞过。爱好风水的人说博导区背山靠水，南面向阳，正是 F 大学不可多得的风水宝地，向来只留给代表大学实力的最优秀学者。读研究生时彩虹曾去过几次。博导楼虽装修精良，却并不像人们想象的那样华丽。走廊的色调很暗，给大山挡住，采光并不好，但楼的背后直通山野，可谓地气十足。

彩虹拍了拍季篁的肩膀，"季篁，看见那几座红楼了吗？"

"看见了。怎么了？"

"你努力搬进去，我就有好房子住了。"

"这是什么楼啊，你这么向往？"

"博导楼啊！四室两厅，还有一个小花园呢。"

"住得了这么大的房子吗？"季篁找个块大石头坐下来，不以为意。

"住得了，住得了，越大越好。后面的花园，我种上一棵桂花树，再养一排水仙。当中放张桌子，两把藤椅，没事儿我们就坐在后院乘凉、喝茶，躺下来还可以一起去看流星雨……"

季篁正在喝水，差点一口喷出来，"何老师，你研究了半天的女权主义，研究来研究去，还是把富贵发迹的希望寄托在男人身上。难道你研究的东西对你的人生观就没有半点启发吗？"

"没有。就像那个维吉利亚·伍尔芙,一面写充满女权意识的小说,一面毫不羞愧地差使女佣。这叫职业女权主义。也就是说搞这个的人,并不相信这个,我不过是贩卖理念、挣钱养家而已。"

"那你信的东西和言情小说有什么不同吗？"

彩虹怔了怔,继而哑然。其实她只是开玩笑,季篁却当真了。彩虹心想,我若信那个还跟你恋爱啊。禁不住又要逗他,"没有不同。哎,你是不是觉得我特市侩,令你特失望？"

"……"季篁不吭声。

"说说看,你信什么？"她眼珠一转,将问题扔了回去。

"我信劳动。我喜欢体力劳动,有段时间曾经很想做个建筑工人。"他的回答很奇怪,"劳动的时候可以让人忘记很多事。"

阳光透过树枝,在他的眼窝投下一道深深的阴影,使他的侧面有点像三十年代黑白片的风格。彩虹一直觉得季篁应当多笑笑,他笑的样子很单纯。可是他大多数时候都是忧郁的,仿佛藏了很多心事。

一念闪过,她又心疼起他来。口渴了,她在他的背包里找水,却摸到一个圆圆的瓶子,拿出一看,是那个气喘喷雾剂。

"这东西还要时时带着吗？"她好奇地问,"你的气喘很少发作了吧？"

"有三年多没发了,成年后都很少发作。"

"可你还是天天带着以防万一？"

"我妈让我必须随身带着。"他说,"若是发现我没带,她会非常紧张非常生气。"

"真的？"

彩虹的脑海中立即浮现出季篁的那张全家照以及照片里的那个面色苍白、神情阴郁的女人。她注意到季篁每次提起她,声音都格外柔和,脸上会浮现难得的笑容。母子间的感情一定很深吧？

"对,小时候我妈妈总担心我会夭折……现在也是那样。每次打电话给她,她总不忘记问我随身带了备用药没有。"

"那你妈妈打过你没有？"

"从来没有。"

"我妈曾经揍过我一次,印象特深。小时候我特别不听话,是我们那栋楼有名的淘气鬼,白天找不着影儿,晚上不肯睡。我爸妈是双职工,就那一点儿工资,都拼命地干,想图表现,结果回到家全累得不行,偏我不肯安静,把他们折腾得够呛。我妈曾经请了楼下的一个奶奶帮着带我,带了三天就罢工了,说我偷偷玩火柴差点把屋子给点着了。我妈气得不行,狠狠地揍了我一顿。这是我第一次挨揍。"

"你真是淘气。"季篁说,"估计把你妈妈给气坏了。"

"你呢? 你淘气不?"

印象中季篁极少谈及家事,他反驳得很快:"我们家有三个儿子能不淘吗?"

"那你妈妈又不打孩子,怎么管?"

"谁说管孩子一定要打?"

"体罚孩子当然不好,不过那个时代的人都太忙,又太穷,没什么好脾气或者好东西留给孩子的。"彩虹叹道。

"一代有一代的难处,我们应当尽量理解而不是怀恨在心。"

"我妈可宠我了,她其实脾气挺暴,为了我改了不少,我从没因为这个怪过她。"

忽然间他们又沉默了。有关家庭和童年的话题似乎难以深入。

"季篁,说说你爸爸好吗?"彩虹斗胆,"我想多了解了解你。"

"我爸很早去世了。"他的语气很平淡,好像在叙述一条过时的新闻,"他死于煤矿事故。"

"你……嗯……很伤心吧?"她小心翼翼地说。

他没有回答,却忽然说:"我饿了。"

"你饿了?"彩虹莫名其妙。

"我们下山吧。"

三个月不知不觉地过去了。

彩虹一家进入冷战状态,冷战的具体形式是雪藏,再也没有谁提到季篁,这个正在和彩虹热恋的男人好像并不存在。日常生活按部就班地进行着,何大路晨昏颠倒地出车,李明珠朝九晚五地上班,彩虹亦将全部身心投入到博士考试中。这种在职考博其实是定向委培,只要英语过关,名额上绝无问题。彩虹原本十拿九稳,因为出题的是号称"催泪弹"的崔东璧,她不敢掉以轻心。

果然,三个小时的理论题考得她差点背过气去,满场子的人都在抓耳挠腮,越急越写不出,只差拿绳子上吊了。一出考场彩虹就对着季篁骂娘:"靠! 这崔大仙今年出的题绝对是史上第一难。光审题就去掉一个小时,他还让我结合哈贝马斯、德里达、福柯来谈巴特勒的表演性,问我表演性和表演有什么区别,在女性主义批评里有什么特别的含意。刁难死我了,一屋子人全傻眼了,满场子的长吁短叹声。今年真是流年不利,我怎么这么倒霉啊!"

季篁悠闲地看着她,"没那么严重吧? 就算不会答,胡扯几句,把试卷写得满满的你总会吧?"

"放心放心,"彩虹说,"我特能胡扯,哈贝马斯没读过,其他的人都知道个大概。不过,这道题我真不知道怎么答,尽在卷子里打太极了。别人还能糊弄,崔大仙肯定糊弄不了,估计要扣掉我四十分。呜呜呜,我可要不及格了。"

越想越沮丧,她用力一脚,将地上的一团草踢飞了起来。

"那你现在知道怎么回答了吗?"季篁问道。

"考完了谁还管答案呀。是骡子是马都定了,我才懒得关心答案呢。"彩虹嘀咕,"别再跟我提考试啦。"

"那怎么行,其实这是一道很基本的题,你又是做这个方向的,你说不会做我听了都吃惊。"

"你啥意思啊! 我又不是专业理论出身的,这道题也太深奥了吧。"彩虹禁不住又想骂,"我搞的是波伏瓦,又不是巴特勒。我哪知道这个神经病要考巴特勒呢?"

"我以为你多少知道一点巴特勒呢。"季篁说,"巴特勒的'表演性'是性别研究中的一个重要概念。关老师的课不可能没提过。"

"提是提过啦,"彩虹的头低下来了,仿佛给人揪住了小辫子,"我也做了笔记,不过那是两年前的事,早忘记了嘛。不过,别担心! 我写得特多特长——只是心里没底儿——估计跑题都跑到爪哇国去了。"

轮到季篁着急了,道:"那你究竟是怎么答的? 说来听听,让我知道你究竟跑了多远。"

彩虹找了张石凳坐下来,回忆了一下,说:"我先分析了一大堆什么是'表演',表演是一个人把理想中的'自己'用行为演绎到最理想的状态,其实也叫表现。表演又是一个人扮演另外一个人,是内心状态的行动化表述。'表演性'是指权力及结构在个人身上的复述,因此它不是自我欲望的自由表达,而是传统和社会规则通过个体进行自我复制。所以'表演'与'表演性'的最大区别是:表演的时候,个体至少能意识到有那么个主体在表演,而'表演性'则意味着主体的消失,个体被规则捕获成为它的代言人。比如我扮演张飞,那就是表演,因为我知道我不是张飞。而我若看见你涂口红就笑话你,那就是'表演性',因为社会规则暗示这样做不像个男人，而我的潜意识默认了这个规则。所以我的行为就是在你的面前将规则复述了一次……"

"六十分的大题你就说了这么多？"季篁抬了抬眉。

"当然不止这些啦，我把福柯的权力、拉康的主体、德里达的符号什么的全扯进去写了一大堆……虽然言不及义却肯定很绕，定能把崔大仙忽悠得想睡了，一觉醒来见我答了这么多没有功劳也有苦劳，怎么着也得给我一半的分。嘿嘿。"

季篁笑了，拍了拍她的头，"小丫头挺聪明的嘛。其实你答得不算走题，一大半的分肯定能拿到。"

彩虹乐了，"真的？你的意思是说我是天才？"

"不敢乱夸你是天才，"他眉色舒展，"至少是很有实力的。"

"要是你改卷子就好了。遇到那个崔大仙，天知道会是什么结果！"

"卷子肯定是崔老师改。"他腼腆地笑了笑，"不过试题是我出的。"

"呜呜呜……你整我！不带你这么整人的！"彩虹扑过去，作势要掐。

彩虹在季篁的屋子里度过了一个愉快的下午。这几个月紧张的复习，回家还要面对明珠的冷脸以及全栋楼姑嫂打探的目光，她的金牌挡箭人苏东霖也在这个时候不合时宜地出国搞项目去了。

然而当懒懒的阳光从窗外射来，微风穿过阳台吹落桌上的海棠时，彩虹想起了《陋室铭》中的句子，"山不在高，有仙则灵"，此屋虽小，寄托一生足矣。随手拿本杂志，她惬意地坐在藤椅上，听季篁在厨房里忙碌，锅里的油被菜激得"噼啪"乱响。翻了两页，她跑到厨房，从背后抱住他。

"干什么？"他将几粒葱撒在沸滚的鱼汤里，伸出一只手，紧紧握住她。

"我来帮帮你吧。"她说。

"不是已经帮我切了黄瓜了吗？"

她将脸埋在他的背上，手在他的掌心用力地捏了三下，"I love you."

几碟寻常小菜，被季篁一番妙手便成了极品的开胃餐。彩虹吃得津津有味，还破例喝了一大瓶啤酒，暮色来临之前告辞回家，知道妈妈在家里也一定做了一桌子菜等着她。

由于明珠的态度坚决，为了减少冲突，彩虹每晚九点之前一定回家。倘若不回那是自找麻烦，因为明珠会把女儿的手机打到爆，到了家要看脸色不说还被逼着交代去向。无论怎么解释最终都会怀疑到季篁的头上,然后就是一顿数落外加含沙射影、借题发挥。

彩虹无奈地对季篁说:"我研究的是女权主义,女权主义在我的身上真是个笑话。"

于是,她不大提家里对他的看法,一来季篁是个明白人,二来季篁的世界是干净的,父母的那套世俗理论只会玷辱他。

慢慢来,有的是时间,一切矛盾都会解决,因为没有谁是坏人。彩虹总对自己这么说。

她却没料到,她和季篁会结束得那么快。

考试结束后两周,从不缺课的季篁忽然请了三周的假。他的母亲病重。

一去五天没电话,彩虹度日如年。直到周末才听见季篁说他母亲肾病严重,胃和肺部都出现了感染,正在透析治疗。

其实和同龄的工薪阶层比,季篁的收入并不低,就算一个月要交一千多块的房租,他单身无孩,结余下来的钱也足够过生活。之所以打工是因为他的母亲身体不好又没有医保。此外,两个弟弟都在中碧读重点高中,生活费、学费和食宿费全靠他一人提供。

"钱够用吗?"彩虹问。

"我攒了一些钱,暂时不要紧。"照顾病人很辛苦,他的嗓音明显沙哑。

"要不把伯母接到这里来治吧?这里的医院大,专家多,条件好。"彩虹建议,"而且我的空闲时间比你多,可以帮你照顾她啊。"

"多谢。我劝过她了,"季篁说,"她嫌住院费太贵,坚决不肯来。"

"那会不会把病给耽误了呀?"

"我正在想别的办法。"

系里的课不能缺太久,季篁回来时脸瘦了一圈,眼眶几乎凹了下去。他说,他母亲住的医院条件虽然不算好,但要用的药全都有。他请了专门的护工照顾她,所以暂时无大碍。看得出他很担心,却也不怎么谈具体的病情。

过不了几日他便开始马不停蹄地打工,所有的晚上都上班,一直工作到十二点。彩虹问他需不需要帮忙,他摇头。这么多年他都是这么过来的,母亲经常生病,住院已经很久了,这种忙碌而辛苦的生活他从大一开始就习以为常。

穷人家的孩子果然意志坚强。彩虹算了算,季篁一天最多只睡四个小时。本来可以多睡一小时,他宁愿把时间花在晨跑上。所以出现在学生面前的季老师看上去精力充沛、神采焕然,只有彩虹大感揪心,知他劳作过度已是强弩之末。

他一定很需要钱。

没过几天,猜测就被证实了。

某天下午彩虹遇到关烨,闲聊中提起了季篁,关烨说:"他母亲病得不轻,听说是肾衰竭,最近一个月完全靠透析维持。"

没想到这么严重,彩虹"哦"了一声:"有什么治疗的办法吗?"

"我托人帮他找了个肾脏专家打听了一下,目前来说唯一的办法是换肾。"关烨说,"肾源紧张,他家也买不起,所以他打算捐出自己的肾。尽管如此,手术费也要十万块。"

彩虹惊呼:"什么? 十万? 这么贵?"

"别忘了这是两个人的手术啊。术后的药费也很贵,大约一个月要四千的样子。"关烨说,"他自己存了一些钱,我借了他一些,估计还有缺口,不知有多大。"

彩虹有些着恼,这么大的事季篁也不告诉她,难道是怕她担心吗? 转念一想,自己何尝有钱? 工资不到月尾就花光了,不得已还去季篁那里蹭过饭,事到如今也只能干着急。

"那么,少了一个肾对他的身体有影响吗?"彩虹又问。虽也听说过健康人一个肾就足够,但毕竟是动手术,毕竟是割掉一个器官。

"他去医院做了检查。他和母亲血型相同,配型也好,就季篁这边来说,手术成功率会很高,愈合也会不错。但他母亲的病情比较复杂,换了肾后能不能康复还是个问题。失去一个肾对身体还是有影响的,术后饮食要格外小心,不能感冒,也不能干太多重活……"

那一夜,彩虹失眠了。

这些年她零零碎碎地攒过一些钱,前后加起来有一万块的样子,全交给妈妈存在银行里了。钱的事彩虹不太懂,也从没操过心,明珠是出纳,自然由她打理。后来明珠说,除了那一万块,每年她也会存一笔钱到那个账号,虽然不多,细水长流,也不怕给大路偷去买酒。说是等她将来出嫁也不必捉襟见肘。

于是乎第二天中午,彩虹假装不经意地试探明珠:"妈,我存的那些钱,能不能先拿出来用一下?"

明珠正在炒菜,面色微变,"你要用钱?"

"不是啦,韩清说最近央行调息,想提前还贷,钱已经凑得差不多了,问我能不能帮她一下——她现在工资可高了,估计不久就可以还给我了。"

明珠看了她一眼,判断这话的真假,冷笑,"她工资那么高,怎么可能在乎你那一点点存款呢?"

"工资高有什么用?房贷贵啊,利息也高。"说到善意地撒个谎、糊弄糊弄人,彩虹段位不低,不然大学时期也不会无中生有地写了那么多情书。偏偏明珠是她的死穴,妈妈一声笑,她立即心虚了,声音不由得低了半截。

"她一个月的工资超过一万你知道吗?"明珠将锅铲敲得梆梆响,"不提这个还罢了,一提这个我的心就堵得慌!你真是个猪头!这么好的工作自己为什么不去?干吗介绍给她?嗯?——丈二的灯台,照得见别人照不见自己!脑子进水了!"

彩虹窘了,"我?我干吗要去?我又不缺工作!"

"你是不缺工作,你缺钱好不好?你们俩一个系毕业,论学历你比她还高,她能干的活儿你也能干。人家一个月挣你半年的工资,这么好的机会,干吗要让给她?瞧瞧人家,借着你的人脉跑步进小康了吧?几十万的房子眼看着就要还清了。再看看我们家——想换个楼层都不行。小姐啊,你怎么就不能多一个心眼呢?"

"妈,韩清的工资您怎么会知道?"这显然是最新数据,比学校的博导还高,彩虹吓了一跳。

"她给你打过几次电话你都不在,我就跟她聊了聊,一问不就全出来了?人家还不停地谢你呢!"

"哦!"

"就你那点破钱,别借了。杯水车薪,别丢人现眼的。她缺钱,放着苏东霖那么大的金主不借,干吗找你?"

"妈,"彩虹正色地说,"东霖是我们的好朋友,但我们从来不向他借钱。东霖有多少钱都跟我们没关系。若是瞧上了他的钱,我们和他之间的性质就变了。"

"你和他之间性质就是要变!"明珠将围裙一抖,双手叉腰,摆出了理论的架势,"老实说,你跟季篁是不是还有来往?别以为老妈不知道!东霖没往咱家打电话就是一个明显的证据。"

被明珠如此气势汹汹地抢白,彩虹也不淡定地道:"季篁是我的指导老师也是我的同事,在学校低头不见抬头见,怎么可能不来往呢?再说,您也犯不着为了这个给系领导打电话破坏人家的声誉呀。妈,您的手段是不是过头了点?我简直不敢相信您会做这种事!"

"过头？一点也不过头！"明珠的嗓门一下子飙高两度，"你若再和那姓季的磨磨叽叽没完没了，我李明珠就跟他死磕到底！"说罢拿起菜刀，"当"的一声，将案板上的萝卜一斩两段。

彩虹只觉脊梁一冷，扭头就走。

出了街往右拐，再转几条小巷，有个本市有名的珠宝交易中心。

彩虹的脖子上一直挂着一块人生如意福禄寿的玉坠，是外婆留给彩虹的，缅甸的翡翠，带着淡淡的绿，色泽通透，无一丝杂质。听明珠说，这样的玉坠外婆有好些，可惜"文化大革命"时候都给她装进手绢一股脑扔进长江了。这一块是因为一直给明珠戴着才逃过一劫。所以，每每谈到彩虹的嫁妆明珠还是挺硬气，这坠子是极品翡翠，请行内人看都说值个二十来万。家里缺钱时也曾想过要卖掉，问了几个主顾，出的收购价少得可怜。卖主们都说做玉这一行别看叫价高，远不如黄金容易套现，一块玉放在店子里几年没卖掉是常事，还不如用那个钱炒股。明珠便死了这条心，让彩虹戴在身上当作传家宝。

彩虹径直上了二楼的"碧玉轩"，开店的人是她的高中同学蔡小辉。

取下玉坠握在手中，最后一次感受它光滑的暖意，彩虹恋恋不舍地将它交到小辉的手上。小辉拿着放大镜和聚光电筒仔细地看了看，满意地点点头，"嗯，是个好东西。虽然不大，但挺厚，质地也很纯。"

"我外婆传给我的。我外公在新中国成立前是这个市的商会会长，叫李士谦，你听说过吗？"

"李士谦，知道啊！"蔡小辉的目光炯炯有神，"大资本家嘛，听说我们市的第一批电灯就是他装的。"

"我缺钱，想卖掉这块玉，你给个价吧。"

"哦？虽说黄金有价玉无价，收购的话，那价格就不能跟卖价比了。"他拿在手上研究了半天，又踱进内室用专门的机器检查，过了一会儿出来说，"这样吧，看在你我认识的分上，我给你一万五。"

彩虹一听有点难过，"这么低？我妈说这玉值二十万呢。"

"那是以前。现在市面上的翡翠也多了，生意不好做嘛。这玉呢，我看可以卖到十二万，但要看缘分，一时半会儿肯定卖不掉，等几年也是常事。我们这里统一的收购价是原价的十分之一，而且只限于高档玉，一般的货色我们不收。给你一万五，已经多了三千了。"

彩虹想了想,抬头看他,可怜兮兮地说:"看在咱们是老同学的分上,你给两万吧? 不是急着用钱我也不舍得啊。"

蔡小辉打量了她一眼,彩虹赶紧做出忧伤的样子,他叹了口气,说:"这样吧,看在你以前肯把作业借给我抄的分上,一万八。我只能出这么多了,不信你拿着它到二楼转一圈问问别人,这真的是最高价了。"

"……那好吧。"

彩虹从自己的小金库里取光了最后的两千元,凑成两万块,装在一个信封里。瞅了空儿约出季箦递给他,"哎,你妈生病需要用钱吧? 这是两万,你拿去先用着。"

他不肯要,她硬往他的怀里塞,豪爽地说:"又不是送给你的,就当是我的嫁妆,先放你这儿啦。"

季箦苦笑,"真是个没心眼的丫头,别人知道了可要笑话你,人没过来,嫁妆先过来了。"

彩虹搂着他的脖子,大大咧咧地亲了一口,"看你累成这样我心疼嘛。别打那么多工了,好不好?"

季箦想了想,接过信封,认真地说:"谢谢你,钱我暂时收了,算是我借你的。给我一年时间,明年的这一天我一定还给你。"

说罢,他拉开抽屉找出纸笔。

"哎,你干什么?"彩虹拦住他。

"我写个借条。"

"借你个头啦,跟我还这么认真。我不信你还会借给你吗? 当我是傻子啊。再这么较真我可要翻脸了。"说罢,他将纸笔往抽屉里一扔,摸了摸他瘦得颧骨凸出的脸,又用指腹抹了抹他额头上的皱纹,"我现在没病没灾,钱不着急还,你少打点工,多休息休息。"

季箦坐下来,拉住她的手,说道:"关于我妈的病,有些情况要告诉你……她是尿毒症晚期,很严重,需要换肾。我……"

"这是很大的手术吧?"彩虹有个小学同学的父亲做过换肾手术,当时听说肾源稀缺且很贵,单纯一个肾的价格就是二十万,还不算手术的费用。所幸同学家境富裕,手术成功,他的父亲直到现在还健在。

"和其他的器官移植相比,它相对简单。"

"那么……肾源找到了吗？"她问。

"医生说直系亲属匹配的情况更好,成功率更高。"他说,"而且……省钱。"

她的脸白了白,轻轻握住他的手,"我明白,关老师都告诉我了。"

他静静地坐着,半天没说话。过了片刻,正要张口,彩虹按住他的嘴,"你放心地去做手术,我会好好照顾你和伯母的。"

他的脸上浮出一丝苦笑,"肾脏切除之后会有一些副作用……我是指,在今后的生活上。比如不能喝酒,不能喝咖啡,等等。如果——"

"那就不喝呗,"彩虹说,"又不是我不能喝,我不会难受的。"

他顿了顿,继续道:"当然还有别的——"

彩虹窘了,"不会是不能 sex 吧？那我可真要打退堂鼓了。"

"这个不影响。"他赶紧更正,然后又笑了,"看你都想些什么呀。"

彩虹拍了拍他的肩,豪放地说:"那就没啥。大不了以后不让你干重活,我多挣钱,雇人换煤气呗！"

他将她紧紧地搂在怀里,轻轻地吻了一下,说:"真的很对不起,我也没想到事情会变成这样。"

彩虹又说:"手术的钱够吗？实在不够我还有一些朋友,相信可以替你凑些。"

"已经够了。"他说,"我联系好了一位肾脏手术专家,这几天会去做些检查。"顿了顿,又叹了一口气,"问题是我妈坚决不同意手术。我一提这事她就生气,死活不肯答应。"

"为什么？这是好事呀！"

"她病了很久了,有轻微的抑郁症,最近情绪不太稳定。"眉宇间,看得出他深深的隐忧。

"别担心,手术之后,伯母身体复原了,一切就好了。"

"其实她的情况没那么乐观,只是……我不想放弃希望,哪怕只有一点希望我也要争取。手术的事我打算瞒着她,跟她说病情没严重到要换肾,只是需要切除一个坏死的肾而已。"

彩虹点点头,表示理解:"什么时候手术？"

"医生说越快越好,定在下个月的一日。"

"你的课怎么办呢？"

"关老师会帮我代一些课,手术后一周就可以出院了。"

看来已经安排好了。她看着他,感觉有点凄凉,"毕竟还是大手术,看你说得如此轻巧。"

垂目良久，他握着她的手，一副抱歉的样子，道："对不起，我一直没有告诉你太多。不是要故意隐瞒，而是真的没料到病情会变得这么糟，拿着她的病历来这里问了好几个医生才敢相信……我妈的病全是累出来的，她没有过过好日子。我一直想，将来生活稳定了，我会好好地孝敬她，不知道这愿望能不能实现。"

"放心！伯母吉人自有天相，她一定会渡过这一关的！"

"这个肾——没有办法——我只能奉献给我母亲了。"他认真地说，"不过请放心，手术后我会好好爱护身体，不让它出任何差错……"

彩虹窘了，觉得他在担心着什么，又想努力证明什么，而浑浑噩噩的她倒没想过有什么可怕的后果，而被他这么一说，忽然间也害怕了起来。

手术会不会失败？

失去一个肾，另一个肾足够支撑他的下半生吗？万一他唯一的肾也得了肾炎呢？到时候谁来换肾给他？

下班回家，桌上的菜已经摆好了。

"今天有你喜欢的爆炒腰花。"明珠笑嘻嘻地说，"彩虹啊，这个周六下午三点我给你定下了，朱阿姨说介绍个男生给你——你可再别忽悠我们了。"

看着桌上热腾腾的菜，她忽然想吐。

第十三章

最后一击

——

_01

没过两天,彩虹身上少了块玉就给明珠发现了。

也怪她粗心,花洒的旋钮又失灵了,水太烫,她包着浴巾就从浴室里冲出来,差点撞进明珠的怀里,给她逮了个正着。那玉原是用一根很粗的红线拴着的,在背后打了个吉祥如意的扣儿,彩虹从戴上那天起就没解开过。

"咦,彩虹,你的玉呢?"明珠一把拉住她,不相信玉没了,竟还用手沿着她的颈子抹了一遭。

本想扯个由头搪塞过去,可明珠是好搪塞的吗? 玉那么值钱,跟性命宝贝似的,瞒着妈妈也太不厚道了。她于是索性实说:"嗯……我有点急事要用钱,把它卖了。"

"你说什么? 你——把——它——卖——了?"

明珠的脸一下子就青了,瞠目结舌,愤怒的五官同时挪位,就差一跳三尺高。她一把拉住彩虹,杀气腾腾地说:"卖给谁了?"

"卖给……蔡小辉了。"彩虹不由得打了个寒战,见妈妈一脸恨意,双目怒睁,眼珠几乎要蹦到自己的脸上,不由得连连后退。

"就是那个开'碧玉轩'的蔡小辉?"她问。

"……是。"

"卖了多少钱?"

"……一万八。"彩虹下意识地用双手捂住了自己的脑袋。

她以为气急败坏的明珠要揍她,不料明珠很快冷静下来,换了一种关怀的口

207

气:"告诉妈妈,你有什么急事需要这么多钱?是韩清的房贷吗?"

"不是,妈您就别问了。"不愿意把韩清扯进来,且明珠肯定也会找韩清核对,彩虹说,"我有个朋友家里出了点事急需钱,我就帮了他一把,算是借给他的,过一年他会还我。"

这谎编得没水平,彩虹的朋友就那么几个,家庭条件生活状况李明珠样样有数,目前为止还没听说有谁比彩虹家更困难的。

正思索交代的尺度,一抬眼,明珠已气得泪流满面地道:"拜托你告诉我是哪位朋友值得你这样慷慨?嗯?这玉现在至少值二十万,一万八你就卖了?干脆送人岂不还多个人情?我怎么养了你这么个造孽的祖宗!这玉是我们全家的财产,你凭什么不和我商量就私自换钱?你很阔吗?你是慈善家吗?我今天买菜为了三毛钱还跟小贩争半天呢!说到资助,我们这个家最需要资助!人家身上的钱,我都恨不得抢一把过来花,你倒好,白白地送钱给人家!你说啊!把钱借给谁了?冤有头债有主,我知道你面慈心软动不动就被人利用,一定是谁跟你哭穷了吧?把他的名字说出来,我只找他算账!"

明珠捶胸顿足地叫嚷,彩虹也吓着了,越发不敢吭声,只顾往墙边躲。

"这玉是外婆留给你作嫁妆的,家里这么需要钱我们都不舍得卖,就是想让你天天戴着它摸着它,觉得自己是个宝贝。你倒是说啊?是谁让你发这么大的善心,把你哄得胳膊肘往外拐,把家里的好东西偷出来换钱?"

彩虹素知明珠刻薄时得理不饶人,说话像把刀子,不把人割成千片绝不罢休。厉害人有厉害人的好处,就这大板房,当初若是没有明珠去房产处吵架,天知道几时有份。这么有影响力的性格却没有影响到彩虹,她只在关键时刻伶牙俐齿,对手还必须是文化人,其余的日子她跟何大路一样蔫。

妈妈大概是气疯了吧。彩虹心里歉意更深,只得好言劝解:"妈,既然您这么喜欢那块玉,等人家还了钱我一定把它赎回来。这次……真是很对不起。您别生气了好吗?生气伤身啊。"

明珠将抹泪的纸巾往桌上一扔,重重地叹气道:"败家子!我怎么就养了你这么一个败家子呢!"

彩虹于是溜到楼底下给蔡小辉打电话。

"小辉……我是彩虹!"

"哦,彩虹你好!"

"我卖给你的那块玉能替我留几个月吗？"她说，"我还想要回来的……"

这话一出口她亦觉得无理取闹，交易完成，物主转移，人家没有义务保存你的东西。就算是要回来，也相当于是用市价来买，肯定不是一万八这个数。再说，除了同学一场，她和蔡小辉也谈不上什么交情，人家照顾你是客气，不照顾你是道理。

"彩虹，话不是这样说的哟，"果然，电话那边蔡小辉打起了官腔，"卖了就是卖了，这又不是典当。"

"求求你啦……我妈知道这件事快要把我杀了！"彩虹急得想哭。

"是这样，"蔡小辉终于说，"你那块玉我已经卖掉了。"

彩虹抓狂了，"啊？什么？卖掉了？什么时候？你不是说这玉不好卖，几年也卖不掉吗？"

"嗯……就在你卖给我的第二天就给一个客人买去了。他挺喜欢这成色，又说做工精致、样子吉利，买了送给他新婚的太太。"

"哦——"彩虹虚弱地哼了一声。

"玉这东西吧，讲究的就是个缘分。"蔡小辉拿出老佛爷的腔调，"彩虹，你的玉很好，只可惜与你无缘，你就认了吧。"说罢，毫不客气地挂了线。

彩虹沮丧地跑上楼，推门即见明珠坐在沙发上，抱着臂膀，眼睛还是红红的。她讨好地挤出一个笑，被母亲阴森森的目光挡了回去。

正想躲进卧室，一抬脚，明珠忽然说："后天是你生日，你去请一下那个季老师。"

这是"送礼门"事件之后明珠第一次以积极的口吻提到这个名字。

彩虹顿时慌了，"季老师？叫他来做什么？"

"替你庆贺呗。"明珠淡淡地说。

不料次日季篁无课，来电说要为母亲的病前检查跑一下医院，估计要忙一整天，回来后还要去餐馆加班。这段时间她们见面次数不多，彩虹没有怨言，倒是季篁觉得过意不去，每天必打一个电话问候。末了总不忘加一句"谢谢你"。犹豫片刻，彩虹终于说："明天是我生日，你能来我家吃个饭吗？"

那边停顿了一下，"伯母……欢迎我去吗？"

"是她提出来的。"

"真的？"季篁的声调变了变，听得出是高兴，"那当然会去。对了，你妈妈喜欢什么？上回买的礼物没合她的意，估计很不开心吧？也怪我没脑子，光听说你爸喜欢酒就买了酒。回家后一想就后悔不迭。你爸开出租车就怕酒后驾车，这不是给你妈添堵吗？"

"嗯……也不是什么大事，一起吃个饭而已，你买点水果就好了。"嘴上虽这么说，彩虹的心底可没谱儿，不知道明珠会出什么歪点子。不过，她抱着一点小小的希望：这毕竟不是旧社会，年轻人的事干涉不了。和女婿闹别扭，将来结婚了低头不见抬头见，生个孩子叫她外婆，妈妈能不认吗？最后心烦的还是她呀！所以彩虹乐观地觉得，也许妈妈已经想通了。

最后发生的事让彩虹彻底明白了自己想法的单纯和愚蠢。事实证明，谁也不是李明珠的对手。

何家旧例，生日是大事，一定要买蛋糕。此外要做一大桌子菜、三碗寿面和一个鲫鱼汤，用本地话说，鲫者"吉"也，这汤也叫吉利汤。小时候彩虹很黏妈妈，一发嗲就哄得明珠去厨房不怕麻烦地做好东西给她吃。那时她专爱吃一种蘑菇馅的肉饼，定要烫面来做，蘑菇用香油拌了，撒上葱和姜，再用一只鸡蛋和肉馅一起和，关键是要给白胡椒。做成饼后小火煎，两面都要焦黄，一趟做下来，满满当当两个小时。

蛋糕还是有的，菜也做了一大桌。彩虹讪讪地帮着洗了所有的锅，又抢着剥蒜切葱。她觉得妈妈今天的态度是个不小的进步，等会儿季篁来了也不会给他难堪。明珠向来迷信，绝不会找喜庆的日子煞风景。

说好晚上七点开始，饭菜六点半就做好了。

李明珠举起筷子说："吃饭吧。"

彩虹顿了顿，以为她看错了时间，"还有半个小时季篁就到了，还是等等他吧。"

"等什么等？要你吃你就吃。我们把蛋糕留给他，不可以吗？"李明珠说，"老何，坐着干什么？吃啊！"

架势不对啊，彩虹暗暗抽了一口凉气。

何大路给明珠一吼，拿起筷子就吃，他饭量奇大，转眼间一碟冬菇豆筋就去了一半。

看样子要进入临战状态哦。彩虹闷闷地拿起筷子，嘴里不是滋味，心头更是堵得慌，忽然有种冲动，想冲出去给季篁打电话让他别来了。肩膀动了动，被明珠一把按住，"快点吃，吃完了我们好好地见客。"

"妈,"彩虹将筷子一放,正色地说,"说好了请季篁,客人没到先吃饭,这讲的是什么礼节啊?"

明珠冷哼一声:"礼节?对这种人,我们需要礼节吗?"

原来是故意轻慢,彩虹这下气得不轻,立即反驳:"季篁又没做错什么事,他是我的老师和同事,进门就是客,当然需要礼节!"

"别以为我什么都不知道,"李明珠白了她一眼,"恰恰相反,我什么都知道!"

"什么知道不知道的,"那话夹枪带棒,气得彩虹直哆嗦,"不就是嫌他穷看不起他吗?实话实说,我们家也不是贵族啊。季篁家和我们一样都是工人阶级,爸您说是吧?"

李明珠倒不怒,游刃有余地道:"老何你听听你闺女这张嘴,真是——"

门铃忽然响了。

当然是季篁。

他特地穿了一身西装。那是他面试时买的,据说只穿过一次,彩虹在他的衣柜里见过,黑色修身的式样,衬衣、领带一应俱全。季篁真是个衣架子,很普通的西装穿在身上看上去就像个外交官。他严肃的时候并不给人以亲近的感觉,鼻梁过于坚挺,目光过于犀利,专注的时候令人觉得不可冒犯。而这样一贯严肃的人,见了明珠也不得不挤出微微的笑容。

彩虹暗想,他的心情只怕和自己一样忐忑吧,脸上倒是看不出,不过傲气比较收敛,笑得又得体,大博士今天平添了几许亲和力。其实东霖、秦渭何尝不严肃自持?只不过东霖多了一分戏谑,秦渭多了一分冷傲,明珠一见这两人,却立即把笑容堆在脸上。

坐定上茶,寒暄了两句,明珠单刀直入:"季老师,听说你母亲病了?"

千方百计地相瞒还是被她一语道破,彩虹暗自叫苦:妈妈打探的功夫实在了得。

季篁怔了怔,点头,"是的。"

"是什么病?很严重吗?"

大约也听出了火药味,季篁迟疑了一下,说:"……是肾衰竭,需要手术。"

明珠放下茶杯,问道:"手术费你凑齐了?"

这口气明显不善,几乎是诘问的,季篁的脸色有点发僵,还是礼貌地回答:"凑得差不多了。"

"你向彩虹借了钱?"

"妈,他没向我借,是我主动借给他的!"彩虹急忙插嘴。

"我和季老师说话,你少插嘴。"

季篁点点头,"是的,彩虹的确借给我一些钱。"

"你打借条了吗?"

"……没有。"季篁说,"我这就补上。"

"季老师,借钱不打借条,你的诚意在哪里?看着我家彩虹面善心慈觉得很好欺负,是不是?"明珠冷笑,开始出击,"你一个名校大博士,前程似锦的大教授,这么明目张胆地利用我家彩虹,请问你的人品在哪里?师德又在哪里?"

"妈,您误会了!不是这么一回事!"彩虹大声说。

"你给我住口!"明珠喝道,"我的话还没问完呢!"

"对不起,伯母,关于借钱的事,我不知道彩虹没征求您的意见。既然如此,我明天就把钱还过来。"

"还?"李明珠眉头一挑,"季老师,你拿什么还啊?知道吗?彩虹为了借钱给你,把我们家祖传的翡翠三文不值两文地贱卖了。就是把借给你的钱乘以十,也不够赎的。季老师,你家的情况我打听了,你妈有严重肾病常年住院,听说还有轻度的精神病。你该不会指望我家彩虹照顾她一辈子吧?还有,听说你是出名的大孝子,打算将自己的肾捐给她。你们母子情深我很感动,你的精神也很高尚,不过我家彩虹还没有困窘到要把自己的后半生奉献给一个不健康的人。对不起,今儿我这恶人做定了,你和彩虹的事,我和她爸坚决反对!请你今后不要再来找她了!"

季篁一下子呆住了,腮帮子颤了颤,让语气尽量保持镇定:"伯母,我的家庭、我的父母和我的兄弟,他们的人品没有任何一丝玷辱彩虹的地方。我父亲是一名优秀的矿工,为了救人牺牲了自己的生命。我的母亲虽没读什么书,丈夫去世后含辛茹苦地打工养育了三个孩子。我的两个弟弟是他们学校成绩最好的学生。我为我们全家感到骄傲。"

"骄傲?"李明珠忍不住笑了,"你父亲叫季康,对吧?那可是中碧的大英雄啊,他的英雄事迹我查阅报纸拜读了。对不起,季老师,你没逼我到这份上我也不揭你的伤疤。那天煤矿爆炸,你父亲明明已经逃出来了,可他听说还有二十几个人在井下迷路又冲了回去,从此再没上来。请问,有哪个负责的男人会不顾怀孕的妻子和未成年的儿子那么发狂地要当英雄?这是被洗脑还是想作秀?告诉你季篁,我李明珠最讨厌这样的人!因为他不配做妻子的丈夫和孩子的父亲。英雄不英雄的我不稀罕,我可不想我的女儿嫁给这种人的后代,有其父必有其子!"

"妈,您怎么可以这样说？"彩虹愤怒地站起来,"请您停止侮辱季老师的父亲!"

"侮辱?"明珠道,"我还没说完呢!你的妈妈,她也不是无私的母亲,自己病成这样,知道没救了,还要患先天性哮喘的儿子给她捐献器官。季篁,你以为我会接受这种人做我的亲家?你以为我会让我的女儿去伺候一个身体不健康的男人?请你死了这份心,别打我闺女的主意。彩虹才认识你几天啊,你就哄得她把家里最贵的东西偷出来献给你。难道天下只有你有亲人?我——何彩虹的母亲——关节炎这么严重,膝关节痛得要动手术都舍不得卖掉那块玉。彩虹爸白内障这么多年也舍不得开刀。我们一家三口在这又闷又窄的大板房住了快二十年也没钱换房子。我们也很困难,我们也很需要钱!告诉你,这就是你们乡下人的毛病,自己认识一个人,和她好上了,她家的东西就全成你们的了!季篁,今天请你来就是要当着你的面把话讲清楚:第一,借我们的钱,请立即归还。第二,请你以后别再纠缠彩虹。男大当婚,女大当嫁。我们找我们的女婿,你找你的对象,除了彩虹,你爱谁是谁!实在找不着,伯母我负责介绍。若让我知道你跟她纠缠不清,别怪我跟你没完!我李明珠可是在斗争中长大的, 与天斗与地斗不如与人斗, 与人斗其乐无穷!"

季篁忽地站起来,彩虹噌地一下也站了起来,抢着说:"妈,今天您是无理取闹了。玉坠当年是外婆亲手系到我颈子上的,那是我的东西,我可以自行处置。钱暂时用来救急,明年肯定归还。季篁,我是喜欢他才跟他谈恋爱的,恋爱成熟了就会结婚,这您管不了,这是宪法规定的自由!"

"彩虹!"何大路闷喝一声,"别任性,别这样和你妈讲话。"

"我一点也不任性,是妈妈无事生非!还有爸爸您明知道妈妈说的全是错的,您还站在她那一边。爸,您老糊涂了吗?季篁的妈妈病危,在这种时候,一个路人也知道要给点同情,你们二老倒好,尽说瞎话打击人,还显得幸灾乐祸!"彩虹又气又委屈,眼泪大颗大颗地往下滴,"我不相信我有这样不通人性的父母!我为你们感到羞愧!"

李明珠怒极反笑,一猫腰,忽然从桌下拿出一个玻璃罐,还没等众人看清,已将罐子里黄黄的液体洒了季篁一身,"姓季的,你给我滚!从今往后都别上我家!我宁肯自己一头撞死,也不会让我女儿嫁给你!滚!滚得越远越好!"

室内忽然一片死寂。

那液体发出一股可怕的气味。等彩虹弄清是怎么一回事,几乎气昏过去。那是尿,妈妈李明珠的尿。她慌忙地从桌上抽出一大把餐巾纸,抢到季篁身边,一面说"对不起",一面替季篁擦脸,擦衣服……

季篁忽然紧紧地拽住她的手,一把将她拉到门边,转身对李明珠说道:"伯父、伯母,你们的意见我已经知道了。关于钱,我马上还。关于我和彩虹的未来,我现在就到楼下去问她,如果她同意跟我,此生此世,我季篁绝不负她。如果她不同意跟我,我会尊重她的意见,此生此世,绝不再骚扰。这是我的幸福,也是你们女儿的幸福,应当由彩虹自己做决定。"

彩虹的心怦怦乱跳,不由得将身子紧紧地贴在季篁的胸前。

李明珠微微看了季篁一眼,目光转向彩虹,仿佛一条链子将她死死地缠住。

"彩虹,爸妈抚养你二十几年,扪心自问没有对不起你的地方。今天晚上,你若答应跟季篁走,以后就不必再回这个家,你也别认我这个妈,从今往后,我们断绝母女关系,老死不相往来。"说罢,将脸一扬,挑衅地看着季篁,"季老师,今儿我就让我女儿跟你下楼。我不信我辛辛苦苦几十年用汗水养大的孩子,不及你季篁认识她的几个月。我倒要看看在我女儿的心目中是母爱的力量伟大,还是爱情的力量伟大!季老师,你比我有学问,书读得比我多,说话比我有蛊惑力,但是——你若以为一个母亲不如你了解自己的女儿——这是狂妄!"

头脑一团乱麻的彩虹跟着季篁下了楼,季篁的步子大,几乎一路在拉扯她。

他们来到楼外的一株梨树下,季篁每次送她回家,这棵大树就是终点。他从不要求上楼,彩虹也从不邀请。其间的缘由大家各自明了。

天色已暗,远处工厂的烟囱冒着两条白烟。风很大,大朵大朵的云奔跑着,错落间露出一抹亮色,屠刀似的发着森森的白光。

彩虹还是第一次见到季篁如此狼狈。黄色的液体将衬衣染出几个难看的巨斑,同时发出一股令人无法忍受的气味。

和彩虹见过的许多男性不同,季篁有洁癖,他的衣服、房间可以很乱,但绝对不脏。

他还是那副阴鸷的表情,好像有很多话要说,又好像全堵在嗓子眼上。

"对不起……"彩虹再次道歉。

他忽然语速很快地开始解释:"彩虹,别信你妈的话。我父亲和天底下所有的父亲一样爱自己的孩子,可惜你没见过他。除了下矿,他还是个不错的木匠,用木头给我做过好多玩具。他和我妈也是天底下最恩爱的一对夫妻。出事的那天,我妈和我都在家,听到消息就往矿里跑,赶到出口就只看见浓烟。然后我就看见了我爸,大家松了一口气。我爸跑过来对我说,下面还有二十几个人,很多通道堵住了,就他最熟悉地形,他说他一定能赶回来,让我们别担心。然后,就拿着鼓风设备下去了……不久井里就传出爆炸声,他再也没出来,也没找到尸体。我……我不相信他是经过权衡选择冒险——我爸是个很有经验的矿工——他只是十分自信自己能够回来。"

如果不去逼他,也许他永远也不愿意回忆这一幕吧?彩虹暗暗地想。她轻轻地握住了他的手,放在嘴边吻了吻。

"这事过了很多年,我们家所有的人都已接受了现实。可是,每到深夜,当我看见那些黑森森的矿山,想着自己的父亲尸骨无存时,那滋味很是凄凉。从那一天起,我拼命地读书,只为逃离这个地方……"

"别说了,"她掩住他的嘴,"都怪我妈,她不应当拿这个来刺激你……"

他苦笑了一声,说道:"我从小在逆境中长大,受的刺激不算少,我不会和你妈妈计较。可我不是没有性子的人,被逼到这份上绝不会继续受辱。所以我在乎你的态度。彩虹——"他将她的手放在自己的胸前,"我希望你今天做出选择:是选择跟我在一起,我们一起努力让你父母慢慢地接受我们,还是选择听从你妈,断绝和我的往来?"

她低下头,默默思考片刻,低声地说:"季筼,请给我一些时间。"

他伸出手,用力抬起她的下巴,强迫她的目光对准自己,"不行,事情突变我义不受辱,请现在就告诉我。"

她的头低了下去。

"说啊!你说啊!这是很难决定的事吗?"他对她的迟疑有点生气。

她慢慢地抬起头,只觉呼吸有千斤重,缓缓地道:"对不起,我爱我的亲人……不敢想象和她们断绝关系会是一种什么日子。"

这话几乎是脱口而出的,每一个字都像一把刀子在切割着她的意志,令她心头滴血。

然后,她就知道这句话把季筼彻底地得罪了。

"你是向来这么笨呢,还是今天特别费了心才笨成这样?"季筼一把推开她,冷笑。

她被触犯了,蓦然间满脸通红,"请站在我的角度想一想!"

"无论站在哪个角度想,你都在做错误的决定。"他面色如铁,语气生硬。

"哪怕这个决定是错误的,季篁,"她听见自己说,"这也是我的决定。"

他的喉结动了动,想说什么,却什么也没说。

也许只过了一分钟,而她觉得过了一个世纪,她的心也痛得仿佛被撕裂了一般。忽然间她软弱了,想求他多给自己一点时间,也许能想出个两全其美的法子。

正要张口却听见季篁冷冷地说:"那么,我尊重你的决定,再见。"

她全身冰凉地道:"季篁——"

看得出他很生气,青筋从太阳穴上凸出来,傲气在瞬间回到了脸上,他恢复成初次相见时那种阴沉冷漠的姿态,缓缓地道:"我不会想念你,只会想念那个我曾经以为是你的人。"

说罢,从口袋里拿出一个紫色的小盒,扔到她的手中。

"季篁——你听我说!"她结结巴巴地叫了一声。

"生日愉快。"他冷冷地打断她,头也不回地走了。

她独自站在路灯下,不知站了多久,身子和腿都僵硬了。

那纸盒被她紧紧地拽在手中,被手汗濡湿,渐渐有些发软。

身后似乎有人经过,絮絮叨叨的人声,一切都和她有关,又仿佛一切都与她无关。过了半个小时,她的头脑还像一台工作过度的机器那样忙乱和滚烫。轻轻拆开包装,盒子里装着一条用五彩丝带织成的手链,每隔一指,串着一颗透明的水晶珠。当中一个鹅卵石大小的吊坠,用银丝绞成圈,里面兜着一块绿色的石头。

她以为是玉,对着路灯看,颜色却不像,半透明,有细小的气泡,又有几粒紫铜色闪闪发光的杂质。

盒子里的纸条上写着:彩虹,生日快乐!手链里有块小小的陨石。你不是想捡到流星吗?愿这颗流星天天在你手边——季篁。

她的眼又酸又胀,却强忍着没流下泪。毕竟也没有人逼她,这是她的选择,她的决定。她只恨他霸道,不容她分辩。又想他们反正是同事,早不见晚不见,来日方长,也许还能挽回。纠结了半天又泄了气,季篁的脾性她了解,此番受辱,定不回头。

眼泪哗哗地流个没完。伤心良久,她将手链塞进口袋,慢慢地上楼。掏出钥匙,觉得钥匙有千斤重,好不易插进锁孔,门忽然开了。她埋头向里走,李明珠张开臂膀将她紧紧地搂在怀里。

"妈知道你难过,"明珠说,"可是婚姻大事错不得,错一个人就错了一生啊!"

彩虹有千言万语的反驳,最终只是肩膀抵抗般地扭了一下,沉默地从母亲怀抱里挣扎出来,走进自己的房间,掩上门。

她流了一夜的泪,在凌晨时分睡着了。

梦见很多树,梦见了大象,梦见自己的血管在心中慢慢地破裂。

——那根链子到底还是拴住了她。

季篁,她在心中说,有件事我一直没告诉你。

_02

曾几何时,彩虹所住的那栋楼里有一个传言,彩虹并非父母亲生。

第一次听说时,彩虹只有八岁。那天她和三楼的珊珊打架,珊珊打不过她就骂她:"何彩虹,你凶什么呀? 知道吗,你根本就是没人要的孤儿! 你爸不是你亲爸,你妈也不是你亲妈,你是他们从外面捡回来的。"彩虹没往心里去。她生活的那个厂区孩子们打输了什么话都骂得出。回家如实报告,李明珠气得不行,立即拉着彩虹找珊珊妈说理。彩虹记得当时珊珊的妈妈脸都吓白了,不停地赔礼道歉,当着彩虹的面还狠狠地拧了珊珊一下,"呸! 你这小冤家! 彩虹怎么不是亲生的? 她生的时候我还吃过红鸡蛋呢! 你才不是亲生的呢,你是从垃圾箱里捡来的! "

后来,珊珊妈见了明珠都有点讪讪的,仿佛做了亏心事。彩虹替她委屈,觉得妈妈大惊小怪。

这事就不了了之了。

五年后的一天,一句偶然的话从邻居阿姨们的口中飘进了彩虹的耳朵:"……你看老何家的彩虹出落得多水灵,李明珠真有眼光,硬是把花园街里最漂亮的一个婴儿挑回来了! 要知道那里连个手脚齐全的孩子都难找。"

一时间五雷轰顶,彩虹这才意识到谣传有据,而那群阿姨看见了她也是大惊失色。

她难过得一夜无眠,却没有勇气质问父母。于是第二天逃课去了花园街,下了车沿着满是泥泞的小巷从头走到尾,一个门一个门地找。那一带远离主街,是个被人遗忘的地方。马路两旁都是破旧的矮铺,似乎还连着一个屠宰场,人烟稀少,一地鸡毛。直到快拐弯了才赫然看见一个类似教堂的建筑,古旧的石砖,冲天的尖顶,门边有个发黄的木牌:"花园街儿童福利院"。一旁另开小门,像是另一个单位,白底黑字地写着"花园街育婴堂"。她在门外徘徊了一圈,试图进去,被门卫拦住。她只得假装买汽水和旁边小卖部的大叔聊了起来。

"大叔，育婴堂是干什么的？幼儿园吗？"

"不是。"大叔说，"是政府收养弃婴的地方。喏，看见那些台阶了？有些父母不想要自己的孩子就把他们放到台阶上。"

台阶是木质的，被油漆刷得光亮，上面有无数的凹凸，仿佛被无数只脚踩过。

"不想要自己孩子的人，能称得上是父母吗？"她问。

"可能是养不起吧，还有农村里重男轻女现象很严重，所以主要是些女婴和孤残儿童。"

这当儿一个女孩在一名妇女的陪同下走进了福利院，她有一只变了形的左臂，一条腿也不利索，一跛一跛的。

"你是想打听什么吗？"察觉到她的异样，大叔问道，"跟着她们你可以混进去呀。"

"不不不，"彩虹摇头，"我只是好奇。"

怀疑的种子一旦种进了心里，很快就发芽。

翻开相册，彩虹发现自己最早的一张婴儿照上写着"彩虹三个月"，没找到妈妈怀孕时期的任何照片，这可以解释为明珠不喜欢拍到自己发胖的身体。不过，她意识到父母平日言谈中极少提及"生"字，取而代之的是"养"和"拉扯"，比如"从小养到大"、"养你不容易"、"拉扯你十几年"，等等。血型也不能说明问题，全家人碰巧都是 O 型，除非去验 DNA。

若是下狠心，这谜也不算高难度。她认识的人当中有医生，有记者，也有民政局的干事，找人帮忙多少也能弄出点线索。可是，彩虹问自己，这样做值得吗？倘若传言属实她就是弃婴，知道这个重要吗？她的人生于是就黑暗了吗，凄惨了吗？她会爱明珠、大路少一些吗？或者恨自己的亲生父母多一些吗？

不会。如果知道了身世只会给自己带来痛苦和怨恨，为什么还要知道？就算是弃儿她也是个幸运的弃儿。父母给了她完整的爱，待她视同己出。倘若真要究根刨底，也不过是将已知的历史向前推进一步，找到一条丑恶的伤口。

彩虹宁愿什么也不知道。这个家给了她所有的幸福，而她自己不曾为父母牺牲过半点。所以当爱情与亲情发生了冲突时，她知道自己会选择什么。

第二天没有课，彩虹向明珠谎称借的书到期去了学校。

在学院的大门口，她犹豫了一下，不知会不会碰到季箮，不料正遇到从楼上匆匆下来的关烨。

"关老师早！"

"早,彩虹,我马上有课。对了,你等等,"她从随身小包里掏出一个信封,"这是季篁让我给你的。"

她接过来,笑笑,"谢谢,费心了。"

待关烨走远她撕开信封,里面是一沓钞票。其实她已猜到,这就是自己借给季篁的那两万块钱。

她在心里苦笑了一声,生意不成仁义在嘛,这钱也不急着要,妈妈那边自己还是可以搪塞的。这人还真干脆,这么快就两清了。再往后想,眼圈就红了。季篁脾性耿介刚烈,这么做便是表明了要一刀两断。而她的心底一直存着侥幸,毕竟在一个单位,见面是免不了的,合作也是免不了的,一切或许还可挽回。岂知爱情正在以意想不到的速度烟消云散。

这么一想,文学院的大门蓦然间变得高大阴森,仿佛一道鬼门关。她站在台阶上犹豫半天,硬是不敢进去。今天季篁有课,他一定在办公室。一想到昨夜他的屈辱和愤怒,彩虹自觉难辞其咎。

踟蹰间,身边走过一个人,叫住了她:"何老师?"

彩虹一回头,发现是崔东璧,老先生居然主动跟她打招呼,真是幸何如之! 她连忙应道:"崔老师,早上好!"

"你的卷子我看了,答得不错。"崔东璧幽幽地说。

"谢谢老师!"彩虹挤出一个大大的笑脸。

"本来是我出题,结果有点事忙不过来就请季老师帮我出了,听说大家都说很难。"崔东璧看着她,"今年报考人数是去年的三倍多,不难一点不知道谁有真功夫。"

"是难,崔老师,我们全无抵挡之力。"彩虹小心翼翼地问,"这么说……我及格了?"

"干吗那么谦逊,你是最高分。"

"耶!"

等她"耶"完,崔东璧的身影已消失在了大门之内。

失之东隅,收之桑榆。彩虹独自到图书馆的古籍室发了几个小时的呆,蔡老头依然在书桌旁练字,听见她时不时地抽泣一下,好心地递给她一包纸巾。

中午时她有点犯困，一来昨夜基本没睡，二来和季篁共享的办公室也取消了，没地儿歇。去食堂吃了午饭，泡了杯浓浓的绿茶，她抖擞精神拿出专业书强迫自己往下读。读不了几页，忽然接到东霖的电话，说是要带她去爬山。

和季篁相处的这几个月，彩虹没和东霖联系过，最后一次打电话时听说他和秦渭要去美国谈项目，就此杳无音信，她亦不以为怪。她们之间一向如此，彼此需要时可以打得火热，一旦事忙也是不相往来，久别重逢亦不觉得生疏，甚至东霖有时打电话发短信，她忙起来忘得一干二净，东霖也不介意。朋友就是这样，从来不以恶意揣测对方。

电话里她问东霖："你不是在国外吗？"

"早回来了。"

"哦！"

"也不给我打个电话。"他埋怨。

"我哪知道你回来了？"她失笑，"你就不能先给我打个电话吗？"

"我高傲着呢。"他嘀咕，"对了，有事找你，在校门口等我，我来接你。"

"不去，心情不好。"

"就是带你去散心的。"

她微微一怔，"你怎么知道我需要散心？"

"伯母大人告诉我的。"

"就你和我？"

"还有秦渭。"他说，"是这样，我和他本来约好今天去攀岩——那活动太危险，必须两人一组。你心情不好，跟我们一起爬爬山，消遣消遣。"

"好吧。"她不觉得自己需要散心，倒是非常需要分心，就答应了。

那一带属于城市边缘尚未开放的自然保护区，山脉绵长，峰峦众多，这座人称"鹰眼峰"的山势陡峭、海拔最高，曾是本地登山爱好者热衷的目标。自从出了几次坠崖事故之后，变得无人问津了。

下了车，苏东霖交给彩虹一双登山鞋，"穿上试试，我们路过一家体育用品商店，顺便给你买了一双。"

彩虹看了看鞋底，说："你怎么知道我是三十六码半？"

"阿渭说的。"

她对着秦渭做了一个 OK 的手势。

"我是不是很神奇？"秦渭孤芳自赏地笑了，那带着贵族气派的苍白脸孔顿时多了一分孩子气。

　　"岂止神奇，简直神经。"东霖说。

　　他们从一条侧路上山，爬了不到十分钟路就没了，取而代之的是一堆堆裸露的山岩。彩虹手脚并用，专注地往上爬，紧张得不敢往下看，也不敢多说话。可是一旁的苏东霖就是不放过他，不停地给她普及野外逃生的故事："……2003年4月，一名男子在犹他州东南部的峡谷登山，一块重达二百磅的巨石突然砸下来，正好砸中他的右臂。他在地上躺了整整四天，直到喝完最后一滴水。为了逃生，他不得不用随身带的小刀锯掉了半截手臂，胡乱地包扎了一番，爬到峡谷的底端沿着水流的方向行进，直到获救……"

　　"Ouch！"秦渭吹了一声口哨，"我也来说一个。1993年10月，一名男子在科罗拉罗的落基山涧钓鱼，一块巨石忽然滚落，压碎他的一条腿。当时这人只穿了一件T恤和一条牛仔裤，而晚上会有暴风雪。他将心一横，用一把剪刀切掉了自己受伤的腿，用鱼线粗略地缝合之后在地上爬了一百多米，爬进自己的汽车，开回村子获救……"

　　"2004年6月，有个想钓鱿鱼的越南渔夫被一股突来的水流冲到了离岸六十五里以外的大海中。他越漂越远，在海里漂了五天后，不得不以喝自己的尿和捕杀海龟为生，十四天后才被其他的渔船救回来。"东霖道。

　　"我又想起一个，特刺激特残忍。"秦渭抢着说，"2007年3月，有一个人玩高空跳伞，不料主伞没打开——"

　　"别讲了！我不要听了！你们饶了我吧！"

　　彩虹不止一次跟着苏东霖外出宿营。东霖好出游、好热闹是同学中有名的。他喜欢危险的运动，醉心于登山、攀岩、冲浪、漂流之类充满刺激的爱好，自称是登山高手。不过彩虹倒没听说他真的登过什么著名的绝顶，至少珠穆朗玛峰没去过。东霖对一切无聊而沉闷的东西缺乏耐心，就连看影碟从来都是以1.5倍的快进扫完，早早知道结局了事。彩虹认为这是自己与他的最大差别，也是为什么这个世界穷人的孩子还有希望，因为他们从小就能忍受那些枯燥无味、重复无数的事情。

　　岩穴是半开的，像一张大嘴。穴顶宽敞，裸露的花岗岩壁高达二十多米，上面吊着一些攀岩爱好者留下的挂钩和绳索。

　　打开背包，设备非常齐全：动力绳、安全带、岩钉、快挂、冲击钻、铁锁、保护器应有尽有。脱掉上衣,秦渭穿上保护带,同时将一个黑色的小袋挂在腰后。袋里装着一些白色的粉末。见彩虹好奇,他抓了一小把放在她的手心,"这是镁粉,可以吸收手上的汗液和岩壁的水分,增加摩擦力。"说罢,他又从包里掏出一双软底的攀岩鞋换好,让苏东霖套好绳索后,展开双臂徒手攀登。

这个平日看似懒洋洋的花花公子竟有着可以和健美运动员媲美的胸肌和臂力,身子悬吊着,仅凭十指的力量从底端爬向岩壁的中心。

彩虹不禁为他担心道:"东霖,你说他是不是应该戴个头盔?"

"没事,我们来过好几次,地形很熟。他身上有保护带,很安全。"苏东霖将一根黝黑的绳索缠在自己的腰上,又将另一端交给她,"这是动力绳,弹力百分之八,你拉拉看,万一掉下来完全可以缓冲。"

她拉了拉,没觉得有什么弹性,"等会儿你也爬吗?"

"对,我们轮流来。"

"那我干什么?"

"你可以专心观赏。"

彩虹叹了一口气,"你叫我来散心,就是让我看这个?这有啥好看的?"

苏东霖抱着胳膊,歪着脑袋鄙视地看了她一眼,"拜托,两个英俊无双、帅得天昏地暗的男人光着身子爬石头来取悦你,麻烦你配合点。"

彩虹看着他,半天不作声,眼泪忽然吧嗒吧嗒地往下掉。

"东霖,我失恋了。"她说。

"痛快地哭吧!"东霖紧紧地拥抱着她,"至少你还有朋友。"

彩虹在他怀里号啕大哭,又是眼泪又是鼻涕将他的衬衣弄湿了一大块。东霖忽然退了一步,彩虹扭头一看,秦渭不知何时从穴顶上掉了下来,安全带被岩钩钩住,身子像个老式吊扇在半空中旋转。

两人手忙脚乱地松掉绳索,将他放下来。

"东霖说得不对,"秦渭拍拍彩虹的肩,一把将她揽入怀中,"当你爱上一个人时,所有的朋友都消失了。你应当在陌生人的怀里痛哭,这样才能将悲伤痛快地发泄。"

彩虹的眼泪又吧嗒吧嗒地往下掉。

"丫头,你得明白你想要的是什么。"秦渭说,"像一首诗说的那样,是'从明天起,做一个幸福的人;喂马,劈柴,周游世界',还是'从明天起,关心粮食和蔬菜,我有一所房子,面朝大海,春暖花开'?"

第十四章

学术与爱情

———

从鹰眼峰归来,彩虹有整整两周没去学校。

一来是因为有点刻意地要回避季篁;二来季篁帮她改的那篇论文终于有了回音。核心刊物门槛高,论文发出去好久,都快以为没戏了,责任编辑才姗姗来迟地发来邮件,表示考虑采用,同时提出五条修改意见。彩虹一向将自己定位为事业型女人,何况此时埋头学术又让她意乱情迷的心有了必要的旁骛。于是乎,她将自己关进小黑屋奋力改稿七天,发出去又被退回来要求继续修改增加篇幅。去省图书馆查了两天资料,又花了四天润色文字、核对引证,再次寄走后主编电邮过来表示同意接收。

这是她参加工作后的第一篇论文,而且是被一级刊物录用,虽然改了十几遍,改到最后读起来都不像是自己写的了,她觉得很值,因为修改论文本身也是思维脱胎换骨的过程啊。

第三周的周一系里有例会,她没见到季篁,也不好意思问,几次从他办公室经过都是大门紧锁。

也许有老师临时请他代课,也许他的母亲已经入院,需要全力照顾……想来想去还是为他担忧。季篁和东霖一样,属于那种凡事计划、十分守时的人,有良好的职业习惯。该到的活动不会没有他,不用到的活动你也别想找着他。这周一例会系里明文规定全体教师必到,而他居然缺席了。

周二下午季篁有课,一般会提前半小时来办公室备课。彩虹假装去热水室打水,往他的办公室瞄了一眼,没有动静。不料在楼梯口遇到了与季篁同一教研室的刘沛娟老师，以前教过她马列文论课，她便顺口问道："刘老师，您最近看见季老师了吗？"

"哦，你不知道？他病了。"

"是吗？"彩虹的心重重地跳了一下，"什么病？"

"急性胃出血。"刘沛娟说，"上周五上课时突然呕血昏倒，送到医院急救了，系主任、书记全都跟去了。"

她的脸一下子白了，仿佛不是他呕血倒是自己的血被抽空了似的，一时间急得眼冒金星。记得有一年李明珠的胸前查出一个肿块，怀疑是乳腺癌，后来才知是良性的。当时彩虹听说了也如当头棒喝，差点虚脱过去。

刘沛娟还在叨叨地往下说："……听说出血量挺多，好在抢救得及时，到底是年轻人，医生说已经没事了。"说罢，又感慨一声，"唉，你们这些单身汉吧，离开父母就不行，饮食完全不讲规律……当然也可能是因为他母亲突然去世，悲伤过度——"

她心头大震，"他母亲……去世了？"

"对啊，上上周的事。一直说病重，还说要送到这里来手术，可惜没来得及。中碧那边突然打电话过来，他当天就回去料理后事了。教研组这边因为一个国际研讨会走了两个教授，一直让他代课，又赶上期末考试，不能耽误，后事一完又急着赶回来了。"

彩虹连忙问道："他现在住在哪家医院？"

"还能是哪家？我们对口的就是人民医院啊。"

她拔腿要走，又被刘沛娟一把拉住，"别急，我还没说完呢。"

她只得停下来。

"季老师辞职了，"刘沛娟说，"这是我刚听说的。工作到这个月底交接，系主任做了他半天的工作也没留住，刚才找我和关老师安排下学期如何顶他的课。"

她一把揪住她，眼睛瞪圆了，一万个不相信地道："为什么？"

"不清楚。"意识到她的激动，刘沛娟有点奇怪，"苏少白的学生有几个不怪的？当初C大学中文系的徐志东——人家是响当当的正教授——羡慕咱们这里教学条件好研究实力强，挖空心思地要调过来，走了多少门路打点了多少关系陈书记都不点头，偏要北上去抢这个刚毕业的季篁，听说也是费尽口舌打破脑袋。现在倒好，没干上一年就挂印走人了，理论教研室立即乱了套。你说说看，明年我们组有两个教授要出国访学，课怎么排？说实话，当初选他我就有意见——学问是没话说,我也很服气——可是年轻人冲劲大情绪也大,出点事就一哭二闹三上吊,倒不如那些有家有口的中年教师稳妥。科研能力是很重要,但教学任务首先得完成啊! 你看当年的贺小刚,那真是才高志大意气风发,大好一个人才,偏偏想不开就这么去了……你说不怪关老师,作为导师她总有点责任吧? 不是引导上出了岔子就是思想工作没跟上,如果是我——"

这是刘沛娟最怨怼的一件事。当年她和关烨为争当贺小刚的硕导差点打破头,风闻她对贺小刚的论文赞不绝口,出国访学都不忘帮他买最新出版的理论书。高校就是这样,好导师学生抢,好学生导师也抢。

见她滔滔不绝地说个没完,彩虹有些心急,不得不打断:"刘老师,恕我不能久陪。季老师是我的指导老师,我得抓紧时间去看看他。"

说罢,向她要了病房号,直接打车去了医院。

F大学教员享有本市最好的医保,在这个大学工作,不冲工资不冲奖金不冲住房,就冲这医保这退休待遇也得抢。彩虹径直上三楼住院部,找到季篁的病房,却发现床位上空无一人,情急之下抓住一个护士打听,才知他去了活动室。

见到探病的人个个要么拎着一篮子水果,要么拿着一大捧鲜花,她这才想起自己急着赶路什么也没买。她犹豫着要不要到楼下小卖部去买点水果,又觉得跟季篁用不着这么客套。

"那里阳光好,有沙发,他喜欢在那里看书。"护士说,"把点滴架也拖过去了。"

长长的走廊充满了消毒水的气味。彩虹对这里有印象是因为她得过一次甲肝,明珠、大路都急坏了。医生给她的点滴里用了一种药,不知为什么身体反应很大,彩虹在床上叫难受,明珠就在一旁哭,急得差点把医生给杀了。过了很久她还怀念这段幸福时光,天天能喝上妈妈炖的鲈鱼汤。

活动室不大,也没别的人,电视里空放着新闻,阳光正好晒到窗边的一组绿色沙发,季篁果然坐在那里看书。

两周不见,他的脸瘦得凹了下去,下巴越发尖了,不知为何又剃了个平头,仿佛连上半身也跟着小了一号似的。那衬衣倒还干净,领子上满是褶皱,孤零零地露出一个脖子。半折的袖子露出一截手臂,粗壮且布满了伤疤。那是打工时被油溅上的,她曾经轻轻地吻过它们。失去光泽的麦色肌肤有种不健康的黑色,粗糙得像打磨的砂纸。她第一次发现季篁其实很黑——一副矿工出井时的模样,送进煤窑里绝不会被认出来。

她不禁想起《窗外》的最后一章,江雁容去看康南。季篁倒没像康南那样又瘦又脏,又烟又酒,又老又糊涂,但颓唐的样子也是差不多。难道真如琼瑶所说,幻想的爱情要比现实美得多?或许她并不了解季篁,不了解他的身世、家庭,也不了解他的父母兄弟。季篁只是她心中的一个理想,一个灵魂的幻象。或许等她意识到这些,她也会像江雁容那样丧失勇气去直面这个男人的所有真相。也许……她只是不愿意像康南那样泰然地过一种茅屋三间、清茶一盏、与世无争的日子。

那么,她的选择是对了,还是错了?抑或她的身世只是自己用来逃避的借口?

意识到了她的出现,季篁合上书,抬起头。

"嗨。"彩虹觉得自己的声音有点哆嗦,"对不起,这些天在忙一篇论文,刚刚才听说你住院的消息。"

他看了她一眼,没说话。

"你……好点了吗?"她又说。

"找我有事?"他问。

就这副硬邦邦、冷冰冰、有事说事没事滚蛋的腔调把彩虹的一怀愁绪满腔柔情直直打入了冷宫。

她只得直奔主题:"听说,你要辞职?"

他点点头。

"为什么?"

他拒绝回答。

"请回答我。"

仍然是沉默。

她向前走了两步,坚定地凝视着他的眼睛,一字一顿地说:"是因为我吗?为了避开我宁可不要你的前途?"

"因为你?"他哼了一声,"何老师,扪心自问,你有那么强大的影响力吗?"

"那是因为什么?因为你讨厌这个城市,还是因为你不喜欢这个学校?你知道你奋斗了多久、吃了多少苦头才从遥远的矿山来到这发达的都市?事业刚刚起步,只要努力,一切应有尽有!如果伯母在世,她愿意看见你这样自暴自弃吗?"

"就算我自暴自弃,"他的头低下来,阴影压到她的脸上,"关你什么事?"

"当然关我的事!这一切都和我有关系!"

"和你有什么关系?"他反问。

她一下子怔住了，继而哑然。

"我和你有的一切关系都已经结束了，我不想再和你有任何关系。我的决定与你无关。"他的语气很淡，表情更淡，"请你把我当成一个路人。"

他们之间是一种非常不友好的对峙。她知道自己拒绝了他，他一向高傲，肯定会介意。但没想到他竟然如此狭隘，竟然为这个憎恨她。

"OK，你可以恨我。"她努力让自己的语气缓和下来，"随便你怎么恨都行。但请不要这样冲动，请根据常识行事：你是一个男人，事业是你的根本，这个大学是保障你成功的最佳基地。冲动解决不了问题，后果却是不堪设想！"

"常识？我了解你的常识，"他不动声色地冷笑，"你的常识不过就是安稳和舒适，对吗？"

"这不是我的常识！"她狼狈地说，"我只是……无法选择，我……"

她想说你知道吗，我不是我妈亲生的，我妈对我有天大的养育之恩，我不能就这么违背她的心愿嫁给了你。转念一想，这理由不成立啊，天下哪个妈对女儿没有养育之恩？需要分亲生的和非亲生这两类吗？况且她的身世只是猜测，尚无定论，所以她只能选择不提。

"可以了，何老师，我们之间要说的话已经说完了。你不可能再伤害到我。"他毫不客气地打断了她，接着伸出手，用冰凉的手指拧了拧她的脸蛋，几乎是恶意地说，"知道你为什么要来找我吗？"

"我……我……"

那是因为我关心你，我爱你，替你可惜……彩虹在心中绝望地叫道。

"你比别人聪明，有理论武装头脑，其实从本质上说，你和周围你讨厌的那群人没什么两样。你违背了你所提倡的哲学：你不能行动，不能选择，也不敢承担后果，你所谓的常识不过是世俗给你的压力。而这压力，对像你这样一个有理论的人来说，是可以抵抗的。既然你选择放弃，我无话可说。可你不必觉得委屈，更不必跑来告诉我这是无奈之举。没有谁能让你无奈，除了你自己！如果我从小就像你这样相信了无奈，我就没有今天！怎么，你怕我不喜欢你吗？何老师，让我清楚地告诉你：是的，我就是不喜欢你了！"

一瞬间她被激怒了，比激怒更甚的是她被误解的心灵。她气道："哈！你以为你是谁呀？上帝吗？你凭什么批判我？哦，拒绝你就是世俗，接受你就是高尚，你就是道德标准啊？还有，我委屈？我委屈啥了？季篁，我对你仁至义尽、问心无愧！我什么都没要你的，为了帮你妈治病我连我家最贵的东西都偷来给你了。生日那天我妈是做得不对,可我妈是我妈我是我,我已经向你道歉了! 我说让你给我一些时间,这是很奢侈的要求吗? ……我怕你不喜欢我? 笑话! 你当我是什么了? 争宠的妃子? 从世俗的角度来说,你有什么让我喜欢的啊? 你以为你是崔健? 你以为我是村里的姑娘叫小芳吗? 你以为你拿着吉他吼一嗓子唱个'一无所有'我就跟你走吗? 季篁,本来我很欣赏你,但今天你的表现令我失望。你对我是什么态度我不计较,但你对自己的前程都这么幼稚和冲动,抱着满腹才华倒行逆施,就凭这个你干不了什么大事业! ”

除了明珠,彩虹从来不怕吵架,从来是伶牙俐齿、越战越勇,上课以问倒老师为乐,一度还是这个校园的最佳辩手,不然出了麻烦关烨也不会让她去挡驾。

“怎么,你恨铁不成钢啊? ”他的语速很慢,“我从来不是你心中的那块铁,也炼不成你想要的那块钢。既然一切都已了结,就别在我身上浪费心思了,把你过剩的同情心留给山区失学的孩子吧。”

“我妈说得不错,”她真是气大发了,“你果然是心胸狭隘、意气用事! 幸亏没跟你在一起,不然早被你洗脑,整成农村小媳妇了! ”

“你的脑还用我来洗吗? 何老师,不怕你城市小资的阶级身份被无情地暴露了? ”

“暴露? 暴露又怎么了? 你以为多读两本书就能藐视经济基础对上层建筑的决定性? 就能解构他人对你的潜意识? 这世界不会为你改变,你可以生活在幻想之中,不过请你尊重那些比你更愿意面对现实的人! ”

“比如说你,对吗? 我就是你的现实,是你需要克服需要面对的那道坎儿,和我在一起除了稀薄的物质、冷酷的现实,你没享受到别的乐趣,是这样吗? ”

她喘了两口气,紧跟着就叫板:“是! 就是! ”

他一把揪住她,将她的身子拽过来,他们之间,几乎是脸贴着脸。彩虹感到一股寒意,那刀锋般的目光掠过来,在她的心底剜了一个洞,他们之间所有的柔情、所有的浪漫顷刻间便从这洞中漏了个一干二净。

“如果真是这样,那你为什么还要来找我? ”他说,“专程来骂我的? ”

“啪”,她反手给了他一巴掌,吼道,“你是病糊涂了才这么大脑短路的吧? 难怪爱因斯坦说这世上只有两种东西是无限的,一个是茫茫的宇宙,一个是人类的愚蠢! ”

他没再听她说下去,将点滴架猛地一拽,也不顾上面吊着的玻璃瓶叮当乱响,大步越过她,卷起一团凌乱的空气,连同他身体里发出的药水气味,头也不回地消失在了走廊中。

"季篁——"她对着他的背影气急败坏地跺跺脚,"好! 你走! 你去挖煤! 你去种地! 你去讨饭! 你爱干啥是啥,鬼才懒得关心你!"

从此,他们不再交谈,见了面也不打招呼。

这种日子对彩虹来说真是煎熬,两人的关系从其甜如蜜、如胶似漆的热恋期如坐云霄飞车般从巅峰一直滑到谷底,中间还夹杂着明珠的破口大骂、大路的长吁短叹、系里老师的看热闹以及韩清的一顿夹杂着悔恨与怨艾的情感分析,得出的结论是她们姐俩犯了同一个审美错误:季篁风光其表,其实就是个夏丰第二。弄得彩虹看见他就恨,不见他又难受,心里还装着数不清的委屈。

其实这个月她也没正经见过季篁几次,一到例会两人自觉地一东一西坐两个角落;期末大考本当由彩虹改卷,她没接到任何通知,问了办公室才知道季篁改完已经交了。她也懒得去质疑理论,一把火窝在心里。除了为导师和师兄打过的那次架,彩虹这一辈子都没跟谁有这么大的仇。

月底,暑期来临之前,季篁真的辞职了。听说书记为了留下他,打电话求苏少白做说客。老师给弟子打了一个小时的电话也没说通。

彩虹去求关烨,关烨表示已劝过多次,无能为力地道:"听说他母亲过世对两个弟弟打击很大,他们明年上高二,一直是那个高中最好的学生。季篁担心他们考不上大学,所以想换个工作,离他们的学校近一点,照应起来方便些。"

彩虹表示不解地问:"高二?那也差不多十七了吧?就不能自己照顾自己啊?"

"说是……其中一个弟弟受的刺激比较大,离家出走了几天,好不容易找回来,精神状态不好。他们母子四人相依为命,感情很深的。"

情况比她想象的要复杂,彩虹半天没说话,末了问道:"那他究竟去了哪里?总不会待业吧?"

"他去了中碧市煤炭师范学院。"

"什么?"彩虹只觉头皮一炸,"煤炭师范学院? 煤炭师范学院有中文系吗?"

"有,这个学院不小而且正在扩建。"

"见鬼!"彩虹忍不住想骂人,"浪费资源! 脑子进水了!"

"他说他怀念家乡,愿意为矿区的教育事业添砖加瓦。"关烨说罢,扔给她一把钥匙,"他的办公室空出来了——我趁机向书记说了你的困难,拿着! 你梦寐以求的办公室到手了。"

"关老师,您能不能再劝劝他?"她忍不住哀求道。

"你还是多关心关心你的学业吧。"关烨点起了烟,"我要你改的论文呢?废掉了一个贺小刚,废掉了一个季篁,你若也想废掉,看我不先掐死你!"

_ 02

季篁走后,彩虹并没有什么像八点档电视剧里的失恋女主角那样不死不活的,她觉得自己与那些人最大的不同就是自己经过严格的理论训练,山高高不过太阳,爱情再高高不过事业,没必要因为一个挫折就停止对人生的向往对事业的追求。当然,她也没什么特别开心的时刻,茫茫然跟着时间的巨轮回归日常,只要循规蹈矩,生活就是轻松的,至少精神上没有压力。

彩虹并不怎么想念季篁,她只怨自己怎么没有一巴掌将他打醒。就算不爱他,作为同行,看见有才华的人做了不明智的选择也会觉得十分可惜。彩虹曾想,跟季篁在一起,虽不会像东霖那样大富大贵,但开开心心做学问,读书育人,一辈子就在这充满朝气的校园里生活也是相当完美的蓝图。现在季篁消失了,蓝图还在,她所要做的不过是找个人填进来,不是说这地球没有季篁就不转了。

她开始全力投身事业,把自己弄得很忙。在职读书要修课,要写论文,要和另一位老师合写专著,要配合教研室编写教材,哪样都不轻松。最最重要的是,因为季篁的缺席,系里命令她去顶他教过的一门本科生的课——结构主义和后结构主义。她不得不硬着头皮备课,被迫看了很多自己从来都是一知半解的理论书。

土生土长二十年,彩虹在 F 市拥有比外地人更强势的社交网络,具体来说就是心情不好时总能找到消遣。都市生活丰富多彩,今天是同学聚会,明天是朋友生日,后天是同事婚礼,大后天郭莉莉又来约喝咖啡或者东霖约去郊游,只要她点头,空闲时间立即塞满,哪有时间沉迷往事、伤春悲秋?她无暇想起那个百里以外在某县城某煤炭师范学院教书的季篁。同样,季篁很快也会变成某某,某人,某年之后也许连名字也语焉不详了。

就算在夜深人静时想起了他,最快闪到脑中的还是那天医院里争吵的情景,傲慢的神态、鹰隼的目光、刻薄的讥讽,以及那些绝情的话:"我不想再和你有任何关系。"

季篁啊季篁,我有什么地方对不起你了?不计较你的出身、不计较你的工资,也不问你有车有房,就这么好商量地把一颗少女最纯真的心交给了你!你还对我说这种话！想到这里,她眼睛一闭,在咬牙切齿中睡着了。

季篁不在,彩虹自然又和韩清泡在了一起。韩清固然工作辛苦,闺蜜失恋不能不管。下了班吃了饭带着多多散步,车子拐几个弯就到了彩虹家。两人约着去麦当劳吃冰激凌,看着多多光着脚丫和一群小孩子在儿童乐园里玩耍。就这么聊上一两个小时再坐车回家。韩清说,季篁和夏丰有许多相似之处:都是乡下长大的孩子,优点是吃苦耐劳、自尊自强,懂得珍惜到手的时机,所以表现优秀非常有吸引力;弱点是情感脆弱、性情多疑,容易被生活的变故击垮。

"别太难过,分手不一定是坏事,"韩清说,"至少不会像我这样,一直等到结婚才知道一个人的全部真相。不过,夏丰还是比季篁强一点,至少分得清利害,无论如何也不会负气辞职,一路厮杀就为了进城,哪怕讨饭也要留在城里。"

彩虹表示她想不通的正是这一点。

韩清又说:"你为什么不告诉他你的身世?或许他会理解你的苦衷。"

"我不敢说……到目前为止,那也只是一种猜测,"彩虹沉默了一下,"我怕一说出来就成了真的。"

说实话,作为季篁的同行,发现他的踪迹并不难。比如在离开 F 市半年里他没有停止自己的研究,陆续在学术刊物上发表了两篇论文。除了"中碧煤炭师范学院"六个字让她看得堵心之外——不得不承认——论文保持着他一贯的高水准,而且迅速被重要刊物索引。比如他订的杂志和各种书信仍然源源不断地寄到系里,又被彩虹一次次按新地址重新转发。又比如总有人找他开会或讲学,甚至学弟学妹找工作想走他门路的,电话打到办公室,她不得不一次次地解释说季篁已经调走了,她不知道新的联系号码。

每当她觉得自己已经忘掉了这个人的时候,总有那么一两件事蹦出来,让她重新想起他。

三天前系里开例会,无聊中的彩虹随手翻开一本学报,突然发现季篁的母校将在本月底举办一个"解构主义批评与实践"的学术研讨会。她手头正好有一篇与这话题沾边的论文,写了初稿,改了一次,读来读去不满意,便搁在抽屉里了。当晚上网查找会议信息,看见陆续上传的三十几条论文摘要中霍然列着季篁的名字。

她忽然一阵激动,热血涌到头顶。

次日，她花了一整天时间将自己的论文浓缩成一份五百字的摘要，怕不够好，还缠着关烨反复讨论。那是一个相当高端的学术研讨会，对与会的论文非常挑剔，她一直修改到凌晨，在截止期的最后一个小时提交了上去。

一周后彩虹收到了会议的正式邀请，而且意外地发现自己和季篁被安排在同一个小组宣读论文。不知为什么，她感到一阵惊喜。

接下来，彩虹花了整整二十天时间修改论文，每天只睡五个小时，每个细节每个论证每个观点都力求最好。修改到最后一稿时她读起来已相当满意，平生第一次觉得自己向天才迈进了一步。

非但彩虹，就连关烨也击节赞赏，甚至劝她将这个选题扩大，做成她的博士论文。

"到目前为止，这是我看到的你写得最好的一篇论文。"关烨说，"既有思辨性的探讨，又有原创性的分析。好好干，彩虹，你在这一行很有前途！"

"哎！"她被鼓励了。

"请问你是从哪里获得的灵感？"

她做了一个鬼脸，不好意思回答。

关烨喝了一口咖啡，点了点手指上的烟，"那么，替我问候季篁吧。"

"季篁也去呀？"她明知故问。

"听说是的。"

她告辞，退出关烨的办公室，临出门时关烨忽然说："彩虹，学术是学术，爱情是爱情，我希望你不要把二者混淆起来，更不要本末倒置。"

"放心，我的爱情已经消亡，现在一切都为学术。"她否认。

"Bad Faith."关烨轻笑了一声，对着窗外吐了个圆圆的烟圈。

开会的前一天是个寒冷的晴日，彩虹下了火车，在车站排队等了半个多小时的出租车才找到会议安排的大学宾馆。缴了会费，领了胸卡和资料，工作人员递给她一大摞会议论文。

"请问中碧煤炭师范学院的季篁老师到了吗？"登记时她一边填表一边问。

"什么学院？"听了校名，工作人员吓了一跳，还以为她来错了地方。

"中碧煤炭师范学院。"

"这个会是文学院的——"

"请查一下，他应当在你的名单里。"

工作人员查了查,点头,"对的,不过季篁老师还没报到。"

"他坐哪次火车?"

"不清楚,我们不安排接车……季老师是明天下午的报告,也许明早才到会。"

"哦。那么……请问他的房间号是?"

"207。"

"谢谢。"

离吃饭的时间还早,她也没有像同行们那样利用这个机会交流思想、联络感情、交换名片。独自走出宾馆,她去了季篁所在的文学院。

那是百年老校中的一座百年建筑,西洋风格,大理石台阶,气派雍容而典雅,从里面走出的学生眼底都藏着一丝桀骜。她暗暗地想,也只有这样的大学才能熏陶出季篁这样的学生吧?半年不见也不知他变了没有,长瘦了还是长胖了,变黑了还是变白了,说话还是那么咄咄逼人吗?神态还是那么不苟言笑吗?想到这里心中涌出诸多期盼,毕竟她曾占据过这个男人的心,拥有过他最温暖柔和的时段,她比与他打过交道的别的女人都幸运。甚至医院那次怒目相对、恶语相向也没有当初那样记忆深刻了,毕竟他是病人,毕竟他母亲刚刚去世,毕竟这种爆发也是他们相处那么久以来的唯一一次,谁能没个脾气呢?

路过一家发廊,她进去洗了头,做了个全新的发型。结果对着镜子一看,过于端正,太像民国时期的女人,回到宾馆又重新洗过,扎成季篁最熟悉的马尾辫。

季篁曾说很喜欢看见她穿紫色的衣服,她预备了两件,觉得穿出来过于刻意,又换下来,只是戴上一条紫色的围巾。

对着镜子打扮良久,床上堆了一堆的衣服,她才意识到从下火车开始她的脸就是通红的,红得发烫,心跳得也快,仿佛揣着什么心事。为了保持镇定,她将一罐冰镇可乐一饮而尽,然后跟着其他老师一起去了餐厅。晚饭由主办方请客,客人并没有她想象的那么多。席间她四处张望,季篁并没有来。

也许真如工作人员所说,他明早才到会吧。于是有点沮丧地上了楼,不死心地又去敲207的门,开门的是位中年老师。

"请问——季篁老师是住这间吗?"她小心翼翼地问。

"不知道呀,"中年老师倒是很热情,"我这里倒是空着一张床,可能他还没到吧。你是——"

"我是何彩虹,F大学现当代教研室的。"

"哟！何彩虹，你写过张爱玲的时空观，对不对？我很喜欢那篇啊！对了，自我介绍一下，我是张浩昌，S师大中文系。我也搞现代文学。"

"想起来了，您写过一本书，叫作《鸳鸯蝴蝶派研究》，对不对？"

"正是拙著。"

"那是我考研的参考书啊，张老师，幸会幸会！"

"我对民国时期的女作家非常感兴趣！萧红、庐隐、张爱玲、石评梅都很喜欢。何老师，请坐，咱们好好聊一聊！"

盛情难却，她只得和这位张老师聊了一晚的萧红和庐隐。

回到自己房间时已过了十一点。彩虹躺在床上，打开手机中的一段录像，反复地观看。

录像的质量并不好，由于镜头绑在气球上，图像晃得很厉害。可是彩虹觉得自己录下了季篁最灿烂的笑容。

她一遍又一遍地欣赏，看见镜头离自己越来越远，季篁的手臂环着她的腰。她看见自己仰起脸踮起脚对着镜头大声说："季篁，我爱你！……说啊，季篁，快来表白……"然后她们共同向着镜头做鬼脸，季篁的声音渐渐小到难以分辨，可她还是听得见："……没有风，它在直线上升，就像飞船离开地球……不仅能照到我们，还能照到这一整座城市……"

那又如何？她重重地叹了一声，这一整座城市都容不下他们。

次日，彩虹特地起了个早床到一楼大厅吃早餐，趁机瞅一眼季篁来了没有。

还是没有。

她在心里恨恨地骂：季篁啊季篁，你又不是日理万机的总理，用得着对时间这么精打细算吗？早来半天会死人吗？

这郁闷的心情一直持续到宣读论文，会议室很小，听众也不多，满满地坐着也不过二十号人吧，季篁没有到。如果到了会坐在她身边，因为他是下一个。

她知道自己的论文写得不错，PPT也做得精彩，可是她知道这一切都是做给季篁看的。结果季篁迟迟不来弄得她又是神经紧张又是心不在焉的，连宣读论文都忍不住中途停下一秒往人群里看。又怕耽误进度把讲稿念得奇快，十五分钟的报告十二分钟就念完了，听众乘虚而入频频提问，她只得抖擞精神舌战群雄。问答结束，这才听见主持人慢吞吞地说："下一位发言人本来是中碧煤炭师范学院的季篁老师，他刚才打电话来说，由于泥石流冲坏铁路他今天的车次临时取消，所以不能到会。下面让我们欢迎 H 大学的蒋济安教授给我们介绍德里达著作在中国的翻译情况……"

一回到家彩虹就拉着韩清出来诉苦:"唉,今年真是很栽,巴巴地赶了篇高质量的论文想去会会季篁,他居然没来。你说说看,他会不会是因为发现了我故意不来的?"

"人都走了半年多了你老提他干吗? 这不是堵心吗?"韩清说。

"一时半会儿怎么能忘呢?"彩虹沮丧至极,"好歹这也是我的初恋呀。"

"那你就跟你妈闹翻,飞奔着去找他呗。"韩清给她叫了一杯冰镇红豆汤,"生米做成熟饭。老人家早晚得认。"

"她那么不喜欢季篁,简直要跟我拼老命了……我妈可怜,出生在那种家庭,'文化大革命'以后就没享过福,我觉得我有义务让她过上好日子。"彩虹连声叹气,"而且,我越来越怀疑我不是她亲生的了。上个月我去蔡阿姨家——蔡阿姨是我妈的同事——结果在她那里发现了一张我出生那年她和我妈的合影照。我妈的肚子一点也不大,而一个月后我已经出生了……你说说看,这算不算是铁证如山?"

关于自己的身世,彩虹只和韩清一人聊过,曾告诉过她各种细节和自己的怀疑。两人还就此事的可能性讨论过无数回。

"你真想知道答案吗?"韩清忽然说。

见她的表情如此严肃,彩虹点点头,"当然想! 只是不想弄出很大动静,我妈若知道我在查这事儿,非跟我寻死觅活不可。"

"我替你查过了。"韩清说。

她的心猛然一沉,"你? 替我查过了?"

"对。"韩清深吸一口气,"我知道你很想知道答案,我也知道你没勇气去查,所以我帮你查了。"

"你查出来了?"

"是的。"韩清说,"是最近两个月的事。你想听,我就告诉你;你不想听,我就不说,让这秘密跟着我进坟墓。"

"等等,"彩虹打量她,"韩清,你变了!"

印象中韩清极少有果断的时刻,事事不前后拿捏半个月不能做决定。印象中韩清也没有秘密,有点心事都会和彩虹讨论,她擅长分析,分析别人也很到位,但轮到自己却总得出消极的看法。这种顶着被朋友骂的危险去做一件事,绝对不是她的风格。是什么改变了她? 难道是工作?

"人生太短,应当活得尽量清醒,"韩清说,"你觉得呢? "

彩虹硬生生地看着她,思量着这句话,想了想,说:"我不要听,我不想知道。"

韩清摸了摸她的头,"行,不勉强你。"

瞬时间彩虹又改变了主意,将半碗红豆汤一饮而尽后,她拍了拍巴掌,"好吧,我想知道,你说! "

"你的确不是你爸妈亲生的。"

"连亲戚关系也没有? "

"没有。"

"那么说,我真的来自花园街育婴堂? "

"是的。"

彩虹掏出自己的钱包,看看里面有多少钞票,"对了,你花了多少钱帮我调查这件事? "

"钱的事你别管,根本就没花钱。因为工作的关系我恰好认识几个人,其中的一个在民政局,就顺便走了一下他的关系。你知道这种事从下往上查,门都没有。从上往下却是一路通畅。当然,我也撒了一些谎。"

真相在意料之中,彩虹并不觉得意外。而被一个不相干的人说出来,至少比李明珠或何大路的亲口相告要来得轻松。突然间,她的心有种轻飘飘的感觉,一块巨石落了地,一百个气球飞上了天,这个世界其实并不会因为真相的到来而改变多少。

"那么,"她深呼吸了两下,说,"谁是我的亲生父母? 这个你有线索吗? "

"你出生不到一天就被人放到街心公园的石凳上。有个早锻炼的大妈看见了你,等了很久,确信无人认领,就交给了公安局,公安局又把你交给了育婴堂。你身上除了一块毯子和一张说明你出生日期的字条之外, 没有任何东西可以证明你的身份。"

彩虹茫然地点点头,"就这些? "

"关于你的就是这些。"韩清说,"你的母亲李明珠曾经怀孕,分娩过程中出了事故,不仅胎死腹中,同时也失去了生育的能力,所以他们夫妇就在第二年去育婴堂领养了你。"

"死去的胎儿是男孩,还是女孩? "她问。

"女孩。"韩清静静地看着她,"那其实是一次手术事故,你妈妈非常伤心。领养你的时候,你刚被送到育婴堂。从严格意义上来说,李明珠当得起你的亲生母亲,因为她是从你出生后第七天开始养育的你。也就是说一位母亲为养育自己的孩子所经历的辛苦她全都经历了。"

彩虹的眼圈立时红了,心里说,我妈怎么待我,还用你来告诉我吗?她甩甩头,用力吞下这个坚硬的事实,"韩清,不谈这个了,咱们说点儿别的吧。"

"那啥,我知道你听了肯定难过,所以要送给你一件可爱的礼物以抚慰你受伤的心灵。"韩清神秘兮兮地从床底下拖出一个精致的纸盒,从里面掏出一个漂亮的小包,"看,GUCCI今年的新款,老板当作奖金送给我的。我不敢拒绝,也不敢拿出来嘚瑟,怕夏丰见了会生气,就送给你吧。"

那是一只纯白色的手袋,柔软的毛皮,熠熠生辉的拉链。彩虹将它拎在腕中,对着镜子从各个方向看自己,"天啊,真漂亮!我好喜欢,你真不要我可就拿了!"

"拿吧,拿吧,你喜欢就好。"韩清笑着说,"这工作还是你给我找的呢。一直要谢你,你连让我请次客的机会都不给。"

就在交接的一瞬间,彩虹忽然发现韩清的手腕上有一道紫色的瘀痕。

"哎——你的手怎么了?"彩虹疑起心来,将开她的衣袖,发现手臂上还有一块更大的瘀青。

韩清木然地看着她,低下头,没有回答。

彩虹的火腾地上来了,"是夏丰干的?"

沉默了一下,韩清点头,"他情绪不好打我不要紧,现在连孩子都打。昨天我只差跟他拼命了。"

"现在你们的收入应当不少了吧?经济上应当没什么压力了。为什么他还闹情绪呢?"彩虹越发想不通。

"可能还是因为没找到合适的工作吧,心态一直没调整过来,近来更是疑神疑鬼。我回家晚一点他必定要找碴闹事儿。"韩清不由得哽咽,"真的,彩虹,我真没想到他会变成这样!变得我完全不认得了!现在我每天一下班想到要见到他都不寒而栗……"

季篁走后,彩虹见过几次韩清,两人本来无话不谈的,一提到夏丰,韩清就自动沉默。失业后,夏丰一直想找一份与韩清工资相当的工作,在本市以他的资历基本上是不可能的。倒有一家公司愿以韩清三分之一的工资试用他,干不了两个星期,夏丰就和老板吵翻了。后来进了另一家公司是底薪加提成的,他做了两个月,业绩平平,拿回家的钱还不够交多多的托儿费。韩清什么也没说,只是鼓励他继续努力,他自觉羞愧,索性辞职了。偏巧多多得了肺炎不能去幼儿园,夏丰别无选择,只得在家全天看管孩子,心情更加烦躁。

彩虹站了起来,"韩清,夏丰手机是多少? 我要找他好好地谈一谈! 他不能这么对待你! "

韩清一把拉住她,"千万别! 我求你啦! 他现在是坐在火山顶上,一点就着! "

"这人怎么就一根筋呢? 他挣钱你挣钱不都一个样,都是为这个家挣的嘛! "

"可能是他觉得自己的男子汉气概受到了伤害吧……表面看去是愤怒,心底下其实是自卑。"

"那我去问问秦渭,看能不能动用他的关系给夏丰弄个工资高一点的活儿干干? "

"别别! 千万别再扯上秦渭。"韩清叹了一口气,"夏丰现在特恨他,天天在家里骂他是恶毒的资本家,从里到外流着肮脏的血。"

"这又是为什么? 秦渭哪点得罪他了? "

"因为秦渭老叫我加班,又动不动要我陪他出差……"

"这个夏丰应当理解吧? 你这么高的工资也不是白拿的呀? "

"他就是不理解啊,反而越想越歪。"韩清苦笑,"这人自己在家里搞了个剪报,只要看见有秦渭的新闻就剪下来。有一天我回来晚了,跟他说是跟上司出席晚宴了,他一巴掌就扇了过来,说我骗他,报纸上说秦渭这一周都在上海。我说……我指的上司不是秦渭,是销售总监……"

彩虹紧紧拉住她的手,"不行! 韩清! 夏丰多半是走进了恶性循环,你一定得想个解决的办法。你们这样下去不是个事儿! "

"办法? 有什么办法? 他毕竟是多多的亲爹。"

"要不……"彩虹翻出自己的通讯录,"我帮你找个律师咨询一下? "

韩清的神经立即紧张地道:"律师? 你……你什么意思啊? "

彩虹静静地看着她,"你说呢?这种人你还能跟他过下去吗?这种没有尊严的生活,你还能坚持多久? 我要是你,绝对选择抗争! "

韩清可怜兮兮地看着她,一迭声地说:"不不不……让我再想想,再想想……"

彩虹站起来,看看表,叹了一口气,"我走了。记住,无论出了什么事,我们家的大门总是对你和多多敞开的。"

傍晚时分,彩虹回到自家的小区。楼下停车场上,爸爸何大路正在修车,远远地只看见两条腿,大半个身子都在车底下。彩虹走过去,碰碰爸爸,何大路躺在滑板上,从车底哧溜一声滑出来,手里拿着一个扳手,脸是脏的,他说:"回来了?"

　　"回来了,爸爸,"彩虹不管三七二十一跪到地上亲了他一口,"明天再弄吧,天快黑了!"

　　"有个地方堵住了,怎么弄都不通,"何大路接过彩虹递过去的水瓶,喝了一口水,"人过五十,得了慢性痔疮,已经够烦恼了,这破车又给我整这么一出!彩虹你先回去,我再弄弄,实在不行也只好进修车厂了。"

　　"噗——"彩虹忍俊不禁,谁说工人阶级不幽默?

　　到了家,妈妈李明珠正忙着烧菜。彩虹一推门,迎面一股烟熏火燎的菜香,明珠指着一个菜盆子说:"回来了?快帮我切个葱。真是的,我也老糊涂了,刚才光顾着烧芋头了。现在油都热了,葱还没切。你说这菜没葱能吃吗?"

　　彩虹扔下包就去厨房。厨房本来就小得只能容下一个人,偏偏流理台和煤气灶面对着面。这意味着每切一次菜,将菜倒入油锅就要转一次身。一顿饭下来要转无数次身,李明珠抱怨说她的偏头痛就是这么得来的。

　　切好葱,见妈妈忙得手舞足蹈,彩虹伸手过去帮她捏了捏背,"妈,累不累,我帮您按按吧。"

　　"行,就是腰疼呢。这边,往左,再往左,往下……对,就是这儿!哎……舒服死了……还是女儿好,女儿是爸妈的小棉袄啊。"

　　其实,彩虹以前经常帮妈妈按摩,按腰、按腿,连脸都按过。李明珠关节炎犯了的时候还帮她洗脚贴膏药。但今天她从背后按妈妈的腰,心情很不相同,按着按着,眼泪就掉下来了。

　　"彩虹啊,别嫌你妈唠叨。这不,潘阿姨说想介绍个男生给你,是第一人民医院的医生,姓江,胸外科的。他爸是做电子配件的,在咱们市有两个工厂。我觉得家庭条件、学历都很般配,听说长得也不错。最最重要的是,他是文学爱好者,还能写诗。要不……这个周末去见见?"

　　"行。"

　　这是季篁离开F市后彩虹第一次对妈妈爽快地说"是"。

第十五章

命案

———

_01

结果，那位江医生见了彩虹两面就再也没约她。

第一次见面是在咖啡馆，江医生修长英俊，温文尔雅，一看即知是城市中产阶级专业工作者的子弟，踌躇满志、懂得享受、术业专攻、情趣高雅，申明对政治不感兴趣，连那些跟政客梳着类似发型的人都统统讨厌。

"何小姐平时喜欢做什么？"江医生问。

"读书。"

"我也喜欢，何小姐最喜欢的书是——"

"《福尔摩斯探案集》。"

"……侦探小说？"

"对。"

"其实像何小姐这样高学历的知性女子，我的建议是米兰·昆德拉，比如《生命不可承受之轻》，又或者亨利·米勒的《北回归线》……"

"呵呵，不是我的那杯茶。"

可这并不能阻止江医生将这两本书的梗概及精妙之处娓娓道来。剩下的时间彩虹只能谨听母训——"成功的男人多半只想找个愿意做听众的女人"——除了在关键时刻发表一些赞许的言论以外，自始至终以手支颐扮温柔贤惠渴望被专家启蒙状。

岂知江先生拒绝她的理由竟是嫌她唯唯诺诺没有个性，直让彩虹气得打结，回头还被明珠损了一顿："真是拿你没辙，连装傻都不会！算了，好在我们还有后备军。这回是你陈叔叔家的小军，记不记得，小时候跟你一个幼儿园的。你们俩可好了，在一起玩从来不打架，可算得上是青梅竹马了。她妈妈亲自来托我了，让你们俩一定要见一面。"

彩虹一闭眼，脑海里浮现出一个流着鼻涕、穿着开裆裤的小男孩，立即反感了，道："不见不见，都是些什么人啊。"

"可别这么说。你陈叔叔家虽没什么傲人的家产，他家小军可是科技大学毕业的，在国防科研部门工作。军队待遇可好哪，只要结婚就有房子，还不要你付房贷。陈叔叔家的房子也不小，在北区还有一栋老屋出租，养老有保障，以后不会搬到你家跟你挤。"说罢，恨铁不成钢地叹了一口气，"唉，彩虹我真没别的要求了，你也别好高骛远了，只要结婚有个地方住，两人相敬相爱过得踏实不受公婆气就行了。"

在妈妈的威逼利诱下，彩虹答应周三的下午去见陈小军，之前明珠已准备好一张小军的军人两寸正面照给她，以便认明本尊。倒还是个长相端正的年轻人，只是彩虹左看右看倒着看，也摆脱不掉他小时候流鼻涕、穿开裆裤跟着自己背后跑来跑去的样子。正寻思要找个借口推辞，一出门就收到韩清紧急求救的电话，说临时要陪老板见客户，请彩虹去幼儿园帮接一下多多。彩虹便以此为由取消了约会。那边小军大约准备得很充分，被人在电话里放了鸽子，语气立即发了酸，当下就说不用再见下一次了。

彩虹在一连串的"对不起"中挂掉电话，直奔幼儿园接了多多去韩清家。

这不是韩清第一次麻烦彩虹。工作以来，韩清坚持每天接送多多，好让夏丰心无旁骛地找工作。不久，公司因工作需要她去考驾照，又半买半送地给她配了一辆小丰田，这接送孩子的任务更是非她莫属。一旦事急，又找不着夏丰，韩清就会给彩虹打电话，为此还特地给她留了一把家里的钥匙。

结果正赶上下班高峰，彩虹和多多在公共汽车上被困了差不多一个小时。上楼一开门却愣住了：夏丰居然在家！而且这个家出奇地乱！地上堆着玩具和纸片，桌上还摊着早晨的稀饭和两个啃剩的包子。沙发上堆满了脏衣服，鞋柜垮了一层，鞋子掉下来挡住了门，害得彩虹半天也推不开。客厅的电脑屏幕开着，夏丰戴着耳机正热火朝天地打着电子游戏。

"夏丰你在家啊？"彩虹将多多带到水池洗了手，问道。

"是啊，上午有个面试，就一个小时，中午就回来了。"夏丰摘下耳机，到冰箱里给彩虹拿出一听可乐，"奇怪，我明明在家，韩清怎么又来麻烦你？"

"说是给你打了电话,座机、手机都没人接。她临时有事接不了,就只好找我了。"

夏丰拍了一下头,"哦"了一声:"是我的错,我一直戴着耳机,什么也没听见……真不好意思,总是麻烦你,请坐请坐。"

彩虹看了看墙上的钟,想起妈妈可能还在家里等着她相亲的回话,便摇摇头,"我不多坐了,韩清说她会尽快赶回来。"

夏丰也不勉强,将她送到玄关,目光落在她的小包上,"这手袋是韩清送给你的吧?"

彩虹点点头,笑了笑,"怎么,替她舍不得?"

"你知道它值多少钱吗?"

"不知道。"

"六千美元。"

"嘀,间谍工作做得不错。"彩虹觉得他话中有话,"怎么,你有意见?那我可不敢要了,现在就还给你。切,别说这包六千美元,一万美元我也不稀罕。"

"我不是这意思,她当然应当送给你。"夏丰的表情很奇怪,"她真应当好好地谢谢你,谢谢你让她认识了秦大公子。"

彩虹"哧"地笑了一声,拍了他一下,"夏丰,你太多心了。韩清不是这种人,秦渭更不会看上她。"

"难道你不觉得自从进了那个朱穆公司,韩清变了很多?"夏丰说。

"她不可以变吗?新的工作新的挑战,不学习不进步不改变自己,怎么可能应付这种科技公司高节奏的工作呢?"

"我不是指的这方面,我指的是价值观、金钱观以及她对我的态度。"夏丰抱臂冷笑,"她天天穿名牌、化浓妆,戴贵重的首饰,一大早起来就描眉画眼,一举一动都像个小姐!我在广告部天天拉客户也不像她那样动不动就是时尚晚宴、陪客吃饭。像秦渭这样的人,手下的秘书有一个连,他没那么需要韩清好不好?你以为她真是秘书呢?我看是小蜜还差不多!"

彩虹气得叉起了腰,"夏丰,你能醒醒吗?不要动不动就把求职的沮丧扣在老婆的头上。韩清这么做也不过是为了挣钱养家做好本职工作,我看没什么不对。倒是你,你动不动就打老婆,这才是彻头彻尾的丢人!夏丰,作为老同学我要劝劝你,别犯疑心病,韩清要想对不起你,当初就不会跟她爸妈大吵大闹地要嫁给你。你们现在收入不错,有车有房,还有孩子,你已经比这城里的大多数年轻人要幸运了,那就好好过生活吧,请不要再为难韩清了。"

一番话说得夏丰无言以对。

彩虹叹了一口气,道:"多多饿了,去给他做点吃的吧。"

"韩清快回来了,"夏丰踱回自己的书桌,戴上耳机,"做饭是她的事儿。"

彩虹一看钟,已经快七点了。再看夏丰,脑袋跟着音乐晃悠,鼠标嘀嘀乱响,屏幕上枪战激烈。彩虹在心底骂道:夏丰啊夏丰,韩清工作那么累,而你却天天在家,就不能做一顿饭给她吃吗?那一腔火窝着,真恨不得拿着自己的鞋子打他一下。一瞥眼,多多坐在地板上忽然哭了。她赶紧奔过去,发现他的裤子尿湿了,连忙找来干衣服给他换上。

就在这当儿,只听铁门一响,韩清风尘仆仆地进了屋,怀里抱着一个大纸袋,一头的汗。

"我回来了!"

彩虹松了一口气,"多多接回来了,我告辞了。"

"不不不,吃了饭再走!"韩清将纸袋往桌上一放,从里面拿出一堆菜:土豆、莲藕、香肠、豆干,还有一包卤鸡翅,"彩虹你坐,等我一下,我马上就炒菜。今天你不吃饭不许走哦!"

彩虹只得跟进厨房,道:"我帮你吧。"

韩清先给多多热了一碗肉粥,打开电视让他看,这才和彩虹一起到厨房做菜。见妻子回家,夏丰只是向她点了点头,便戴上耳机继续玩游戏。

"这么忙你就买点快餐回来吃不行吗?"彩虹说,"累成这样还要亲自做饭,多辛苦啊。"

"快餐怎么能吃呢?嗯?你什么时候看见我吃快餐?那是极其不健康的东西!"韩清振振有词,"就算大人能这么马虎,也不能让孩子这么吃啊。话说这种东西吧,小孩子真是一吃就上瘾,所以绝不能让多多碰。"

在家务上,韩清果然是快手,闪电般地切好了土豆丝,又将冰箱里的肉拿出来,"你看,越忙越高效,我早上醒来第一件事就是想晚饭要吃什么,肉啊鱼啊丸子啊都需要提前解冻,不然晚上回来就来不及了,只能吃素了。我家那位受不了,餐餐都要有肉的。"

说罢,她向着书房里的夏丰一努嘴。

"怎么回事?"彩虹小声问,"夏丰最近情绪这么差?"

"焦虑症、抑郁症、狂躁症、迫害妄想症,总而言之,失业综合征……还能是什么？"她擦了擦头上的汗,叹了一口气。

"要不要看心理医生啊……你们就没法交流了吗？——唉！我都替你委屈。"彩虹不由得打抱不平。

"他近来特猜疑。我去电话公司交话费,办事的人说他查过我所有的手机短信和通话记录。好笑,我韩清是那种偷鸡摸狗的人吗？我若真喜欢那种人,当初又怎会看上他？现在,我只求他别找我吵架,孩子、家务活我全包了,不要他管。他也不会管,从来不做家务的人,一动手就鸡飞狗跳的,心烦了还拿孩子撒气。我受不了,宁可累点,心里轻松。"

彩虹迟疑了一下,说:"他看你工资涨得这么快,又配小车又发红包的,是不是怀疑你和秦渭有什么不正当的关系？"

"我和秦渭？"韩清笑了,"你知不知道秦渭他是——"

"我听说了。"

"天哪！那么说是真的？"

"嘘！小声！你不想要饭碗了！这只是江湖传说……秦渭从来不碰女人。"

"所以你说,夏丰的怀疑是不是很荒谬？"

"我看他就是心理不平衡,等他找到个高薪工作,瞧着吧,立马就心态平和,再也不给你找碴了。"看着韩清脸上明显的两个黑眼圈,彩虹心疼了,"你也别太拼命了。这秦渭也真是的,怎么能动不动就让你加班呢？真是资本家！"

"别这么说,他挺好的。这人吧,特别龟毛,干起事来所有的细节都较真。可你相信不,他看上去轻飘飘神秘秘像个典型的富二代,其实却是地道的工作狂。每天早上五点起床,六点就到办公室,忙起来能一直干到半夜,别的人全都累趴下了,他还神采奕奕的,好像刚看了一场电影回来。这种敬业精神想不佩服都不行,要不怎么挣大钱呢！活真是人家一点一点干出来的。"

"人家是单身汉没牵挂好不啦！"

"他很重用我,原先只是让我干点秘书之类的活儿,现在连财务上的事也让我插手,还说明年会送我去国外培训,回来做部门主管。"

"哦！那岂不意味着又要给你涨工资？"韩清一提到秦渭,脸上就笑开了花,彩虹也只好跟着乐。

"钱是小事,主要是我突然发现自己很有潜力,也很有管理头脑,没准在他这儿多学学,过几年我自己开个公司单干……"她越说越得意,信心十足,摇头晃脑。

"哇！你惊到我了。真想不到你的人生会有这样精彩的转折！"彩虹高兴地拍了拍她的肩，"你快点发家致富吧，夏丰实在不想工作就让他提前退休吧。想干啥干啥，只为爱好，不为挣钱，多好啊。"

"就是啊！"韩清附耳过去说，"我劝过夏丰，他不是一直想当文学青年吗？他不是爱写诗吗？等我有了钱，他不用工作，可以当个专业诗人。没人给他出诗集，我给他出，做得漂漂亮亮的，让他和李白、杜甫一样名垂千古。"

"那不行，不是说了吗——'诗穷而后工'——你们不穷他就工不了啊。"

"穷的时候也没见他工啊。"

两人一面切菜，一面笑作一团。

吃过晚饭，韩清开车送彩虹回家，半路上彩虹说："要不我还是找找东霖，托他给夏丰弄个工资高点的活儿干干？"

"还用你去找吗？我们公司现在就有空缺，不在总部，在二级部门。跟他说让他去，他死活不去，说不能当我的下级。就算他去，我也不敢保证秦渭会要他。秦渭这人吧，在商言商，绝不讲情面。昨天他还当着我的面裁了两个部门经理呢。你说夏丰这脾气，就算进了公司也干不久啊。"

"那怎么办？他现在这种样子你受得了？你看他吃饭从头到尾一句话不说，好像连自己的筷子都恨似的。"

沉默片刻，韩清长长地叹了一口气，"前两天我们又吵了一架。这回多多不乐意了，生气地咬了他一口。这当爹的也真狠心，一脚踢过去。到现在，孩子的背还是青的。"她的声音忽然发起抖来，"我好害怕。晚上一回家，他都不怎么理我，上床也是背着我睡，像跟我有深仇大恨似的。"

彩虹忍不住说："韩清，你现在跟他住不安全啊。要不你让多多来我家住几天？然后你挑个日子好好地和夏丰谈一谈？"

"不谈了，我们谈得还少吗？谈着谈着就吵起来了，而且动不动就出手打人。"韩清用力捏了捏方向盘，"打得连我都恨自己！为什么我在他面前就没有一点脾气了呢？彩虹……不瞒你说，这几天我一直在考虑和他分手，我们实在过不下去了。"

彩虹偏过头看她，"分手？你是指——"

"离婚。"韩清专注地看着前方，"我已经找律师咨询过了，也起草了协议书。如果他再碰多多一下，我坚决离婚。一个母亲连自己的孩子都不能保护，能叫母亲吗？”

霎时，空气仿佛被压缩了一般令人窒息。

韩清的侧影在彩虹的视野中渐渐变得坚硬。她觉得韩清的变化在情理之中，却又显得不可思议。

“离婚的事，你跟他提过吗？”

“提过，没法跟他好好说，他一听就跟发了疯似的。那天我带着一身伤去上班，被老板发现了，说我有家暴要报警，我死活拉住了他。回到家，夏丰又跟我道歉，痛哭流涕下跪检讨，又搂住多多不放。”韩清叹了一口气，“我的心又软了，就这么反复折腾了好几次。我自己苦不堪言，孩子也跟着遭罪！我真是不争气，就算到了现在，还一直对他抱有幻想……”

“韩清，他已经不止一次这样对你了，”彩虹说，“我觉得他改不了，没准越闹越出格，你得速战速决。”

韩清回头一笑道：“瞧你，成也萧何败也萧何。当初最热心的电灯泡是你，现在叫停叫刹车的也是你。跟你说哦，就算是离婚，也要离得文明、离得浪漫，这才不枉当初我们相好的情谊。所以我悄悄地报名参加了一个旅游团，把夏丰也捎上了：新马泰十日游、五星酒店、泰式按摩、人妖表演、水上清真寺……写了你的地址，到时候帮我收一下。他肯不肯跟我走是一回事，我的心意在这里。只等这阵子忙完，就和他出去散心，随便把离婚的事儿好好地谈一谈。不搞革命、不搞打砸抢，和平外交，非暴力解决。毕竟也是好几年的夫妻，还有一个孩子，还是好聚好散吧。”

“佩服你的气量，给人揍成这样还能浪漫，”彩虹哭笑不得，“小心夏丰听了一生气，直接把你扔海里了！”

“到这份上，我也豁出去了。一切为了多多的抚养权。”韩清淡淡地说，“他肯定下死力跟我抢，而我离婚就是为了多多——所以志在必得。”

_ 02

回到家，为了韩清的事儿，彩虹翻来覆去地睡不着，一来替她委屈，二来又想不通。她至今记得当初他们相恋的时光，柔情似水佳期如梦，真是人见人羡的神仙眷侣。可惜出了校门，经不起现实的一记敲打，美好婚姻就这么破灭了。

“所以说嘛，凤凰男不能嫁，除非你想当韩清第二。”李明珠见缝插针地来个总结。

在绝口不提季篁的半年间,韩清和夏丰就是明珠嘴边的坏典型。按惯例,每当遇到这种言论时,彩虹是肯定要反驳的。这次她终于承认妈妈的话有道理,弄到这份上,韩清与夏丰很难过下去。

所以她懒得跟妈妈斗嘴:"离就离吧,我也不劝了,再劝说不定韩清都被他打成残疾了。"

"就是啊!这些乡下来的小子,别看他们嘴甜知道讨好人,其实骨子里特别重男轻女。特别是夏丰,小时候就是在大人的暴力下长大的,自然而然地认为暴力是解决问题的最佳法门。你若嫁给这种人,低眉顺眼也就罢了,稍有反抗,那就等着挨拳头吧。"

听到这里,彩虹又不耐烦了,"妈,您又来了,这是歧视!农村也有好孩子,城市也有坏孩子,概率是一样的。"

"一样个屁!这就是现实!你若嫁给季篁早晚也是这样,看你不鼻青脸肿地哭回家来。"

"季篁不是这样的人!"

"他怎么不是?"

"好啦,不吵了,我们不提季篁。"何大路伸手,做了个"停止"的姿势。

过了一周,又是个周三,彩虹下午突然接到韩清的电话:"彩虹,能不能麻烦你接一下多多?我这里有个要紧的合同,乙方突然要求见面修改条款,约好下午五点半来公司,正是多多放学时间,我实在抽不开身……"

彩虹正巧没课,坐在家里写论文,连忙说:"没问题,我去接,你放心吧。"

那边明显地松了一口气,"对了,接完多多能让他在你们家待会儿吗?我下了班直接去你那里接他。"

"行。"彩虹想了想,这不是绕路吗?又说,"不如我直接送多多回你家吧,我有钥匙。"

"那个……嗯……"那边忽然沉默了一下,韩清说,"还是别去了,夏丰在家里。"

"出什么事了?"

"我们又吵了一回,昨天我正式向他提出离婚了。他不答应,我说我愿意什么都给他,房子存款车我全不要,只要多多。他怒气冲天地把家里的东西全砸了,我们打了起来。我难受得一宿没睡，多多也受了惊吓。我想——这几天还是别让孩子跟他在一起了。"

"什么？"彩虹不由得大起了嗓门，"这王八蛋！你受伤了没有？"

"是轻伤，不严重，我扬言报警他才住了手。今早又痛哭流涕地给我下跪求我原谅他，又保证说这是他最后一次，以后永远也不向我们母子发脾气了。"

"韩清！别再听他的了！他都保证多少回了！离！坚决跟他离！我支持你！"

那边一阵啜泣，韩清说："是的，我跟他说了，这回我是铁了心了。离婚协议书我已签了字，早上出门就撂在桌上了。我跟他说，多多是我们共同的孩子，就算是分开，他也还是多多的父亲，任何时候他想来看多多我都不会反对。反正我们还在一个城市，我并不是要夺走他的孩子。"

"那你们……好好商量吧。都到这一步了，还是心平气和地解决问题比较好。"

"他正在火头上呢。等我下了班，打算和他到外面吃个饭，商量一下离婚的具体程序。毕竟都是成年人……"

"行，过会儿我就去接。你记得跟幼儿园的老师打个电话知会一下。"

"我这就打。现在还早，到点接就可以了。"

放下手机，彩虹一看表，才两点出头，想着手头的论文已改得差不多了，就差最后一节，不想打断思路，便埋头将结尾的几段改完。拿到手中，从头到尾地读了一遍，又改了几个错别字，便大功告成地出了门。

看看时间，三点五十，就算遇到下班高峰也足够了。岂知一出门才想起这几天和平街修路，公共汽车全部改道，多半会堵。果然，一上和平街就结结实实地堵住了。一开始车上人都觉得莫名其妙，和平街是条小路，就算是下班高峰也不怎么繁忙。从窗外望去只见一排排南向的车流几乎是停滞的，一个挨着一个，车尾亮着红灯，一眼望不见尽头。彩虹挤到车门看了车上的电视新闻才知道是前面出了车祸，大卡车和面包车相撞，警车来了，消防车来了，救护车也来了，整整一条街，堵得死死的。彩虹倒不着急，堵车对于这个区的居民算是司空见惯，好在她在时间上打了余量。

过了半个多小时，车流终于有了松动，好不容易上了高架，又堵上了。这回才是真正的下班高峰，堵而不死，汽车甲壳虫般慢慢地向前爬，爬了四十多分钟还没动多少。

路上很吵，车内更吵，几乎所有人都在用手机打电话。彩虹被一路的尾气和车里的汽油味搅得肠胃不宁,看看手表,离多多放学时间还有四十分钟,而学校的大门已远远在望,怎么算都误不了,不由得松了一口气。

汽车慢悠悠地往前开,彩虹一直站着,累得连打了几个哈欠,一眼瞟到汽车电视的屏幕,忽然呆住。

播音员正以一种惯有的机械的声音播出一条最新新闻:

"……下午五时左右,本市东宁街朱穆大厦顶层发生一起命案。一名男子持刀进入总裁办公室杀死一名韩姓女子,并将另一名男子严重刺伤后自杀身亡。据查,受伤者是近年来在本市资金市场相当活跃的秦氏基金委员会首席执行官秦渭,目前已送入医院抢救。警方表示,案件正在进一步调查中,目前能够确认的是持刀男子姓夏,是死者韩某的丈夫,案件可能是因为家庭纠纷引起的……"

彩虹大惊失色,霎时只觉浑身虚脱,软绵绵地就要往下倒,幸好被一旁的乘客扶住。

过了十秒钟她才缓过神来,飞速掏出手机,发现显示屏上有三个未接电话。她疯狂地拨着韩清的号码。那边有人第一时间接了电话:"喂。"

是个男人的声音,她心中顿时绝望了。

车外有个司机不耐烦地按着喇叭,她将手机贴在耳上,半边脸都在发烫,虚弱地道:"我找韩清。"

"你是哪位?"对方的声音出奇地冷静。

"我是何彩虹,韩清的大学同学和好朋友,我刚看到电视新闻——"

"我是李警官,你的同学出事了。你能不能到公安局来一趟,我们有些问题想问一下。"

"……好的。"

她记下了联系的电话和地址,这才意识到自己全身上下都在不停地发抖。于是带着哭腔地问道:"李警官,请问韩清她——还可以抢救吗?"

"她伤势太重,已经去世了。"

彩虹不禁失声痛哭,车上的乘客都奇怪地看着她。哭了一半又想起了什么,连忙拨通幼儿园的号码。

一名女老师接了电话。

"喂,我是何彩虹。夏都的妈妈请我帮忙接一下孩子,请问夏都在吗?"

"不在,被他爸接走了。"那边的回答很肯定。

彩虹的心咯噔一下,一直沉到深渊,"接走了?什么时候?"

幼儿园接送都有详细记录，那人停顿了一下，大约在查什么表格，"四点整。"

彩虹立即回拨那个警官的号码，"对不起，又是我，韩清的同学。请问你们在现场附近有否发现一个男孩子？"

"我们正在清理现场，没有。"

"韩清和夏丰有一个三岁的儿子叫夏都。本来今天是我去幼儿园接他的，刚才问过幼儿园的老师，她说夏丰已经提前把孩子接走了。"

那边沉吟了一下，说："他们家在本市有信得过的亲戚吗？"

"没有。"

"亲近的朋友或同学？"

"那就是我。我有他家的钥匙。"

"你能去他家看看吗？也许他把孩子留在家里了。"

"好的！我马上去。"

"我们正在现场取证，马上会派人去他家调查。"

彩虹正要关机，那边突然说："等等！"

"哦？"

"你不要一个人进去，找个人跟着你。最好是……男的。"

他没解释原因，而彩虹的心已狂跳了起来，心中涌起不祥的预感，道："好的。"

高架上有条非常狭窄的人行道，若在平日，汽车唰唰地从身边驶过，会觉得十分危险。可高峰期间的一切都是缓慢的。彩虹大呼小叫地央求司机开门让她从公共汽车上下来，一下来便拔足在人行道上狂奔。

多多！多多！她泪流满面，心中只有这两个字。

从高架上一路跑下来，跑到街口，她拦住一辆出租车，不到十分钟赶到韩清所住的小区。车未停稳便开门跳下来往 37 号楼冲去，边跑边掏出钥匙。

这一带都是住房面积在一百平方米以内的经济适用房，楼下正好有个大叔在慢条斯理地修理着一辆破旧的自行车。彩虹连忙问道："大叔，您看见多多了吗？六楼韩清家的多多。"

"多多？没看见啊。不过我也是刚刚回来。"大叔热情地说，"一大早我倒是看见她妈送他去幼儿园来着。"

"您能陪我上去一趟吗？"彩虹说，"韩清……夫妻俩在外面有点事儿耽搁了。

幼儿园的人说多多已经回家了。我怕他一个人在家害怕，没人照应。"

话一出口，她的心寒了一寒，事到如今她还不能接受韩清夫妇已然死亡，多多成为孤儿这一现实，眼泪不知不觉往外涌。

"好好，我陪你上去。"见她眼泪汪汪，大叔大感疑惑，于是满口答应。

电梯慢悠悠地晃到六楼，彩虹打开韩清的家门，里面十分安静。

"多多！"彩虹大叫了一声。

客厅空落落的，没人答应，地上散落着一些撕碎的纸片。彩虹扫了一眼，是那份离婚协议书。

"会不会是多多自己跑出去找小朋友玩儿了？"她知道小区有个很大的花园，里面有个小型儿童游乐场，多多常常喜欢去那里荡秋千。

"不可能，三岁的孩子胆子小，根本不敢独自在家，也不敢独自出门。"大叔摇头，"有一点常识的家长绝不会把这么小的孩子单独锁在家里，这是很危险的！"

不足七十平方米的两室一厅并没太多藏匿之处。多多的卧室是空的，除非睡着，三岁的孩子不可能没有半点声响。彩虹从小想象丰富，又好读侦探小说，这一刻脑子里已涌出无数不祥之念，脊背飕飕地冒冷汗。主卧的门半掩着，她伸出一只指头，轻轻一推。

床上空荡荡的，两床被子叠得刀削一般整齐。彩虹想起军训那时夏丰学了一手叠被子的绝活儿。每次来寝室都说姑娘们的被子没棱角，要纠正，彩虹的被子也被"纠正"过几次。婚后夏丰虽不干家务，被子却要亲自来叠，叠好了还用手拉扯出棱角，正正方方像块麻将牌，总被韩清当成笑料。

卧室不大，一览无余，多多不在。彩虹舒了一口气，正要转身离去，忽见浴室的门也是半开的，里面传来断断续续的滴水声，仿佛有个水龙头没有关严。她的心中不禁疑惑，韩清是个细心人，极度爱惜自家的硬木地板。有一回楼上住户水管破裂，水沿着墙缝渗下来，导致她家卧室一角的木地板被水浸泡了三个小时，都心疼老半天，后来就养成了离家前检查水龙头的习惯。也许就是最近心情不好粗心大意了吧？

想到这里，心头一闷，人都不在了，还有什么心情。这房、这家、这木地板就算浸得全部翘起来又如何？叹息一声，随手拧紧洗手池上的龙头，又发现浴帘拉开，将浴缸掩得严严实实，仿佛里面藏着什么东西。她不由得想起一则旧闻：一个得了产后忧郁症的妈妈将自己的五个孩子全部按入浴缸淹死。那故事还是韩清怀孕时告诉她的。不知盛怒中的夏丰会不会如法炮制？这念头一起，彩虹只觉双腿一阵发软,伸手碰了碰帘子,却怎么也不敢拉开。

所幸那个大叔也跟了进来,在她的身后说:"多多肯定不在家,这厕所没有窗,一关灯就是黑乎乎的,怎么可能藏在这里呢?"

彩虹鼓起勇气将浴帘猛地一掀。

里面是满满一浴缸的清水,谢天谢地,除了水之外什么也没有。

"谢谢你,大叔。"彩虹说,"我再出去找一找,实在找不到就报警吧。"

"他爸妈究竟出了什么事?"

"我也不清楚。一会儿警察就过来了,您还是……向他们打听吧。"她虚弱地笑了笑。

一出宿舍楼,彩虹就在第一时间向警方汇报了多多的失踪,然后自己绕着小区细细地找了一大圈,连周围的商店、冷饮店以及小区游乐场正在带孩子玩的家长都一一问过了,无果。又翻开手机通讯录给自己所知的几个跟韩清一家有来往的朋友打电话。作为外地人,韩清一家在本市的社交圈很小,基本局限于几个相好的大学同学,这些人彩虹全都认识。大家纷纷表示不知道多多的下落。

找了几个小时也不见人影,彩虹累得只喘粗气,脑子里更是一片混乱,看看天时辰已晚,便叫了辆出租车失魂落魄地赶回家。

几乎是拖着疲惫的身子上了七楼,打开门,一股菜香扑鼻而来,厨房里油烟弥漫,像往日一样,李明珠正在锅台上大烹大炒。

彩虹身子一软,忽然间失去了所有的力气,步子再也挪不动,倚在门边,低低地叫了声"妈"。

一个小小的人影突然从屋里扑过来,扑到她身上,"彩虹阿姨!"

"多多!"她抱着他,摸着他,几乎不相信这个小人儿是真的,眼泪哗哗地往外淌,"你怎么在这里?吓死我啦,我到处找你!"

"哎呀,你这是怎么了?"李明珠走过来,将多多从她怀里拉开,"大白天的,跟小孩子发什么神经啊。"

"妈,是您接的多多?"她抽泣着问。

"可不是。韩清给你打电话没人接,就给我打了电话,央求我无论如何尽早将多多接出来,务必先接到咱们家里。她说她和夏丰正闹离婚呢,有点不放心让多多和他爸独处。"

"可是……可是幼儿园的老师说,是夏丰先接的多多。"

"是啊。我放下电话就往幼儿园里赶,正好在大门口碰到他们。我本来见那小子就来气,就结结实实地骂了他一顿,然后拽起多多就走。开始他还死活不放人,我冲他一顿吼,说再不放我就报警,告你家暴!他差点要对我动拳头,我说你揍啊,当街揍一老太太,你敢!果然围上来一大群人,咱多多也配合,说不要爸爸,爸爸打他,爸爸是坏人!"说罢,意犹未尽地将菜板上的一颗蒜猛地一拍,"我就在群众雪亮的目光中将多多拽进了出租车。怎么样?你妈我彪悍不彪悍?"

"彪悍……"彩虹虚弱地说,"这么说,你告诉韩清你接到了孩子?"

"告诉了。我对她说,如果要离婚一定要保住抚养权。要保住抚养权,一定要将儿子牢牢地看住。如果他不肯离婚,又把儿子送到乡下藏起来慢慢地跟你耗日子,你就麻烦了。我还跟她说,晚上到咱家吃饭,我给她娘儿俩做红烧鱼,这段时间就住在咱家!当初他俩非要在一起,我没拦住,至今觉得对不起她父母。这一回,我可再也不能手软了!"

彩虹深深地看了明珠一眼,心中充满感激和欣慰。是的,她不得不再一次相信,妈妈做的事总是对的,至少韩清在去世之前知道孩子是安全的。

"咦?你不舒服啊?"李明珠问,"怎么是这副鬼样子?有气无力、歪歪倒倒的?"

"妈,韩清……出大事了。"

_03

一个月后,彩虹方能从韩清的死难中挣脱,重新进入正常生活。可她知道自己灵魂中的一部分——乃至自己历史的一部分——已随韩清而逝。

韩清的后事从头到尾由李明珠、彩虹协同韩清的一个伯父共同料理。听到女儿的噩耗后,韩清父母情绪崩溃,双双住院,竟无力赶往F城参加葬礼。韩清的骨灰由她的伯父带回南宁安葬。

忙了这头忙那头。这一个月中,彩虹无数次进入公安局配合警方调查;帮着妈妈联系殡仪馆,准备追悼会。夏丰的父亲也从农村赶过来了,他是个矮个子满脸皱纹的男人,背有点驼,头发全白了,乡音浓重得难以听懂。老人家没什么钱,既伤心又羞愧,将儿子的遗体匆匆火化之后一天也不肯住。彩虹只得送他去火车站,临走时他颤抖地从怀里掏出一张照片,"这是我给他定的媳妇,同一个村,打小一起长大,又听话又能干,又打心眼里喜欢他,相貌也不差。虽没读啥书,好歹也是中学毕业。他死活不干啊,偏要娶个什么城里人。城里的姑娘,他怎么消受得起？"

照片上是个温柔清秀的女孩，微微地笑着，眉宇间带着羞涩。如果是她嫁给夏丰，会有好结果吗？故事还会是这样的吗？

韩清事件的次日，苏东霖从德国飞回来。彩虹闻讯赶到人民医院重症监护室。

关于秦渭被刺，警方的解释是事发当日他正和韩清一起核对一份财务报告，夏丰持刀入室，秦渭企图保护韩清，在与夏丰的搏斗中身中三刀。彩虹当然知道更深刻的原因，却未吐露一词。死者已矣，秦渭本就是个新闻人物，她不想给他增添更多的花边消息。

她和东霖在ICU外默默地守候，看得出东霖的心情悲伤沉重，一整天呆呆地坐在椅子上，几乎是一言不发。

晚饭时间，他们去楼下餐厅吃饭，东霖只要了一碗青菜汤。不知是因为旅途劳顿，还是心情沉重，他的一张脸看上去像是黑的。

回到ICU，两人坐回原先的沙发，彩虹喝了一口浓茶，忽然说："你怨我吧。"

"怨你什么？"

"当初若不是我鼓动韩清换工作，夏丰就不会有这么大的压力。若不是我劝韩清离婚，夏丰也不会铤而走险。我……真后悔当初没听你的话。"

"我也后悔。"苏东霖叹了一声，"我不该把韩清塞进秦渭的办公室，这等于是把一个完全无辜的人扯了进来。"

"如果你没这么做，韩清就会在你的公司，死的那个人就是你了。"

东霖看着手术室的玻璃门，目光茫然。沉默了片刻，忽然喃喃地说："我曾经死过一次。"

不等彩虹回答，他半闭着眼，忽然开始讲起了他和秦渭的故事。

"我是十七岁那年认识阿渭的。当时我高中刚刚毕业，爸妈在香港忙一个工程，哥哥在国外念书，家里只有我一个人。我从小喜欢探险，梦想做个登山队员，而我父母觉得这爱好太危险，坚决不同意，所以从未将梦想付诸实践。

"我一心想趁着这个机会去趟神农架，看看能不能找到传说中的野人。就在那个暑假，我谎称会跟团去云南旅游，其实偷偷约了人去神农架。那个人就是秦渭。他和我同在一个少年航模俱乐部。俱乐部里有一群胆大的男孩子，我问大家谁想去，只有秦渭举起了手。由于我们不在一个组，我和他并不是很熟，也不知道双方的父母曾有恩怨。

"到了神农架,做了充分的准备进了山,我们俩很快就为路线的问题吵翻了。于是决定各走各的。我独自走了七八个小时,一直信心满满,哪知一个不小心撞到了一个马蜂窝,吓得扔下背包,拔腿狂奔,跑着跑着就迷了路,越走越远,一个人在深山中乱转。那背包里装着我所有的求生物品,我身上除了一瓶矿泉水什么也没有。整整七天,又饥又饿,实在饿慌了只好找野果充饥。不料又吃错了果子,上吐下泻……当时我真的以为我会死在那里了。"

彩虹不禁插嘴道:"没人知道你失踪的消息?"

"没有。这是我用生命学到的一课:无论做什么旅行,一定要把旅行的地点以及预计回家的时间通知给亲人,不然就不会有人记得来找你。当时我和秦渭吵得很厉害,根本就没约什么会合地点。他走了一天,顺利地出来了,回到旅馆却发现我还没有回来。其实当时我已经 check out 了,还跟他说这旅馆不好,回来后要换个旅馆。秦渭觉得我多半是迷路了,第二天又进山找我。他自己在林子里找了一天,没找到;便报警带着一个搜救队四处地找,找了整整三天,什么也没找到。

"搜救队的人放弃了,告诉秦渭这山路四通八达,我有可能是自己出了山又去别的地方继续旅行了。秦渭不相信,又独自进了林子,这一次他找到了我丢失的背包。当时我又病又累又冷又饿,还淋了一场雨,已经不行了,就找到一条小河,决定躺在河边上等死。我的意识恍惚,经常出现幻觉,脑袋里一阵一阵地闪着白光……"

他停顿了一下,"就在这时我看见一个人影向我走来时,我以为是上帝派来的天使……"

"后来呢?"彩虹问道。

"后来我们就成了好哥们,可我们谁也没把这件事情说出来。"

彩虹默然地消化着这个故事,末了,问道:"听医生说,秦渭的伤势凶险得很。就算救过来,一时半会儿也好不了,需要很多年的疗养。你打算怎么办?"

"我会离开苏氏。"

"离开苏氏?"她惊异地看着他,"为什么?"

"我这人做生意运气太好,爸妈对我有点偏心。我哥为了这个,非常生气,加上莉莉也搅和进来,现在几乎成了他的一块心病了。"苏东霖笑了笑,又哼了一声,"为了这个牺牲兄弟间的感情挺不值的。他想要的东西其实也不是我特别想要的,索性让给他,大家都高兴。"

一时间,彩虹迷惑了。她一向认为自己很了解东霖,现在觉得并非如此。

"那你想要什么？"她问。

"卖个关子，以后再告诉你。"他向她眨眨眼。

经过两次抢救，又在重症监护室里躺了十天，秦渭的病情稍稍稳定，一个月后他被送往美国做进一步的胸腔手术。苏东霖打电话回来说，手术难度高，愈合不理想，秦渭恢复得很慢，需要长期疗养，近几年内他们都不会回国了。

没过多久，彩虹就从莉莉口中听说东霖辞去了自己在苏氏企业的所有职务。

"那个秦渭一直在加州的一家医院疗养，听说病得不轻呢，已经装了心脏起搏器，连走路的力气都没有。现在虽能说话，但已完全离不开人照顾。"其实莉莉也不过是平铺直叙，话音中还有一种沉痛惋惜的语气，不知为何，彩虹却觉得她有点幸灾乐祸。

"这么说……东霖也在加州？"彩虹问。

"可不是，谁让他们是死党呢？"莉莉说，"我公公几次勒令他回国，他死活不回来，再加上业界的一些风言风语，老人家气得不行。现在只好将一切都交给东宇。"

"哦。"彩虹想，这不正遂了你的心愿吗？

"我婆婆近来身体不好，高血压老犯。两老打算明年彻底退休。我在想，这董事局怎么着也得有我的一个位子吧，我也是正经学经济出身的呀！前几天我跟我婆婆摊牌了，退休之后，她以前在苏氏的位子应当留给我，嫌我没经验可以派人教我嘛。我对企管一向有兴趣，对财务也熟，现在又报了一个 MBA 的学位班。我完全可以给东宇当帮手……"

"嗯，好好干，做个女企业家！"见她大展宏图，彩虹觉得莉莉争来争去，终于争到一片可施展拳脚的新天地，也算是熬出头了，不禁为她祝福。

"说老实话，彩虹，"莉莉将身子倾了倾，话锋一转，"你会希望我过得比你好吗？"

"当然，我当然希望你过得比我好。"

"撒谎。"她的笑容忽然消失了，"你不喜欢我，一直都在敷衍我。就算是我俩好得热火朝天，你也是动不动就提韩清。我实在不明白，韩清那个榆木脑袋，我哪点不如她？"

"叮"的一声，彩虹将咖啡杯的银勺子重重地放下来，坐直，正色地说："莉莉，韩清一直是我最好的朋友。她已经去世，我不希望你对死者不敬。至于我为什么不喜欢你也不愿意和你亲近,你应当明白其中的原因。"

"嗯,"莉莉站了起来,整理了一下衣裳,冷笑,"那我可要替韩清委屈了。你看,做你最好的朋友都有些什么下场？——何彩虹,你知道你的问题出在哪儿吗？"

彩虹差点气得忘记了呼吸。

"你很会替人做决定,或者说服别人做决定,"莉莉说,"可你自己做不了什么决定。你以为你很有知识很有理论,其实你只是个可怜的人:你什么都不想失去,到最后你什么都没有。这是我的新名片——我一直拿你当朋友,也曾想方设法地帮过你,虽然你的态度每每让我心寒——如果需要任何帮助,给我电话。"

说罢,放下名片扬长而去。

人生充满了变数。

你以为一切美好都会为你停留,殊不知转眼间熟悉的朋友、倾心的爱人都离你而去。

还是那座城市,还是那座高交桥,还是每天跨越无数泥坑和裸露的管道去挤公共汽车,这城市对于彩虹来说,已渐渐地失去了生气。

夜里她常常从噩梦中惊醒,然后陷入深深的自责。她不得不承认莉莉的话是对的。不是吗？一切都是她惹的祸。如果不是她鼓动韩清出来工作,如果不是她恳求东霖安置韩清,那么这些人都还好好地活着。他们也许过得并不如意,或者动不动就吵起来,但只要活着就有未来,就有希望,就有无限的可能和无尽的期待。

活着比什么都好。

两个月以后,学校号召青年教师到偏远的山区支教,彩虹所在的系里分到两个名额,她第一时间报了名,选了环境最艰苦的珑安县。

系主任把她叫到办公室,上上下下地打量她,"何老师,珑安县可是地道的革命老区哟,下了火车转汽车,下了汽车还要徒步爬几座大山,山区生活很困难,你能坚持下来吗？系里其实打算派一个男老师去那里,你可以选别的县嘛,离铁路近点儿,回家探亲也方便。"

她默默地说:"珑安县挺好。"

为这事,李明珠气得到学校去找了系主任好几趟,回到家又和彩虹舌战。明珠还是改不了老习惯，只要女儿思想不对劲，就要去找老师理论，觉得孩子的所作所为一定是受了坏同学的影响或者老师的压力。

可人家系主任是什么人，做了几十年的学生工作，对付一个李明珠还不是小菜一碟？碰了钉子的李明珠对彩虹大发牢骚："搞什么鬼呀，你连个对象都没有，这种时候当什么标兵？山区卫生条件那么差，万一病了怎么办？小姐，别头脑发热了，去那里会死人的！什么破主任，为了自己往上爬，拿年轻教师的性命当儿戏！别以为他三言两语就能打发我，我找校长说去！校长不答应，我找教育厅厅长！"

彩虹赶紧拉住她，"妈，主任和书记虽然都是领导，但同时也是我的同事。我和他们是成年人之间的平等关系。您谁也别找了，这不是他们强行分配的，是我自己决定的。"

彩虹在珑安县住了整整一年，其间只在假期回过一次家。山区生活的确困难，不过远离闹市，节奏缓慢，很适合读书人静下心来做学问。除了教学，彩虹就在山中的小屋里冥思苦想，写论文、编教材，收获不小。

支教结束，挥泪告别乡亲，她拎了一大包学生们送的土特产坐火车回家。

那是一趟慢车，途经十几个小站，其中有中碧，也就是季篁的家乡。而中碧在这条线上，也算是大站了。

上了车，放置好行李，彩虹发现对面坐着的一个阿姨的茶杯上赫然印着"中碧市煤矿职工医院"的字样，便和她攀谈起来。她问阿姨认不得季篁，她居然用力地点了点头，"季篁？我认得啊！季家在中碧可有名了，不认得他的人只怕不多。"

"哦！"彩虹讶然。

"他是中碧一中的高考状元，那个高中都是些矿工子弟，十几年来高考都是剃光头，结果那年突然考中了一个季篁，而且是全国顶尖名牌，这消息都上了市里的报纸了。自从他考上以后，中碧一中就跟开了光似的，每年都能考中几个，在这一带也算是重点高中了。季篁还有两个弟弟，也很厉害，成绩特好，人们都说这兄弟俩早晚也能上大学。"阿姨说得绘声绘色。

彩虹叹了一声："只可惜他妈妈去世了，不然知道孩子们都上了大学该有多美啊。"

"说起这个就惨了。季篁的妈妈从重病到去世，一直就住在我们医院。我在内科，跟住院部的护士们挺熟。"那个阿姨也跟着叹气，"季家的孩子都是孝子。季篁在城里教书顾不了家,两个弟弟在高中住读,学习再紧张,每天都会抽时间去医院陪妈妈,连作业都是在病房里做的。季篁就更不用说了,见妈的肾不行了,自愿将自己的肾换给她,还说要带她去城里手术,医生约好了,医院联系好了,日子也定好了,可惜啊……"

"我也听说了。她妈妈的病情恶化得很快,来不及手术就去世了。"彩虹轻轻地补充。

"哦?"那阿姨看着她,鼻子"哧"了一声,"你听谁说的?"

"我是他以前的同事,在一个大学教书,系里的老师这么说的。"彩虹诧异,"有什么不对吗?"

"才不是这么一回事呢!"

"那是怎么一回事?"她问。

"季篁的妈是自杀的,从医院的五楼跳下来,当场殒命。"那阿姨说,"那天是季篁的一个弟弟照顾她。她说想吃点藕汤,将儿子支走了。结果他去买了藕汤回来,在楼下正好看见母亲的尸体,脸也摔烂了,脑浆四溅……这孩子就受了刺激,发狂地跑出去,失踪了好几天,他哥赶回来四处找他,都快急疯了。"

彩虹正在吃苹果,听到这里,一口咬得太急,连手指都咬破了。

原来是这样!

"其实肾移植手术的成功率很高的,"彩虹的心突突地乱跳,"可能是因为她对自己的病没什么信心吧?"

"不是。"阿姨喝了一口茶,"他妈妈跳楼的那一天接到了一个电话。不是季篁的,是一个陌生的女人。电话打到护士那里,护士再转到她的分机。我们猜想那女人向她透露了季篁打算做肾移植的消息。她上午接到电话,立即找主治医生盘问。主治医生不肯实说,她就找了一个理由出门,估计是打了一通电话核实。到了傍晚就跳楼了。"

彩虹一下子呆住了。

"医院怕担责任,派人去电信局查了那个电话号码,说是来自你们市的一个公共电话亭。又问季篁会不会有认识的人故意向他母亲透露这个消息。季篁说没有。"

彩虹脸色苍白地看着她,问道:"然后呢?"

"然后这事就不了了之了。当然,他妈妈病了好些年,又有忧郁症,在这种情况下想不开也是有可能的。"

"……"

这一路上,彩虹再也没有说话,只是一动不动地躺在卧铺上,一遍又一遍地回忆着那天自己和季篁在医院里争执的情景,思绪翻滚,心乱如麻。

到了终点,彩虹拖着沉重的行李打了辆出租车直奔自己的家。

宿舍区的大板房没什么变化,除了更老更旧,道路更脏,小路两旁的小商小贩更多了。楼下的婆婆媳妇们还是聚在一起择菜,墙壁上仍然贴满了各种搬家公司的广告。上了楼,进了门,放下行李,明珠笑嘻嘻地从厨房里迎上来,"哎呀!终于到家了!妈给你熬了红豆汤,还加了几片燕窝。我的心肝,瞧你瘦成什么样了!"

彩虹一路窝着的火,到了母亲前面,立即爆发了:"妈,我问您,您是不是给季篁的妈妈打过电话?"

李明珠眉头一皱,脸沉了下来,"你说什么?打电话?"

"别装糊涂了!"见明珠不承认,彩虹更火了,"您是不是曾经给季篁的妈妈打过电话?"

"奇哉怪也,我跟季篁的妈打个什么电话?我又不认得她!我只求人家别来沾惹我,我还上杆子去联络她?门都没有!"彩虹如此出言不逊也是头一回,明珠岂是个怕事的?嗓音立即飙高一度。

"骗人!别告诉我您没去查季篁的底细!别告诉我您不知道他家的情况!您明知道季篁的妈病得不轻,还打电话告诉她换肾的事!"

"天哪!何大路你快瞧瞧你这女儿,真是胳膊肘往外拐!彩虹,我打没打电话瞒得了谁?你直接给季篁的妈打个电话问问不就成了?"

"还好意思问我这个?您明知道死无对证!季篁妈接到您电话的当天就跳楼自杀了!您开心了是不是?现在季篁终于恨死我了,您也终于成功了,对不对?"

话音未落,脸上着了一记响亮的耳光,"胡说八道!我李明珠是讨厌季篁,可我才不会干这种缺德事!"

"就是您干的!除了您还有谁?这是您的一贯风格!"见妈妈不但没有悔改而且矢口抵赖,彩虹气得眼冒金星,"是您自己的小姐梦没做完,指望我替您做下去,为了顺从您,我忍了,和季篁也分手了,这还不够?您还不满足吗?还要斩草除根害死一条人命?——妈!您这是在疼我吗?您……您真是卑鄙龌龊!"

"你说什么?你再说一遍!"李明珠气得一跳三尺高,"糊涂的孽障!我害谁了?人家病人想不开跳楼自杀关我什么事?不是你的亲妈还懒得管你了,你爱嫁谁是谁！我所做的一切都是为了你的幸福！"

彩虹冲到自己卧室，将几本专业书和笔记本往一个大包里一扔，又冲回客厅对着明珠吼："我的幸福您关心吗？您在乎吗？说到底，您只想占有我，替我作主，替我决定，您觉得您有权这么做对不对？因为我根本就不是您亲生的，我的命是您捡来的，您对我有恩，所以您有权处置我的一切，包括我的爱情我的幸福我的未来，对不对？"

"滚！何彩虹你给我滚！有多远滚多远！永远别回这个家！"

"我这就滚，滚得远远的！"彩虹扛着行李大步走出门，将手机往地上一摔，摔得粉碎，"我恨你们！"

第十六章

小镇人生

_01

"我们学院的确紧缺教师。"

坐在彩虹对面的那个谢了顶的中年人慢吞吞地翻着她的简历，他是中碧煤炭师范学院的院长余正良。彩虹的简历很长，足足三十多页，附有发表的论文样章及硕士论文摘要。那人怀疑地看了她一眼，继续说："但我们需要的主要是熟悉采矿工程、测绘工程、自动化、矿井通风与安全、矿井运输与提升、煤炭深加工与利用之类课程的老师。如果你有地质勘查、工程测量、建筑工程之类的学历也可以考虑，或者你有财经方面的学位，熟悉工程造价也行。嗯……何老师，你好像没有这一类的资历。"

"我的专业是汉语言文学，可以教很多文学类课程，比如古代文学、现代文学、文学理论、文学批评，如果这些你们都不缺，大学语文、应用写作、马列原理这一类公共课也行。"

思考片刻，院长说："我们学院正在扩招，建制上打算向综合性大学靠拢。中文系的师资力量不够，缺一些学术带头人。我们非常欢迎像你这样的人才！可是，看简历你是 F 市人，毕业分配到 F 大学，既是任课老师又在职读博，前途很远大啊，为什么要跑到我们这个穷乡僻壤来屈就呢？莫非……你在工作期间犯过什么……错误？"

这是合理推测，彩虹心平气和地解释："余院长，我的简历上有推荐教授的联系方式，还有系主任的介绍信。如有怀疑，您可以给他们打电话。"

"可是，我实在想不通，何老师你为什么要放弃大城市的大好前途，一定要来我们这里？"

"我喜欢煤矿,对矿工有深厚的感情。"

"哦？你父亲是矿工？"

"不,不是。"

"你曾经在中碧生活过？"

"不,没有。"

"那你为什么来这里？……不认识这个地方,不认识这里的人,也不熟悉这个专业,你总得给我个理由吧？"

彩虹想了想,怯怯地说:"我热爱祖国的煤矿事业不行吗？"

院长笑了,将简历还给她,"如果你想在这里教书,得跟我说实话,不然恕我们不能录用。"

她没有接,抬起头,开始坦白:"好吧,贵院中文系的季篁老师是我以前的男朋友。"

"哦。"

"因为……一些误会我们分手了。"

院长看着她,目光有点慈爱,缓缓道:"所以你就发扬一不怕苦二不怕死的精神追到这里来了？"

"嗯……这是原因之一,不过我仍然热爱祖国的煤矿事业。"

院长点点头,表示接受这个理由,话题迅速转向操作层面:"我们学院虽小却是隶属煤炭部的国家正式教学单位,实行聘用制。你想来可以,要签合同,组织关系也要转过来。"

"我愿意签合同,也愿意转组织关系。"

"你知道这意味着什么吗？"

"……"她耸耸肩,表示不太知道。

"这意味着在合同期间,你将放弃 F 市户口,变成中碧市居民。"

她双手一摊,"行,我没意见。"

"要知道,如果你再想调回去,那就难如登天了。"

"我明白。"

"那么,"他向她伸出手,"何老师,中碧煤炭师范学院欢迎你！我会安排人事科给你办理一切手续,你有什么特殊的要求吗？"

彩虹说:"能给我安排一间宿舍吗？我的行李还在旅馆里。"

"你会有自己的办公室和宿舍。小地方别的好处没有，住房肯定要比大城市宽敞，何况何老师这样优秀的人才，学校一定会重点保护的。"

第二天，办完相关手续，人事科的干事交给她两把钥匙，"这一把是你的办公室，这一把是你的宿舍。宿舍就在学院的后面。喏，绕过那个操场，穿过后面的桂花林，有一排三层高的红楼就是。你的房间是 17 栋一单元 106 号。"

一路找过去，她发现那是一幢老式的大楼，带着点五六十年代苏俄的做派，灰瓦红墙，方方正正。初冬天气，南方的住宅极少用暖气，这个盛产煤炭的小城不少住户仍习惯于用煤炉取暖。彩虹找到自己的房间，用钥匙打开门，顿时看见客厅的当中有一个老式的煤炉，长长的烟筒一直通到窗外。她惊讶地发现那是个宽敞的两室一厅。客厅大得可以跳舞，两个卧室面积也不小，厨房、饭厅、卫生间、阳台一应俱全，地上铺着深红色的木质地板。听干事说第一任房主下海经商了，房间退了出来。他家比较有钱，所以装修得挺不错。虽然走的时候能搬的搬能拆的拆，但地板、瓷砖、马桶都是一级品。第二任房主是名女教师，只住了不到一年时间就出国了。她是长春人，特别受不了南方的湿冷天气，便装了这个取暖用的煤炉。彩虹看了看老式的煤炉，又看了看厨房里时髦的地砖，觉得风格挺不搭调。正打算找人搬走，打开窗，一股寒风吹进来，冷得她一连打了几个寒战，又觉得煤炉的存在很有必要。何况她又怕点煤气，以后煮个汤煮个面什么的，就在煤炉上解决吧，说不定还可以烤红薯呢。

在大城市生活了二十几年，彩虹虽也有个属于自己的小房间，但她从没有离开过父母单独生活。习惯父母照料的同时也得忍受他们的唠叨，私生活上有诸多约束。如今一人独享偌大的居室，不啻到了人间仙境。彩虹喜出望外，放下行李便兴奋地跑到附近的商场买了一张大床、一床席梦思、一组沙发、一张书桌、几把椅子，以及锅碗瓢盆洗漱用品。商场派车将所有的家具送到她的住址，派工人组装，并按要求摆在她想要的位置上。当晚她又去超市买了两桶涂料，花了一整天的时间将所有的房间刷成淡紫色，又将所有的窗子装上浅蓝色的窗帘。最后累得躺在地板上半天爬不起来，心里却十分高兴。她终于有了一套属于自己的房子！

第二天，第一次去自己的办公室，彩虹刚用钥匙打开门，一只细长的手臂不知从哪里伸出来，忽然将她挡在门框上。

不必回头,她熟悉他身体的气息。

"你来这里干什么?"那人问道,语气不好,有点气急败坏。

她反射一般地转过身,晃了晃手中的钥匙,"工作。这是我的办公室。"

"你的办公室?"他重复了一遍,仿佛不相信这是真的。

"对的,"她瞪大眼睛看着他,从包里抽出一张纸,"我是这个学院的正式老师,有合同为证。"

看得出他很惊讶,半天没说话,过了几秒,问道:"你签了几年合同?"

"十年。"

"十年?你脑子进水了?"

"我……"她咽了咽口水,不知道应当怎么回答,"……关心祖国的煤炭事业。"

"你的学业怎么办?"

"……什么学业?"

"学术……和事业。"

"不要紧,"她说,"我的脑子在哪里,事业就会在哪里开花结果。"

"是吗?"他冷冷地审视着她,"为什么?"

"季篁……我不会回去了。"

"发生了什么事?"

"好多事。"她忽然哽咽,"……可怕的事,都跟我有关系。"

他定定地看着她,迟疑了一下,说:"中碧不是个浪漫的地方,我劝你……还是回家。"

"季篁——"

"我们已经分手了,"他的声音很冷淡,"镜子已经破了。与其为了修复它而割伤自己,不如痛快地放弃。"

没等她回过神来,他已走进自己的办公室,大门"咣当"一声,将她的耳膜重重地震了一下。

中午,彩虹遇到余院长,忍不住问他:"院长,为什么我的办公室和季老师的办公室会是挨着的?"

"小姑娘,一听见'煤炭'两个字,你的第一印象是什么?"院长饶有兴味地看着她,反问。

"能源、污染、僵硬、无趣、化石、黑暗、死亡、瓦斯爆炸……"

"哟，就没一点积极的东西啊？"

"没有。"

"你错了，"院长说，"它也可以意味着燃烧、炽热、激情、永恒……浪漫。"

彩虹哭笑不得地看着他，心里说，院长啊，您帮人也不能这样露骨啊！

可是，在学院食堂吃了一顿饭后彩虹就彻底地浪漫不起来了。不知是过敏、水土不服还是食物中毒，一到家就上吐下泻，不得不自个儿挣扎着去职工医院打了几个小时的点滴。回到家躺了一天，吐是止住了，又莫名其妙地发起了高烧，四十摄氏度，烧得全身乏力，彩虹一咬牙，吞了两片银翘，用一床大棉被焐着睡了一夜，心想再不退烧，只得又去医院看病了。第二天，高烧莫名其妙地退了，低烧和腹泻又持续了一日。系里准了她一周的假，她逼着自己吃东西，积攒力气，就这么胡乱折腾，一周过去了。再次去学校时，她只觉身轻如燕，出门前照了下镜子，下巴尖得可以挖地了。

回到系里，彩虹问主任："陈老师，是谁帮我代的课？我得去谢谢他。"

"是季老师。"

"呃——"她不自觉地咬了咬牙。

"他自己的课也多，忙得够呛。不过没关系，互相代课很正常，大家都有请假的时候。何况你们以前是一个学校的，你教的课他全能教。"

"嗯——那也不尽然。"彩虹觉得自己被小看了，她怎么可以随便被替代呢，"如果您碰到季老师，请替我谢谢他。"

"他就在办公室，你自己去谢吧。"

"……好的。"

在季篁的门外站了半天，她没勇气敲门，终于只是将"谢谢"两个字写在纸条上，对着门缝塞了进去。

于是，她再也不敢去学院食堂吃饭了，而是听从系里老师的建议去了马路对面的高中食堂。据说那食堂是承包制，承包商为了保住饭碗请了几个很不错的师傅，大锅菜十分可口。彩虹吃了几回，果然不错，只可惜不能在十二点钟去吃，那时正值学生下课，队排得老长。偏偏彩虹这学期的课都安排在十点到十二点……

她忍无可忍地决定自己开伙做饭。

学院出门往左有一个很大的超市，彩虹觉得这是训练自己独立生活的最好时机。埋头走进商店,推了一辆购物车,她把自己喜欢吃的东西:生的、熟的、半成品的、各种汤料、辣酱、零食一股脑儿地塞进车里,结账出来,装了满满四个袋子,兴致勃勃地往家赶。

定居中碧的最大好处就是彩虹再也不用跑月票了。这对跑了近十年月票的她来说简直是个惊喜。以前住在家里,醒来头一件难事就是挤公共汽车,老远看见车来,就要跟着跑过去,仿佛接力赛一般,双腿保持紧张,因为不知道车会停在哪里。好不容易上了车,有经验的人会拼命往里挤的同时,又不能随着人流挤到车子的中央,而是停留在车门附近。不然的话下车又是一趟挤,且不说偶尔还会遇到些中老年猥男在你的身后搞点小动作。而小城市根本没有这个问题。入住中碧的头一天,彩虹去银行办点事,小城的公共汽车上只有三个人。没有出租车,满街跑着白色的小面的,价钱非常便宜。

虽然不必坐车,彩虹觉得买辆自行车还是很有必要。学院占地很大,是中碧的重点教学单位,志在将校园打造成园林化多功能校区。中文系所在的两座新式教学楼相当先进,教室、会议室、办公室、休息室、热水室,乃至小礼堂等硬件设施都超过了 F 大学。教师的待遇——假如将住房计算在内——也不比彩虹以前所在的大学低多少。后来打听才知道,这些都得益于六年前一个煤老板的捐赠,听说捐资过亿。

拎着沉重的塑料袋,穿过狭长的校区,彩虹气喘吁吁地来到宿舍楼下,正要掏钥匙打开防盗铁门,一个高个子男生从后面走过来,粗声粗气地说:"我帮你拿吧。"他有很重的鼻音,说的虽是普通话,却带着点本地口音。彩虹回过头,发现那是一个十六七岁的学生,眉清目秀,穿着一套很旧却洗得很干净的深蓝色条纹运动衫。她笑了笑说:"谢谢。"

她住在三楼,小男生一直帮她把东西拎到家门口,彩虹说:"同学,进来坐一下,喝口水?"

男孩闷头闷脑地说:"不了。"

"别客气呀,看你一头汗,喝杯橙汁吧!还有,这两包鱼片干你拿着,上学的时候吃。"

"我……我不吃零食。"

"拿着嘛!"彩虹说,不管三七二十一,又塞给他一瓶果汁,"喝了水再走,不然我生气了。"

男孩腼腆地接过来,静悄悄地喝了一口。

"你叫什么名字？也住这一栋楼吗？"彩虹问。

"我叫季箫。"

彩虹正在喝汽水，差点呛住，"季箫？你是……季篁的弟弟？"

男孩点头，"对，你怎么知道？"

彩虹一把锁住门，"那啥，今天你一定要在我这儿吃饭！你帮我拎那么重的东西，这么大一个忙，我一定要好好谢你。我和你哥是同事，他不会反对的。你要看电视吗？我这儿有影碟，你爱看啥？功夫片？科幻片？动作片？"

男孩被她的热情吓着了，赶紧站起来，"不不不，我还要做功课，我得走了。"

"什么功课啊，晚点做没事，你成绩肯定很好，对不？"

"……还行。"

"你坐会儿，我马上做菜去，咱们吃火锅怎么样？我买了羊肉片，绝对新鲜，还有鱼丸、青菜、豆腐……"

"不了不了，你太客气了。"季箫退到门边，只差夺路而逃。

彩虹叹了一口气，打开门，"好吧，下次我再请你。你住哪儿？我送送你。"

季箫指了指对面，"我就住在对门，是你邻居，以后有什么要帮忙的尽管敲门。我哥没课的时候一般都在家。"

彩虹低下头，脸红了，不好意思地看着自己的鞋子，"好嘞。"

对门住着三个大男生，可是季篁一家真是出奇安静，仿佛对噪音过敏似的，进出家门都是静悄悄的，上下楼的脚步也很轻。住得这样近，低头不见抬头见，可是住了十几天，彩虹硬是一次也没见到季篁，倒是在放学时间经常见到季箫和季箴。

虽说是双胞胎，两兄弟长得真不一样。季箴个头不高，四肢细长，脑门偏大，肤色白皙。以前听季篁说，大约是出生时受了季箫的挤压，先天不足，幼时多病。在三兄弟中，性情最为敏感柔弱。而季篁和两个弟弟又是截然不同的一副长相。一句话，这三个人若是走在外头，没人相信会是一母所生。

转眼到了寒假前的最后一周，从两周前开始，彩虹就发现自己用光了带来的所有积蓄。她本就从家里走得急，只带了一些现金和一张银行卡。后来关烨把她在 F 大学最后一月的工资寄过来，算是救了急，可她逛商场看中了两个漂亮的书架，正在大减价，手一松就买了回来，银行卡上的钱转眼就光了。她以为学院跟大学一样是月中发薪，仔细一问是月尾。就这么一天两餐地吃了一周的方便面，吃得脸都绿了,发薪前的最后一周正值期末,考试、改卷连夜加班,她饿得有气无力,眼看着撑不住了。正巧,那天在办公室门前碰到了季篁。

她一咬牙,叫住了他:"季篁。"

他正用钥匙开门,手停住了。

"什么事?"

她瞪着眼,支吾了半天,低声说:"借点钱给我。"

他掏出钱包,抽出一张银行卡递给她,"密码是 171221。"

"谢了。"她垂下头,见他埋头要进门,抢着又说,"还有⋯⋯你妈妈的事我听说了,真的很对不起。我⋯⋯跟我妈吵翻了,来这里找你⋯⋯是想替我妈赔罪。"

她的眼泪簌簌地往下掉。

"就为这个?"他说,"你就为这个辞职了?"

她点点头,"那天⋯⋯我是指我生日那天,我不是故意要伤你的心。有件事我一直没告诉你,因为当时还不能肯定。我⋯⋯不是我妈亲生的,我是个弃婴,我爸妈在我出生后第七天收养了我,他们对我恩重如山。所以我没什么可选择的⋯⋯"

"我明白,不怪你。"他叹了一口气,"听我说,彩虹,你是个地地道道的城市姑娘,何必在这里自找苦吃呢? 这地方不属于你,还是快点想个办法调回去吧。"

"不,不回去。"她斩钉截铁地道,"你呢?临走时书记让我带话给你,任何时候你想回去他们任何时候欢迎⋯⋯"

"不,"他打断了她,"这里是我的家乡。我总以为我的幸福在别处,所以从小到大拼命努力,只为了离开家去更大更好的地方,为此付出了太多的代价。现在,哪座城市对我来说已经不重要了,最重要的是身体健康、家人平安。至于我,守着一条冷板凳专专心心地做学问就可以了。"

"季篁,我可以在这里陪你。"

"不不不,你应当回去。这里的一切对你来说完全陌生,你不会习惯的。"

"我会的,难道只有你可以改变自己适应环境,其他人都是单细胞动物吗? 我也可以!"她大声说,"我可以习惯!"

他沉默了一下,无可奈何地看着她。

"那你就慢慢习惯吧。"他耸了耸肩,转身走进办公室,走了几步又踅回来,"忘了告诉你,我已经有女朋友了。"

"啊?"她一下子傻掉了,"是谁?"

"你不认识。"

_ 02

受到打击的彩虹独自跑到饭馆吃了一顿地道的农家菜，老板娘说芹菜和冬瓜就是从自家院子里摘下来的，鸡是现杀的，红烧肉是现炖的，吃的就是一个新鲜。寒假只有一个月，过完年就开学。心情抑郁的彩虹除了山吃海喝就是蒙头大睡，整天与睡衣相伴。等到大年三十她再次出门买东西时，忽然发现裤子已经扣不住了，跑到学校体育馆一称体重，乖乖，一下子长胖了十五斤！而且全胖在关键部位：腿粗、腰大、脸圆，估计吃多了油，头发黑黝黝的充满了光泽。

渐渐熟悉之后，彩虹发现这个系男教师居多，四十岁以下的女教师只有她一个。彩虹不好意思向他们打听谁是季篁的女朋友。而深居简出的季篁自从借给了她银行卡之后就再也没有露过面。彩虹越想越难受，千里迢迢地找过来，十年的合同也签了，居然是这么个结局。等季篁和别人结了婚，他们还是同事，免不了天天见面，那还不是遭罪！转念一想又觉得心灰意冷，罢了罢了，妈妈一个电话害得季篁家破人亡，这天大的罪过怎么弥补也不算多。她的罪孽还不止这些：秦渭的伤、韩清的死、可爱的多多变成了孤儿……这些惨剧或多或少都由她而起，是她偷走了她们的未来、幸福和欢乐。

她不应当幸福，也没有权利享受。彩虹决定，自己的后半生就在中碧流放。

中碧果然是个好地方。至少从她搬过来的第一天起，她不再做噩梦，不再夜夜梦见韩清和夏丰。小城市有小城市的好处：人少、车少、污染少、噪音小，只要不追求高档，城里人能找到的娱乐这里全有——电影院、录像厅、植物园、健身馆、小吃街，各种超市和快餐店。学院附近还有一家"麦丁劳"，生意超火，专卖山寨版汉堡包及葱油肉饼。彩虹慕名吃过两次，味道神似，肉饼里加了川料又香又辣，令人欲罢不能。

这是彩虹第一次独自过年。四处响起的鞭炮声令她意兴索然，她用力跺跺脚，将这种消极的情绪赶出脑外。人少，气氛不能清冷。她在门上贴了春联，窗上贴了窗花，天花板上挂满了气球，又去超市买了一大堆根本不可能吃完的年货。回到楼下，她从楼外的储藏室里取了一包无烟炭，正巧遇到穿着球衣抱着篮球一起回来的季氏三兄弟。

"新年好！"响应节日气氛，彩虹喜庆地向他们打了声招呼，"季老师，你的卡我已经还了,塞到你家的门缝里了,里面的钱用了一点点,不是很多,下个月全部还清。谢谢你的帮助!"

一转眼,发现季箴和季箫正偷偷地注视着她,彩虹冲他们呵呵一笑。

"不客气。"季篁说。

"何老师你又买这么多东西啊?我来替你拿吧?"季箫说。

"这是味香村的炖猪肘,很好吃的,尝一个?"她塞给他一个纸袋。

"不不,"季箫摆摆手,"何老师你没事吧?怎么看上去……全身浮肿……"

"哪里哟……这是心宽体胖。"她盈盈浅笑,一不留神,一个塑料袋破了,从里面掉出来几个大红薯。

季箴赶紧拾起来,"你的红薯。"

她将红薯往胳膊上一夹,说了声"回见",拎着袋子和无烟炭噔噔噔地上了楼。

真是的,还是邻居呢,大过年的一点表示也没有。见季篁不冷不热,彩虹不禁腹诽。

气呼呼地锁了门,打开煤炉,铺了新炭,彩虹将冻得发僵的手指伸进炉前烤了烤,又将两只红薯放进通红的炉膛。接着,她打开电视,一面吃零食一面等着春节联欢晚会。

电视的声音在偌大的房间里回响。为了配合气氛,广告商们纷纷打出团圆牌进行全方位煽情。看着看着,彩虹有点想爸爸妈妈了。她拿起手机,犹豫了很久要不要给他们打个电话,可是一想到季篁母亲的惨死,又觉得明珠的所作所为逼人太甚且不可原谅。更何况明珠若是知道她打算在这地图上都找不着的小城里度过余生,肯定会暴跳如雷并不惜一切手段将她逼回省城。

也罢,清静有清静的好处,无人关注亦无从烦恼,还是过个清静年吧!

彩虹抱着毛毯,懒洋洋地躺在沙发上,被红红的炭火烤得昏昏欲睡,到了八点,忽然听见敲门声。

她踩着棉拖鞋飞奔着打开门,看见季箫拎着一个竹篮子站在门外,他说:"何老师,这是我们自己做的年货,芝麻饺和藕夹,我哥说请你尝一尝。"

对面的门开了一条不大不小的缝,里面传来笑声。男声属于季篁,她可以肯定。还有一个女人的声音,咯咯咯地笑得格外开心。

其实也不该动气,她的心偏偏就被这笑声戳了一下,于是冷淡谢绝:"不用了,年货我都买了,谢谢。"说罢,"砰"的一声,将门用力一关。

回到沙发,抱着毯子继续看电视,心绪一阵翻滚。过了片刻,手机忽然响了,是个陌生的号码。

"喂？"

"彩虹吗？我是东霖。"

"东霖？"彩虹高兴得差点尖叫，"你在哪儿？回国了？"

"没有，我在加州呢。"

"你怎么知道我的号码？"

"找人问的。没什么事，刚下飞机，给你拜个年。"

话音嘈杂，东霖语气匆匆，似乎不想多聊。

彩虹赶紧问："秦渭怎么样？身体恢复得好吗？"

"还行，这个月可以散步了，不过不能剧烈运动，也不能劳累，还要吃很多药。好在他是搞投资的，以分析数据为主，足不出户也能工作。这一病他差点死过去，把平日不待见他的爸爸妈妈爷爷奶奶叔叔伯伯们都吓坏了，对他的态度来了个一百八十度的大转弯，嘿嘿，也算是因祸得福了。"

"对不起，这一切都怨我！如果当初不是我……"彩虹又开始检讨。

"不能这么乱联系。这都是他们自己的选择，你只是做了一个好朋友分内的事，如果我是你也会这么做的。"

朋友就是朋友，短短的几句话，打消她日日萦绕在心的愧疚。

"谢谢你安慰我。对了，最近你都在干些什么？把软件公司开到国外去了？"她换了个话题。

"哦，没有，我改行了。"东霖说。

"你？改行了？"

"对，我现在是职业登山队员，刚从坦桑尼亚回来，这个夏天我会去阿拉斯加。"

彩虹的脑袋一下子大了十倍，急道："登山？你疯了！搞这么危险的运动？还有，坦桑尼亚有山吗？"

"怎么没有！乞力马扎罗不是？它实际是由三座死火山组成的，我徒步走过希拉高原，路过东非大裂谷，沿途看见了成群结队的羚羊。海明威不是还写过《乞力马扎罗的雪》吗？登山是我的梦想。从小我就想干这个！你知道什么是终极体验吗？"

"终极体验？不知道……"

"当你站在山顶时，俯视脚下的层层云海，只有在这种时候，你才知道什么是天，什么是地，什么是你自己。秦渭说在英文里这叫 epiphany。"

"Epiphany?"彩虹笑了,"你爸妈同意你这么玩儿吗?"

"我住在国外,谁也管不了我。嘿嘿,如果莉莉问起,记得替我保密。"

"好的,你要加倍小心。"

"你呢?你怎么样?"东霖问。

"我定居了,就在中碧。"

"听说了。不评价,只问你一句话。"

"呃?"

"你高兴吗?"

"高兴。我很喜欢这里。"

"那就 enjoy 吧!新年快乐!"

"你也是。要想着我啊,要经常给我打电话哦,别忘了我哦。"彩虹在电话里唠唠叨叨、凄凄切切,眼泪吧嗒吧嗒往下掉。

韩清之死是切肤之痛。接着,最要好的东霖也离开了她。这一切究竟是怎么发生的她到现在还没有想通,只知道福无双至,祸不单行,她与 F 市密切相连的记忆和血脉就在一瞬间被抽空了。

电话那头东霖的话还在继续:"那是必需的。从阿拉斯加回来后我会跟着登山队回国,目标是贡嘎山,海拔七千五百米,峰顶是六十度到七十度的峭壁,绝对有挑战性!没准还能上电视呢!耶!等我的消息!"

她在心中暗笑,才去美国不到一年,东霖变得跟美国大学生一样开朗了,只是他的英语那么糟不知道能不能够应付。不过这些都难不倒有钱人,更何况他的职业是登山,这跟搞计算机差不多,不需要太多的英语。

"等你到了山顶,记得捡块石头给我!贡嘎峰的石头一定有神性!"

"没问题!不多说了,要去拿行李了。拜拜。"

挂掉电话,她感到一阵莫名的惆怅,便从炉膛里掏出烤好的红薯,吃了两口,太甜,不吃了。电视里的联欢晚会正进行得如火如荼,赵本山的小品还是那么搞笑,但房间里的沉闷与萧索令人难耐。渐渐地,她睡着了。

一夜无梦。大约习惯了天堂的生活,韩清也不来找她了。可是,当大脑陷入睡眠时,她的眼皮却有一种奇异的光感。她一直觉得四周很亮,客厅其实只开了一个七瓦的地灯,窗外是漆黑的,天空偶尔有闪亮的焰火,紫色的,流星般点点掠过……

等她从梦中醒来时,却发现自己躺在一个巨大的椭圆形容器里,脸上戴着一个氧气罩。空气中有种无形的压力，她觉得耳膜有点痛，仿佛坐在深海之中。她下意识地清了清嗓子，声音在容器里异样地传播着，嗡嗡作响，有点变形，有点刺耳。

揉揉眼睛，她发现身旁的沙发上坐着一个人，捧着一本书正专心地读着，高高跷起的二郎腿挡住了她的视线。而那人迅速觉察了她的动静，转过身来看她，是季篁。

她想拿开氧气罩说话，季篁按住了她的手，用笔在笔记本上写了一行字："请配合治疗，专心吸氧。"

她精神本来不好，那几个字渐渐地变得斗大，她稀里糊涂地又睡了过去。

不知过了多久，再次醒来时她发现自己已经离开了那个容器，躺在一张白色的床上，手上吊着点滴，四周无人，床前亮着一盏小小的台灯。窗帘紧闭，可以确定是晚上。

肚子饿得胃痛，又有些内急，她动了动身子，发现手脚还有些力气便坐了起来，正低头四处找鞋子，门忽然开了。

她的一只脚已经落在地上，索性赤脚站了起来。

进来的是季篁，一手端着脸盆，一手拿着毛巾。他看见她，大步向她走来，拾起一双棉拖鞋递到她的脚边，"醒了？"

她点点头。

"厕所在这边。"他扶住点滴架，俯身检查了一下她手上的针头，确定一切都好后便挽住她的腰，将她带进洗手间。

"需要我帮忙吗？"他问。

"我自己可以，"她小声说，"谢谢。"

方便完毕，洗了手，他将她送回床，"你还是躺着吧。"

"我肚子饿了。"她说。

"这里有粥。"他打开床头柜，从里面拿出一个保温瓶，一只塑料碗，一只木勺，给她倒了半碗粥，"你别动，我来弄。"

她有点心虚，因为季篁脸上一点表情也没有，就是她们初遇时的那种扑克脸。而且他看上去又黑又瘦，浓眉之下的眸子在惨白的荧光灯下发着一丝寒气。

粥的味道没话说，令彩虹想起了他们曾经在一起的日子。为省钱，他们很少下馆子，可是，只要彩虹哪天跟着别人去了餐馆，吃了一道好菜，回到家只要和季篁一形容，他准保能在第二天做出一盘一模一样的来。

真饿，她一连喝了两碗粥。放下碗，季篁绞了一把毛巾，帮她擦了擦嘴。

"很晚了吧？"她说，"谢谢你照顾我，快回去吧。"

"现在是半夜。"

"哦。"她笑了笑，"这医院真好，允许家属陪夜。"

顿了顿，觉得"家属"二字用得不妥，冲他尴尬地一笑。

"也不是，"他说，"我妈曾在这里住了很久，我跟住院部的医生护士们都很熟。"

她低头沉默，过了半天才问："我得的是什么病？心脏病？"

"一氧化碳中毒，发现时你已经昏迷了。"

她想起以前妈妈一个同事的女儿，也是煤气中毒，发现得晚，抢救了半天才活过来，大脑却受了损伤，说话含含糊糊，经常头痛而且严重神经衰弱。她不禁紧张了，"一氧化碳中毒？我不会有后遗症吧？"

"医生说是中度的，应该不会，不过也不排除意外情况。你有什么地方不舒服一定要立刻报告医生，让她们及时检查。"

她想了想，说："奇怪，我根本没用煤气啊，也没洗澡，炉子都没开。难道是管道泄漏？"

"是烤火用的煤炉。"他看着她，叹了一口气，"你用它烤红薯，盖子打开忘记关上。"

这样也能中毒？火焰黄黄的，氧气是完全燃烧的呀。她想不通，可是，立即又发现了新问题："咦？我的衣服呢？谁帮我换的衣服？"

"你吐得很厉害，我帮你换了，叫人拿去洗了。"

"干吗救我？"她小声说，"让我死掉算了，就当替你妈报仇了。"

他的脸色变了变，眼神中有一丝痛苦。

"对不起。"她赶紧说，"都怪我妈打了那个电话，不然伯母她也不会——"

"我妈不会因为一个陌生电话就轻易放弃生命。如果那么容易放弃，十几年前她就放弃了。"他冷冷地打断她，"她之所以要走，是因为太爱自己的孩子。"

"总之，还是很对不起你。"她喃喃地说。

自从听到季篁母亲自杀的真相，彩虹在盛怒之下冲出家门坐上火车就追到了中碧，连辞职这么大的事儿都是委托关烨办理的。后来为了几道关键手续不得不回城，她也就是径直往中文系走了一遭。火车早上到，她办完事立即走人，三过家门而不入。彩虹觉得，妈妈为了不让季篁和自己恋爱已无所不用其极，行为言语态度次次触及底线，看在多年养育之恩的分上她都忍了。因为她相信上一代人虽然思想固执、观念陈旧，出发点还是为了孩子。只有这一个电话给了她当头一棒，让她彻底领教了妈妈的果断与毒辣。

"过几天等你出院了，就去找系主任辞职吧。"季篁站起来，收拾她吃剩的碗勺，"你的生活这样马虎，早晚还会有事发生。"

"我不辞职。"彩虹说，"我喜欢这里。"

他本来已走到门口，又踅回来，"那你打算在这里待多久？"

"我待多久跟你有关系吗？"彩虹喝下一口水，眼睛瞪得滚圆，"我是煤院的正式职工，既不吃你的又不喝你的；季篁同学，你管我待多久呢？我何彩虹要才有才，要貌有貌，到了年纪找个人一嫁，我就扎根在中碧了。"

他冷笑，"你是来捣乱的吧，彩虹？"

"是的，季篁，我就在这里跟你死磕。"

"你……"他气得说不出话来，将门一关，扬长而去。

彩虹以为季篁不会再来看她了，不料第二天一早，他又来了，还给她带了早饭。

只是他从来不笑，都是板着脸，对她爱答不理，拒绝讨论任何学术问题。彩虹躺得实在无聊，只得抱着笔记本电脑猛打游戏。若有护士来，季篁就解释说彩虹是学校刚分配来的青年教师，家在外地，身体出了点问题，系里派他负责照料。住院部有食堂，但季篁坚持送所有的中饭和晚饭，一菜一汤，味道绝对大师级，吃完了还有点心、水果和夜宵。这种待遇是彩虹不敢奢望的。所以季篁送来的东西她全吃，既不问也不说，打开饭盒就下勺子，搞得自己像个叫花子似的，一天就在等这几顿饭。

有时候季篁一整个下午都陪着她，坐在旁边的椅子上看书，她想凑过去搭两句话，他就显出冷淡的神态。她吓得只好继续打游戏。

有天晚上，点滴里加了一种药，医生告诉她会有点反应，她果然不舒服了，在床上翻来覆去。到了晚上季篁离开的时候，她就可怜兮兮地看着他，也不说话。

"还是不舒服？"他坐到她身边，问道。

她点点头。

"哪儿不舒服？"

"手冷。"

冰冷的液体从手背输入，半条臂膀都是冷的。

他轻轻握住她的手，轻声道："睡吧。"

那一夜季篁没有走,坐着陪了她一个通宵。第二天醒来,她看见他弯弯曲曲地歪在椅子上睡着了,个子太长,椅子太小,横也不是竖也不是。她悄悄地想,他一定睡得很难受吧。

一周之后她出院了。

季篁将她送回家,她看见自己的铁门,大呼小叫:"哎呀!是谁?是谁砸坏了我的门?"

"你把自己反锁在家里,不砸门能把你弄出来吗?"季篁说。

进了屋,她又嚷嚷:"喂!是谁把我的煤炉弄走了?"

"中了一次毒,你还想中第二次?"

她急得直跺脚,"冬天这么冷,我怎么取暖呢?这煤炉是不可替代的好不好?"

"冻冻更健康。"

他把她的包和脸盆放在地上,看了看手表说:"好好休息,我有事先走一步。"

"好哦。"她乖觉地点点头,"这些天多谢你照顾我。"

她不知道依照当地风俗应当怎么表示谢意,脱掉手套,伸出右手,要和他握手。

看着她的手,他怔了怔,温暖的手在寒冷的空气中散发出一道浅浅的白雾。他没有伸出自己的手,却忽然俯下身,开始用力地吻她。

那正是她期待已久的。身子还有些发软,为了抵挡这来势汹汹的一吻,她紧紧抓住了他的领子,继而舒开双臂,紧紧地抱住了他。

他肆虐地、长久地、几乎是占有性地吻着她,强壮的手臂横在她的腰后。

"知不知道,"他在她耳边喃喃地说,"你差点就在我的眼皮底下死掉了?"

"嗯……"

"你若有什么三长两短,我不能原谅自己。"

"嗯……"

他又在她耳边说了些什么她都没听清,只是无休无止地缠着他。情到高处时她用力地脱掉了他的衬衣,听任自己的身躯钻进他温暖的怀抱。他用一块毯子包住她,抱着她坐在沙发上,没有开灯,只是和她一起望着窗外白茫茫的天空。

"又要降温了。"他说。

"是啊,天气太冷,不如我们结婚吧。"说罢,意识到这话完全没有逻辑,她不好意思地笑了笑。

"有一个人……我永远不想见她,"他静静地看着她,"你能接受吗?"

她握了握他的手，"我接受。"

房间里空荡荡的，不知为何，两人又陷入了沉默。

"对了，忘记了一件关键的事，你的女朋友会同意我们结婚吗？"

"那是骗你的。我没有女朋友。"

"可是，三十晚上你家的那位女客——"

"是我堂姐。"

过了一会儿，彩虹"哎"了一声，说："如果咱们结婚，这算双职工吧？至少得给咱们分个三室一厅，你说呢？"

真是不比不知道，一比吓一跳。小城市的好处太多了！系里把他们当人才，重点培养特殊对待，搞得彩虹刚参加工作胃口就变得挺大，三室一厅，天啊，这是多么高的起点啊。

"我现在住的就是三室一厅。"

"不公平，为什么我的小点？我的合同比你还长呢。"

"或许是因为……你没有博士学位？"

"可是，如果我嫁给了你，我的这一套就要没收了，是吧？"

"肯定的。"

"季篁，你一定特烦我谈这些吧？"

"你是指？"

"房子、票子、职称、待遇……"

"是的。"

"哎呀呀……不嫁了，划不来，现在咱们一共都五室两厅了……跑步实现博导待遇了！"

结果两个月后彩虹就发现自己怀孕了，两人像做贼似的赶紧打结婚证。办完手续买了喜糖，彩虹回到学校，路过季篁的教室，被季篁一把拉了进来，满座的学生好奇地看着他们。

季篁笑了笑，朗声宣布："同学们，今天是季老师与何老师结婚的大喜日子。我们请大家去'麦丁劳'吃午餐，中午十二点半，欢迎赏光！"

哗哗哗，掌声响起，学生们全体起立。看着一张张青春烂漫的脸，彩虹心中涌起阵阵激动。人生的意义是什么呢？她悄悄地想，也许就是她有能力将自己的知识和智慧一点一点地书写在这一张张年轻的脸上吧？

八个月后,彩虹顺利地诞下一个女婴,起名季萱。

他们过着平凡简朴的生活,把绝大多数业余时间用来阅读、科研和育女。他们认识了一帮志趣相投的朋友,办了一个读书俱乐部,每周五固定在一家茶坊聚会,讨论大家喜欢的书。季萱是个精力旺盛的宝宝,能吃不能睡,经常在夜半哭闹要彩虹喂奶或者季篁陪她玩耍。想不到养育儿女如此辛苦,到了季萱一岁半终于可以一觉睡到大天亮时,彩虹这才收拾起力气重整学业,继续她的博士论文。

就在这个时候,她渐渐开始想念自己的父母。俗话说,养儿方知父母恩。心中的那个结虽还不能打开,在无数次和这个牙牙学语除了睡觉无一刻安宁的宝宝"奋战"之后,她终于体验了父母当年的艰辛,何况他们的孩子还不是自己亲生的。这该需要多么深的爱,多么强的耐心和毅力啊。

为了照顾孩子,一年多来彩虹和季篁几乎是足不出户。家乡并不远,彩虹却一次也没有回去过。父母那边,仿佛也是铁了心一般从来不联系。以明珠之固执,抬杠之后要她低头的几率几乎等于零。

明珠生日的时候,彩虹曾经想过给家里寄点钱,钱都准备好了。可是次日她陪着季篁一家给父母上坟,荒凉的墓园,简单的石碑,孤零零的两座坟茔,三个男人在墓前沉默,她的心中又涌起了无限的罪恶感。

回到家,她把汇款单撕碎扔进马桶,用力按了按旋钮。

终于有一天,季篁对她说:"也许你该回家看看你的父母,带着孩子。"

"不去。"

她不想继续这个话题,默默地走开了。

_03

元旦刚过,彩虹忽然接到了父亲的电话。

开始她还不相信是何大路,事隔两年,父亲的声音苍老得有些认不出来:"彩虹,回趟家吧。"

"爸——"

"你妈的心脏病犯了,明天手术。医生说手术有危险,不排除会有意外发生。"

"哦!"

"你妈说……手术前想见你一面。"

"……"太着急,她不知道说什么。

"请一定来。"

"好的,爸爸。"

她还想细问,那边的电话已经挂了。

一看时间,这时候已经买不到火车票了,她带着季萱连夜坐了末班的长途汽车。本意不让季篁去,季篁担心她要照料病人没时间管孩子,坚持要跟着她一起走。

一路上心情忐忑,说到底又不敢相信是真的。父亲是个没主意的人,也不会撒谎,这么急着挂电话多半有诈。据彩虹所知,明珠从没有什么心脏病,腿上的关节炎也是慢性的。她估计妈妈就是想见她了,便设下这么个圈套。小时候为了强迫彩虹学琴,明珠总说自己有肝炎。每当她不好好练琴时,明珠就叫肝痛,好让女儿在内疚的驱使下用功。可是每年体检她的肝脏都完全正常,演的次数太多搞得彩虹很厌倦。

越是这么想越是疑心。在颠簸的汽车上坐了五个多小时,偏偏季萱也不配合,抱在怀里没一刻安宁的,一会儿要吃东西,一会儿要换尿布,一会儿打翻了奶瓶,一会儿又不肯让人抱一定要下地走……弄得彩虹心烦意乱,差点想下车打电话回去问个清楚。

只有季篁十分耐心地哄着季萱,手里拿着一只小木偶不停地给她表演。

七个小时的汽车坐得人精疲力竭。出了车站,彩虹立即给父亲打电话,问是哪家医院。何大路简短地告诉她在人民医院三楼。

看来是真病。彩虹一下子就慌了,三楼是重症室和手术区,韩清出事的时候彩虹就是在三楼陪着东霖等待秦渭的手术。

"你去找个宾馆,我一个人去医院就好了。"彩虹对季篁说。

"你妈妈不想看看季萱吗?"季篁问。

"也对,我得带着孩子去。"

她放下提包,接住季萱,慌慌张张地往外跑,季篁一把拉住她,"还是我陪你去吧,至少可以帮你抱一下孩子。"

她心乱如麻,早已没了主张,胡乱地点了点头,"也好。到时候见了我妈,你可以在门外等着我。"

一家人坐了出租车赶到医院,离李明珠进手术室只差半个小时了。

何大路在门口拦住了彩虹,也顾不上和季篁寒暄,将她拉到一边低声说:"彩虹,等会儿你见你妈,她会提打电话的事,你打算怎么说?"

彩虹愣住,"爸,您想让我怎么说?"

"我和你妈过了几十年,你妈是什么样的人我很清楚。那个电话绝对不是她要打的,你要相信她!"

"爸,到这时候还纠缠这件事有意义吗?"一提这事儿彩虹又心烦了,忍不住反问了一句。

"这么说,你还是不肯相信她?不肯原谅她?"

"爸,相信?原谅?您不觉得这话太轻飘了吗?"彩虹说,"这不是一件小事,它涉及一条人命!我没资格原谅她,她必须忏悔,必须请求季篁一家人的原谅。"

何大路重重地叹了一口气,忽然间哽咽失声:"手术很凶险,你能……说几句话让你妈安心吗?算你爸求你了。"

彩虹呆呆地看着他,两年多不见,父亲的头发花白了,脸上的皱纹更深了。她的心痛了一下,点点头,"我会的,爸爸。"

抱着季萱,她默默地跟着何大路进了病房。

二十多年来的第一次,她感到自己回到了童年,回到了被人抛弃的那一天。她已完全不记得当时的情景,如果婴儿也有意识,那一定是非常悲伤吧?可是明珠改写了她的历史,她从没有为自己的身世悲伤过。想到这里,她忽然站住,泪眼模糊,全身上下发起抖来,几乎抱不住怀里的萱儿。

有人过来握住了她的手。那手很温暖,很干燥,也很稳定。她微微回头,看见了季篁。

"我陪你进去。"他说。

两人默默地走到明珠的床边。明珠的脸是苍白的,嘴唇微微发紫,她没有什么变化,只是看上去有点发胖。

"妈。"彩虹轻轻叫了一声。

"你终于还是和他结婚了。"明珠的眼睛是清亮的,带着以往的挑剔和犀利。

"这是您的外孙女儿。"她将季萱抱到她面前。

霎时,明珠的目光柔和了,伸手摸了摸孩子的脸蛋,"长得真好看,叫什么名字?"

"季萱。"

她点点头,"名字也好听。"

彩虹刚要张口,一个护士进来说:"手术时间到了,家属们请回避吧。"

"妈,放心手术,您不会有事的!"彩虹紧紧拉住明珠的手,鼓励地向她笑了笑。

"我真的没打那个电话。"明珠的声音有点嘶哑,嘴唇上的皱纹紧迫地褶皱着，"相信我，我真的没有！"

"我相信您。"彩虹的眼泪开始大滴大滴地往下掉。

"季篁，"明珠抬起头来，看着季篁的脸，向他伸出一只手，"你过来，我有话问你！"

他停顿了一下，走上前去，握住了她的手，"妈，请放心养病，我会好好照顾彩虹的。"

"我不是问你这个。"明珠死死拽住他的手，狠狠地说，"我要问的是，我的女儿嫁给了你，你对她的未来有什么计划？"

季篁微微一怔。

"妈，计划等手术完了再说吧。"彩虹小心翼翼地插了一句。

"不行，"她大喝一声，"我现在就要听！"

季篁立即说："我将终生爱护彩虹、同甘共苦、不离不弃。我会尽我所能地关心她、尊重她，给她美好幸福的生活。目前我们暂时留在中碧做学问，假如过几年彩虹不喜欢中碧，想换个城市继续发展，我会听从她的意见。"

终于，明珠的表情安定了，她点点头，放开季篁的手，"你要说话算话。"

"我向您保证。"

她们守在手术室的门外，静静地等候。

一个小时过去了，里面静悄悄的，似乎一切都很顺利。又过了十分钟，忽然铃声大作，里面有很多仪器在响，很多人影在不停地走动。

门外的人全都站了起来，连季萱也吓得不敢哭闹。

忐忑地等了好一会儿，一个医生从手术室里走出来，面色凝重地说："对不起——"

走廊上忽然飘过一阵阴森森的穿堂风，彩虹浑身上下打了一个激灵。

妈妈李明珠就这么轻飘飘地走了。

震惊之中，父女俩抱头痛哭。

过了很久，彩虹才平息下来。她走到季篁面前，幽幽地说道："谢谢你，让我妈妈临走前安心。"

他看着她，轻轻地叹了一口气，"你为我放弃了一座城市，我为你还有什么不可以放下的？"

第十七章

空城

——

　　丧礼简单而冷清,只来了一些邻居和朋友。明珠所在的单位很小,办公室来了两个同事。何大路单干多年,平日相好的只剩下了几个牌友。倒是邻居们全都来了,从一楼到七楼,每家派了一个代表。彩虹在城北一个新开的陵园里给妈妈买了一块墓地。她挑了面积最大的一块,自然价格不菲。妈妈一辈子都想住大房子,生前住不成,死后宽敞点,她愧疚的心方能稍有抚慰。

　　季篁帮她打理了丧礼所需的一切烦琐事宜。而真正到了举行丧礼的那一天,彩虹坚持不让季篁参加。送骨灰盒去墓地入葬,她也没有叫季篁相伴,不想惹起他的伤心事。

　　在墓地默哀了十分钟,何大路忽然对彩虹说:"有一件事我和你妈一直瞒着你,因为我们曾经发过誓,只有当我们两人中的一人去世了,才能由另一个人告诉你真相。"

　　她深深地吸了一口气,等待答案。

　　"你不是我和你妈亲生的,我们在你出生后的第七天从花园街的育婴堂里领养了你。"

　　这事她早已知道,但从父亲的口中说出,她还是流了泪。

　　"虽然不是亲生,你妈妈无愧做你的母亲,这一点你自己心里有数,用不着我多解释。小时候,无论是谁敢当着你的面拿这个开玩笑,她一定穷追不舍,不惜和很多人翻脸。"

　　彩虹心潮起伏地看着父亲。

何大路顿了顿,继续说:"我和你妈妈结婚的时候,你妈妈并不喜欢我,嫁给我是迫于外婆的压力,也是为了生存的需要。但我一直喜欢她,就算未曾得到她的心,共同生活了这么几十年,除了心,我什么都得到了。我甚至差点得到过一个她的孩子,可惜分娩时出了事,医生说这辈子我们都不会有小孩了。当时我和你妈非常痛苦。她为了这个跟我闹离婚,想用这件事摆脱我,她劝我找别的女人,我坚决不答应……最后,是我说服她去领养一个孩子。她看见你的第一眼就喜欢上了你。"

"……"

"自打你外公抛弃了她和外婆去台湾的那一天起,你妈妈就没有长大。在内心深处,她一直都是李士谦家的小公主。她有很多梦,一个也没实现。你爸爸我也没什么本事,什么也帮不了她。"

"……"

"十年前,肖阿姨突然去世——"

"肖阿姨?"

"你妈妈的好朋友肖春华,后来调到成都去了。她去世的那一天,我正好在成都出差。她丈夫就将你妈以前写给肖阿姨的信全都还给了我。这件事我没告诉过你妈妈,但信我每一封都读了。读完了才知道你妈妈有多么厌恶我。她不停地说我是个毫无情趣、没有知识、不思进取的人,除了喝酒打牌,什么也不会,什么也不追求,跟我在一起完全是耗日子。可是她又说我对她太好,对孩子对这个家也没有二心,她找不到理由离开我……你不要恨你妈妈。她对自己的生活不满意,所以才会对你的未来很苛刻,她不想你重复她的命运。"

那一瞬间,彩虹发现爸爸老了。上一代人的感情,令她觉得难以理解。何大路好酒好牌好热闹,平日唯唯诺诺没什么主见。他对这个家有什么意见,妻子女儿都自动忽略。很长一段时间,彩虹都觉得父亲的脑子里缺根弦,做事简单幼稚,对孩子没有任何影响,也从来不是孩子的偶像。不过父亲从没有说过半句明珠的坏话,就算有争吵也都是明珠挑起的事端。

"爸,妈已经走了,您不如跟我一起回中碧养老吧?也不用开什么出租车了。我和季篁的工资在那个小城生活绰绰有余。房子大、空气好、交通不拥挤,包您住得舒坦。"见父亲越回忆越纠结,彩虹赶紧换个话题。

"不了,"何大路苦笑,"我已经习惯了这里的生活,房子小了点,你和你妈都不在,不也挺大的?何况我的牌友也在这里,三缺一多不好啊。我还是住在老地方,你记得常回来看我就好了。"

彩虹不甘心,继续劝道:"爸,中碧再小也有几十万人口呢。住上几个月不就认得新朋友了?打牌我和季篁都会呀,实在没人我们陪你打嘛!"

"闺女,爸知道你从来都是个孝顺的孩子,你的心意我领了!中碧我就不去了,有我守着咱们的老屋,你妈若是想回来看看我,好歹也找得着人不是?"

"爸……瞧您又迷信了……"

"老了,不想动了。"何大路看着彩虹,忽然觉得自己冷落了一旁抱着孩子的季篁,又问:"小季啊,你的弟弟们都该上大学了吧?"

"对,刚考上,清华大学建筑系。"季篁说。

"哪一个考上了?"

"两个都考上了,在同一个系。"

"嚯!季家的孩子还真能读书。建筑——这是多好的职业啊,将来没准比你们俩还出息,挣的钱还多呢。"

季篁笑了笑,说:"肯定的。"

"对了,彩虹,这个你拿着。"何大路从怀里掏出一个精致的小盒。

彩虹接过来,打开它,将里面的物什放在掌心。是那块被她卖掉的翡翠。

她微微惊异,"爸,这翡翠不是卖了吗?"

"你走后,你妈很惦记你,又放不下那块玉,就跑到'碧玉轩'找蔡小辉了。那小子骗你说卖掉了,其实还放在柜台里呢。她去跟蔡小辉磨嘴皮,磨不通又去找蔡小辉的妈。磨了整整一个星期,天天去'碧玉轩'堵人,蔡小辉受不了就卖给我们了。"

"真的?是原价吗?"

"没有,他一定要五万,讲了半天价,四万五成交了。"

彩虹的眼泪又在眼眶里打转,"爸,还买它干什么?这玉又不能当饭吃,一卖一买我们亏大了。"

"当然要买。它可是我们家的传家宝!你妈听说你生了孩子,说什么也要买下来留给外孙女儿。"何大路将玉佩的绳索解开,轻轻地挂在季萱的胸前,"当年我们俩从花园街把你接回来,抱在手上左看右看都像个陌生的小婴儿,不像是我们自己的孩子。你妈将这块玉摘下来挂到你脖子上,再一看,像了。"

彩虹涕泪横流。

母亲的去世，无疑使这座城市更加空旷。除了父亲，彩虹觉得 F 市差不多已算是异乡了。

人生真是一个围城，人们纷纷走向城市，因为城市承载了太多的欲望和诱惑。可是，城市的美丽又怎么敌得过人生的短暂？

那么多人带着那么多未了的心愿离开，都是离开，城市与乡村又有什么区别？

怕父亲过分悲伤，彩虹在家里陪他住了一个月，临走的那天，她忽然想起了苏东霖。

东霖曾说会回国登山，一年过去了，杳无音信。

她在这座城市想找到东霖只有先找郭莉莉，于是拨了莉莉的手机，接听的却是个陌生的声音："您好。"

"我找郭莉莉。"

"我是郭总的私人助理，请问您是哪位？"

"我是她的同学，何彩虹。"

"请稍等，郭总正在见客，过十分钟我给您打回来好吗？"

"好的。"

过了半个小时，彩虹才收到莉莉的回电："哇……彩虹，好久没联系了，听说你支教去了？现在回来了吗？可想死我啦！"

真是什么也没变，莉莉还是这么夸张。关于自己的近况，彩虹不想告诉她太多，怕她穷追不舍，便含糊地说："嗯。莉莉，你好吗？我打电话是想——"

"哎哎！难得见一面，别在电话里说啊，去老地方吧！"莉莉不由分说地打断了她，"我这儿还要签两个字，马上来。你等我，不见不散！"

"喂——"

电话挂了。

彩虹不由得一阵苦笑。

咖啡馆也换了主人，装修越发奢华，重新吊了顶，大厅里装了一个巨大的水晶灯。墙纸和地毯更气派了，咖啡杯也更考究了。当然，价也涨了，一杯小号的咖啡也要三十几块。

莉莉来得比预想的要快。彩虹刚喝下第二口咖啡就在珠帘外看见了她。

人瘦了一些，对身材来说刚刚好。紧身的西服、鲜艳的围巾、胸前的钻石胸针闪闪发光,真是人忙精神爽,她看上去不再像是悠闲的贵妇,更像一位干练的企业家。

想想她们的过去,亲密无间有之,恶语相向有之,剑拔弩张更有之。几年过去,人生走向不同的轨迹,向来的恩怨也淡了许多。至少彩虹觉得不必挂在心头了,毕竟莉莉已不像大学时期那样对她至关重要了。

"嘿,你长胖了。"莉莉说。

"是吗?"

"可不是!你现在要穿中号的吧?以前你可是加加小号哟。"莉莉打量着她,感慨道,"记不记得大学的时候就数你最爱吃,从来不忌口,却怎么也不胖,让我们这些人全都嫉妒得要死。现在……嗯,岁月的确在你身上留下了痕迹咯!"

想不到她会这么说,彩虹气得一咽,喉咙被咖啡狠狠地烫了一下。怀孕期间她就开始发胖,孩子生完,腰身也没瘦下来。自己每每叫嚷着要健身减肥,季箮对这个现象从不评价,倒是在她喊腰疼的时候认真教过她几次瑜伽,彩虹没耐心学,瑜伽干脆变成按摩了。反过来看莉莉,良好的保养和积极的健身又让她恢复了大学时代的魔鬼身材,根本看不出生过孩子。

莉莉向来都会说话,估计是懒得隐藏自己的恶意了。彩虹也懒得和她计较,反正马上也要离开这里。

"秦渭重伤,东霖出国,你在苏氏应当是如愿以偿了吧?"

"这可真要多谢你的帮忙。"莉莉轻轻拍了拍手,"如果不是你给韩清介绍工作,然后又发生了这一连串的意外,秦渭怎么可能会走呢?现在秦氏基金已全面退出本市专攻海外市场了。东霖呢,也打定主意不回国了。这可伤透了老爷子的心啊,现在苏氏只剩下了东宇,老爷子对他再不满意也只得转恨为爱。所以我这里是云开雾散、家和事兴、其乐融融。老爷子疼孙子,对我也挺不错,让我帮忙打理业务。我这人你是知道的,大才没有有小才,加上办事细心、计划周密、注重实际,比起东宇也差不了多少。这不,我的公司比他小,盈利比他还大呢……"她伸出一只手,在空中抓了抓,仿佛把一团空气抓在手中,"再过几年,这个城市就是我的了。"

"祝贺你得到了你想要的。"彩虹淡淡地说,顿了顿,脑子里忽然冒出来一个念头,"韩清与夏丰的事……你该不会有介入吧?"

"怎么会呢!你知道秦渭这人笼络手下很有一套的。韩清是他的助理,同进同出,一起出席了多少宴会?八卦新闻、花边照片难免有一些吧?夏丰又在新闻单位工作过，不可能一点风声没听到。再说夏丰这小子，自打认识他起，我就知道他特别多疑，想什么是什么，一条道走到黑……"

彩虹皱起了眉头，"你——认识夏丰？"

"你不知道？东霖没告诉过你？夏丰曾经狂热地追求过我，就在魏哲和我分手之后。"她看着自己刚刚修过的指甲，缓缓地说，"开始我有点喜欢他。虽是个农村小子，在咱们学校的小圈子里还蛮有名气的，而且那时的我也很失落，一个朋友也没有，你也不理我……不过我们没处多久——我越看他越不是我的那杯茶，就果断分手了。夏丰不死心还来纠缠过我几次呢。直到我找了个人好好地教训了他一顿，他才作罢。我不讨厌他，他对我也挺用心的，可痴情了，当时难受得差一点自杀了。后来我们还在别的场合见过几次，他看我的眼神总也不对。"

对待男人，莉莉一贯都是全权占有，就算碰过了不要，也不许他人觊觎。

彩虹恍然大悟，"难怪你不喜欢韩清！"

"韩清？她算哪门子的葱啊。看她得了夏丰，宝贝得跟什么似的，到头来就是这下场。男人就是这样你甩了他，你成了他心头的痛；你为他牺牲，早晚是他眼中的钉。夏丰才不是你我眼中那种乡村纯情美少年呢……"

彩虹冷冷地看着她，道："请继续说。"

"这小子被我踹了，他可不是省油的灯，没过多久他就莫名其妙地跟魏哲交往起来。魏哲这人别看体育好、长得帅，头脑其实十分简单，嘴上更不牢靠。他把我和他的那点事儿一股脑儿地全告诉了夏丰。你猜猜看，夏丰干了什么？"

"我怎么猜得出？"

"他把我流产的事透露给了你妈妈。那时他已经是韩清的男朋友了，肯定经常和韩清一起到你家去玩，对吧？"

"为什么？"彩虹忍不住问，"他为什么会这么坏？"

"借他人之手来报复我啊。偏偏那时我痛定思痛，觉得你才是真正的朋友，于是急于挽回和你的友谊。你还记不记得……"

彩虹当然记得。

那时莉莉几乎天天来找她，会在午饭前赶到她的寝室约她一起吃饭，抢着帮她洗碗、打开水；周末约喝咖啡，一起看通宵电影。真正殷勤到家。

"……可是，你妈却觉得我不配做你的朋友，坚决要让我从你身边消失，就一不做二不休地给我爸打了电话。我爸因此恨死我，到死都不肯跟我说话。"

空气中有一股阴冷的寒意，而恨意像一滴掉进水中的墨，渐渐地在莉莉的脸上洇开。

彩虹暗暗地想，如果妈妈去世前她还不肯原谅她，那会是一种什么感觉？对于一个行将就木的人来说，一定十分绝望吧？

忽然间，她有点同情莉莉了。

"对不起，我真的想不到我妈会这么做。"她轻轻地说。

"我不生你的气，彩虹。一个妈妈为了保护自己的孩子，怎么做都可以理解。你是个好人，只是身边潜伏了太多比你更厉害且更有心计的人。说实话，你就是个书呆子，你就适合待在大学里。你和东霖是天生的一对。他挣钱，你搞学问，你们真的很合适！你支教结束了吧？东霖那边，我给你说合说合？你们可以在国外定居呀。"

看来她什么都不知道。彩虹不禁问："东霖……没跟你提起我？"

"没有。他很少往家里打电话，也就过年报一次平安吧。没人知道他的行踪，唯一知道他下落的人是秦渭，又是苏家的死对头，从来不来往的。"

"忘了告诉你，我结婚了。"彩虹说，"孩子都有了。"

"啊？你结婚了？跟谁？跟那个中碧的季篁？"

彩虹怔了怔，"你怎么知道？"

她记得自己只提过男朋友姓季，并没有说全名，更没有说他是中碧人。

"知道啊，我还做过调查呢。记得当时他妈妈病了，他要替他妈妈换肾，为此还特地找过我舅舅，还给他送过礼呢。"

彩虹越听越糊涂，不禁问："你舅舅？"

"对。我舅舅是市七医院的肾脏专家，是这城市做肾脏手术的第一把刀。当时我舅舅没空，要出国访学，就给他推荐了另一名专家。我舅舅听说他就在我们大学中文系当老师，就劝他等一等，别急着做手术，先看看有没有好的肾源，毕竟年轻人少了一个肾对身体也很有影响。可季篁说他家境很困难，不够钱买肾，只能是将自己的肾捐出来。又说她妈妈很受苦，他不想等，想让妈妈早点康复。我舅舅还向我感叹呢，说我身在福中不知福，你看人家矿工的孩子多不容易，这人是个大孝子啊。我舅舅还说，他母亲的情况很严重，就算是换了肾也不一定救得了，让他三思，很有可能这肾就是白捐了。"

彩虹的心咚咚地乱跳，"然后呢？"

"本来我想给你打电话，问你知不知这件事，又怕你怪我多管闲事。可是，作为好朋友，我可不能坐视不管。我就给他妈打了一个电话，问她知不知道这手术的风险以及对她儿子今后生活的影响。我告诉她我是你的好朋友,所以想从侧面了解一下。我跟她说,就算他儿子有两个肾,你妈妈还不一定肯收他做女婿,如果只有一个肾,那是门都没有了。当然,她是病人,我说得十分委婉……"

彩虹的脸立刻白了,"是你?是你打的电话?"

"对。"她点点头,"后来这人再也没来找过我舅舅,看来是想通了。"

彩虹"啪"地一下,给了她一个巴掌,"你知道吗?她没有想通,她自杀了!"

莉莉捂着脸,怔住,"什么?她自杀了?"

"对重病的人讲这种话,郭莉莉,你有没有一点做人的常识?"

"她反正也活不长,一了百了,这样做也算是救了她的儿子吧。"

彩虹站起来,收拾自己的包,"我不跟你说了,郭莉莉,你我的关系到此为止!"

"哎——彩虹!你听我说,我真不是有意的!"

"你还不是有意的!杀人犯!"

"我这是在帮你!没有我的电话,你会拥有一个完全健康的男人吗?OK,我不跟你说了。你骂我吧,可是在你心灵深处一定是感激我的!"

"呸,你以为所有的人都像你一样阴暗龌龊吗?"

"那你呢,当初为什么要写那封信?你帮我就可以,我帮你就不可以吗?"

"你这是帮吗?郭莉莉,你这叫帮?你要帮我,先让我知道一下好不好?"

"让你知道了,季篁的肾也割掉了吧!我就不信他敢把这些都坦白地告诉你。没准直到死你都不知道自己的老公只有一个肾呢。傻妞!等着给他要吧!"

彩虹夺门而去。

_02

几个月之后,彩虹忽然收到一个从四川寄来的包裹,没有落款,笔迹也不熟悉。

包裹里面是一个红漆的木盒,很小,却有一点点沉。打开一看,里面装着一块石头,不是水晶,不是玉,也不是鹅卵石,就是很一般的岩石。盒内附有一张纸条:"东霖曾经说,这个留给你。"署名秦渭,没有号码,也没有联系地址。

她赶紧打开计算机,打出"贡嘎山"三个字在谷歌上搜寻苏东霖的消息,很快发现了一条新闻:

"5月13日,三名来自美国加州的登山队员在四川省贡嘎山登顶后遭遇大雾天气,并在下撤途中与基地失去联系。当地公安民警协同两名前国家队登山教练经过长达三日的搜寻后发现三名队员已全部遇难。据悉,其中一名遇难者为原元祐集团副总裁,著名的青年企业家苏东霖先生……"

　　看着窗外的远空,细抚岩石上粗糙的石粒,彩虹伤心地想:东霖一定看见了最美的风景。

　　而她心中的F市已是一座空城。

版权合同登记号: 图字: 11–2015–85 号

图书在版编目(CIP)数据

彩虹的重力 /(加)施定柔著.—杭州:浙江文艺出版社,
2015.8

ISBN 978－7－5339－4246－5

Ⅰ.①彩… Ⅱ.①施… Ⅲ.①长篇小说—中国—当代
Ⅳ.①I247.5

中国版本图书馆CIP数据核字(2015)第 147906 号

选题策划　　王晶琳
责任编辑　　王晶琳
装帧设计　　荆棘设计
责任印制　　朱毅平

彩虹的重力

[加]施定柔　著

出版　浙江文艺出版社
网址　　www.zjwycbs.cn
经销　浙江省新华书店集团有限公司
印刷　浙江海虹彩色印务有限公司
制版　浙江新华图文制作有限公司
开本　700 毫米×980 毫米　1/16
字数　312 千字
印张　18.5
插页　1
版次　2015 年 8 月第 1 版　2015 年 8 月第 1 次印刷
书号　ISBN 978－7－5339－4246－5
定价　39.00 元

彩虹的重力

番外＋爱情微小说

[加]

施定柔

——

著

浙江出版联合集团

浙江文艺出版社

目录

《彩虹的重力》
番外

《彩虹的重力》番外

韩清第一周到秦渭的公司上班，听到的最大新闻就是秦渭跳槽了。

说"跳槽"并不确切，他只是不再在秦氏基金会任职，而是把办公室搬到了属于自己名下的酒店集团。他新近收购了一家旅游公司和一家美食杂志社，二者合一，又从某一线大刊高薪挖来了一位总编，创立了一家休闲时尚杂志社，破天荒地加入到文化产业的行列。韩清知道后心中窃喜，毕竟是中文系出身，为这样的公司工作也算专业对口。

而紧接着听到的一个八卦却对韩清非常不利：秦渭绝非善类，曾经创过一个月内连开十三名助理的纪录。之后找到孙琳，对她还算满意。据同事们说，最主要的原因还是孙琳家境富裕，是地地道道的大家闺秀，教养好，没有任何公主病。而且她做人老实诚恳，工作兢兢业业，只要是秦渭交代的事情她都打理得井井有条。从某种意义上说，她就是秦渭的一个移动硬盘，只要出差必须带上，不然肯定出娄子。

但孙琳工作没几年就怀孕了。她先生也是位老总，虽然没有秦家那么大的产业，但手下公司也有数百名员工。他对秦渭颇多微词，觉得妻子完全可以舒舒服服地做个全职太太，犯不着天天早出晚归，被霸道总裁支使得团团转。但孙琳为秦渭服务可谓呕心沥血、忠心耿耿，仿佛着了魔一般，越发令其先生平白无故地生出了几分妒意。眼看妻子的肚子越来越大，他开始以此为借口怂恿孙琳辞职。不愿辞职就让她请假，或者迟到早退。尽管如此，孙琳还是认认真真地工作到休假的前一天。霸道总裁并非传言的那般无情，临走时给了孙琳一个令人艳羡的大红包。韩清这才明白秦渭为什么把孙琳的离去比作"自宫"，她不禁为自己即将到来的命运感到一阵不安与迷茫。

韩清不是一个自信的女孩，跟着夏丰这些年，变得越来越不自信。她知道秦渭是在国外念的大学，对不自信的女孩有种天然的鄙视，所以，她把心中的自卑化作一道微笑戴在脸上。无论面临多大的委屈，她都是一副逆来顺受的笑脸。无论遭遇多么凌厉的指责，她都和声细语、温言以对，不提高半点嗓门，坚信以柔克刚是化解自己与秦渭之间个性之差的不二法门。

奇妙的是，这一办法相当奏效，所谓一个巴掌拍不响，秦渭居然极少对她发脾气。

迷茫中，韩清跟着秦渭去了一趟泰国。到曼谷的第一天，住进宾馆，刚打开行李箱把办公用的电脑接好，把各种文件打开，秦渭就一个电话叫她去他的房间，语气十分严肃。韩清立即感到头皮一紧，觉得大事不好，当即放下手中的事，匆匆跑到他的房间。秦渭果然是一副焦虑不安的样子。

"秦总,您找我?"

秦渭在她面前走来走去,过了半晌才说:"我忘了带牙膏。"

韩清松了一口气,道:"我已经查看了卫生间,宾馆每天都提供牙膏。"

"我从来不用宾馆的牙膏。"

"请问您一般用什么牌子? 我这就出去买。"

"Theodent。"

韩清从来没听说过这个牌子,但她想,曼谷是著名的旅游城市,也是东南亚著名的大都市,一支小小的牙膏不可能买不到。当下出了宾馆去了商场,一问服务员,服务员表示没听说过这个牌子。她跑遍附近所有的商场都没有卖,上网一查发现可以网购,但若从北美或是欧洲运过来,最快也要好几天才能到达。韩清只得买了一支她认为相当不错牌子的牙膏。

"我从来不用这个牌子的。"秦渭皱着眉,直接把牙膏扔进了垃圾桶。

韩清咬了咬嘴唇,解释:"这种牙膏附近一带都没有,网购邮递的话需要好几天时间。"

"我家里有。"

"……"

"你去取一支过来。"

"……"

"现在。马上。"

韩清哑然地看着他。有没有搞错,为了一支牙膏让我跑这么远的路? 当然,她不敢把这种牢骚表现在脸上,二话不说,当下掏出手机订机票。

"只能明天走,今天的航班都卖完了。"

"一张也没有了?"

"经济舱没有了,头等舱还有。"

"那就头等舱。今天去今天回。晚上睡觉之前我必须要刷牙。这是我的钥匙。"他扔给她自己公寓的钥匙,转身走了。

就这样,为了一支小小的牙膏,韩清一连坐了两趟头等舱。以至于此后韩清看见秦渭说话,目光都会不知不觉地停留在他那两排雪白整齐得可以拿去拍广告的牙齿上,那可是 Theodent 的产品!

然而,当她回国拿着机票去财务室报销时,却迎来了主任的一声冷笑,"头等舱是你这种级别的人可以坐的吗?"

"事出紧急……"

"什么急事需要你一天两趟坐头等舱的飞机?"

韩清吞声。如果回答说是为了一支牙膏,她还真说不出口,更不确定把这个说出去秦渭会不会承认。主任果然也不追问了,哂笑一声:"再怎么紧急也不能违反公司的报销规定呀,是吧?"

"那我问问秦总可不可以特批一下。"

"不能让秦总带头违反规定呀,是吧?"

主任两个"是吧?"让韩清彻底傻眼,报销不成难道倒贴?这可是一个月的工资呢!就这么悲催地拿着报销单据回到自己的办公间,瞄了一眼在里间专心看文件的秦渭,心里掂量着是这两张机票钱重要,还是今后源源不断的薪水重要。韩清一咬牙,将单子塞进了抽屉。再一抬头,秦渭不知何时已经走到她的面前,一脸愁容顿时换成笑脸。

"秦总?"

"秦滔过来了,同来的还有叶明升,你去楼下接一下,带他们来见我。"

"好的。"

"你为什么老是笑?"

"哦?"

"不要没事老笑,端着点儿。"

"嗯。"

"机票还没报销?"

"……还没。"

他递给她一张签了名的个人支票,"这是我的私人开支,不方便从公司走账,所以从我私人账号中支出。"

"谢谢。"她瞄了一眼上面的钱,"其实没有这么多钱……"

"剩下的是你的辛苦费。还有这个。"

他居然递给她一张信用卡,"这张卡有二十万限额,以后我要你办事,钱就从这里走。你签字就行。"

韩清小心翼翼地将这张卡插到自己的钱包里,深切地体会到了"自宫"的意义。

韩清到楼下将秦氏基金会的 CEO 秦滔、CFO 叶明升引到秦渭的办公室时,秦渭正坐在自己的办公桌上,手里玩着一只网球般大小的水晶球。

水晶球是秦渭桌上众多的古怪饰品之一。倒不是因为它的形状,或者说它真是一块巨大的人工水晶,而是因为里面镶嵌着一颗人的门牙。当韩清第一眼看见它时就吓了一跳,仿佛水晶球随时可以咬人似的。开始她还以为是恶作剧,门牙肯定是假的。但仔细观察可以发现门牙上有细微的缺口,是长期咀嚼所致,底端甚至还有一小块结石。这到底是谁的牙齿?为什么要放在水晶里?又为什么成了秦渭每天办公时最喜欢抚摸的东西?这是办公楼八卦的一大热点。各种猜测、各种版本达二十几种。甚至有女同事央求韩清问一下秦渭,以满足大家的好奇心。

韩清也很好奇,但她从来没问过。

至于秦渭为什么会从家族的基金会辞职,而且辞得这么突然,业界的传说倒是比较一致:这是一场家族内讧的结果。秦渭被一群堂兄群起而攻之,为公平起见,他爷爷不好表态,秦渭一怒之下辞职而去。据说发动这场"政变"的幕后推手就是他的大堂兄秦滔,他同样也是一个风投专家,沃顿商学院毕业。大约因为家族的海外背景,大家称呼秦渭都用他的英文名"Andrew"。秦渭看着秦滔,脸上不动声色,眼底露出不屑的目光。

倒完咖啡后,韩清安静地坐在一角,偷偷地打量着秦滔。他看上去跟秦渭长得一点也不像,脸很宽,微微谢顶,但有一个和秦渭一样的高额头。一旁的叶明升四十岁左右,平头、小嘴,身形瘦小,看上去是个话少而谨慎的人。

一坐下来,秦滔就直截了当地对秦渭说:"董事会不同意你辞去秦氏基金会的职务,特别是在这种时候。"

秦渭一副没听明白的样子,"这种时候……是什么时候?"

"我们正在收购 I-PAC,谈判进行得水深火热——"

秦渭笑了,喝了一口咖啡,"你们逼我离开基金会,我很听话地滚蛋了,你怎么还好意思到这里来找我?"

"没有任何人要逼你走。"秦滔神色淡定,"自从那次登山事故后,医生说,以你脑震荡的情况可能会影响你的判断力……我们只是提出一种担心——"

"真的吗?"秦渭眼神中揶揄的意味更浓了,"你跟爷爷说我脑子有问题,OK,我走,免得判断有误耽误了你发财。现在你又需要我的脑子了?"

"Andrew,不要意气用事,不同意你辞职是爷爷的意思。"

"我不回去。"

"再说一遍,爷爷希望你回去。"

"No."

秦滔叹了一口气,让步,"说吧,你要什么条件?"

秦渭眉头一挑,"你走,我就回去。"

"不要太过分!"秦滔终于吼出来,拿起公文包就走。秦渭看着手中的水晶球,不冷不热地看了一眼他的背影,没有挽留。旁边的叶明升企图拉住他,"秦总,等等!"

秦滔仍然不管不顾地走了。韩清连忙站起来要送他,秦渭横了她一眼,她只好坐下来。她很奇怪为什么叶明升没有跟着秦滔一起走,看样子他要留下来继续游说。

"秦氏收购 I-PAC,那边出价十五亿。"叶明升道。

"这么简单?没有附加条件?"

"有,I-PAC 提出要求我们同时买下他们在法国的子公司 Ryno Inc.。"

秦渭冷笑道："谈判不是秦滔在主持吗？我已经递交辞呈了，还来找我干吗？"

"董事长想听听你的看法。"

秦渭沉默片刻，抬头，"现在的 Ryno 就好比 Tatanic（泰坦尼克号），如果接下这个包袱，给几千个快失业的工人发工资，一定会把我们拖入海底。"

"可是，不答应的话，谈判进行不下去。"

"如果是我，宁愿出十七亿也不要 Ryno Inc.。"

"你堂兄的意思是先接下 Ryno，再大量裁员。"

"这可是法国！工会会答应？董事长不是想听我的看法吗？"

"你堂兄认为你的看法应当和他保持一致，并在董事长面前施加影响。"

"那就不是我的看法。"

"Andrew，just between you and me（你我之间悄悄地说），你在这种时候提出辞职已经惹怒了你堂兄……我希望通过 Ryno Inc.你们的关系得到改善……这是你的辞呈，秦滔希望你能收回。"

秦渭没有接下那个信封，叶明升的手伸到半空中，良久，又收了回来。

"我决心已定。"

"Andrew，你父亲已经过世，你伯父是董事长最信任的儿子，将来的秦氏肯定是你堂兄的天下。听我一句话，不要太任性。"

"不是任性，是自信。"

"该说的都说了，我还是告辞吧。"

"好走。"

韩清礼貌地送走了叶明升后回到秦渭的身边，见他仍然凝视着手中的水晶球，似乎在思考着什么，她不想打扰他，收拾起一摞文件，正要默默离去，秦渭忽然叫住了她："韩清。"

"嗯？"

"想知道这颗门牙是谁的吗？"

"我猜是刚才那个堂兄的，对吗？"

秦渭看着她，忽然笑了，"猜对了，送给你。"

他将水晶球扔给韩清，韩清连连摇头，"这个……对您更有纪念意义吧？"

他忽然很孩子气地眨了眨左眼，"这个东西对女孩子更有意义——它辟邪！"

爱情微小说之一
双城计

双城计

　　静宜从摇摆的吊床上爬下来时是双手先着的地。她感觉自己像一只蜘蛛爬出网外，手心中一股黏湿，似乎随时可以将自己贴在屋梁上，而心中却有一道丝拽在男人的手中。卧室里点着印度薰香，烟气、花气、木气，安神定息，方寸之地如庙堂般高远深邃。而男人身上雄性的气味却无所不在地令人身心缭乱。其实，她从俊涛光滑的脊背上滑下来时的快感并不亚于两人在吊床里为了快乐和平衡做出的体操动作。两人都在为自己人到中年却有少年般柔韧的肢体而沾沾自喜。结婚的时候，静宜就说想在卧室里放一张吊床，给这古典的四合院增添一股南美风味。俊涛是设计师，又爱手工，在结实的硬木上钻孔穿入手指粗的棕绳，上面铺着纯棉包裹的软垫。夜里，吊床像一片巨大的棕榈叶将他们包裹起来，无论什么动作都会引起摇晃而且嘎吱作响。熟睡时，两人因为重力而挤作一团，像子宫里的一对双胞胎。任何一个人起床，都会将半梦半醒的另一个轻轻推一下，秋千荡起，将他送回梦中。

　　静宜去洗手间洗手，挂在洗衣篮边的西裤忽然轻轻地振动了一下。她从里面掏出俊涛的手机，好奇地瞟了一眼，上面有条短信，只有三个字，可她的脸立即白了：等你。霏。

　　俊涛的建筑师工作室在 C 城最繁华的商业中心，而他们的家却在 A 市。两城之间，开车的话，要走一个小时的高速。静宜在 A 市教书，俊涛的职业不能远离客户，每日早出晚归，几年下来已成习惯。另一个原因是婚后不久，静宜所在的小学发生了一次火灾，为了救一个学生，静宜的脸被一块燃烧的木头砸了一下。她颧骨附近，临近眼睛之处有一块烧伤，虽做过几次整容，效果不佳。俊涛承诺，无论她变成什么样子都会爱她一辈子。可静宜面子薄，觉得没法见人，于是不肯搬家，街坊邻居天天见，见怪不怪也就罢了。

　　工作室的生意相当好，代价是俊涛常常要通宵绘图。为了方便，他在城中买了一套公寓，一年之中，倒有小半的时间不回家过夜。静宜并不抱怨。一来男人事业要紧；二来她收入有限，为了整容也不知花了多少钱，心中只觉愧疚。静宜从没听说过这个"霏"，俊涛也不曾提起。建筑师这一行女性极少，而俊涛仅有的几个熟人、秘书、下属名字里都没有这个字。这是个陌生的女人，却和她分享着同一个男人。

　　第二天，静宜就偷偷地去了 C 城，她潜意识地觉得霏住在 C 城，或许就住在俊涛的公寓里。去电信局查了霏的号码，明明是捉奸，自己倒像是做贼似的溜到电话亭给她打电话。电话"嘀"的一声就接通了。

"喂？"是一个和她一样温柔的声音。

"请问你认识邵俊涛吗？"

"认识。"

"我是沈静宜，俊涛的妻子。"

那边突然停顿了一下，问："俊涛结婚了？"

静宜哑然。

咖啡馆里，静宜把奶茶搅成了橘红色。陈小霏看着她，长长地叹了一口气。静宜向来不是个争强好胜的人，从小到大该给她的没给，她也无所谓，俊涛反而喜欢这一点，觉得有大家之气度。出门的时候静宜没有想象过小霏的长相，更着急自己这张脸怎么好意思出现在摩登的C城，看了满大街林立的美女广告，再看看从地铁里出来的一个个时尚女郎，这沮丧无端又增加了一倍。正房找小三，气焰已减了三分。小霏倒是很大胆地直视着静宜。半条头巾遮挡着面容很是神秘，聪明的人也能瞧出点端倪。小霏穿着一套手绣的亚麻长裙，面孔白净，身段玲珑，双眼机灵狡黠，看得出有脾气，也有品位，指上的钻戒、腕上的卡地亚、手里的LV都价格不菲。小霏在一家医药公司搞销售，业绩拔尖，只是常常出差。她与俊涛是在飞机上认识的。小霏承认是自己在恋爱上十分主动，但俊涛自称未婚，不能算是她的错。两人同居两年半，算下来跟静宜婚后的时间差不多。小霏有野心，一心要爬上销售总监的位子，不肯受婚姻羁绊。俊涛也不勉强，两人随性往来，半是朋友半是夫妇，自得其乐。

小霏问静宜有何打算。静宜说："你喜欢他就跟他过吧，我可以离婚。"说得很随意，心却宛如刀割，一瞬间自己对这个男人的爱、信任、依赖乃至前途、未来都变成了零。

"这么大方，一定爱得不深吧？"小霏笑了，她有一张小嘴，牙齿洁白得可以做牙膏广告。

"还有什么比认识一个人更重要的呢？"静宜挺直了脊梁，那一瞬间，头高高地昂起来，丝巾向后一滑，露出狰狞的右半边，仿佛月球的另一个表面，小霏吓了一跳。

"你说得不错。"小霏再次凝视着她，声音忽然就柔软了。

俊涛正常时间回到家。桌上摆好了几样小菜，家中异常整洁，静宜正在收拾案台。

"今天去了一趟C城，"静宜说，指着门边堆着的一大堆购物袋，"扫货。你看这个包，好看吗？"她从一个巨大的袋子里抽出一只白色的皮包，挎在腕上。

俊涛的眼睛被上面金晃晃的标志灼了一下，"LV？"他倒不是嫌贵，而是一个月前，刚给小霏买过一个一模一样的。看着静宜满足的笑，俊涛心中蓦然愧疚。

烧伤后，静宜害怕去任何公共场合，尤其是商店，连化妆品都是网购的。俊涛出身贫贱，入行后的第一桶金靠的是岳父的提携。当然现在他发家致富，也不把岳父放在眼里。倒是静宜烧伤后俊涛的不离不弃让岳父一家都对他感恩戴德。

"今天早点睡好吗？"静宜说。

那是一个暗示。他在吊床上相当卖力，由于愧疚，几乎是讨好的。在交响乐中做着前戏，在昏黄的灯光下留意她的反应。静宜却显得漫不经心，与以往倾其所能地满足他大不相同，他只得在气恼中一次次地将她送入高潮。怀中的女人犹如一条小鱼般翻腾着，汗水浸湿长发，海带般缠绕在胴体之间，动作激烈，仿佛是两个骷髅打架，听得见骨骼咯咯作响。俊涛的心中再次涌出离开她的念头。这女人的存在似乎只为了考验他的情操，而小小的 A 城装不下他勃勃的野心。正当他气喘吁吁地爬到兴奋的最高点时，手机忽然响了。

刚刚八点，还不算是夜晚，大家都怔了一下。俊涛不得不尴尬地从床上爬下来，瞄了一眼号码。

"是我。"小霏的声音从那边传来。

"我……在忙，有事吗？"

"我要见你，马上。"

"现在？"

"对。"

他找了一大堆的理由，一张重要的设计图被打回来修改，明天就是 deadline，所有的资料和打印机都在 C 城的工作室。不知道静宜是否相信，反正他急急忙忙地走了。与静宜的温柔顺从不同，小霏号称"小辣椒"，三句话不合就能翻脸。

俊涛心急火燎地赶到小霏的公寓，一敲门就被她拽住领带直直地拉入卧室。小霏寸缕未着地将他按在床上，"我想你，我要你。"他很快被撩拨了，胸口伏着一头野兽，喘不过气来。他们之间是火辣的、淋漓尽致的，几乎是搏斗的。俊涛立即觉得体力透支，快活，又忍不住抱怨："就为这个把我叫来了？我正在画图！"

"在我身上画也是一样。"小霏微笑地摸了摸他的脸，"告诉你一个好消息，我怀孕了。以前我不想结婚，不过现在，我特别想做妈妈。俊涛，我们结婚吧！"

他心里倒抽了一口凉气，"结婚？"

"明天先去登记，怎么样？我可不喜欢我的孩子没父亲。"

"嗯——是这样，我最近有个要紧的项目，实在分不开身，要忙完这个夏季。要不，再等等？"

小霏的脸立即变了，"等什么？以前你不是一直嚷嚷说要娶我的吗？"

"你不是也说……不想结婚吗？结婚这么大的事，好歹得跟父母先说一下吧？先定个日子，两边的家长见一面，这样才是礼儿，对吧？"俊涛知道小霏的父母在美国忙生意，回来一趟特别不容易。

小霏还想理论，手机响了。俊涛连忙说："是我的工作助理，我去阳台接一下。"

是静宜的声音："俊涛，你不在工作室吗？"

他吓出一身冷汗，"嗯……不在，我在外面的路上。"

"想着你通宵赶图太辛苦，给你煲了汤，特地坐车送过来。马上就到。"

有生以来第一次，俊涛发现自己玩火玩过了头。以前静宜闭关自锁，小霏又整天在天上飞，自己方能左拥右抱，各得其趣。现在两个女人都滑出了正常的轨道，他立即觉得吃不消。体力倒在其次，再聪明的大脑也经不起这份折腾。当下只得又请假，身子还有一部分是硬的就匆匆地出了门。

赶回工作室，在静宜的注视下喝了一大碗汤，静宜轻轻地说："你忘记今天是什么日子了，也没给我买礼物，我只好送了自己一个LV。"

他赫然想起今天是他们的结婚纪念日。几年了？想不起来了。但纪念日的传统节目还是要上演的。

"谁说我没礼物？"他猛然将她打横抱起，放到绘图的长桌上，"现在就送你一个大的。"

可是，有生以来第一次，他居然不能了！

为了分散自己的沮丧，他只好说："嗨，静宜，我有一个惊喜要送给你。"

她安静地凝视着他。

"我被省里评为今年的十佳建筑师，这个周五有个盛大的颁奖礼。这次你一定要出席。这些年你对我所做的一切，我会当众致谢。"

权衡两个女人在他心中的地位连一秒钟都不需要。静宜在火灾中冒着生命危险救了小学生，她是社区的女英雄。而自己，从零开始打拼，借了岳父的财力，知恩图报。且不说抛妻另娶的恶名将会严重地影响自己的事业和前途。家花不如野花香。如果真要得罪一个，只能是牺牲小霏。他开始盘算如何说服小霏打掉那个孩子。

转眼到了颁奖晚会。台下济济一堂，坐着业界的精英，有共同奋斗的同事，有提拔他的上级，有赏识他的官员，有合作多年的客户，有报社电台的记者，还有省市多家电视台的实况转播。出乎他的意料，从来不肯在公开场合露面的静宜欣然表示愿意前往。她穿了件满缀着小金片的乌丝长袍，斜戴着一顶精致的小帽，帽里垂出小段黑纱，隐藏了她伤痕累累的右脸。俊涛的致辞别出心裁，他用PPT介绍了自己进入建筑业的心路历程，展示了自己的设计成果，最后一张图片是他与静宜的甜蜜合影。俊涛将自己的脸对准镜头，用深情的男中音诉说了自己对妻子的感谢。镁光灯的闪烁中，一个女人站了起来，脱下头上的帽子向众人示意。

忽然，大厅里一片安静。谁都看得出那个女人的脸完美无缺，并不像传说中的那样有一道明显的烧伤，而且她的长相与大屏幕上巨大的投影完全不一样。

她不是静宜。

俊涛一下子惊呆了。

这时，另一个女人也站了起来，也掀开了自己头上的帽子。

她的声音不大，却很清晰："俊涛，你要感谢的那个人，是她，还是我？"

大厅里先是一阵沉寂，继而一片交头接耳声，然后，仿佛石像倒塌般哗然了，无数的镜头和闪光灯对准了这两个女人。

一个月后，静宜离婚了。她换了一份工作，独自搬到 C 市。她和小霏经常约在一起逛店、喝咖啡。当小霏告诉俊涛自己虚报怀孕只是为了戏弄他时，这个男人咆哮了，随手拿起一把椅子向她砸去，没砸中，却被小霏第一时间报了警。

喝下一口咖啡，小霏拿出纸巾沾了沾嘴，白纸上留下一道鲜红的唇印。

"什么时候原配和小三能像咱们这样团结就好了。"她说。

静宜不禁微笑。

爱情微小说之二
不是你的玫瑰

不是你的玫瑰

阿玫第一次拿弹弓射鸟,没有射着,射着了一个男孩,名叫阿森。她射破了他的脸,阿森哭了,阿玫吓得扔下弹弓就跑。

傍晚,气势汹汹的阿森妈就拎着儿子找上门。

阿玫的父母都是工程师,他们一家住在设计院深处的红砖房里,单门独户,上下两层,户主就是设计院的院长,阿玫的爷爷。

问清了来龙去脉,阿玫妈急忙道歉,一面轻斥阿玫淘气,一面查看阿森的伤势。第二天,她带着阿玫去了阿森家。礼包里装着那时还算昂贵的蛋糕、水果和蜂皇浆。阿玫妈还塞给阿森一个红包,里面是一百块钱。

阿森妈紧绷的脸这才露出笑容,她表示不会小题大做。

"幸好也没射着眼睛。"

然而,伤口终究是留下了一个疤,不大,不深,在六岁男孩光滑洁净的脸蛋上还是很明显。

"哇,正好在你右眼的下面,看上去好像长了两条眉毛。"上学的路上阿玫竟拿这个开玩笑。

"放学之后陪我打珠子?"阿森不介意,满不在乎地吸了吸鼻涕。

"好啊,练完了钢琴我来找你。"

阿森爸是设计院职工食堂的工人,大锅菜炒得呱呱叫。阿森妈是清洁工,负责打扫办公室和楼道。他们和另一家人挤在一套只有两间房的职工宿舍里,共用卫生间,洗澡要去公共浴室。

阿森说他原本还有一个哥哥,小时候在池塘边玩耍,失足跌进塘中,就这样死掉了。阿森的生父因此精神崩溃,离家出走,再也不知去向。而肇事者却是阿森妈,当时她正在田里干活,没有留心儿子的去向。有两个送饭的大嫂找她聊天,媳妇们叽叽喳喳地攀谈起来,话声太大,谁也没听见水里有人扑腾。

因为这事,阿森妈差点被阿森的奶奶揍死,而她再也不能留在村子里了,就带着阿森投奔城里的亲戚。

她嫁给了阿森的继父,一个大她二十岁的炒菜师傅。师傅无子,对阿森甚好。

如若出身世家,阿森妈应当算是半个美人,可惜她的身世无半点傲人之处,只能说是有几分姿色。除了皮肤有点黑,手有点粗,脸有点红之外,她长得一张端正的瓜子脸,杏仁眼,悬胆鼻,唇红齿白,仿佛一张五四时期的招贴画。张口骂人才知她是地道的村姑,上天入地,祖宗八代,半条街都能听见她的尖叫。用阿玫妈的话讲,阿森妈有点"不清不楚"。她不清不楚地嫁给了炒菜师傅,不清不楚地搬进了职工宿舍,不清不楚地"农转非",又不清不楚地让阿森进了这个教学质量颇佳的新华街小学。

可是这些在阿玫看来都没什么。她和阿森玩得很好,没人管阿森,阿森的学习总是很棒。他们一起做飞机模型,得过少年科模比赛的大奖。他们一起参加文艺会演,双人合唱拿过第三名。初中他们还在一起,高中就分开了。阿玫去了重点中学,阿森留在普通高中——不是没考上,重点中学要求住读,阿森家负担不起。

像大多数少年时代的好友,他们的友谊也没经得起地域的考验。一周只回一次家的阿玫只在暑假才会见到阿森,彼此只是羞涩地打打招呼,后来连招呼都不好意思打,见面点点头了事。高二下学期,阿森的继父心脏病去世,阿森妈再度改嫁,他们搬出了这个区,从阿玫的视线里消失了。

他俩再度相遇时阿玫已是大二。高考她比谁都考得砸,因为有个强大的爷爷,照样进了名牌大学。

有一天,阿玫被同学拉去操场看球,为本系当啦啦队。球场中有一个身影似曾相识。赛后她慢慢收拾书包,用眼斜斜地瞟他,可不就是他! 就算不知道个头会蹿得这么高,裤脚好似短了一截,那脸上的伤疤不会有假。

几年不见,他们居然考进了同一所大学!

"是你啊? "阿森说。

他们都不好意思直呼其名,也不好意思像小时候那样叫彼此的昵称。

她抿嘴笑,"是啊,陈同学。"

他在数计系,她在金融系,寝室隔得远,也不共一个食堂,同校一年,居然不曾碰面。

没缘吗? 实在是很诡异。

她不信。

"周五的英语角,难道你从不去? "

"没去过。"

"公共英语呢? 难道你没选金老师的课? "

"教我的老师姓赵,是下午上课。"

"嗨,"她指着他的脸,"那个疤怎么还在? 看着多闹心啊,今天有空不? 我请你吃羊肉串。"

向来只是她可以这样肆无忌惮地打趣他。

他下意识地摸了摸脸,没有回答,不好意思地笑了。

从那天起,他常来找她,帮她提水,帮她打饭,帮她写作业。他还是那么穷,课余四处打工挣钱。但他总能空出傍晚的时间,候在宿舍门外等她出来一起去食堂吃晚饭。一出门,绕过阶前的一排槐树,她准能在自行车棚的对面找到他。她知道他喜欢她,全寝室的人都看得出。

点点滴滴的爱,水到渠成的默契,他知道她喜欢什么,想要什么,竭尽所能地让她欢喜。她也乐意和他相处,虽然分不清是因为友情还是爱情。

渐渐地,她有了烦恼。

到了交男朋友的年纪,她开始想一些事,一些未来的事。她承认与阿森在一起的时光平静温馨,愉快而有情趣。她享受着那种被人宠溺的幸福。他们之间极少争执,阿森几乎是处处让着她的。他们都没什么钱,她是因为花得快,零用钱到月中就没了;他很节省,也很能攒,最后几周还能接济她。逢年过节有额外的收入,比如压岁钱之类,她也会给他买衣服,或者邀他去看通宵电影。算下来他们之间的金钱往来不可谓不频繁,但谁也没有欠谁很多。

妈妈说听女人话的男人没出息,她也觉得他不够桀骜,事事过于在乎她的态度,简直没有半分主见。在这样的年龄,她是在乎相貌的——按妈妈的话说——人要为后代负责。嫁个丑男人,生个丑八怪,天天都要瞧着他,还要当心肝宝贝,那是什么滋味?阿森不算难看,也谈不上英俊,个子高,身子瘦,皮肤粗,面色黄,一副发育不良的样子。寝室里的姑娘们安慰她,这男人还未长开,假以时日,终归是条好汉。她却左看右看不顺眼:衬衣总是小一号,裤腿总是短一截,吃饭咀嚼有声、狼吞虎咽,好似此生的最后一餐——总之,不潇洒,太不潇洒。而且他老是为钱发愁,整日里计算着用度,遇到她嘴馋想吃栗子时,他至多是买一包给她,自己一颗也不吃,还说不爱吃,弄得她也不畅快。他也没有别的朋友,只是专心和她恋爱,找出各种借口要见她,变着法子地讨好她,仿佛经不起女人的诱惑。阿玫悄悄地想,这样的男人肯定很容易分心吧?学业定然荒废了不少,弄不好要补考,也没见他提自己的功课,不在一个系,她也没多问。

生日那天,他送她一朵玫瑰。清晨剪下来的,还带着晶莹的露珠,怕露水干了,早早地送过去,傻傻地捧在手中,让寝室里的人笑他。

不知怎么,她却有点不高兴,玫瑰玫瑰,多么庸俗的礼物。配上他为省钱而久已不剪的长发,因紧张而结结巴巴的口音,怎么看怎么寒碜。可她还是不愿拂了人家的好意,那一天将就着陪他,看电影、吃餐馆,心里却悄悄打起了退堂鼓。

她静静地陪他坐在电影院,黑白的影子投到脸上,扑朔迷离,像是她的未来。那是他喜欢的圣诞老片——一九四七年的黑白片——《美好人生》。她的心打了结,嫁给了他,他当然有了美好的人生,可是自己的人生不免惨淡。何况嫁他必是一场战事,她的父母、她的爷爷打死也不会同意,或许她要被扫地出门,一分钱嫁妆也没有。这辈子跟着他倒未必流落街头，但住在哪里，想都不敢想。他的家庭乱得不能再乱，第二个爸爸有两个孩子，阿森极少提起，那个凶悍霸道的母亲她也不是没见识过。将来要和这一群人打交道……那是多么费神的事！她早已习惯了容易的人生，没有困苦，没有压力，没有竞争，不为前途操心，仗着爷爷的权力，一切唾手可得。别人累死累活拼了命，到头来也不够做她家的一条门槛。她犯不着将到了手的好日子让出来，陪着他事事打拼……二十年后，她就成了祥林嫂，说不准孩子还让狼给叼走了。

那一刻，过去、现在以及未来在她眼前交会。

他从荧幕的故事里拔出来，温柔地看了她一眼，握了握她的手，"电影不好看吗？"

"好看。"

"感觉你心不在焉。"

"哪里？"

"你的膝盖不停地晃着……"

"哦。"

她犹豫了。终究舍不得那一份温柔与呵护，那份诚挚与尊重，她是他心中的女皇——这种感觉她不可能从第二个男人的身上获得。

平平淡淡地谈了三年，一切如常。除了阿森，她没有新的男友。未来障碍重重，她不愿意想明天的事。她从没带他去过自己的家，亦未向家人提过他。一份秘密就这样捂着，以便随时能够撤退。可是，不知不觉，她已习惯于依赖他了，习惯于他天天黄昏在宿舍楼外等候，习惯于他一呼即应，随叫随到，习惯于他把她的话当作圣旨，习惯于生病受他照料，受委屈听他安慰。他们像一对小爱人那样熟络了，握手、接吻、拥抱，除了最后一关，一样也不少。几天不见，她也觉得心里空得慌，而他早已经把她当成自己人。他开始计划他们的未来，什么时候结婚，去哪个城市工作，好好干买个大房子，让她在后院种花。他甚至说要生一个像她一样漂亮的女孩，取名叫作"宝珠"……说话时他将自己的头埋在她的肚子里，仿佛她已经怀孕。她在一旁哧哧乱笑，心下却生出了恐慌，笑到一半，笑容僵住了，像一滴墨在水中洇开。

回到寝室，住在上铺的小桃说："阿玫，我真羡慕你，会有阿森那样好的男孩爱着你。"

她失笑，"怎么，我配不上阿森吗？"

"不是不是……当然不是。我是说你们在一起真的很好，你们有夫妻相，将来一定会白头偕老！"

她扑哧一声，笑得厉害，"你个小妮子，胡说个什么呀。"

一时间，目光停在小桃的脸上，她似有所悟。

小桃出身贫寒，和他门当户对。她有一张不成比例的小脸，像绿叶中的一朵小花，巴掌一按就消失了。小桃什么都一般:成绩一般,才艺一般,看不出有何惊人的天分,但心眼好,脾气好,老实忠诚,也努力上进。她忽然觉得,小桃和阿森才是真正的般配,他们两人的未来可以画进同一张图纸。而她自己,虽然也爱他,可是……不行……肯定不行……首先父母那道关就别指望。

大学最后一年,她几乎天天在想如何与他分手。

她开始冷淡,找借口回家,去外地实习,一周见不到一次面。她开始动不动就发脾气,挑三拣四。她故意忘记他的生日,也不去看他的球赛。他似乎意识到了什么,越发小心翼翼。以为她是面临毕业压力大,提出用攒的钱为她租一间安静的小屋,以便她能专心写论文。她断然拒绝,为此找理由和他吵架。

其实她心中何尝不痛?谁愿意硬起心肠当恶人?

终于有一天,在长达三天的冷战之后,她下了狠心,直截了当地说:"阿森,我们还是分手吧。"

那是个闷热的下午,整整两个小时,一直都是她在说话。她分析了双方的家庭、家长的态度,她说她有个刚愎自用的爷爷,会动用一切办法阻碍他们的婚事。她说她毕业会出国进修,学习紧张前程难料,不想用没有结果的爱来拖累他。她说了很多很多,想方设法地安慰他,又不留半点希望。

最后他抬起头,眼中泛出泪光,问道:"你爱我吗?"

"爱!当然是爱的……"她不忍看他的脸,声音也紧张得发颤。

他握着她的手,大声说:"那么不要对我讲这些!这些都不是困难!我们都可以克服!"

她冷笑,"我爸妈肯定不同意!"

"你问过他们?"

"嗯!"她骗他,"他们坚决反对。我是他们唯一的孩子,你总不至于要我断绝父女关系吧?"

他的脸一点一点地苍白,顷刻间,血色就褪尽了。

她不记得自己说了些什么,总之是"别太难过","好聚好散","我们今后还是朋友"之类的话。

他默默地走了,再也没来找过她。

她借口写论文搬回家里,几个月后顺利毕业,爷爷给她找了一份体面、稳妥的工作,在银行当会计。

她再也没见过他。只听说他考了研,去了北京。

他不是不知道她的电话,不是不知道她的邮箱,就是再也不联系了。

想不到他会这么绝情!明明是自己抛弃了他,她却有种被抛弃的感觉。

于是,感到轻松的同时她又深深地失落了。

分手头一个月,她夜夜梦见他,那感觉好像有把利刃在切割她的肢体。到了白天,她又幻想他的人影会重现在宿舍楼前,以至于每次出门都下意识地看一眼车棚。疯狂的时候她甚至想,只要他回心转意地给她打个电话,她宁愿放弃一切跟他走,天涯海角,永不离弃。

清醒过来,她又知道不该怨天尤人,这个选择再理智不过了,长痛不如短痛,对他也是个解脱。

上班之后的日子过得十分机械。

在家人的安排下,她见了鸿奕。

鸿奕出身名门、英俊潇洒,举手投足事事得体。爷爷喜欢他斯文稳重,妈妈喜欢他温和礼让,爸爸喜欢他爱好体育。她也觉得鸿奕是 Mr.Right,选他再正确不过了。当然,家教严格的鸿奕待她过于客气,令她觉得有点疏离。可是,哪个王子不骄傲? 和他打交道她不得不强打起十二分的精神,使出浑身解数去战斗。

尽管如此,鸿奕的爱还是按部就班,循规蹈矩,温吞水一样,无论从深度还是浓度都不能与阿森相比。那是她操之过急! 阿玫心里想。为了约他吃饭,她打电话暗示都快到了气急败坏的地步。王子姗姗来迟,她满地里给他找理由。原来她也有强大的主动性! 可不是吗? 嫁给他就等于嫁给了自己,会保持优越,留在熟悉的环境里。长辈们知书达理,过日子不为钱犯愁,出了事亲戚们都来帮忙……鸿奕送她的订婚礼是一只祖传的翡翠镯子,鲜翠欲滴,据说是战乱年间从宫里流传出来的。他将它套在她的腕上,她的心也跟着套了进去。

三个月内,他们迅速结婚。

蜜月度完,日子开始不像她想象的那么简单。

鸿奕的脾气是不能违拗的,说一是一,说二是二,没得商量。她觉得这是男子气,现在男子气伤到她了。鸿奕上班忙工作,下班忙应酬,出差更是家常便饭,这也是她一直想要的,男人可不是要上进吗?而如今夜夜孤灯都成眼中芒刺,帐空褥冷,长夜难眠。嫁入名门好处多规矩更多,婆婆要小心伺候,公公暗示要抱孙子,而她却一直没有怀孕。

日子恍恍惚惚地过去了,鸿奕身上那些光鲜的东西渐渐失去了颜色。他总是淡而有礼,对她的需求不置可否,弄得她事事期盼他的首肯。他倒是记得宴会上帮她脱大衣,入座移凳子,吃饭夹菜递酒,生日送礼物——一年之中受他待见的也就是这么几天。说他不好,他温言细语不曾动过火,对她的家人是再尊重不过了。逢年过节必去探望,有事一个电话绝对赶到。阿玫妈格外喜欢他,一看见他脸上就笑成了一朵花。可是回到家里,难得共进一回晚餐,她在灶前忙得团团转,他则怡然地坐在沙发上看报,偶尔搭她一两句话,都是心不在焉,股票新闻也比她有趣。

她不敢抱怨,更不敢使性子,他有家教难道她就没有?在阿森面前的那些脾气早已去了爪哇国,正经为这个生气倒让人见笑了。她不明白自己哪点不好,模样、家世,样样般配,学历、工作也上得了台面。出门在外挽他的胳膊,也是人人称赞的才子佳人。

紧接着的一年,她爷爷去世,过完头七,父亲又陷入官司。账目不清的工程款,查无实据的贿赂,来路不明的存折,一夜间家产全部冻结。她母亲发动所有的关系四处打点,父亲还是被判了三年刑期。鸿奕家也算帮了不少,送出的钱多半打了水漂。多求几次亦面呈难色,话语间透出撇清的口气。

阿玫在鸿奕家的地位因此一落千丈,加之久不生子,婆婆的脸色越来越黑。

三年之后,父亲放出来时已白发满头。长时间担惊受怕、情绪低落,母亲的身体也露出下坡的光景。母亲怨她父难当头不够尽力,好歹也是鸿奕家的长媳,说话做事没半点分量,早知如此也不指望你,另找他人也不是这么差的结局。她回娘家只能是讪讪的,受了委屈也不敢多说。有了这层忌讳,走官场路线的鸿奕家也不便多和他们往来。

后来,她才知道鸿奕的美国文凭是混来的,毕业的大学谁也不曾听说。借着父荫进了著名的外企,初来时被货真价实、野心勃勃的同事们打压得喘不过气来。好在他识相知趣,人脉畅通,又颇懂得官场上的那一套应酬,七八年下来也进了高管层。

那天她和客户吃饭,无意间提起鸿奕,客户笑着说:"鸿奕?我认识啊,和他搭过几次话,不熟。我儿子和他的儿子在一个幼儿园,同班。"

她的头顿时大了三倍,一时间天旋地转,眼冒金星。

她没告诉他鸿奕就是自己的丈夫,他们一直都没有孩子。

第二天她去查了他所有的电话记录,回到家就摔光了所有的碗和碟子,对着下班进门的他又吼又叫。没几天事实终于浮出水面:那个女人姓孙,是他在火车上遇到的一个做服装生意的小姐,模样清秀,谈吐伶俐,知疼知热,在本市开着一个专卖唐装的小店。她精于裁剪缝纫,能自制全套十五个品种的汉服。她只上过高中,一条腿有小儿麻痹症,走路不很利索。他们有个漂亮的儿子,姓随母亲,三岁,人见人爱。

孙小姐认得鸿奕比她要早,跟着他那么多年,什么也不要,不要名分,不要地位,儿子出生也不要亲生父亲来签字。她懂得什么是忍,忍得越多,鸿奕越是觉得亏欠她。

阿玫最后赌气说:"离婚!我要离婚!"

等的就是这一句,鸿奕不动声色地递上了准备好的协议,"想好了就签字,我什么都不要,房子、存款都给你。"

她气得发狂,心又开始滴血,涌起的酸意把胸口蚀成了一个大洞。不能这么便宜他!财产能有多少,这些年他早已转移了大半吧?房子也不值什么,那女人名下定有好几套现房。钟摆一下子从这头甩到了那头,她坚决不离婚,不签字,在公婆面前大哭大闹,发誓要将他们全家弄得臭名远扬!

她到底赢了。迫于家长的压力,鸿奕向她道了歉。

她什么也没赢,因为现在的家比以前更空虚。鸿奕基本上不回来了,回来了也是冷战。她习惯刷的信用卡、银行卡也渐渐地开始失灵。这么大的家,每个月他只象征性地付一点生活费。她耻于索要,便开始节省,极少买衣服,不再逛商店,她学会了计划开支。

度过了疲于应付的调整期,她赫然发现鸿奕的儿子已能逗得公婆的开心,也知道给爷爷奶奶拜年了。真是大势已去,一切已无法挽回。

年终的时候,鸿奕忽然提出让她出席公司的晚宴。细问方知是到了提拔的要紧关头,她心软了,以为助他一臂能让他回心转意。

鸿奕说新来的老总很看重职员的责任感,让她记得戴上结婚戒指,又说他保证不会让那裁缝进她的家门,阿玫女主人的地位不会改变。

她不知道自己怕什么。

一连串的变故让她害怕改变,害怕改变之后的一无所有。

有一次在商场她看到鸿奕和那个女裁缝,鸿奕一手推着购物车,另一只手还半挽着她。那女人个子很矮,走路又跛,说话时他几乎低下半个头去。她一时愣住,脚下似有千斤,半步不能移动。

那神情与阿森如此相似。当年阿森也是这么挽着她的,也喜欢低着头和她说话。她已有多年没想起他了,连他的去向都不知晓。对于阿森,她不敢多想,怕勾起心中的悔恨。分手的时候,她还干了件更蠢的事,急于卸担子,她居然向他推荐小桃:小桃老实,小桃勤奋,小桃能干会烧菜,小桃更加适合他……越说,阿森的脸越阴鸷。

夜宴在一家宾馆的四楼举行,四壁烛火幽然,看得出主人充满了情趣,除了吃喝,还雇了艺人表演吹箫。

洞箫声中,鸿奕将她引向一对夫妇:"陈总,这是苏玫,我的妻子。"

她应付般地抬起脸,还没搞清怎么回事,陈总的夫人就扑过来给她一个大大的拥抱,"OMG!阿玫!居然是你!"

她被这惊人的一呼吓得倒退三步,定睛一看,竟然是小桃。

"……小桃?"

"对对,不记得我啦?"

"你不是到北京读研究生了吗?"

"对啊!你个没心肠的,自从我去了北京就再也不联系了,嫁人都不告诉我!"小桃嗔怒道。

她真认不出小桃。小桃穿着纯黑的晚装,长发绾成一髻,简洁大方、优雅得体。

"你还不是一样!"阿玫笑,"嫁了人也没告诉我!"

"不告诉你你也猜得出,你可是我的大媒人呀。"小桃咯咯地笑起来,酒在杯中乱晃。

缓缓转过脸,阿玫的目光闪了闪,小桃的身边是一个穿着深灰色西装的男人。

"不认得我了?"他指了指自己的脸,"这个疤你总认得吧?"

她想哭,又佯装淡定。

交谈了几句方知阿森的学业出类拔萃,毕业后考入清华,在那里遇到了同是研究生的小桃。一年后他们双双出国,拿到学位又回国创业。他的公司买下了鸿奕的公司,他是这个城市风头最健的青年企业家。

"有孩子了吧?"她不由自主地握住了鸿奕的手,鸿奕也配合她,两人做亲密状。

"有个女孩。"他说。

"叫什么名字?"

他略迟疑了一下,小桃说:"叫宝珠。"

她的心猛然一跳,几乎窒息,轻声道:"……有空到我家来玩。"

"好啊。"小桃递上阿森的名片,"有空咱们去喝茶。"

名片上的地址令她暗暗心惊。那是她以前住过的大院。城改后被夷为平地,地段好,卖给了地产商做别墅,属于本市最昂贵的住宅区。阿森曾经对她说:"总有一天,我会在这个城市拥有一席之地,盖个比你们家还大的房子,让你舒舒服服地住在那里……"

"孩子——我是说宝珠——给保姆带着?"她假意攀谈。

"没有保姆,暂时拜托她外婆照看。"小桃说,"阿森不让请保姆,说生了孩子就要自己带。一切交给保姆,那要父母做什么?"

"陈总这么忙,哪里顾得上,总要请个钟点工吧?"鸿奕说。

阿森笑了笑,"自己的孩子,再忙也挤得出时间啊。"

"哎,阿森你的嘴还是那么叼吗?"阿玫说。话一出口立即后悔,好像她很了解阿森的样子,瞥了一眼小桃,发现她并不介意。

"可不是。回家都是他做菜,我做的他说吃不下。"

"陈总真是里外一把手啊。"鸿奕胁肩谄笑,眉飞色舞。

她看在眼里,像吃了苍蝇一样恶心。

夜宴很长,她没再和他多说话,心内却翻涌如潮。

如果当年不分手,如今站在他身边熠熠生辉受众人追捧的,应当是她吧?

他也一直忘不了她,不是吗?把自己的女儿叫作宝珠。宝珠——那可是他们在夏夜湖边头枕着头商量出来的名字啊。

她不愿失了风度,那一夜表现得淡定自如。她也给足了鸿奕面子,陪着他应酬各路神仙。她甚至都没再看阿森一眼,尽管她确信阿森的目光一定追随过她。

女王的感觉又回来了。阿玫心想,她绝对比小桃漂亮,过去是,现在也是。小桃从来都不是她的对手。

"喂,酒喝多了吗?"鸿奕微笑着说,"你的脸怎么红成这样?"

说话间,他充满柔情地替她捋了捋额前凌乱的发丝。

"可能是吧。"她说。

"原来陈总是你的大学校友啊,怎么从来没听你说起过?"

"只是认识,没什么太深的交情。"

"那么,陈太太跟你一定很熟吧?"他又说。

"陈太太?"她怔了怔,继而意识到这是指小桃,"对,是大学室友。"

鸿奕拍拍她的肩,唇间酒气微漾,"什么时候去他们家聚会记得叫上我哦。这个陈总蛮严肃的,平时不好亲近,弄得我不得不走太太路线——"

她胡乱地点头,"我们回家吧。"

坐了出租车回到家里,鸿奕在玄关脱鞋子,她偏起头诧异地看着他。

他夜不归家已经很久了,她早已习惯了没有他的日子。

"今天你不去那边——"

"想赶我?"

他暧昧的眼神刺激到她了。她猛地跳起来,冲到卧室找出那张纸,当着他的面,飞快地签上了自己的名字:"我同意离婚。"她说,将纸揉成一团,掷到他脸上,"你滚!马上滚!"

大二的时候,她和阿森曾一起朗诵萨松的诗。到如今果然是"林林总总的欲望"掠取着她的现在。她的爱情从未越过藩篱,梦想也不曾解放她的手脚。

"……我心里有猛虎在细嗅着玫瑰。"

她不是猛虎,嗅不到那朵玫瑰。而他却是玫瑰,把刺深深地留在了她的肉中。

离异的孤独与失落在办手续之前就已经将她淹没了。

她对此麻木不仁。

高兴的人是鸿奕。离婚第二个月,他就大张旗鼓地娶了小裁缝,儿子也终于改回了父姓,报上登载了他们一家三口的幸福合影。

一夜间,她成了尽人皆知的弃妇,无论走到哪里,都会迎来同情的目光。

当然,情况也没有那么糟,有个姓张的同事特意请她吃饭,饭间表达了对她的好感。

他对她一直很好,工作上帮助他,有事替她顶班,出错替她遮掩,每次出差都记得带给她一包土特产。一直是淡淡的关怀,没有更多的意思。

她对他也是如此,有事相帮,无事不扰。

他大她五岁,离异多年,独自带大一个女孩,工作辛辛苦苦,当上了中层干部。他不好看,脸微微发黑,有谢顶的迹象。他喜欢种花养草拉手风琴,会讲笑话,也有情趣。

如果自己再老十岁,她一定会觉得他是个满意的对象。

她不甘心。

那一个月她花了很多钱做美容,去新世界买了漂亮的裙子。她找小桃聊天,探听他的动向。一个云淡风轻的夜晚,她拨响他的手机。

"阿森,找你有点事,能见个面吗?"

他爽快地答应了。

她带他去了一个热闹的酒吧,隔壁乱哄哄的,有很多人跳舞。

吧厅的另一端隔出一块空间,想安静的客人可以去那里攀谈。

"对不起,不知道小桃今天出差,不然叫你们一起来。"她说。

"没关系。"他微微道。

"是啊,来这里散心。这里热闹,晚上有唱歌,有时还有相声,很容易打发时间。"

他抬头注视着她的脸,"阿玫,你一向不爱热闹。"

"人是会变的。"

"是啊。"

"我给你推荐了小桃,你是不是应当谢我?小桃——她一定是个好妻子吧?"话匣子打开了,她开始一杯接一杯地喝酒。

"对,她很好。"

借着脸上的桃红,她星眸微开,"……比我还好?"

他看着她,没有说话,沉默片刻,说:"阿玫,我知道你不好受,但也别喝那么多。"

"难得见面,你不让我多喝点?现在也没人管我,我自由自在,想醉就醉!"

他夺过她的酒杯,"真的,别喝了。"

"你恨我吗?"她说,"你是不是特别恨我?"

"没有。"

她忽然站起来,大声说:"怎么可以叫她宝珠?宝珠是我们的孩子!你和小桃的孩子,不可以叫宝珠!不可以!"她激动得身子乱晃,摇摇欲坠。

从少年开始,她就喜欢胡搅蛮缠,阿森从不强辩。如今他也还是这样。

"我的孩子都叫宝珠。"

她开始流泪,哗哗地流泪,喃喃地说着谁也听不懂的话。酒一杯一杯地往口里灌。

"你醉了,我送你回家。"他夺过酒杯,果断地拉起她。

出租车里,她大半个身子都靠在他身上,一半是醉,一半是故意。她已经久未闻到男人的气息。到家的时候她连腿都伸不直了,他不得不半抱着她进屋。

"阿森……"她哭着说,"你想要什么就尽管要吧,我什么也不要你的啦。"

她搂着他不放，把头扎在他的怀里，她想扯掉他的风衣，没有力气……

剩下的事情，她都不记得了。

次日的清晨，她发觉自己和衣躺在客厅的沙发上，不曾有人动过她。

爬起身来，头痛欲裂，她歪歪斜斜地去厨房喝水。

桌上静静地放着一张纸条。

是他的笔迹："阿玫，七年前你已经选择，今后请不要再来找我。"

她的脸一下子烧了起来，燃起的熊火将堆积的欲望烧得一干二净。她对着墙壁痛哭，将杯子扔到地上。事到如今她什么都愿意，二奶、小蜜、无名分，什么委屈都可以，只要他还爱她。

就算是破灭，幻觉的水泡也不要打到她脸上。她将纸条撕个粉碎，拿着包冲到街上。

清晨很宁静。

一队晨跑的青年从她面前经过，她不知不觉地加入其中。

洒过水的大街格外干净，空气中有股说不出的芬芳。

路过江边，她忽然停下，站在百尺桥头，望江流滚滚，愁绪万千。

身和心早已成空。她并不老，还不到三十，而她的人生仿佛已经走完。

她生自己的气，恨不得拔光所有的头发。一了百了也许并不难吧？

这时候，身后突然有人叫她的名字。她泪眼模糊地回头看，是那个姓张的同事。

"嗨，早！怎么？不开心啊？"他不自觉地走到了她的身边，仿佛怕她起轻生之念。

她神经质地笑了，"没有，头一次晨跑，有点不适应，头昏，胸闷，想吐。"

他看上去很紧张，"我送你去医院吧？"

"没事的，已经好多了。"她说。

"真的吗？我这儿有杯豆浆，要不要喝？"他举了举手中的菜篮。

她怔怔地看着他，喘了两口气，"真勤快，这么早买菜？"

"是啊，早上的菜新鲜。"

"是东街菜市吗？"她接过豆浆，喝了一口，"我也去。"